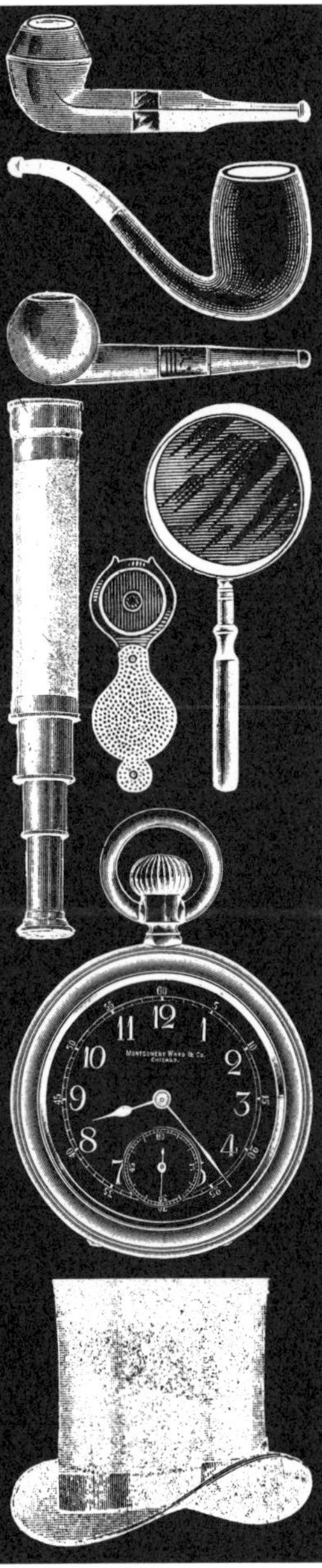

シャーロック・ホームズの世紀末

増補新版

富山太佳夫

青土社

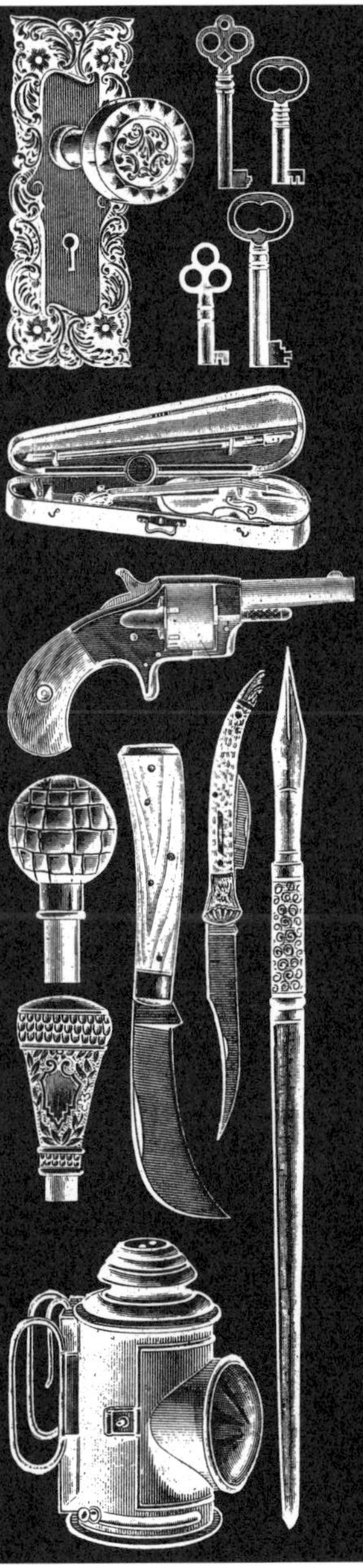

シャーロック・ホームズの世紀末　目次

シャーロック・ホームズの世紀末　増補新版

父と母に
この本を
感謝を込めて

I

ベイカー街221Bの政治学

1

1

私がこれから書き始めようとしているのは、おそらく、世紀末文化論の一種なのかもしれない。無責任な言い方のように聞こえるかもしれないが、私には体系的な世紀末文化論を展開するつもりはなく、むしろ、世紀末のさまざまの資料を見ているうちに眼の前に現われては消える文化の断片的な姿につきあいながら、その時代を呼吸してみたいと考えているだけの話なので、それくらい大まかな言い方のほうが適当なように思えるのだ。

ただひとつ最初に断わっておきたいのは、一九世紀末のイギリスの、つまりヴィクトリア時代の末の文化と社会を想像してみるとはいっても、従来通りのデカダンスの神話に加担して、それを追認するつもりなど全然ないということである。唯美主義、幻想性、倒錯、神秘主義、デカダンス等々の言葉で呼ばれる部分が存在したことを否定するつもりはないが、それ一色で世紀末を塗りつぶす愚劣な趣味は、私にはいっさいない。『ルネサンス』、『サロメ』、ビアズレーの絵画、『イエロー・ブック』——それらが交錯するところに仮構される文学的世紀末とは最も遠いところで、ひとつの時代としての世紀末を呼吸してみること、それこそが今漠然と私の頭の中にある動機めいたものである。近代以降の社会と文化はつねに多層性を含んでいるが、ヴィクトリア時代の世紀末も決してその例外ではなかった。私がこの眼で見つめたいのは、そのヴィクトリア時代の世紀末の特異な多層性のありようである。

そのためには、ひとつには、世紀末の文化の中を恣意的に遊泳し漂流してゆくという方法が考えられるだろう。例えば世紀末のロンドンを放浪したレーニンの話から始めて、クロポトキンの伝記を遡り、ラサールの伝記に取材したメレディスの小説『悲劇的なコメディアン』を分析し、夏目漱石のメレディスに対する思いに脱線し、若き哲学者バートランド・ラッセルのラサール論に触れ、そのあとエリノア・マルクスの活動と自殺を取り上げて、当時の自殺ブームを紹介し、そこから一挙に犯罪問題に方向を転じてロンブローゾの犯罪学、マックス・ノルダウの『退廃芸術論』へと進み、イプセン、ゾラ、ワーグナーを読み、と――しかし、そうした万華鏡は私の頭の中にあれば十分だ。私は別の方法を採用する。ひとつの中心軸を設定して、その動きにあわせて、ときにはその動きを裏切るようにして、この世紀末の文化を表象してみたいのである。

私が選びとるのはシャーロック・ホームズ物語の作者コナン・ドイルの作品と生涯である。ここでもまた断わっておくべきかもしれないが、私は探偵ホームズを実在の人物とみなしてその周囲に事実やフィクションを捧げる趣味はもち合わせていない。彼は時代のいくつかの面を映しだす歪んだ記号でしかないというのが、私の考え方である。当然ながら、ホームズの見たロンドンを再構成してみるといった類のゲームは関心の埒外にある。私がホームズ物語に囲い込まれたロンドンを部分的にしか信用しない理由は二つあるのだが、そのひとつは、そこに描かれている大都会あるいは社会一般の姿があまりにも選択的で、あまりにも多くのことが書き落とされているということである。ホームズ物語に密着しているかぎり、血の日曜日の事件も、港湾労働者のストライキも、トインビー・ホール他のセツルメント活動も——ついでながら、その活動は悪名高い切り裂きジャックの事件の現場近くで行なわれていたのである——救世軍の活動も、チャールズ・ブースたちのスラム街調査も見えてきはしないのだ。スラム街出身の推理作家アーサー・モリソンの可能性も、やはりそこを仕事の基盤としたユダヤ人作家イズレイル・ザングウィルの文学も見えてきはしない。ホームズ物語に固着しているかぎり、冒険小説家ライダー・ハガードが、のちに農村の調査によって爵位を得るにいたる経緯もほとんど自動的に視野の外に置かれてしまうことになる。多くの場合に、ホームズ物語は妨害のためのグリッドにしかなり得ないのである。

もうひとつの問題は、ホームズ物語に読みとれる土地勘である。周知の通り、ホームズ物語の展開には、世紀末のロンドンの地図を手にして楽しめる部分がかなりある。ということは、つまり、子供の頃からロンドンを肌で知っていたわけではない作者コナン・ドイルの頭の中にあったこの大都会は、すでにかなりの程度で抽象化され地図化されたものではなかったのかということである。自然描写にせよ、人物造型にせよ、従来のパターンからの差異を追求するよりも、むしろそれに追従するほうに心地よさを感じていたふしのあるこの作者は、むしろ地図としてのロンドンの中にひとつの〈推理機械〉を設定したように思えるのだ。ホームズ自身、初めての土地で捜査をするときには頻々と地図を利用しているのも、私には、そのような事態の投射ではないかと思えてならない。ロンドンの不動産屋の息子として育ったG・K・チェスタトンが『奇商クラブ』で提示する土地勘と比較してみると、その印象はさらに強まる。言ってみるならば、この二人の間にある違いとは、ある土地を喚起するにあたって地図上の名称に頼る作家と、その土地の俗称を使える作家の違いなのだ。ホームズのロンドンは霧とガス燈の中に沈んでいるのではなくて、人工の地図的な世界としてその中からくっきりと浮かび上がってくるのである。そしてその分だけ、世紀末のロンドンの明瞭すぎる案内記となってしまうのである。ホームズ物語はその歪みに対してしかるべき注意を払うことによってのみ、世紀末文化の有効な記号としてその力を発揮することになるはずである。

2

私の友人に、アーサー・コナン・ドイルはシャーロック・ホームズという名探偵を創造したがゆえにサーの称号をもらったのだと信じている男がいる。もちろん信仰としてはそれでも構わないが、事実としては違う。ホームズ物語を作家としての代表作とみなされるのをドイルが嫌がっていたのは有名な話であって、ひとたびはスイスのラインヘンバッハの滝で死なせた探偵をまた生き返らせるというやり方が、作者の心理と読者の熱望の妥協の産物であることも、おそらくよく知られたことであろう。そうしたもつれを十分に意識した上で書かれたのがドイルの自伝『回想と冒険』(一九二四)の序文だと考えられる。私がこれから書きついでゆくことの中心的破線とするのがこのドイルの作品と生涯なので、ともかくこの序文の全体を引用してみることにしよう。

私はその多様性とロマンス性において、ほとんど誰にもひけをとらないような人生を送ってきた。貧乏とはどんなものか、それなりに裕福であるとはどんなものか、私は知っている。私はありとあらゆる種類の経験をしてきた。同時代の傑出した人物の多くを知っている。エディンバラで医学の訓練を受けて医学博士となったのち、長い文学者生活を送ってきた。自分で試してみたスポーツもさまざまあって、そのなかにはボクシング、クリケット、ビリヤード、自動車、フットボール、気球、スキー等が含まれているが、スイスへの長旅のさいにスキーを持ち込んだのはこの私が最初である。捕鯨船の船医として七ヶ月間北極海に出たこともあるし、そのあとアフリカの西海岸へ行ったこともある。スーダンと南アフリカとドイツで三つの戦争をいくらかは目撃した。私の人生のいたるところにあらゆる種類の冒険がある。そして最後に、人生の後半を、三六年にわたるオカルト研究の最終の成果を世に告げ、この問題の圧倒的な重要性を世に知らしめる努力に傾注することになった。この使命を果たすために、私はこのテーマについて七冊の本を書き、すでに五万マイル以上を旅行し、三〇万人の人々に話をしてきた。この『回想と冒険』の中で私がいささか語ったのは、そのような人生である。

この自信に満ちた口調には、間違いなくヴィクトリア時代の楽天主義特有の、今では強烈なノスタルジアの対象としてしか存在しない大らかさがある。晩年のルイス・キャロルを、フェビアン協会の創立メンバーのひとりであるアニー・ベザントを、さらには晩年のロンブローゾをもひきつけたオカルトへの関心が、ここではその誘因となった社会的不安をきれいに払拭されて、実に堂々と宣言されている。

しかし、これこそがシャーロック・ホームズの産みの親コナン・ドイルなのだ。私が中心的破線にすえようとしている男なのだ。彼はこの序文の中で、名探偵にひとことも言及していない――そうするまでもないと判断したからだろうか。それとも、そうしたくなかったからだろうか。言い落としということならば、ここには、彼が自慢してやまなかった歴史小説や空想科学小説や冒険小説や医学小説への言及も見あたらない。しかし私がつねに念頭におこうとしているのは、そうした面をも合わせもつコナン・ドイルなのであり、彼の生の軌跡の白熱化した地点から歴史と文化のテクストの中に迷い込み、逆にそこから彼のテクストを見つめ直す作業を何度となく繰り返してみたいのである。その繰り返しの作業を

コナン・ドイル
1886年

通して開けてくる幾つものパースペクティヴが、私の世紀末文化論を構成する断片となってくれることを願いながら。

3

まず、住まいの話から始めることにしよう。その理由は簡単なことで、ホームズ物語にほぼ例外なしについてまわるのが、探偵とワトソン博士と犯人を別にすれば、何らかのかたちの住居だからである。問題は、例えばベイカー街221Bがロンドンのどこに位置したかとか、そこの窓の形状がどうであったかという類のいかにもシャーロキアン好みの詮索をするということではない。第一、そんなことならば、とっくに彼らが解決していて、ホームズの使う居間の復元図までできているのだ。私が考えてみたいのは、ベイカー街221Bの住居が世紀末の人々の住宅感覚の中でいかなる位置を占めていたのか、ホームズはそこに何十年間も住み続けることによってどんな住居のイデオロギーを表出し続けていたのかということである。

住居はホームズ物語のいたるところにさまざまの形をとって現前しているが、逆にそのために一種の背景化をひき起こして見えにくくなっていると言っていいかもしれない。数えあげてみれば、石器時代の石室から、村の居酒屋兼宿屋、貴族や地主の田舎屋敷、ロンドンの普通の住宅、近代的ホテル、スラム街の阿片窟まで実に多様である。立派な田舎の屋敷のひとつの典型的な例としてバスカヴィルの館を選びだすならば、それは次のように描写されている。

それから数分後には、門番小屋のある門についたが、この門は複雑怪奇な模様の鉄格子でできており、両端の門柱は風雨にさらされて苔におおわれ、その頭部はバスカヴィル家の紋章である猪の頭の彫刻になっていた。門番小屋は廃屋同然で、黒い花崗岩とむきだしのたるきが残っているばかりだが、その向かいには、サー・チャールズが南アフリカからもち帰った富の最初の産物であろうか、新しい建物が半分まで完成していた。……

並木道が終わると広々とした芝生で、いよいよ館が目の前に現われた。薄闇を通して、大きな建物が中央にあり、そこからポーチが張りだしているのがわかった。正面全体がすっかり蔦におおわれているものの、窓や紋章のあるところだけは刈りこまれていて、黒いヴェールがとぎれていた。中央部には銃眼や小窓のたくさんついた古い塔が一対あった。そしてその左右には、もっと時代の新しい黒花崗岩の翼棟部が突きだしている。頑丈な縦枠のはまった窓からはにぶい光がもれ、急傾斜の屋根にょっきりと突きでた高い煙突からは黒い煙が一筋たちのぼっていた。……

案内されたのは立派な部屋で、天井も高く、広々としており、時をへて黒光りする樫のたるきなど堂々としたものだった。鉄製の高い薪架のそばの大きく古風な暖炉では、薪がパチパチと燃えていた。馬車にすわりづめで体の冷えきっていたサー・ヘンリーと私は、さっそく手をかざした。それから部屋のなかを見まわすと、中央のランプのほのかな光のなかに、古いステンド・グラスの細長い高い窓や、樫の羽目板や、壁の紋章、牡鹿の頭などが浮かびあがった。……

この古風な広間の上のほうは、四方とも手すりのついた回廊になっていて、二つ折れの階段でのぼっていくようになっていた。そしてこの回廊の中央から長い廊下が左右に建物の端までのび、寝室はすべてそこにならんでいる。私の寝室はバスカヴィルの寝室と同じ翼棟部の、ほとんど隣りあわせにとってあった。二つの部屋とも建物の中央部よりはずっと近代的で、明るい色の壁紙と数多くのローソクが、到着したおりの陰気な印象をわずかながらもやわらげていた。

この文章の書き手は言うまでもなくワトソン博士ということになっているのだが、明らかに博士も、このカントリー・ハウスの新しい所有者サー・ヘンリーも、この由緒ある館に対してある種の感情的反応を示している。それは当然のことであろう。とりわけ、自分の所有する住居をひとつの城とみなし、その中に作られる〈家庭〉に安住することを強い価値とみなしていたヴィクトリア時代の人々の意識からすれば、当然のことであろう。しかし探偵はその当然のことを裏切る。彼はどのような大邸宅に案内されても——別の言い方をするならば、所詮は中流階級に所属するインテリでしかない彼が、貴族の屋敷に案内されても——特別の感動をあらわにしないし、逆に石器時代の石室の中に暮すことにも平然としているからである。そうした彼の姿勢を類推的に延長してみると、アンドルー・マーンズが告発したロンドンのイースト・エンドのスラム街の次のような惨状に対しても、彼はそれなりに平然と対応したろうと考えられるのである。

どうしてそんな場所を家庭と呼べるのか。それと較べれば野性の獣のねぐらのほうがまだしも心地よく健康だと言えるくらいなのに。……奴隷船の中の通路の話を聞くと思い出す恐ろしい状態に、何万人もが詰め込まれている、これらの疫病だらけ貧民窟。そこに足を踏み入れるためには、いたるところに散らばっていて、こちらの足の下を流れていることすらある汚物やゴミの塊りからたちのぼる毒性のガスや悪臭の充満した路地の奥を突きさるしかないのだ。……数多くある宿泊所はしばしば最下層の泥棒や放浪者の溜り場になっており、なかには盗品の買取り人によって経営されているものもある。……多くの場合、男と女は一緒にごろ寝をするありさまで、節度も何もあったものではない。

これは『緋色の研究』が出版されるほんの数年前の一八八三年に出されて大センセーションをまき起こし、都市の下層民の住宅問題に人々の眼を向けさせるきっかけとなった『見捨てられたロンドンの慟哭』というパンフレットの一節である。類例はジョージ・シムズによるルポや、慈善協会のオクテイヴィア・ヒルの『ロンドンの貧民の住まい』(一八八三)や、当時の雑誌、新聞からいくらでも拾い出すことができるだろう。これらと比較してみると、コナン・ドイルの描いたスラム街は抽象化と図式化によって衝撃性を弱めていると言うしかないのだが、ともかくそうした場にホームズが変装をかいして入り込めるのは事実なのである。そして、短期的にもせよ、そこに住まうことができるのだ。

そのようにして貴族の住居から貧民の住居までを自由に往来できる彼が欠いているのが、ヴィクトリア時代の中流の人々が最も大切にした〈家庭〉の感覚なのである。彼が女嫌いであったかどうかという議論などどうでもいいことでしかないが、その事実が記号として意味しているのは、彼が〈家庭〉を拒否する独身者に終始したということである。ホームズ物語には確かに実兄のマイクロフトが登場するし、また探偵の系図調べも行なわれている。しかし彼が、実質的には、家族も家庭も拒否した独身者であることに変わりはないだろう。いつの時代にも独身者と呼ばれる人間は存在する。ホームズがそれらの独身者と違うのは、〈家庭〉のイデオロギーをはっきりと拒絶しているからである。彼は部屋に飾ったヴィクトリア女王の肖像に銃弾を撃ち込む――その女王とは、当時の人々にとっては、まさしく良き家庭の母のシンボルであったことは、リットン・ストレイチーの『ヴィクトリア女王』における指摘をまつまでもなく、念頭におくべきことなのである。

4

ホームズ物語のひとつ「第二のしみ」に、「彼は完全にロンドンから身を引いて、サウス・ダウンズで研究と養蜂にいそしんでいる」というくだりがある。これは探偵が第一線からしりぞいたということを意味するとともに、彼が引っ越しをしたということでもある。シャーロキアンの推定通り、これが一九〇三年のことだとすれば、ホームズはほぼ二〇年ぶりに転居したということになる。それまで彼が暮したベイカー街221Bは、ロンドンのスラム街の反対のウエスト・エンドのセント・マリルボン地区に位置していて、中流地区のイメージに包まれている住宅ということになるのだが、『緋色の研究』の中の説明によると、

快適な寝室が二つと、広々とした居間がひとつあって、気持ちのいい家具の類がそなわっており、二つの大きな窓から光が流れ込んでいた。あらゆる点で申し分のない部屋だし、二人で分担すれば家賃も穏当なところかと思えたので、その場で話をまとめてしまって、ただちに借りることになった。

このようなかたちで、この住宅の所有者であるハドソン夫人と借家（正確には、借間）契約を結ぶというのは、歴史的に見ると、ごく普通にあり得ることであったと思われる。歴史学者F・M・L・トムスンが『リスペクタブルな社会の台頭』（一九八八）で指摘しているところによれば、「ヴィクトリア時代の中流階級の大半は借家で生活したのである」。そして家主となるのは、「その地元の商人、商店主、専門職についていた者、とくに成功した職人、職を引退した人々、未亡人」などが多かった。もちろん契約を更新することによってひとつの場所に住み続ける人々もいるにはいたが、その一方で家族の人数の増減にあわせて引っ越しするということも決して珍しくはなかったのである。「中流階級の相当の部分がかなり頻繁に転居を続けたのである」と言われる所以である。ついでに補足しておくならば、この転居の繰り返しということについては、労働者の間にも似たような状況があったことが知られている。このような事実と比較してみると、作者コナン・ドイルの意図は別にして――彼も若い頃はたびたび転居している――ホームズと家主のハドソン夫人の間には安定した契約関係があって、彼は定住的な住まいを得ていたことになるのである。むしろ典型的な中流の居住パターンということになれば、結婚してベイカー街221Bを出てゆくワトソン博士のそれということになるかもしれない。

そもそも転居という角度からホームズの住まいのことを考えてみようと思いたったのは、世紀末の自然主義の作家ジョージ・ギッシングの短編集『蜘蛛の巣の家』（一九〇六）を読んでいたときのことである。この短編集の主題は借家、借間をめぐる人間関係と欲望だと言ってもいい。表題作には、ひとりの貧しい男の哀しい持ち家願望が描かれている。

私はね、いつも思ってましたよ、自分の家を持つのはどんなに嬉しいことだろうってね。本物の自分の家ですよ、借家じゃなくて、誰もここから俺を追い出す権利なんてないんだと思いながら生きて死んでゆける家ですよ。何度も何度もそれを夢見ては、どんな気持ちになるのか想像しようとして。大きな立派な家でなくてもいい――そうですよ！　どんなに小さくたって構やしない。いやね、小さけりゃ小さいほど、私のようなものには向いているんです。

The Drawing Room: Maple advertisement, 1887. The suite cost 24 guineas.

広告に現われた
中流用の居間のモデル　1887年

▲ベイカー街221Bの復元図。中央のホームズですら、ひとつの品物に見えてしまう。

◀ベイカー街221Bの復元図

何万エーカーかの広大な土地に屋敷を構える貴族のかたわらに、このようにささやかな欲望がうずくまっていたのが、世紀末のイギリス社会の一面なのである。他の人物たちも絶えず部屋を借り、あるいは家を借り、そして転居してゆく。ミュージック・ホールなどの経営に成功して、のちには田舎の屋敷に住むまでになる人物も、貧しい事務員の時代には、「グレイズ・イン・ロードの近くの通りの最上階の部屋を、週六シリング六ペンスで借りていました」(「ある資本家」)。大学出の、自転車を乗りまわす女の先生は、まず教区委員のところに下宿するものの、すぐに別の家に引っ越してしまう(「ミス・ロドニーの余暇」)。また別の短編(「魅力的な一家」)では、ハマースミスの静かな地区にある年の家賃五〇ポンドの貸し家の話が出てくる。「残念なことに、古くからの借家人が他へ移らねばならなくなった。この家はそのあと二ヶ月借り手がつかなかったが、やがてある家族が三年契約で借りることになった」。その家族の主はシティで働き、妻は二人の子供と一緒に「家庭の平和のみを心がけて暮していた」と言われれば、これは典型的な中流の家庭ということになるだろう。ややこしいのは、この家の持ち主である女性自身が、「あまりパッとしない郊外の、週一二シリング六ペンスの家具つきの部屋」を借りているということである。

このような事例を見てくると、ベイカー街221Bにおけるホームズの借間住まいというのは、世紀末のロンドンの社会習慣の中ではごく平均的な行動と言っていいように思われるのである。しかし、もちろん、この住まいのすべてが平均的という形容詞でカバーできるわけではないのだが。

熱狂的なファンによって復元され、想像されたベイカー街221Bの居間を眼にした読者は、一種異様な印象をうけるのではなかろうか。かなり広いはずの部屋が、あまりにも多くの品を詰め込まれて、ひどく雑然とした、狭苦しい印象を生みだすのである。ホームズの性格の反映と言えばすむのかもしれないが、私にはこの部屋が特異な記号性を持っているように思えてならないのだ。

まず物の多さについて。一八世紀の室内と較べた場合、一九世紀の室内のほうが圧倒的に多くの物をとり込んでいたことはよく知られた事実であるし、その原因を経済的な繁栄に見ることに問題はないだろう。ただ、その一方で忘れてはならないのは、それらの豊富な物品は決してひとつの部屋に集中されたのではなくて、機能分化をした各部屋に分散されたことである。当然ながら中流や上流の家ほど各室の機能分化は進んだ。再びF・M・L・トムスンの説明を借りるならば、ヴィクトリア時代半ばの郊外の住居の場合、大きなものになると、寝室が八から十、屋根裏には奉公人たちの部屋、そして朝食用の部屋、書斎、ビリヤード室、音楽室、食堂、居間、それからもちろん台所やトイレなどを備えていたと考えられるという。これに、歴史学者エイサ・ブリッグズが『ヴィクトリア時代の物』（一九八八）の中に書きとめている事実をならべてみることにしよう。「もちろん労働者階級の家庭では、寝室はガランとしているだけで、ただ人数で窮屈ということもあり得たろう。トインビー・ホールのバーネットが、あるときホワイトチャペル地区の女性と子供たちを、いつものように、立派な田舎の屋敷に連れていったことがある。そこで、外着を寝室に置いてくるように言われたところ、子供のひとりが、『ママ、見てよ、ベッドだけが置いてある部屋があるよ』と叫んだというのである」。これはトインビー・ホールなどのセツルメント組織が都市の下層の子供の体力強化のために行なっていたレクリエーション活動のおりの出来事に相違ないのだが、それがはしなくも階級による居住空間の機能分化の違いに言及する結果になっているわけである。

このような歴史的コンテクストに埋め込んでみると、ホームズの居間の窮屈さは、ただ物の多さからくる事態ではなくして、本来いくつかの部屋に分散されるべきものがひとつの空間に押し込まれているる結果ではないかと思えてくる。実際問題としてこの部屋は、ホームズの食事用にも、喫煙用にも、ワトソン博士との談笑用にも、依頼人との面談用にも、保管用にも、おまけに化学の実験用にも利用されているのだ。その意味では、ヴィクトリア時代の中流の価値観が志向した機能分化とは正反対の方向を向いている猥雑な空間なのである。そして、まさしくその猥雑性において、探偵としてのホームズの頭脳の対応物となっているのである。この部屋は、時代の住宅構造の中で、位置からすると中流のものとしてありながら、しかし機能的にはそこに属さないことによって、ひとつの浮遊する空間と化しているのだとでも言うべきだろうか。それは、そこに異物としてある——ちょうどホームズが異物として犯罪捜査史の中に存在するように。

もうひとつ注目すべき点がある。それはこの部屋がホームズにとっての擬似的な家庭の場であるのと同時に、探偵の事務所つまり仕事場としても機能しているということだ。われわれは探偵のそこでの鮮やかな演技に眼を奪われてこの事実を見逃してしまいやすいが、ワトソン博士にとっては医者としての仕事場とくつろぎの場が分離していることを考えてみると、ここにも探偵にとってのベイカー街 221B

の特異性があるように思える。ギッシングの短編「魅力的な一家」でも、一家の主の仕事場と家庭の場は分離している。

ここでディケンズの長編小説『大いなる遺産』(一八六〇―六一)を持ちだすのは唐突に見えるかもしれないが、そうではない。なぜならば、この小説はある意味では主人公ピップの転居小説と呼べるからであり、彼にとっての教育とはいかにして望ましい〈家庭〉を発見するのかということだからである。ピップはさまざまの居住空間を体験する。それらを拾いあげてみるならば、生まれ故郷の村にあるジョー・ガージャリーの家、ミス・ハーヴィシャムの屋敷、ロンドンのぼろアパート、まともな借間、ポケット氏の邸宅、弁護士ジャガーズの家、事務員ウェミックの家など。この中で殊に注目するに値するのが、三つの仕事場と家庭の関係である。

田舎の村の鍛冶屋ジョーの場合には、明らかに仕事場と家庭が隣接しているものの、そもそも彼の頭にはこの二つの分離の可能性が思い浮かんでいないのかもしれない。彼にとって働く場は居住する場であり、空間的にはっきりとした差異を生みだすのは村のパブか、もしくは町である。割り切った言い方をするならば、彼の労働のパターンは一八世紀までの典型であって、産業構造の変化とともに次第に消えてゆくとされるものに一致する。(但し、作者ディケンズはこの鍛冶屋の生き方に強いプラスの価値を与え、それによって過去へのノスタルジアを表明してはいるのだが)。

これとは対照的なのがロンドンのジャガーズの弁護士事務所で働くウェミックの考え方である。「事務所は事務所、プライヴェートな生活はそれとは別」と断言してはばからない彼は、仕事と家庭を分離し、その家庭では八〇歳を越える父親の世話をしている。問題は、彼が独力で作り上げたという家の仕組みである。それは「幅四フィート、深さ二フィート」の堀に囲まれており、跳ね橋までついている。それはミニチュアの大砲まで備えつけており、まさしく城の形状をしているのだ。「この橋を渡ったあと、それをあげてしまえば、世間との交渉は断ち切れる」という彼の科白は、言うまでもなく、イギリス人の家庭は城という諺のパロディ版であることを示しているだろう。しかしそれだけではなくて、この城の裏手には豚やニワトリや兎が飼われており、キュウリの温室があり、しかもミニチュアの湖や噴水や四阿まであるとなると、それが、一八世紀までは典型的に見られたピクチャレスクな貴族の庭園のパロディでもあることが了解できるのだ。一介の事務員のこのいささか風変わりな趣味を見つめる作者の眼は決して冷たくはない。とすれば、ここには上昇志向絡みのノスタルジアと新しい職場の倫理があると言えることになるかもしれない。

悪い意味で冷徹な弁護士ジャガーズの独身の家庭も事務所とは別のところにあるものの、彼はその二つの分離を前提にした上で、意識的に家庭に仕事を持ち込んでいる。

部屋の中には本箱がひとつあった。背表紙からすると、それらは証拠、刑法、犯罪者の伝記、裁判、議会の法令などに関するものであった。家具は、彼の時計の鎖と同じで、いかにも手ごたえのある立派なものであった。しかし、どこか事務所めいた感じで、ただ単に飾りと見えるものはひとつもない。部屋の片隅には書類とシェードのついたランプののったテーブルがある。この点でも、彼は家庭の中にまで事務所を持ち込んでいるように思えた。

皮肉なことに、これは現代社会のモーレツ社員の原像と化しているだろう。その意味では、いささかヴィクトリア時代の価値観から外れるある種の新しさは孕んでいるように見える。ただ、いずれにしても、『大いなる遺産』の中には仕事場と家庭の三種類の関係のありようが、歪んだかたちで定着されているのは否定できないだろう。

私としては、ホームズにとってのベイカー街221Bがそのいずれかの型に属するなどと言うつもりはまったくない。しかし、少なくともこの比較によって、彼の愛用する居間が決して平凡なありきたりの居間ではなく、どこにも帰属させようのない、多義的で、エクセントリックな記号空間であることは明らかになってくると思う。この部屋は、その建築上の位置や構造においてではなく、その機能の仕方において、居住空間史上の異物としてそこに浮遊しているのである。そこにあるのは、外見上はヴィクトリア時代の紳士でしかないホームズが、機能上は異物としての探偵でもあるというのと、実は同一の構造なのである。

ドイル家の秘密

2

1

犯罪の古典的な動機ということになれば、言うまでもなく、金銭とセックスの欲望であろう。ホームズの手がける事件を見ても、その多くは金銭を、あるいはその社会的変形のひとつとしての遺産相続を犯罪の動機としている。それではセックスの欲望はどうか。予想される通り、切り裂きジャックの事件のような歴史上稀に見る猟奇的な売春婦殺人事件がすぐそばで起こっていたにもかかわらず、作者のドイルがそれを積極的に物語の中に取り込もうとしたようすはない。しかし、それでは、性の欲望による解釈を許すような作品がホームズ物語の中にはまったくないのかと言えば、決してそうではない。問題は精神分析的な解釈を許すかどうかということではなくて——それならば、やり方次第でいつ、どこでも通用する——性的な問題に深入りする可能性が明らかに見えていながら、作者がその前で方向転換してしまうような状況があるのかどうかということである。

もちろん、ある。例えば『バスカヴィル家の犬』の中で、この由緒ある家系の中でも悪の権化とされるヒューゴー・バスカヴィルが村の娘を沼地に追い込む場面は、明らかにレイプにつながってゆくはずであるし、犯人ステイプルトンの二重結婚の約束にしても、姦通の場面を呼び込む可能性をもっているだろう。しかし、現代の作家ならばほとんど義務的に書いてしまうはずのセックスの場面を、作者は書こうとしない。これは第一義的には時代の制約の結果であろうし、ヴィクトリア時代の中流の性の道徳を学習してしまったドイルの言説の力の限界をそこに読みとることができるかもしれない。同じことが短編「ボヘミアの醜聞」でも起こる。この話は、単純化してしまうならば、ボヘミアの国王がかつて一時の浮気の相手となった歌手から証拠の写真を取り戻そうとして、ホームズにそれを依頼するという事件である。この場合にも、奥に性をめぐるスキャンダルがひそんでいることは簡単に想像できるのだが、作品は「その写真には二人が一緒に写っておるのだ」(何処で？　どんなポーズで？)という王の科白によって、あたかもそうした想像のベクトルが伸びるのを阻止しているようにも見える。とすれば、ドイルはここでもヴィクトリア時代の性の描写のコードを遵守してしまって、悪名高い〈ヴィクトリアン〉を演じているのだろうか。その気配は確かにあると私は思うのだが、その一方で疑問も湧いてくる。なぜドイルは、危険なセックスの影を作品から払拭してしまわなかったのだろうか。なぜそれをテクストの内と外との境界線上に宙吊りにするような書き方を繰り返したのだろうか。犯罪小説だから、というのはあまりにも言いわけじみた同語反復と言うしかない。

奇妙と言えば、同じ短編の有名な書き出しの部分も奇妙である。

シャーロック・ホームズにとって、彼女はつねに〈あの女〉だ。彼女についてそれ以外の呼び方をするのは、まず耳にしたことがない。彼から見れば、彼女こそ最高の女性であって、他の女性たちは物の数ではないのだ。これは、彼がアイリーン・アドラーに対して愛に似た感情を抱いていたということではない。冷徹で、正確で、みごとなバランスを保つ彼の頭脳には、すべての感情が、とりわけこの愛情というのが、おぞましいものとしか映らなかった。私の見るところ、彼こそはかつてこの世に存在した最も完璧な推理力と観察力をもつ機械なのだ。

ワトソン博士にしては珍しく、芝居っ気がないにもかかわらず、緊迫感のある書き出しと言うべきだろうか。問題は、ここで示唆されているホームズの性の意識である。彼が女嫌いかどうかということではない。すべての情念を、あるいはディケンズが喚起するのを得意としたような感傷性のいっさいを拒絶するホームズの性の意識が、悪名高い〈ヴィクトリアン〉のそれとの関係において、いかなる記号論的な位置を占めていたのかということを考えてみたいのである。

ヴィクトリア時代の悪名高い性の道徳の二重性を思い出してみよう。男は女に家庭の天使としての貞節さを要求する一方で、殊に都会では路上の売春婦に性の欲望の充足を求めたという神話を——ジョン・ファウルズの『フランス軍中尉の女』の中でも復元された神話を。この神話はあるところまで事実の裏づけをもった神話であった。ディケンズからマルクスにいたる数多の男たちがこれに便乗していたことは、おそらく有名すぎる話であろう。だが、この神話には階級的な限定をつけねばならない。つまり、不動産を中心とする財産に生活を支えられていた上流の男性はある程度自由に結婚年齢を選ぶことができたし、工場労働者となると、ある段階で賃金が横ばいになるために、結婚年齢をのばしても仕方がなかったのに対して、殊に中流（の下層）の男たちは、家庭をもつのに必要な収入が得られるようになるまで、おおむね三〇歳を過ぎるまで、結婚を待つしかなかったのである。そして、それまでの間、彼らは性の欲望のはけ口を必要とした——というのが、今一般に行なわれている仮説であって、それを否定すべき理由もとくにはないように見える。

この仮説の中にホームズを置いてみると、どうなるか。そうすると、およそ宗教心とは縁がない合理主義者の彼が、すでに見たように〈家庭〉と〈女〉を拒むことによって、ヴィクトリア時代の純潔のイデオロギーの権化のごとき相貌をおびてくるのである。そしてその徹底ぶりによって、中流の男性を包み込んでいた性の神話をも喰い破ってしまうのである。ベイカー街221Bの居間に充満していた異形

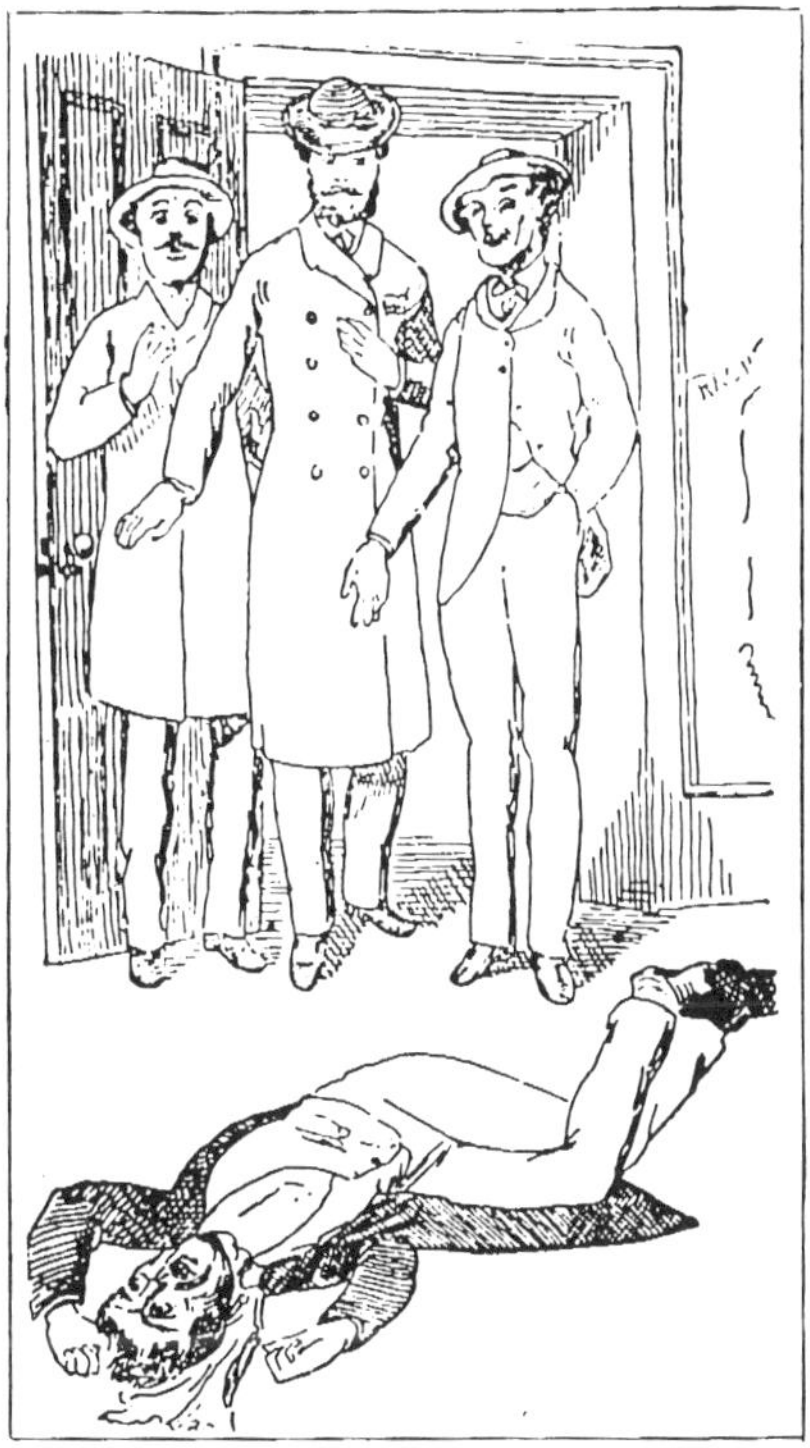

▲『緋色の研究』（1888）の挿絵。チャールズ・ドイルは探偵に髭をつけているが、これは彼の自画像でもある。

性が、ここでは、ホームズの性の意識にも転位してしまうのだ。

2

別の角度からホームズの性の意識、というよりもその欠如がもつ意味について考えてみることにしよう。ヴィクトリア時代の中流階級あるいは下層階級の人々の中で（ということは、ほぼ全人口ということであるが）、殊に福音主義の強い影響をうけた部分では、性をめぐる話題は禁圧されることが多かった。魂の純潔と肉体やモラルの純潔を同一視するその宗教観からすれば、それは当然の成り行きと言うべきであろう。むきだしのピアノ——下層の上流にとっては憧れのステイタス・シンボルであった——の足を猥褻として布を巻いたとか、夫婦の交接の仕方も知らぬままに結婚する娘がいたとかいう話は、そのような背景の中で初めて意味をもつことなのである。しかし、そうした挿話から、あるいは今日カノンとされる文学作品に性の直接的な描写が少ないことから、ヴィクトリア時代には性に関する情報が稀少であったとか、それがただちに反社会性をおびていたと即断するのは滑稽な間違いである。ワイルドによるサロメの形象化や同性愛志向が、ビアズレーによるペニスの描き込みが、それ自体としてヴィクトリア時代の性の道徳に挑戦するものであったと信ずるのは、あまりにも安易な世紀末マニアの趣味と言うしかない。

確かにミシェル・フーコーが『性の歴史』の第一巻で示唆したように、ヴィクトリア時代のイギリスにも性にかかわる言説は多様なかたちで氾濫していた。ただし、その氾濫の内実は、彼の考えていたものとはいささか趣きを異にする。性の言説は生物学、医学、衛生思想などの分野で分枝化しただけでなく、殊に一八四〇年以降、鉄道網の全国的普及によって入手しやすくなった新聞というメディアにのって、文字通りいたるところに浸透していったのである。新聞は社会の公器などという現代の神話によってヴィクトリア時代の新聞の特質をつかむことはまったく不可能だと考える方がいいだろう。今ここで問題にしなければならないのは、『タイムズ』のごとき保守派の高級紙も設けていた犯罪法廷のルポの欄である。「今日の読者は、ヴィクトリア時代のリスペクタブルな(あるいはそれ以外の)人々の朝食やティーのテーブルを飾った各種の新聞のファイルを開いて、当惑するとともに、そこに引き込まれるだろう。一九世紀半ばの新聞の警察ルポの欄は、すべての階級の人々の性のあやまちの詳細で写実的な説明を提供してくれる。……センセーショナルな週刊新聞の中にはほとんどそれのみというものもあった」(トマス・ボイル「ヴィクトリア時代の新聞にみる性」)と、ある研究者は述べている。彼のこの指摘は、スコットランドのベル・マクドナルド(一八〇七—六二)という教養のある地主が、一八三九—六二年にかけて作成した新聞の犯罪記事の膨大な切り抜き帳を検討した上でのものである。そこには「誘惑、強姦、姦通、服装交換、堕胎、売春、重婚、サディズム、露出狂」などの記事があふれているという。

しかも犯罪法廷のルポはただ事実を報告するだけのものではない。法廷でのやりとりを芝居の科白よろしく再現し、しばしば(笑)などという説明まで入るのだ。性にかかわる犯罪のルポが一種の文学的なエンターテインメントとして構成されていると言ってもいいだろうか。そのような性の情報を載せた新聞が国全体にあふれていたことを考えあわせると、性に関する情報の稀少性などという言い方はたわごと以外のものではあり得ない。一方にあからさまな性を排除した文学があり、他方に『我が秘密の生涯』や『パール』他のポルノグラフィーが存在したという図式は、考えてみれば、ヴィクトリア時代の性の道徳の二重性という神話を忠実に再演しているにすぎないのだ。その再演からは新聞が欠落している。ホームズが好んで読む新聞には、性についての情報が数多く載っていたはずなのである。(ちなみに、『タイムズ』では芝居のやりとり式の記事の書き方を一般的な事件の報道のさいにも採用することがあった。新聞記事のレトリックの分析は、ひとつの重要な課題であるだろう)。

3

ホームズの周辺には、さらにそれとは別の性の言説も存在した。その典型的なもののひとつが、アニー・ベザントのパンフレット『人口の法則』(一八七七)で主張された産児制限の言説である。この小冊子は一八九一年にはすでに一七万五千部の発行部数に達していたことは注目に値する。しかしまたなぜ、産児制限という発想がこの時期に現実味をおびてきたのだろうか。周知のように、一九世紀という時代は人類史上初めての人口爆発の時代であって、そこではマルサスの『人口の原理』(一七九八)における提唱が生々しい現実味をおびてこざるを得なかった。その意味ではダーウィンの考えた自然淘汰説、弱肉強食というのは数量の増大に対抗するためのイデオロギーとして結実したのであり、またそのようなものとして機能したのである。そして、この数量の増大に対抗するためのもう一つのイデオロギーが産児制限の思想であった。

肝要なのは、ヴィクトリア時代のすべての事象には必ず階級差が絡んでいるということだ。この産児制限の問題も例外ではない。その主要な標的となったのは人口の七割強を占める労働者階級であって、出生率があまり変化しなかった中・上流ではなかったのである。殊に世紀末になると下層の出生率の上昇、中流のインテリ層の出生率の低下がジャーナリズムでもさかんに喧伝されるようになってくる。ベザントの分析を引用してみよう。

国民の中の最良の部分、最も用心深く、先見の明があり、知的な部分の人々は独身で子供を作るまいとし、それに対して、不用心で、考えもなく、倹約を知らない人々は結婚して大家族を作ろうとする。……人口に科学的なブレーキをかけるということが、生存競争が動物に対してもつのと同じ意味を、人間に対してもつだろう。新しい人間の産出をコントロールするのを可能にしてくれるだろう。遺伝病をもつ者、家族の中に結核や狂気の人間がいる者は、本人が望むのであれば結婚してもかまわないが、それでも彼らはこうした病気を広めるところから生ずる人種の退化を防ごうとはするだろう。健康な両親のみが子供を産むということになれば、イギリス人種全体が活力と健康と長寿と美を手にすることになるだろう。現在のところでは、病的な人々が結婚するために病的な家族がたくさんできている。

この文章を書いたのは優生学を推進したフランシス・ゴルトンでも、カール・ピアソンでもないし、ましてやドイツの一元論同盟のエルンスト・ヘッケルでもない。フェビアン協会の創立者の一人として、マッチ工場の女工たちのストライキをひきいた女性闘士なのである。彼女の立場からすれば、独身のホームズなどはまさしく好ましからざる人物ということになるだろう——ましてや同性愛の連中など。このような事態を目の前にしてベザントが勧めるのは、結婚年齢の引きのばしではない。「結婚を遅らせれば、それだけ売春がひろがる」。彼女がすすめるのは避妊である。それも抽象的な精神論としてではなく、避妊具の使い方も含めてきわめて具体的なヒントを与えたのである。

溶解性のペッサリー、ゴム製のペッサリー、それにスポンジ。最初のものは広告にあるレンデル氏の店で入手できるが、きわめて広い経験からして、最も確実かつ不快感の少ないものとして私の推奨できるものである。第二のものはレンデル氏の店か、ランバート父子商店で（広告を見よ）、第三のものはどこの薬屋でも入手できる。

このくだりは、避妊具がすでに広告の対象となっていたことを教えてくれるという意味でも興味深いのだが、歴史学者のF・M・L・トムソンの記述からもこのことは確認できる。彼によれば、コンドームは一八世紀の初めから使われていて、「イギリス外套」とか「鎧」とか呼ばれていた。それが一八七〇年代になるとゴム製品の他にスキンも出回るようになり、「一八九〇年代までには幾つかの会社が市場に製品を出しており、デュレックスのメーカーなどはすでに経営も安定し、床屋がその主な小売先として浮上していた」のである。確かにホームズはそんなことは知らなかったかもしれないが、エディンバラ大学から性病の研究で学位を得たコナン・ドイルのほうは、そうした事実を知っていても不思議ではないだろう。デカダンス派の代表ワイルドはどうだったのだろうか。学生時代、オックスフォードの町の売春婦から病気をもらったとされる彼は、この事実を知っていたのだろうか。

さらにジェフリー・ウィークスの『性、政治、社会』（一九八一、改訂版一九八九）から、ベアトリス・

ウェッブの体験を引用することができる。一八八八年にチャールズ・ブースのスラム街調査を手伝っていた彼女は、下層の労働者の間ではインセストが日常的な話題であることに愕然とする。「はっきり言ってしまえば、性の野放図さ、あるいは性の倒錯というのは、スラム街の一部屋長屋に押し込められている普通の人格と知性の男女にとっては、ほとんど避けがたいことなのだ」と彼女は書き残した。インセストを禁ずる法律ができるのは一九〇八年、つまり優生学運動の盛りあがりと軌を一にするのである。

このような性の言説のあふれかえる中で、ホームズの意識からは性が欠落する。とすれば、性に関わる問題を排除したように見える彼の生き方は、性をタブー視するヴィクトリア時代の中流の神話を再現しているようでありながら、その裏では実質的に流通していた性の言説を拒む一面をもっていたということになるだろう。ことは決して単純ではないのである。性の言説の洪水に棹さしているように見えるのは、むしろワイルドであり、ビアズレーであると言うしかない。その意味では、デカダンスとは反抗ではない。ディジェネレーション(人種腐敗)の中流的相関物なのだ。

4

私はドイルの周辺を迂回しすぎたのだろうか――違う、断じてそうではない。

一八九四年に英訳されて大反響をひき起こすことになるマックス・ノルダウの『ディジェネレーション(退廃芸術論)』の冒頭につけられているチェーザレ・ロンブローゾ教授への献辞の中に、世紀末の文化について考えようとするさいに決定的な重要性をもつパラダイムが提示されている。

退廃した人間とは、犯罪者、売春婦、アナーキスト、あからさまな狂人に限られるわけではありません。作家や芸術家であることも多いのです。ただ後者は、ペンや画筆ではなくて、暗殺者のナイフやダイナマイトの爆弾を用いて不健全な衝動を満足させる上記の部類の人間と同じような精神の特徴と、おおむね同じような肉体の特性を示すということです。

文学、音楽、絵画の分野におけるこうした退廃人間のある者が、このところ大変な名声を得て、多数のファンから新しい芸術の創造者、来たるべき幾世紀の旗手とあがめられているのです。

ロンブローゾの犯罪学では、以上に加えて、遺伝病やてんかんをもつ人々、あるいはアルコール中毒の人々も犯罪傾向をもつとした。さらにアルコール中毒は遺伝すると信じられていた。当時のこのような考え方を、医者でもあったドイルがまったく知らなかったとは考えがたいことである。それどころか、不安の種であったはずだ。なぜなら彼の父チャールズ（一八三二—九三）はてんかんもちであり、アルコール中毒であって、晩年の一〇年余はその治療のための施設に幽閉されたままであったからである。母の願いは、息子をその父から切り離すことであった。息子の願いは、精神と肉体の健康を立証して、それを人々に誇示することであった。ドイルの自伝の短い序文の中で、スポーツや冒険とのかかわりがバランスを欠くほどに強調されている理由は、私の考えでは、おそらくそこに求められる。

いや、話はそこだけには尽きないだろう。コカイン中毒の、いかにもデカダンス風の知識人である探偵ホームズが、なぜ同時に、そうした側面をまったく払拭するかのように強靱な体力をもつボクシング

▲チャールズの妻メアリー（30歳）

◀チャールズ・ドイルと
その息子コナン・ドイル

▲妻は〈家族の天使〉となる。チャールズの画集より。

の名手でなくてはならないのか。確かにそれは魅力ではある——しかし、その魅力を支える異様さにもっと注目すべきなのだ。なぜホームズ物語には繰り返し「……の冒険」というタイトルが与えられたのか。なぜドイルはチャレンジャー教授を発明して、冒険と探険を繰り返させたのか。なぜあれほどに戦場における勇気を讃美する愛国主義者となっていったのか。もちろんそれは時代の問題でもあるが、彼個人にとっても生涯をかけて答えざるを得ない問題であったからではないだろうか。健全なる冒険者となることによってのみ、彼は父の負の部分が遺伝しなかったことを立証できたのである。

5

アルコール中毒はおそらくドイルが最も触れたくなかったテーマであろうが、にもかかわらず彼の書くもののあちこちにあたかも一種のアナグラムのように出没してしまう。『回想と冒険』において父に言及するときにも、その主眼は水彩画や挿絵における父の才能をたたえることにあるにもかかわらず——ウォード＝ロック社刊の『緋色の研究』（一八八八）に髭面のホームズの挿絵を描いたのは、この父であった——酒の話が字面をかすめてしまう。父チャールズは一七歳のときに、単身ロンドンからエディンバラに移住することになるのだが、その社会のことは、「とくに父のように芸術家肌の人間にとっては危険なくらいに早い年齢で飛び込むことになった、荒っぽい、大酒飲みの、そして親切なスコットランドの社会」と表現される。ドイルにしてみれば、父をアルコール中毒にひき込んだのはまさしくこの社会なのだ。当然家計は苦しかった。その家計を助けるために姉は家庭教師としてポルトガルに渡り、二人の妹も同じ職業についた。「母にしてみれば、父はほとんど助けにはならなかったであろう。父の想いはつねに雲の中にあり、人生の現実のことは何も分からなかったのだから」。
「花婿の正体」の頭のところでワトソン博士が朝刊新聞からたまたま拾い出すのも、酒の絡んだ事件である。

最初にぶつかる記事はだね、「夫、妻へ暴行」という見出しだ。コラムの半分を占めているけれど、読まなくったって、おなじみのやつだってことはすぐ分かる。まず絶対にもう一人の女と酒が絡んでいて、押した、殴った、怪我をした、姉妹か下宿の女主人が同情する、というパターンだよ。

ホームズ物語からアルコールへの言及をあれこれ引き出すよりも、コナン・ドイル全集には未収録の短編「さもしい話」(一八九一)を次に取り上げてみることにしよう。話はロンドンのボンド・ストリートでショーウインドウをのぞいている二人の娘の会話から始まるが、そこへラビー夫人という女性が近寄って、二人のほしがっているドレスの仕立ての注文を取りつける。そこのところまでは、世紀末に流行するようになるウインドウ・ショッピングへの言及ということですまされることだろうが、問題はその先だ。彼女の夫はアルコール中毒なのである。

「ええ、そうね。あなたはお酒をやめて下さった、とても感謝していますわ」
「もう六ヶ月、一滴も口にしていない」
「おかげでよくなったのじゃありません? 体も運も、何もかも。他の職員の人たちから離れさえす

▲入院療養中のチャールズの幻想

れば、きっとよくなると分かっていました。もうあなたは事務員じゃありません、絵描きです」

今は禁酒をあらわす「青のリボン」をつけている彼も、実は酒のために首を切られたのである。「長いこと人目につかぬところで泥酔するようにしていたのだが、アルコール中毒のふるえと妄想が出るようになって、雇い主の目にもとまり、即刻解雇となってしまったのだ」。作者ドイルはここでいたずらを仕掛けた、つまり、彼の働いていたのがココアを売る会社だということにしているのである。

▲▼チャールズの画集より

一九世紀にココアが売り出されたとき、その最初の標的は女性と子供であったが、やがてそれは滋養強壮の効能があるとして、中流から下層の男の労働者にも買わせようとする方針に転換してゆく。そのさいに、ひとつの宣伝効果を狙って、アルコール中毒を防ぐのに役立つとやったのである。しかも有名なココア会社を経営するバーミンガムのキャドバリー家は、代々クエーカー教徒であることも手伝って、禁酒もしくは節酒を守ってきた。そしてヴィクトリア時代の節酒運動に強く肩入れすることになるのだが、その運動に共鳴し参加していることの目印が、実は「青いリボン」だったのである。ドイルはそうした経緯を巧みに利用したことになる。ホームズ物語のひとつ「プライオリ学校」にも、ココアが登場している。探偵がこう呼びかける場面があるのだ。「さあ、ワトソン、となりの部屋にココアが用意してあるぜ。急いでくれ、今日は大変な一日になるからね」。朝元気をつけるにはコーヒーでも紅茶でもなくて、滋養強壮のココアをというわけである。

さて、問題の短編に話を戻すと、禁酒をしていたはずの夫は出来あがったドレスを質屋に入れてしまい、また街で酔いつぶれてしまう。それを見つけた妻は文句も言わずに彼を家へ連れて帰る。作者ドイルは短編をこう結んでいる。「ああ、盲目の、天使のような、愚かしい女の愛よ！　男というものは、この地上にいて、奇蹟を要求する必要があるのだろうか？」。父チャールズがもしこの結びの言葉を読んだとしたら、何と思ったろうか。余計な推測はしなくても、ここでは、この画家がアルコール中毒の治療中に描いた二枚の絵を目の前においてみるだけで充分だろう。そこに描かれているのは、彼自身と妻メアリーの姿以外のなにものでもない。

6

ドイルは『回想と冒険』を誇らしげに家系の話から始めている。「私の父は、一八二五年から一八五〇年のロンドンでH・Bという署名で大評判をとったジョン・ドイルの末の子であった」。この有名な諷刺画家の息子たちはいずれも画才にめぐまれていて、長男のジェイムズは自著『イングランド年代記』の挿絵を自分で描いたし、三男のヘンリーは「古い絵画のすぐれた鑑定家で、のちにはダブリン美術館の館長となった」――イタリアの歴史学者カルロ・ギンズブルクの見事な論文「手がかり」の註9で、コナン・ドイルと美術鑑定家モレッリをつなぐ鍵の人物として登場するのが彼である。次男のリチャード(通称ディッキー)・ドイルは、言うまでもなく、一時期の『パンチ』を代表する有名な諷刺画家。そして四男がチャールズであった。

詳しい理由は分からないのだが、ともかく彼は一八四九年にエディンバラに移住し、そこの土木事務局の助手として働くことになる。しかし、それはあくまでも暫定的な地位であったらしく、年収も二四〇ポンドほど。一八七七年には父ジョンがなくなり、一方では試験制度が導入され、彼はあっさり首になってしまった。いくつもの意外な事実を発掘して見せた歴史学者オーウェン・ダドリー・エドワーズの手になる評伝『シャーロック・ホームズを求めて』(一九八三)によれば、当時の「エディンバラは引っ越しが頻々にある都市で、ひとつところには二年のみという家族がよく見られた」という。チャールズも到着後ほどなくして転居することになるのだが、その転居先の娘メアリー・フォリーがのちに彼の妻になる。結婚したのは一八五五年七月三一日(彼女は一七歳)、アーサー・イグナティウス・コナン

・ドイルが誕生するのは一八五九年五月二二日、くしくも『種の起源』の刊行された年である。

暇な時間に挿絵や水彩画を描いてわずかの金を手にすることもあった彼が、ロンドンのはるかに北の都会で、成功した兄たちに対するコンプレックスをつのらせていくさまは、たとえ抑えようとしても、目の前に浮かんで来ざるを得ない。そこからアルコールへ深入りしていく姿を想像するのはあまりにも安易かもしれないが、さしあたり常識的な想像に従っておくことにしよう。それでは、彼はいつからアルコール中毒の症状を呈するようになったのだろうか。職をしりぞくことになる一八七六年以前からだろうか――おそらくそうだと思われるが、はっきりしたことは分からない。

そもそも彼がアルコール中毒であったという事実自体が、一九七七年に偶然発見され、翌年刊行された彼の療養時代の画集にマイケル・ベイカーがつけた序文の中で初めて明るみに出された、ドイル家の秘密であったのである。一八九三年一〇月一〇日の未明、スコットランド南部のダムフリースのクライトン王立病院で「てんかん」のために死亡するまで、彼は何ヶ所の病院を、いつから渡り歩いていたのだろうか。ベイカーはみずからの調査に基づいて、次のように述べている。「一八八五年五月、チャールズはフォーダウン・ハウスと呼ばれる民間病院から、モントローズ王立病院へ移ることを認められた（前者は王立病院の北一五マイルほどのところにあって、アル中の治療を専門としていた）。彼の転院はかなり急なものであったらしく、前の病院で酒を手に入れ、暴れまわって窓をこわし、脱走しようとした事件があったあとのことのようである。そのために彼はサニーサイドと呼ばれる部分に拘束されるのだが、のちには普通の入院患者となった」。もちろんコナン・ドイルはこうした事実を知っていたであろう。そしていかにもヴィクトリアンらしく、それについては口をつぐんだ。シャーロック・ホームズとチャレンジャー教授は、その沈黙の中から生まれてくるのである。

チャールズの画集を開いてみる。そこに見つかるのは狂気や暴力を連想させるようなイメージ群ではなくて、実に柔らかで繊細な線である。彼の自画像と握手し、抱擁しあう死にしても、決して冷酷な硬直性はもたず、どこか心もとなげな雰囲気をもっている。彼は人間たちの集まりを描くよりも、動物とならんだ人間を、とりわけ植物に囲まれ、そのかげに隠れようとしている人間を好んでいるように見える。彼が愛してやまなかった妖精たちは木の葉や草のかげに身を隠し、それと一体化しようとするポーズのままで定着される。ときおり妖精たちに脅威を与えようとする動物にしても――あるいは父親の形象化と解釈していいのかもしれないが――その脅威はさし迫ったものとは感じられない。ナンセンス絵にしても、通常の意味の世界を転倒させてしまうような無気味さにみちたものではない。この優しさにみちた世界の中では、それぞれのイメージが他のものに安らかに変身していくような夢幻性がある。妻メアリーの姿は妖精に、妖精は草の葉に、草の葉は彼の自画像の髭に、そしてそれがさらに……チャールズはどこかに身を隠したかったのかもしれない。ドイル家の傑物たちの目に触れないどこかに消え入りたかったのかもしれない。もしそうだとするならば、この画家チャールズに対する息子の態度を〈抑圧〉という言葉でさすのは間違いだろう。彼はただこの優しい画家を隠しただけなのだ。彼に〈抑圧〉しなければならないものがあったとすれば、てんかん持ちのアルコール中毒患者としての父であったと言うべきであろう。

この父ほどの画才にめぐまれていなかった息子は、あたかもその代償として、早い時期から写真に凝った。そしてのちには、妖精を写したとする写真を信じて世の失笑をかうことになる。あの推理機械の産みの親が妖精の存在を、二〇世紀にもなって、信ずるとは！　しかし、そのとき彼は父の最も近くにいたのかもしれない。彼の非合理を笑ったときに読者の前にあったのは、実は父と子のひそやかな交信であったのかもしれない。

ドイル、貧乏医者の頃

1

コナン・ドイルの評伝と称するものの数は、単行本のみをとってみても、すでに一五冊ほどに達するにもかかわらず、その多くはあまり信用がおけないか、あるいはこの矛盾に満ちたヤヌス的な相貌の作家のある面のみに拘泥するかのいずれかであるように感じられる。推理作家として、また推理小説の研究家として有名なジュリアン・シモンズの『コナン・ドイル、ある芸術家の肖像』(一九七九)にしても、ドイルの活動の全体をおさえるような姿勢をとりながら、「学位を別とすれば、彼がエディンバラから得たものはほとんどなかった」と書いて、基本的な事実誤認を露呈してみせる。父チャールズをアルコール中毒の地獄に引きずり込んだ北の都会が、医者としての訓練を受けることになるこの都会が、彼の生の軌跡に何の痕跡も残さなかったということは、およそ考えがたいことである。

しかし、それではエディンバラとはいかなる特徴をもった都会であったのだろうか。そのように問うてみてすぐに思いあたるのは、ロンドン、パリ、ウィーン、ベルリン等々のヨーロッパの諸都市についてはすでに雑多な情報がばらまかれているにもかかわらず、このスコットランドの中心都市についての確かな情報が、われわれの手元にはほとんどないという事実である。この事実はエディンバラがさしたる文化的な意味をもたない都市だということを示すものではない。その逆である。

一九世紀イギリスの代表的な評論誌『エディンバラ評論』（一八〇二―一九二九）は、そのタイトルからも明らかなように、この都市に本拠をおく書評誌であった（ただし、書評を軸にした季刊誌とは言っても、ひとつの書評が数十頁に及ぶのが普通であって、実質的には本格的な評論誌であった。例えばカーライルの有名な論文「時代の兆候」［一八二九］にしても、もともとはこの雑誌に無署名の書評として掲載されたものである）。このウィッグ系の高級な書評誌に対抗して、トーリー寄りの立場からより多くの読者をつかもうとした文芸月刊誌『ブラックウッヅ・エディンバラ・マガジン』（一八一七― ）も、言うまでもなくこの都市の産物であった。つまり、この都市の名前は、ヴィクトリア時代のイギリスの知的活動の先頭に立ち、ロンドンを軸にして活動する文人や思想家たちにしばしば痛烈な批判を浴びせるのを得意とした二つの雑誌のタイトルに使われるほどの文化の重みをもっていたということである。その文化の重みなるものの実体を説明するためには一冊の思想史を書くしかないだろう。それを今ここで簡単に言うならば、とくに一八世紀の中葉以降のエディンバラは、ヨーロッパの哲学、経済学、歴史学、文学、美術などの一大中心地であり、それらの成果を反映する組織としてエディンバラ大学が存在したということである。そして「スコットランド啓蒙時代」と呼ばれる時代がそこに出現したということである。

何人かの名前を列挙してみることにしよう。経済学のアダム・スミス（彼はグラスゴー大学とオックスフォード大学で学んだが、その活動の拠点はエディンバラであった）、哲学者であるとともに『大ブリテンの歴史』(一七五四―六一)の著者でもあるデイヴィッド・ヒューム、『批評の要素』(一七六二)他を残した哲学者、歴史家、農業改革家のケイムズ卿、修辞学のヒュー・ブレア、哲学と歴史学のアダム・ファーガソン、経済学のデューガルド・スチュワート、さらに『地球の理論』(一七八五)を著わして近代地質学の祖とされるジェイムズ・ハットン、肖像画家のアラン・ラムゼイとサー・ヘンリー・レイバーン、建築のロバート・アダム、詩人のロバート・バーンズ、歴史小説家のウォルター・スコット、そして当時から世界の最高水準にあったエディンバラ大学の医学校の教授たち。こうした人々によって築き上げられた伝統のことを考えると、のちに、医学の勉強を志したダーウィンがまっすぐにエディンバラ大学に向かうのが、ごく自然な選択に思えてくるだろう。コナン・ドイルの多面的な活動にしても、このような文化の伝統の中においてみると、むしろどこかでその伝統を継承しているようにさえ見えてくるのである。

もちろん、ひとつの都市をその文化の歴史の面のみに還元できるものでないことは、自明の理であろう。エディンバラにしても、ヨーロッパの他の都市と共通する問題を抱え、とくに一九世紀になると、その解決に躍起になるのだが、そのなかでもとくにこの都市についてまわったのが飲酒と汚濁の町というイメージであった。批評家デイヴィッド・デイシズもその著書『エディンバラ』(一九七八)の中でこの問題に言及している。飲酒問題が一八世紀のイギリス全体で深刻な社会問題と化していたのはよく知られた事実であるが、エディンバラではとりわけそれがひどかった。中流以上の男たちのすさまじいばかりの飲酒癖については、その証言にこと欠かない。一七六六―八六年にエディンバラで弁護士を開業していたジェイムズ・ボズウェルは――言うまでもなく、ジョンソン博士の筆記者をつとめることになる人物であり、やがてワトソン博士の原型とみなされることになる人物である——この都市の飲酒ぶりをつぶさに観察しているが、その彼自身が日記の中に次のように書きとめたりしているのだ。「われわれは一〇時近くまで話し込んでいた。私はひどく酔っぱらって、通りをうろつき、ボウ街のうす汚なくて狭い階段を昇ったところにある二人の娼婦の部屋に一時間以上もしけ込んでいた」。下層の人々はビールを飲むことが多かった。ホガースの対になった版画「ジン横町」と「ビール通り」における表象からもよく分かるように、醱酵酒であるビールは体によくて、蒸溜酒であるジンは体と精神に悪いとするのが、当時の通説であった。これに対して、ある人物の一七七九年の証言によると、

[エディンバラの]下層の住民たちはティーとウィスキーを飲むようになってきた。このうちの前者は、十分な食事と飲み物をとる余裕のない人々にとって、とても健全なものとはみなしがたい。後者も健康とモラルに対して等しく有害なものである。
(デイシズ『エディンバラ』)

確かに一九世紀になると各種の節酒・禁酒運動がさかんになり、法律とモラルの両面からの締めつけが厳しくなるものの、この北の都市のアルコール愛は基本のところでは変わらなかったようである。何よりもチャールズ・ドイルその人が、そのことの不幸な証拠なのだ。皮肉な言い方をするならば、その意味においては、父チャールズもエディンバラの伝統を立派に継承したと言えそうなのである。

もっとも、エディンバラ名物の——これは一八世紀のパリの夜の名物でもあったが——頭の上から降ってくる汚物には、二人とも縁がなかったであろう。

酔っぱらいたちも、夜家路をたどるときには気をつけなくてはならなかった。なぜならば、窓の下にうっかりさしかかった不幸な人間の頭の上に、室内便器の中味をバサッとかけるぞという警告のフランス語（「水に注意」）が上の方から響いてきて、とっさに「待て」と叫んでどかないかぎりは、その犠牲になるからだ。一七六二年、ジョン・ウェスレーは『日記』にこう書いている。「いつまで放っておくのか、ありとあらゆる汚物を通りに捨てるやり方を？　スコットランドの中心都市は、その中心となる通りは、一体いつまで下水溝以上の悪臭を漂わせておくつもりなのか？」

（デイシズ『エディンバラ』）

コナン・ドイルが生まれ、幼い日々を過ごし、やがて大学に通うことになるエディンバラは、このような歴史をふんだんに抱え込んだ都市であったのである。

2

ドイル家はカトリックであった。コナン・ドイルが、イエズス会がランカシャで経営する学校に学ぶことになるのはそのためである。一八六八年からの二年間はまずホダーの予備校で勉強し、そのあとストーニーハーストの学校に進学して五年、続いてオーストリアのフェルトキルヒのイエズス会系の学校で一年というのが、一八七六年にエディンバラ大学に入る前の彼の学歴であった。しかし、彼はなぜ医学の道に進むことを決断したのだろうか。父方は画家の血筋であるし、母方にしてもおよそ医学とは関係がなく、本人もクリケットと文学の習作程度のことしか試みていなかったのに、なぜ医者になることを決心したのだろうか。伝記作者たちもこの疑問にはっきり答えようとしない。だが、エディンバラ大学の医学校での経験がのちの文学者としての性格を大きく左右することを考えると、この疑問に何らかの解決を与えることがどうしても必要だと思われる。

あるいはドイルの残した母宛ての膨大な量の手紙や日記の中にそのヒントがあるのかもしれないが(現在は、訴訟のために誰もそれを見ることができない)、その資料を利用したピエール・ノルドンも確定的な発言はしていない。彼の挙げるのは、医者という職業が今よりも魅力的なものであったかもしれないとか、エディンバラ大学の医学校が世界最高のもののひとつとされていたからとか、「アーサーは自宅に住むことによってお金の倹約ができたし、それとともに弟の教育をみることもできた」(『コナン・ドイル』、一九六四。英訳、一九六六)といった理由である。どれも当たっているだろうが、私ならば、端的に、

▲大学生時代のコナン・ドイル 22歳

父親のアルコール中毒を根本的な理由におく。それこそがドイル家の困窮と不幸の最大の原因であり、それを救うために、さらには父の病状への関心から医学へ眼を向けた、私はそのように推量してみたいと思う。

さらに、大学進学のために奨学金を得ようとして勉強する彼に適切なアドヴァイスをしてくれたひとりの医者の存在を忘れるわけにはいかない。名前はブライアン・チャールズ・ウォラー。一八五三年にヨークシャで生まれた彼は(ということは、ドイルの六歳上ということであるが)、エディンバラ大学を優秀な成績で卒業し、一八七九―八二年にはそこの病理学の講師までつとめた。その彼が一八七五年から、つまり学生時代から、ドイル家と同じところに下宿し始めているのである。ここでもう一度年号を整理しておくならば、ウォラーの同居が始まるのが一八七五年、チャールズ・ドイルが仕事をしりぞくのが一八七六年六月、そして同年の一〇月、コナン・ドイルはエディンバラ大学に入学、一八七九年には父がアルコール中毒治療の専門病院であるフォーダウンの病院に入院することになった。しかも、それだけではない。一八七七年にウォラーが別の家を借りることになると、ドイル家の人々もそこに移り住み、八一年には彼に家賃を払ってもらって別の家に引っ越しているのだ。さらにその翌年になると、母のメアリー・ドイルは、ヨークシャのウォラーの土地にあるメイソンギル・コテッジに移って、一九一七年にいたるまでそこで暮している。このような経緯からすると、若き日のコナン・ドイルにとって彼がきわめて重要な意味をもつ人物であったことは間違いない。

しかし、ここに奇妙な事実がある。『回想と冒険』には彼への言及がひとこともないのである。同じように、チャールズ・ハイアムの手になる評伝『コナン・ドイルの冒険』(一九七六)にも彼への言及はなく、ノルドンの評伝には、「青春期のコナン・ドイルは、父のそれにかわる男性的な影響力を必要としたときには、ウォラー博士に目を向けた」という説明まであり、彼にカーライルやエマーソンを読むことを勧め、不可知論への手ほどきをしたのも彼であると指摘されているにもかかわらず、住宅問題のことはまったく無視されている。ウォラー博士についての事実を発掘してみせたのは、すでに挙げた歴史学者オーウェン・ダドリー・エドワーズの評伝なのである。細部の事情はともかくとして、この二人の親密な関係はのちに冷却したようで、結果的には彼の名前は回想録には登場しないことになる――いや、別の説明をするべきかもしれない。ウォラー博士は父のアルコール中毒のさまをあまりにも間近から知りすぎていたために、回想録の中に呼び戻すことができなかったのだ、と。コナン・ドイルという作家は、いくつもの矛盾点をも含めて人生のすべての体験を作品化していったような印象を与える人物であるが、実際のところは決してそうではない。ときには探偵ホームズが相手にしなければならなかった犯罪者のように、巧妙でかつきわどい隠匿工作もやっているのである。彼は決して複雑難解な作家ではないにしても、逆にただ単純な大衆作家とみなしてすませることもできないのである。

3

大学時代のコナン・ドイルについて語る場合、やはりジョゼフ・ベル博士のことを落とすわけにはいかないだろう。言うまでもなく、名探偵ホームズのモデルとなった人物である。ドイルは博士の外来患者助手をつとめ、「外来患者をならばせ、症状の簡単なメモを作り、看護係や学生に囲まれて博士が堂々と待ちかまえている大きな部屋に患者をひとりずつ案内」した。博士は「実に腕のいい外科医であったが、その強みは、病気だけでなく、職業や性格までをも診断してしまう力であった」。『回想と冒険』に紹介されているその例は、すでに余りにも有名になりすぎているかもしれない。

最も見事な例のひとつは、普通の恰好をした患者を相手にしての、次のごときやりとりだろう。

「ふーん、軍隊にいらっしゃったようですな」

「はい、先生」

「除隊して、間もないでしょう」

「はい」

「高地の部隊?」

「はい」

「下士官?」

「はい」

「バルバドス島でしょう」

「はい、そうです」

博士の説明はこうであった。「いいかね、諸君。今の人は礼儀正しい人だった、ところが、帽子をとらなかったろう。軍隊ではあれでいいんだ。しかしね、除隊してから長いということなら、とっくに市民の礼儀を身につけているはずだ。それにあの毅然とした態度、明らかにスコットランドの人間だね。バルバドス島というのは、あれは象皮病で、イギリスのものじゃない。西インド諸島の病気だから」。

なみいるワトソンたちには、種明かしを聞くまでは、まったく奇蹟かと思えたものであるけれども、説明を聞いてしまえば、なんのことはなかった。このような人物を知っていた私が、のちに、犯人のミスに頼らずに自分の力で事件を解決してゆく科学的な探偵を作ろうとして、博士のやり方を大々的に活用したのは道理であろう。

これがホームズの鮮やかな推理のモデルだと説明されれば、確かにそれ以上は何も言えなくなるし、また何も言う必要はないのかもしれない。このベル博士の診断法ならびにホームズの駆使する犯罪の診断法にひそむ記号論的な意味については、トーマス・シービオクの『シャーロック・ホームズの記号論』(一九八〇)や彼とウンベルト・エーコの編集した『三人の記号、デュパン、ホームズ・パース』(一九八

▲ホームズのモデルとされる
ジョゼフ・ベル博士

▲最初の妻ルイーズ

三）によって十分に解明されている。

4

さしあたりの関心からすると、むしろ興味深いのは、『回想と冒険』の中の次のようなくだりである。父の健康は完全にそこなわれてしまい、人生の最後の歳月をすごすことになる療養所に引退せざるを得なくなってしまった。私は二〇歳にして、実質上、人生と苦闘する大家族の長になってしまったのである。

「療養所」とは、言うまでもなく、フォーダウンの病院のことに違いない。そして年は一八七九年のことである。この文章が暗に示唆しているのは、ドイルに一家の支柱としての精神的な重圧がのしかかってきたということだけではなくて、彼が経済的な意味でも支えとなることを期待されたということである。現に彼はすでに学生の時代から、あちこちで医者の助手として、今で言うアルバイトをしていた。

一八八〇年二月には捕鯨船ホープ号の船医として、約半年間、北極海での生活を体験した。貴重な体験をして戻ってきたときのことを、彼は、「私は衣類すべてのポケットに金貨を隠した。母はそれをひとつひとつ見つけ出して大喜びするだろうと思ったからだ。それは母のささやかな財源に五〇ポンドほどをつけ加えることになった」と書いている。確かにこれから十数年のドイルは、『ストランド・マガジン』にホームズ物語をひとつ載せるたびに四六〇—六八〇ポンドもの原稿料を手にする人気作家になってはいるものの、この学生時代の困窮ぶりは相当のものであったと言わざるを得ないであろう。

一八八一年七月、エディンバラ大学から医学の修士号を得た彼は、その年の一〇月には、アフリカ西海岸行きの貨物船マユンバ号に、月給一二ポンドほどの船医として乗り込んだ。その旅から戻ってきたあとの彼が必死に取り組んだのは、もちろん医者としての定職探しであり、できることならば、いずれかの地で開業医となることであった。いずれかの地で開業医という言い方をするとずいぶん無責任のように聞こえるかもしれないが、財力も有力な人のつながりもない彼にとっては、それが実状であったろうと思われる。しかも、弁護士とならんでヴィクトリア時代の代表的なプロフェッションのひとつである開業医ともなれば、その競争が激しくなるのは当然のことであった。

ドイルを開業医への道に実に荒っぽいやり方でひき出したのは、ジョージ・バッドという人物であった。このブリストルの医者の息子とドイルがエディンバラで初めて顔を会わせたのは一八八一年の初めのことであるが、翌年三月にはプリマスで開業して大成功していた彼のところから、ドイルに誘いの電報が来た。ドイルはすぐに赴いて共同で仕事を始めるが、六週間後には激しい口論となってしまい、ドイルはそこを出てゆかざるを得なかった。一〇ポンドにも充たない金を持った彼が選び出したのはポーツマスの町であり、結局そこの郊外のサウスシーに借家の医院をかまえて、一八九一年までそこにとどまることになるのである。ドイルの医師開業は決して余裕のある行動などというものではなかった。むしろ、生活を賭けた必死の苦闘であったと言うべきかもしれない。

それにしても、このバッドという友人の医者はいかなる人物であったのか。ドイルは『回想と冒険』の中に、「彼の激しやすい奇妙な性格には、間違いなく病的なところがあった」としるしているが、才能は、というよりも、異能はあったらしい。独創性に富み、気まぐれで、イカサマ師的なところもそなえていて、それこそ医学の倫理などからっきし気にもとめない性格であったようである。その彼がプリマスで一時的にもせよ大成功を収めたのは、診察は無料と宣伝して患者を集め、あとで薬を売りつけるという方法をとったからであった。ドイルの母はこの人物のことをひどく胡散臭く思っていたらしい。そのことを書きしるした母からの手紙をバッドに盗み読みされてしまったのが、二人の喧嘩別れの原因であったと、ドイルは説明している。

サウスシーで開業したドイルは、ともかく医者として生きのびるのに成功した。「最初の年は一五四ポンドを稼ぎ、二年目は二五〇ポンドとなり、それから徐々に三〇〇ポンドに近づいたが、医業に関するかぎりではそれを越えることがなかった」。もっともドイルはこの時期に短編をいくつか書いているし、『緋色の研究』も出版しているので、実際の収入はもう少し多かったはずである。それにもうひとつの収入源があった。彼は一八八五年八月六日に、たまたま診察した少年（脳膜炎で死亡する）の姉ルイーズ・ホーキンズと結婚するのだが、「彼女には自分の収入がいささかあって、そのおかげで私は最初から彼女に、ぜいたくは別として、まともな生活を送らせるくらいの家計の余裕ができた」。ここで言われている彼女のいささかの収入とは、ほぼ年収一〇〇ポンドのことである。

私はあまりにもドイルの金銭問題に拘泥しすぎただろうか。しかし、正確に言えば、私がこだわったのではなくて、ドイル自身が実に細かく金額を報告しているのである。そこにこの作家のある種の品位のなさを見たいというのであれば、それは読者の勝手であると言うしかない。だが、医者になろうとする若き日のドイルが体で覚えた金銭の意味こそ、実はホームズ物語の根幹をなす動機ではないのか。

ホームズ物語には何千、何万ポンドの遺産の話から、日常の何シリング何ペンスの話まで、おびただしい金額が出てくる。金額を抜き取ってしまえば、探偵の活躍する場そのものが成立しないと言ってもいいくらいなのだ。ここでは、金銭に対して精神分析的な読みなどほどこすべきではない。ホームズ物語における金銭は決して欲望とか何かの象徴といったものではなくして、まさしく生活の問題なのだ。あのおびただしい金額の洪水が、なおかつわれわれのうちに嫌悪感をかきたてることがないのは、そこからくる健全さのためである。守銭奴はホームズ物語にはなじまない。

5

ドイルには『スターク・マンロウの手紙』(一八九五)という書簡形式の小説がある。どんな内容かと言えば、彼が問題のバッドと出会い、喧嘩別れをし、開業し、結婚するまでの経緯をほとんど事実の通りに語ったもの。もちろんバッドの名前はカリングワースと変更してあるし、地名も変えてある。しかし、それが事実に密着していることは、ドイル本人が『回想と冒険』の中ではっきりと認めているところである。それだけでなく、ここで驚くべきことが生じているのだ。ドイルはこの自伝の中で、〈ジョージ・バッド〉ではなくて、なんと〈カリングワース〉について語っているのである――この逆転は一体何を意味するのだろうか。

実在のバッドに対する嫌悪感が、変名のほうを選びとらせたのだということも考えられないではない。それともユーモラスな効果を狙ったのか。いずれにしても、ここで確実に言えるのは、コナン・ドイルという作家においては、実人生とフィクションが意外なかたちで微妙に交錯するということである。しかし、だから、源泉探しをしようということではない。ホームズ物語の中に作者の痕跡を認める一方で、それを作者の軌跡に還元しつくすこともできないのである。ドイルの作品はいわゆるテクスト内在的な分析のみでは読みつくすことができないし、かといって実証的な源泉探しによっても――それは手間のかかる作業であって、いわゆる〈学者〉を生みだしやすい方法ではあるが、つまるところは単純な仕掛けにすぎない――読みつくすことはできない。必要とされるのは、その両極の間を臨機応変に往きつ戻りつする読み方であろう。このような読み方がひとつの妥協にしかみえない人々は幸福である。この読み方はつねに地点、地点での判断変更を要求するものであって、その意味では最も不安定で可変的な読み方になるのである。別の言い方をするならば、それはテクストとつねに縦横に、上下に、内外に交差することを迫る読み方ということである。(シャーロキアンの読み方というのもあるが、あれは所詮趣味の問題であって、私には何の関心もない)。

話を『スターク・マンロウの手紙』に戻すならば、この小説の中で繰り返し強調されているのは、医師開業にともなう、とりわけ経済的な困難である。『回想と冒険』におけるその記述との差異が生ずるのは、作者が金額の細部へこだわることによって、それに一種のユーモアの被膜をかけることに成功しているからである。

われわれは競売の行なわれる部屋に足を運んで、人垣のはしのところでチャンスを待った。そのうち、実にこざっぱりとしたテーブルがでてきた。私は首で合図して、九シリングでそれを手に入れた。次に、坐る部分が籐で、他が黒塗りの木製というかなり目立つ椅子が三脚。これにはひとつあたり四シリング払うことにした。次は金属製の傘立て、これが四シリング六ペンス。これはぜいたく品だと思ったが、私としても燃えてきていたのだ。ぐるぐるとひとまとめにしたカーテンが出てきて、誰かが五シリングと声をかけた。競売人の視線が私の方に回ってきたので、合図をしてしまった。五シリング六ペンスで入手である。

これは開院をひかえて中古の家具を買い揃える場面であるが、その頃の貧しい食事については次のように書かれている。

紅茶と砂糖とミルクは合わせて一日一ペニーである。パンは一つが二ペンス三ファージングで、これを日にひとつ食べる。夕方はガスで調理したベーコン三分の一ポンド（二・五ペンス）。乾製ソーセージ二本（二ペンス）、魚のフライ二切れ（二ペンス）、八ペンスするシカゴ牛肉の缶詰め四分の一（二ペンス）のローテーション方式。これにパンと水が充分につけば、きわめて内実のある食事となる。バターのほうは、当座は諦めることにした。従って日々の実質の食費は六ペンスを充分に割り込むことになるのだが、文学のパトロンを自称する私としては、一日に〇・五ペニーをはたいて夕刊新聞を買うことになる。

回想であるかぎりは、貧乏の苦労話もまた楽しいプライドの対象となりうることの典型的な例と言うべきだろうか。いずれにしても、これもまた金額へのオブセッションの存在を示唆する実例としていいだろう。
またカリングワースの劇的な効果をねらった診断法には、ベル博士の診断法とそれに基づくホームズの推理法のパロディ的な影のような印象を与えるところがある。例えば次のような場面に接すると、ベイカー街221Bの居間でいきなり依頼人の度胆を抜いてみせる探偵を連想せずにはいられないだろう。

ある種の患者には彼はひと言も質問せず、また説明もさせなかった。大声で、「しっ」と言うなり、患者にかけ寄って、胸を叩き、心臓の音を聞き、病名を書きつけるなり、肩をつかんで部屋から追い出してしまうのだ。ある貧しい老女が来たときなど、彼は文字通り怒鳴り声をはりあげた。「紅茶の飲みすぎだ！　紅茶の毒にやられとるんだ！」そして彼女にはひと言ものを言わせず、黒い外套のはしをつかむと、テーブルのそばに引っぱってゆき、そこにあった『テイラーの医事法』を突き出した。そして、怒鳴るのだ、「この本に手をのせて。これから二週間はココア以外に飲まんと誓うんだ！」彼女は天井を見つめながらそのように誓い、病名を書いた紙をつかまされて、あっという間に薬局に回された。

これは医者としてのドイルが模倣したくてもできない方法であったらしい。小説の中にはこのカリングワースの患者の扱い方を肯定するところさえでてくる。しかし、まあ、それでよかったのかもしれない。医者としては身につかなかったこの劇的なテクニックが、名探偵の独特の方法として歴史に名をとどめることになるのだから。

しかし、それにしてもドイルはたくましい作家である。ホームズの方法を、『赤いランプのそばで』（一九〇一）所収の短編「偽りの出発」の中ではパロディにしてみせるのだから——しかもその主人公は、間違いなく医師開業の頃のコナン・ドイルその人である。

ウイルキンソン博士は机の後にすわって、両手の指の先を合わせ［これはホームズの得意のポーズだ］、相手をいささか不安げに見つめた。この男はどうしたのだろう。顔がひどく赤いようだ。彼がついた教授たちのある者ならば、もうとっくにこの患者の診断をして、相手がまだひと言も説明しないうちに兆候を指摘し、患者を仰天させていただろう。博士は手がかりを求めて頭をひねった。しかし自然は彼をトボトボ歩き型の人間にしか造ってくれなかったのだ——確かに大いに信頼できるのだが、所詮はそれだけの人間なのだ。

だが、落胆することはない。このトボトボ歩き型の健康人は、明らかに世紀末のロンブローゾ＝ノルダウの枠組みの外にいるのである。コナン・ドイルにとって医師開業とは、自らの凡庸さと健康を自覚するプロセスでもあった。

女の医者、女の旅行家、女の探偵

4

1

かりに医学小説というジャンルが存在するとすれば、コナン・ドイルはおそらくそのジャンルを代表する作家のひとりとみなされることだろう。その場合に、新米の医者の開業にまつわる苦労話を小説化した『スターク・マンロウの手紙』とならんで注目されると思われるのが、医業の諸相にかかわる一七の短編を集めた『赤いランプのそばで』である。この短編集を一読して強く印象に残るのは、そこで展開されるアイディアの奇抜な多様性であろう。外科の手術を目の前にして気絶する医学生の話、開業のための苦労話(「医師クラップの開業」は、患者を集めるために、友人に頼んでひと芝居をうつ男の話であるが、読者が声をあげて笑える仕掛けになっている)、オーストラリアの某刑務所の医者が囚人の体験を聞く話、電気処刑にかかわる医者の話、新旧世代の医者の対立の話、医者の恋物語、さらには四千年前のエジプトのミイラを蘇らせてしまう話など、健康にしてかつ凡庸な人ドイルの頭脳に次々に浮かんでくるアイディアには、ほとんど限界というものがないようにもみえる。

これらの作品はホームズ物語と併行して書かれている。そしてワトソン博士という器には盛り込むことのできなかった医者にかかわる種々の問題が、しばしばユーモアたっぷりに描き込まれているのである。われわれは、医者としてのドイルの体験は、名探偵の有名な推理法とワトソン博士の造型とロイロット博士他の医者の記述のうちにおおむね凝縮されているように考えやすいが、それは明らかに間違っている。むしろ『赤いランプのそばで』の中にこそ、ドイルが体験し見聞していた医者生活の諸相が表象されていると思えるのである。探偵ホームズの行動の朴訥なる筆記者に甘んじるワトソン博士は、ドイルの抱いていた数ある医者のイメージのひとつにすぎないのである。

しかもこの短編集は、『シャーロック・ホームズの冒険』(一八九二)や『シャーロック・ホームズの回想』(一八九四)には書き込めなかった部分を補完しているだけではなくて、のちにホームズ物語で効果的に使われることになる要素や場面の予行演習の場も提供していたのだ。「競売番号二四九」の中の次の場面は、翌年発表される『バスカヴィル家の犬』(一九〇二)において、沼地の魔犬に追われて逃げまどう犠牲者たちの姿をほうふつさせる。

生垣の影の中を黒いものが、腰をかがめて、音もなく迫ってきた。背景が黒いので、その姿はぼんやりとしか見えない。彼がその方向を振り返っているうちに、それはさらに二十歩は近づき、どんどん距離を縮めてきた。暗闇の中に肉のそげおちた首と二つの眼が見えたが、それは夢の中までついてきそうなものであった。彼はくるりと向きを変え、恐怖の悲鳴とともに、一目散に並木道を走りだしていた。石を投げれば届くほどのところに、安全の目印である赤い光があった。彼の足の速さは有名であったが、その晩ほど必死に走ったことはなかった。
　彼は後手に重い門をしめたが、その門も追跡者の勢いでまたバタンと開いた。夜の闇の中を狂ったように走る彼の背後に、パタパタと乾いた足音がする。振り返ると、その恐るべきものが、二つの眼を赤々とぎらつかせ、骨の腕を伸ばして、まるで虎かなにかのように、すぐ後を追いかけてくるのだ。

この蘇生したミイラを伝説の魔犬に変えれば、ホームズ物語の最高傑作のなかの最も有名な場面がそのまま出現するだろう。いずれの作品においても、〈悪〉は超自然と自然の交差する幽暗の領域から出現することに注目すべきかもしれない。やがてドイルは、そこを通って、心霊術の世界にのめり込んでゆくことになるのだから。

2

　短編「ホイランドの医者」も大変興味深い作品である。まず内容を簡単に見ておくならば、主役はハンプシャ北部のホイランドの村の開業医ジェイムズ・リプレーである。彼がこの村で開業して成功するまでにこれといった苦労をしないですんだのは、医者であった父の地盤をそっくり受け継いだからであった。三二歳で独身の彼は、地方の娘たちから格好の結婚相手として狙われているが、「わずかな暇の時間を見つけては書斎にこもり、ウィルヒョーの資料集や専門雑誌に没入することのほうを好んだ」し、自分でも『ランセット』誌に論文を発表したりしている。彼は進歩的な医者を自任している。ところが、この村に、「エディンバラ、パリ、ベルリン、ウィーン」で勉強したヴェリンダー・スミス博士なる人物が新たに開業することになり、この将来の強敵に挨拶に出かけたリプレー博士は、しかしながら、この人物と顔を合わせて仰天する――女の医者なのだ。

彼はそれまで女の医者なるものに出くわしたことがなかった。彼の保守的な魂の全体が、女の医者と聞くだけでムラムラと反発した。なるほど聖書には、医者たるもの男たるべし、女は看護婦となるべしと定めた言葉はなかったが、それでも彼はそれが神聖冒瀆であるように感じた。……「こう言っては何ですが、医業が女向きの職業だとは思いませんね。私個人としては、男っぽい婦人というのは嫌ですよ」。

今から見れば、単純な性差別の域を出ないくだりであるが、時代の文化の中では、これはかなり興味深い記述ということになる。ドイルが女性の医者に言及したとき、時代の中では、女性の医者というのは最新の社会現象であったからである。イギリスの有資格の女性の医者の数は、一八七二年で八人、一八八一年で二五人、一八九一年で一〇一人、一八九五年で二六四人、一九一一年で四九五人（全医者数の二パーセント以下）であり、女性の医者を認めることの是非については、一九世紀の後半を通じてずっと論争が行なわれていた。この短編は明らかにそのような背景をふまえて構成されていると思われる。ドイルはその論争の言説を作品の中に転位させている。

そのことを検討するまえに作品の展開を見ておくならば、開業医リプレーは、この腕のいい女の医者に患者の大半をとられてしまう。おまけに事故で足を骨折してしまうが、その治療をしてくれたのは彼女であった。彼はこの女性の医者の力量を素直に認め、それと同時にそのやさしさにひかれて求婚するが、断わられてしまう。「結婚する能力のある女はたくさんいるでしょう。でも、生物学が趣味なんて女、ほとんどいないでしょう。だから、私は自分の選んだ道を歩きたいの。パリの生理学研究所のポストが空くのを待つ間、この村に来たんです。空きができたという知らせがちょうど届いたところです」。全体を通じて、この女性の医者を描くドイルの筆致は好意的で、村の開業医の性差別もはっきりとそれと分かるかたちで提示されている。とすれば、ドイルはフェミニストに近い立場から男の偏見を批判しているということだろうか。しかし、その一方には、彼が女性の参政権運動に強く反対したという事実がある。ホームズ物語を見ても、いわゆる家庭小説に属すると思われる作品を見ても、彼はディケンズと同じように女を描くのが下手で、紋切型になることが多い。ところが「花婿の正体」の中では、メアリー・サザーランド嬢に、「女というのは家族の輪の中でこそ幸福になると言います。でも、いつも母に言っていることですが、女だってまず第一に自分のサークルがほしいんです」と言わせているのだ。要するに、ドイルという作家と女性の関係は容易に白黒のつけがたい問題としてわれわれにつきまとい続けるのである。

それでは、そのような曖昧さを抱えた作家が、いかなる経緯で女の医者の存在に関心を持つにいたったのだろうか。はっきりした理由は分からない。ある研究者は、問題の短編を書いたとき作者の念頭にあったのは、ソフィア・ジェックス＝ブレイク（一八四〇―一九一二）を中核とする数人の女性がエディンバラ大学で起こした運動ではなかったかと推定している（エリイ・M・リーボウ「偽名のかげの実体験」）。私もこの解釈に賛成したい、ただし、留保つきではあるが。

イギリスの場合、助産婦とも看護婦とも違うかたちで女性の開業医が登場してくるのは、ようやく一九世紀の後半になってからのことであった。イギリス医師会がエリザベス・ガレット・アンダーソン（一八三六―一九一七）に女性としての最初の許可書を渡したのは、『種の起源』の刊行と同じ一八五九年のことである。当時のイギリスの大学では女性の医学生は学位を取ることができず――ロンドン大学の男の教授も学生も、彼女の入学に反対した――結局、彼女は一八七〇年にパリ大学から医学博士の学位を得ることになる。同じような女性の医学生排除の運動はエディンバラ大学でも生じていて、そこでの標的にされたのがジェックス＝ブレイクたちであった。彼女たちは大学での二年間の勉強は許されたものの、そのあとの付属病院での――つまり、ジョゼフ・ベル博士が学生たちを驚愕させることになる病院での――研修は拒否されてしまう。エディンバラ王立病院での研修を求める彼女の激しい演説によれば、「内科、外科のカレッジの何人かの有力メンバーは、わたしたちを教えることに同意した医者たちを村八分にしようとした」し、「わたしたちの面前でカレッジの門が閉められ、おまけに頭から足まで泥をぶつけられた」という（『イギリス女性評論』、一八七一年四月号）。しかも、この演説の中で泥酔を指摘された男の学生は、彼女を名誉毀損で訴え、その裁判に勝ってしまうのである。彼女は学位を得ぬまま、一八七四年にロンドンで婦人病院を開設し、のちにスイスのベルンで学位を得た。一八八〇年までにはイギリスでも女性が医学教育を受けられるようになってはいたが、エディンバラ大学の医学校が正式に女性に門戸を解放したのは、遅れて一八九五年のことである。そのときソフィア・ジェックス＝ブレイク博士は貴賓席にすわった。コナン・ドイル自身は女性の同級生をもたなかったが、母校におけるこのような動きに彼が関心を向けたというのは十分に考えられることだろう。

しかしながら、ひとつの短編に登場する女性の医者のモデルをひとり、もしくは複数の実在の人物に還元してしまうことには、当然ながら無理がある。むしろ、説明の糸口を与えてくれるのは、このような女性の医者の出現という、ヴィクトリア時代の社会においては必然的な、にもかかわらず多大の反発と憤激をひき起こした現象をめぐる言説の闘いではなかろうか。男の医学関係者が示した最も単純な反応は、言うまでもなく、感情的な反発と拒否の姿勢であった。つまるところは父権制度のイデオロギーに依拠するそのような反応が擬似科学的な装いをするところに、『ランセット』誌の次のような言説が成立する。

自然の経済というものにおいては……女のつとめとは人を助け、人に共感することである。この世における女の仕事の軸となる原理、基調音とは手助けすること。生きるために闘い、義務をはたす男を支え、元気づけ、ときにはかばうことこそが女の固有の働きである。何らかの職業において女が第一の指導的な役割をはたし始めたとたんに、女は場違いで……ぎこちない、不適合の、信用のできないものとなる。（一八七八年八月一七日号）

男と女の領域を分断する典型的な発想である。一八七八年といえば、コナン・ドイルはエディンバラ大学の医学生であって、愛読していた『ランセット』のこの文章が彼の目に触れた可能性もなくはないだろう。だが、それはどうでもいいことだ。重要なのは、村の進歩的な医者の最初の態度が、ここに述べられている意見と軌を一にしているということである。

この意見にはもうひとつの落とし穴がある。それは何かと言えば、ここに表出されている女性のイメージの背後には〈家庭の天使〉としての女という神話がひそんでいて、〈白衣の天使〉という神話を容易に呼び込んでしまいかねない構造があるということだ。傷ついた男を支え、助け、元気づけ、かばう白衣の天使——ナイチンゲールの献身的な努力にもかかわらず、いや、その努力が献身的であったからこそ、女の職業としての看護婦は男の職業としての医者を助けるものとして、一九世紀の医学の制度の中に容認されていくという部分があったのではないか。そのことは、女は看護婦になる云々の村の医者の言葉の中にもうかがえる。ロンドンの病院で外科の助手をしている彼の兄弟が、女性の医者をさして、「もちろん彼女は腕ききの看護婦だろうがね」と軽蔑するときには、男と女の二項対立が医者と看護婦の関係に転位されていることが明らさまにみてとれる。確かに看護婦という職業は、タイピストや電話交換嬢などとともに、一九世紀の女性の社会進出にひとつの可能性を開いたものではあったが、それでもなお男性中心の社会のイデオロギーに好都合な部分をもっていたのである。ほんとうに脱構築的なのは、女性の医者であった。

『ランセット』誌の意見がもう一段科学的な装いをまとったところがあるのが、ヴィクトリア時代のイギリスを代表するダーウィン主義の精神医学者ヘンリー・モーズレー(一八三五—一九一八)の言説である。彼は『フォートナイトリー評論』の一八七四年四月の号に発表した論文「精神と教育における性」の中で、生のエネルギーなるものには限界があり、女性がそれを知的な活動に使いすぎると体に異常が生ずると論じた。

女性が楽しみを軽蔑し、知的な活動と生産とからなる苛酷な日々を送るようになったとき、妊娠し、母となり、子供の介護をする機能に傷害がでないかどうか考えてみる必要があるだろう。かりにそうなった場合、女性が知的労働なるものを得た代償として、体の小さい、力の弱い、病弱な人種をもつことになるとすれば、好ましいこととは言えないだろう。

優秀な人種の未来を確保するという視点から母性の保護を力説するというのは、のちの優生学運動の戦略のひとつであるが、モーズレーのこの主張にはすでにその萌芽が認められる。彼の主張には、教育を含めて知的分野一般に女性が進出するのをはばもうとする動機が明らかに読みとれる。

当然ながら、女性の医者の側も黙ってはいなかった。同じ『フォートナイトリー評論』の五月の号には——ちなみに、これはペイターの『ルネサンス』（一八七三）を構成するエッセイの多くが発表され、ワイルドが寄稿した総合評論誌でもある——エリザベス・ガレット・アンダーソンが反論を書き、体の生理学的なしくみや生理をもちだして女性の知的活動をおさえようとするのは根拠が薄いと批判した。

平均的に健康な女性が、その体のしくみのゆえに、周期的にだいじな仕事ができなくなるというのは、あまりの誇張である。ありとあらゆる体力を肉体労働につかわざるをえない貧しい女たちの場合であっても、日々の仕事は休むことなく続けられるし、これといった悪影響のないのが普通である。……モーズレー博士が考えておられるように、間断のない精神労働の危険がかりに大きいとしても、少女の性質のうちのとりわけ女性的な面のみを育てようとする生活の危険とくらべれば、物の数ではないだろう。

この他にも、「医学教育のきつく不快な面は女性をかたくなにし、非女性化するだろう」といった批判まであったが、それに対しては、女の病気は女の医者こそ共感をもってあつかえるという反論がなされた（パトリシア・ヴァーティンスキイ『永遠に傷つけられた女』、一九九〇）。実際にもフェミニズム運動の闘士のひとりであったジョゼフィン・バトラーはアンダーソン博士の治療を受けているのである。『赤いランプのそばで』所収の「医者の体験談」には、若い女性の治療を頼まれてどぎまぎする男の医者の話がでてきて、この間の事情をついている。

コナン・ドイルがこうした論争のうちのどれを具体的に念頭においていたのかを確定することは、おそらく不可能であろう。しかし、「ホイランドの医者」という短編が、世紀末の女性の医者をめぐる言説に参与し、その中で作品としての限界を設定しながら、その言説を増殖していったということはできる。この作品の言説から作者の女性観を単純に引き出すことはできないが、結果として、それが女性の医者という目新しい社会現象を是認するヴェクトルをもっていることは確かである。ドイルはおそらくその目新しさに興味をもったのだ。そのことが最もよく分かるのは結末のつけ方である。初期の女性の医者たちが女の身体と精神を解放するという使命感に燃えていたのに対して、のちにニューヨークの医学アカデミーの初の女性会員となるメアリ・パトナム・ヤコービなどは、むしろ医学の専門家になることを志向して、パリに留学した。つまり、時代の中では、社会的な使命としての女の医者という発想についで、研究者としての女の医者という発想が育ち始めていたのである。ドイルの短編はその後者に属する人物を取り上げているのだ。『永遠に傷つけられた女』という歴史研究で指摘された事実とヴェリンダー・スミス博士という架空の存在の生き方は奇妙に符合している。私としては、その符合以上に話を勧めるつもりはないのだが、そのこともまた「ホイランドの医者」というテクストの歴史性を考えさせる指標にはなるだろう。

3

これまでのところで取り上げた女性の医者たちには、ひとつのきわだった共通点がある――ヨーロッパへ、つまりブリテン島の外へ旅しているということだ。この国外旅行ということ自体は珍しい現象でも何でもない。一八世紀のイギリスの貴族の子弟は、学業の仕上げとして、ヨーロッパ大陸へグランド・ツアーを試みるのを慣行としていたし、それ以前にも、夫に同行して遠い海外に出てゆく女性たちは存在した。しかし、ヴィクトリア時代の海外旅行は、その規模と目的とそれに参加しえた階層という点において、従来のものとはまったく異なった相貌をみせるのである。一九世紀のイギリスには、鉄道網の整備と旅行業者トマス・クックの独創的なアイディアによってあおり立てられた旅行熱の流行とも呼んでいいものがあった。小説家ジョージ・エリオットが一八六九年のある手紙の中に書いた、「昨今では、自分が何か人目につくことをしたと言おうとすると、家でじっとしていましたとでも言うしかないのです」という言葉や、同じく小説家アントニー・トロロープの「この海外旅行にでるという命令的な義務は、しかも毎年そうするわけであるが、ますます拡大の傾向をたどり、まわりの人間から認めてもらいたいと思う者のすべてをおおっている」(『旅のスケッチ』、一八六六) という言葉などは、その端的な証言であろう。中流階級から労働者階級の豊かな部分までが、見聞を広めるためと称して、あるいは娯楽のために、国外に旅したのである。かつてはロマン派の詩人たちが憧れ、またラスキンが憧れた地中海沿岸に、毎年のように中流の人々が詣でたさまは、ジョン・ペンブルの『地中海への情熱』（一九八七）の中に詳しく語られている。考えようによっては、ワイルドの童話「幸福の王子」に出てくるツバメがエジプトに帰ろうとし、ジョージ・ムーアの自然主義小説『エスター・ウォーターズ』（一八九四）の中に結核の療養のためにエジプトに行こうとする話が書き込まれ、ドイルが結核の妻ルイーズをエジプトに連れてゆくというのも、それと絡んだ発想かもしれないのである。

しかし、このような旅行熱の一般性を力説しすぎると、ひとつの特異な現象を見落としてしまう危険が生ずる。それは何かと言えば、女性の旅行者の存在だ。ただし彼女たちは、たとえばクック社の正確なスケジュール表によって移動したのではなく、南北アメリカ、アフリカ、チベット、日本などの当時の秘境に赴いたのである。それは、〈秘境の探検〉というヴィクトリア時代の男たちがきわめて男性的なものとして神聖視した領域に踏み込んでゆく行為であった。「一八七〇年頃から、それ以前の、あるいはそれ以降のいつにもまして、女たちが遠い野蛮な国々への旅を敢行した。個人の資格で、さまざまの理由から旅をした彼女たちは、その多くがすでに中年を迎えており、健康を崩していることが多かったが、そのモラルと知性の水準はきわめて高く、おそろしいほどの量の旅行記を書き残した」（ドロシー・ミドルトン『ヴィクトリア時代の女性旅行者』、一九六七）。極端なまでに男性中心的である一般の探検史の記述には、彼女たちの名前はない。だが、ある意味では、知力において男の制度に対抗した女性の医者と似て、彼女たちはその行動力においてスタンレーやリヴィングストンの伝説的名声に挑んだとも言えるのである。

何人かの代表的な旅行者を挙げてみることにしよう。メアリアン・ノース（一八三〇―九〇）はリベラル派の国会議員を父にもち、その父のつてで当時の著名な自然科学者たちとも接触する機会を早くからもっていた。王立キュー植物園のジョゼフ・フッカーは絶えず彼女に忠告をしてくれたし、ダーウィンも彼女に会うのを楽しみにして、ダウンの自宅に招待したりしている（ちなみに、彼女の親友であったルイーザ・バトラーはのちに優生学の祖フランシスコ・ゴルトンの妻となる女性である）。彼女にとっての最初の長い旅は一八七一年に始まるそれで、カナダから合衆国を経由して、ジャマイカ、ブラジルにまで足をのばしている。一八七五年から再びアメリカに渡り、ソールト・レイク・シティではモルモン教の教祖ブリガム・ヤングに面会し――『紺色の研究』でモルモン教が援用される十年ほど前のことである――日本、シンガポールを経て、翌年の末にはセイロンに到着している。そしてその地で、有名な女性の写真家ジュリアン・マーガレット・カメロンのもとに滞在した。彼女の旅行においてきわだっているのは、その文字による記録以上に、彼女が描いた数多くの絵、スケッチである。一八八二年六月には、キューに、八百枚にもおよぶ彼女の油絵を展示するためのノース・ギャラリーが開設され、一般の人々にも遠い異国の風物を楽しむ機会が提供された。しかしそれで彼女が満足したわけではなく、欠落した部分を補うために、改めてアフリカ旅行にも出かけている。彼女の旅行は、世界に広がる大英帝国の版図を最大限に活用したものであるが、その足跡を追いかけてゆけば、ヴィクトリア時代後半の文化史の重要な面がいくつも浮上してくることが分かっているにもかかわらず、それに本格的に取り組んだ仕事は、私の知るかぎりではまだないようである。

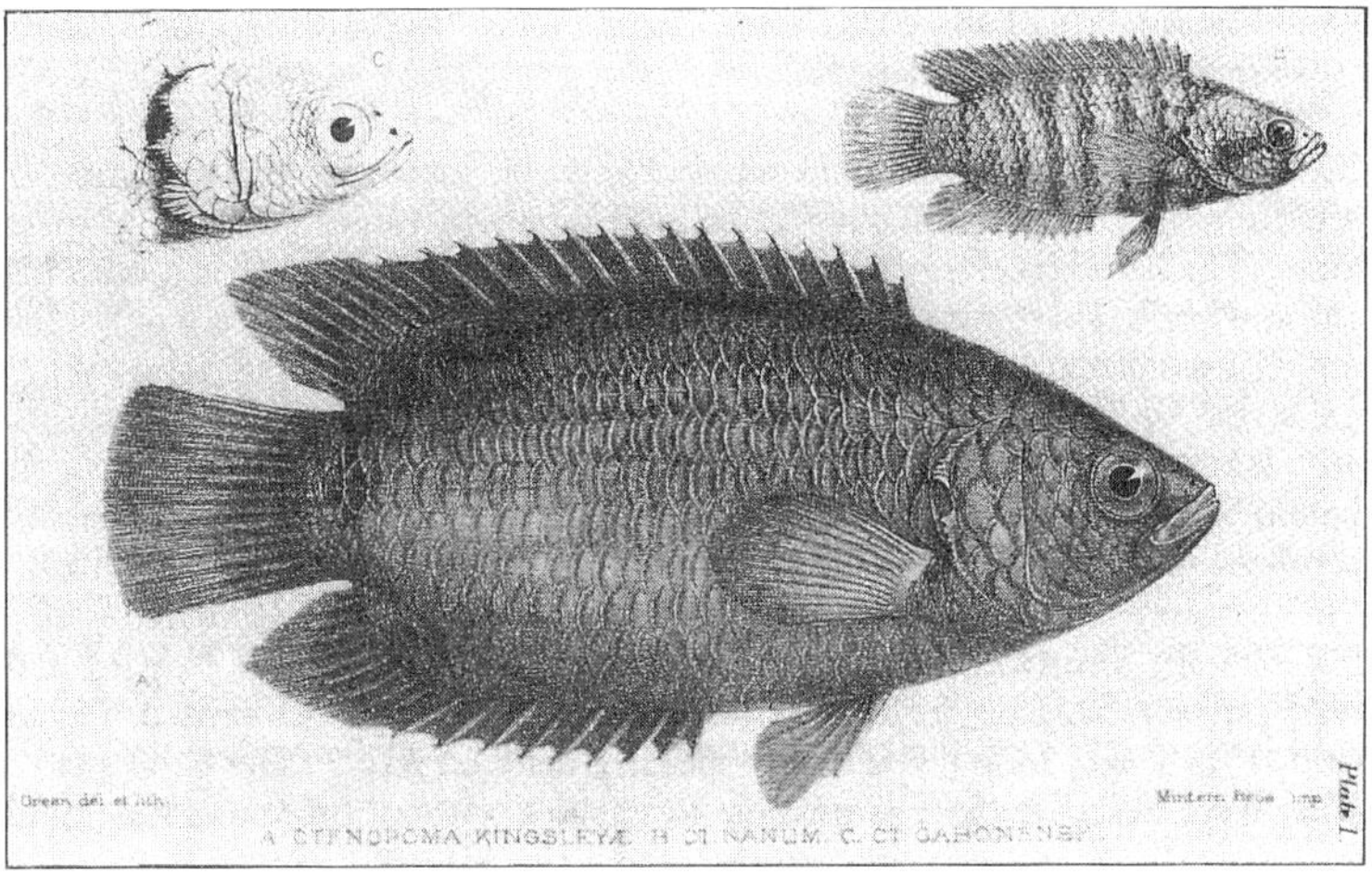

▲メアリ・キングズレーの発見した新種の魚

◀メアリ・キングズレー

世紀末の女性の旅行家は圧倒的にイギリス人が多いなかで、ファニイ・バロック・ワークマン（一八五九―一九二五）は珍しくアメリカ人である。その彼女の旅行のなかで最も有名なのは、一八九八―一九一二年にかけて八度も試みられたカラコルム紀行であろう。しかもペシャワールまでは自転車を使っての旅行であった。世紀末という時代においての自転車は、女性の社会的・身体的な意味での解放を示すひとつのシンボルであったことを考えあわせると、そこにはいささかの政治的な姿勢すら読みとれるかもしれない。現に彼女は「女性に投票権を」という文字の読みとれるポスターを手にして、カラコルムで一枚の写真におさまっているのである。これほどはっきりと表面化しない場合であっても、女性による遠い土地への旅が、広い意味での政治性をおびていたことは否定できないだろう。単純に見ても、それは〈家庭の天使〉としての義務を放棄するということであったし、強運と意志にめぐまれれば、異民族の文化に接触して自己を変容させる可能性さえあったのである。しかも、『クウォータリー評論』の一八四五年の六月号に載った四十頁におよぶ書評「旅する女性たち」がつとに指摘していたように――確かにこの書評の前提に男と女の差別化があることは否定できないものの――男の旅行者とは違う視点から対象を見て、新しい文化の見方に脱却できる期待すらあった。

言うまでもなく、そのような期待がつねに満たされたわけではない。有名な小説家チャールズ・キングズレーを伯父にもつメアリ・キングズレー（一八六二―一九〇〇）が、両親の死後アフリカの西海岸に赴いた事例は、その意味でも、興味深いところをもっている。もともとは父親の遺志をついで魚と原住民のフェティッシュ（宗教）についての情報を集めるつもりで、一八九三年と九五年の二度にわたってアフリカ西海岸に渡った彼女は、原住民の助けのみを頼りにして、ひとりで奥地探検を試みた。そして首狩り族に出会い、自分の力でカヌーを漕ぎ、ゴリラやワニやカバと遭遇するうちに、アフリカの人々は西洋の物差しでは測れない固有の文化と価値観をもっていることを発見してゆくのである。そうなると、キリスト教の考え方を押しつけようとする宣教師たちの活動はおぞましいものとしか映らなくなる。政府の役人たちよりも、現地で交易にたずさわる貿易商人たちのほうがずっと優れているように見えてくる。原住民にジンを売りつけることにしても、状況を考えあわせると、イギリス国内の節酒運動の人々が叫ぶほどの悪とは見えなくなってくる。その彼女にとっては、奥地へ旅する女とフェミニスト運動を短絡させてしまう世評ほどおぞましいものはなかった。ある新聞のインタビューに答えて、「私は〈新しい女〉と呼ばれるのを好みません」とつっぱねてしまう所以である。『西アフリカ旅行記』（一八九七）によって一躍有名人となった彼女は、あちこちの講演で自説を主張してまわった。ボーア戦争の勃発後は、一九〇〇年三月に、看護婦として戦地に赴くが、六月には熱病にやられて不帰の人となる。ドイルのほうもほぼ同じ時期に南アフリカの野戦病院で働いていたことを想起しておこう。彼女は南アフリカからの手紙の中に、次のように書き綴っている。

ここでの仕事、異臭、洗濯、浣腸器、病人用の便器、血、それが私の世界です。ロンドンの社交界とか政治とか、奇妙なことに私が迷い込んでしまったあの入り口とか、あんなところはもう二度とうろつきたくありません。

ジョゼフ・コンラッドの『闇の奥』（一八九七）は、こうした強烈な旅行者の存在を横目でにらみながら書き上げられ、世に送り出されてゆくのである。

もうひとり、ヴィクトリア時代の女性としては最大の旅行家イザベラ・バード（一八三一―一九〇四）の名前も挙げておくべきかもしれない。ヨークシャの裕福な中流家庭に生まれた彼女が一八七二年に初めてのオーストラリア旅行に出たのは、医者から病気（背中の痛み）の療養のために勧められたからであった。しかし、たちまちのうちに旅行が彼女の情熱の対象となる。翌年、帰国の途についたときには、通常のルートをまったく踏み外してまずハワイに行き、次にアメリカ本土に渡って、ロッキー山脈を西から東に馬で越えるという冒険を試みた。彼女は一八八一年に家族のかかりつけの医者ジョン・ビショップと結婚しているが、五年で死別、そしてその直後から体の健康を取り戻すための旅行熱がぶりかえした。好んで選ばれた旅行先は極東、つまり、イギリスを中心におく世界地図の上では右端の最も遠いところに位置する地域であった。日本、朝鮮、中国からインド、ペルシャ、トルコに、英語ではオリエントと総称される地域に、彼女は背中の痛みを訴えながら何度も足を運んでいる。

彼女が残した数ある旅行記のなかでとくに私の興味をひくのは、やはり『知られざる日本』（一八八〇）だ。知人たちに宛てた書簡の形をとるこの旅行記の中で、バードは旅行の目的が「健康の回復」にあることをまず述べ、「日光から北は、私のルートは通常の道からまったく外れ、ヨーロッパの人間がまだ足を踏み入れたことのないところを行くものとなった」と言う。具体的に言えば、彼女の目標はアイヌ民族の生活ぶりをつぶさに見ることであった。書簡三六は次のように書き始められている。

今私は淋しいアイヌの土地にいます。私の旅行体験のなかでも最も興味深かったのは、アイヌの小屋で三日と二晩過ごし、まるで私など存在しないかのようにいつもの生活を送るこの完璧なる蛮人たちの日常生活をつぶさに観察し、生活を共にしたことでした。

偏見にみちた用語は、当時の西欧人の平均的な人種偏見を反映しているだろう。しかし、それでもなお、彼女の手になるアイヌの習俗の記述は貴重な報告になっていると言うことができるのである。少なくともそれは、当時日本に滞在した西洋の男たちが誰一人としてなし得なかった冒険ではあった。

女性の旅行家たちがこれだけ大きな貢献をしているのが事実である以上、それはしかるべき評価を受けていいと思われるが、実状は決してそうなってはいない。たとえば、イギリス文学の分野では最も権威があるとされるオックスフォード英文学史第一一巻第一部、ポール・ターナーの『イギリス文学一八三二―一八九〇、小説は除く』(一九八九)はヴィクトリア時代の詩とその他の散文を語るにあたって、とくにその散文のところに旅行記の章を設けながら、ダーウィン、キングレイク、リヴィングストン、スタンレー、バートンと男の旅行記のみを取り上げてしまっているのである。驚くべきことであるが、それが実状なのだ。女性のもつ可能性を大胆に切開してみせた彼女たちは、今日でも文学史という制度の外に見捨てられているわけである。ましてや、一九世紀においては、ごくわずかの例外を除いて、男の制度である王立イギリス地理学協会の会員として認知されることはなかったのである。

4

さて、推理小説に戻らなくてはならない。名探偵ホームズは、知と行動力のみごとな結合として存在していた。だとすれば、女性の医者の体現した知力と、女性の旅行者の体現した行動力を結びあわせるとき、そこには女性の探偵が出現するという論理が成立するだろうか。現実に女性の私立探偵が活躍したのかどうか、私は知らないし、おそらく事実としてはそれはあり得ないことであったろう。しかし、フィクションの中でならこの論理が成立してもいっこうにおかしくない。いや、現に世紀末の推理小説の中には何人かの女性の探偵が登場しているのである。

C・L・パーキスの「女探偵ラブディ・ブルックの経験」（一八九四）の主人公は、すぐれた観察力と推理力それに行動力をかねそなえている。すでにホームズ物語が大評判となったあとの作品であるから、この三つの力の兼備というのは当然のことかもしれないが、興味深いのはその行動力の現われ方である。つまり、犯罪の現場を調べるにあたって、ここに登場する女の探偵が何かの職業に変装してゆくということだ。女の探偵にとっては、変装する、変身するということが、ホームズの芝居趣味に発するそれと違って、仕事をするための必須の条件となるのである。そのとき、〈家庭の天使〉という枠組みからの脱皮が生ずるのは自明のことであろう。まさしく行動する女のひとつの典型であった。

ロンドンのスラム街の貧民のルポで知られるジョージ・シムズの「探偵ドーカス・ジーンの冒険」（一八九七）でも、やはり探偵の変装が見られる。ドーカスは「勇敢であるとともに、実に女性らしい女性」であるが、「女性にとっては辛く厄介なものであるだけでなく、重大な危険のふりかかりかねない職業」である探偵業をみごとにやってのける。そして彼女には、ワトソン博士と同じように助手兼筆記役をつとめる男性がついている（当時の性の基準を考えてであろうが、彼女には盲目の画家の夫があって、彼女は〈家庭の天使〉の役割もはたしている）。ホームズ物語に較べればできばえは落ちるものの、ともかく女性の探偵を想像しえたという事実のほうがここでは重要であろう。それは想像力の生理学の必然の結果と呼んでよいのかもしれないが、そのメカニズムが作動する前提に、女性の進出という社会的事実があったことは間違いない。女性の医者、旅行家、探偵は、外面的な現われ方こそひどくかけ離れているものの、実は同じ社会的な力の三通りの自己限定法なのである。コナン・ドイルの触覚は、そのごく一部分ではあるが、ともかくそれを感知していたと言えると、私は考えている。

もちろん女性の探偵が登場するとはいっても、そこで扱われる事件の内容が社会史から遊離していたわけではない。ドーカス探偵の活躍する短編「狂暴な目の男」では、彼女は看護婦に変装して事件の捜査にあたる。この秘密の結婚をめぐる事件を解く鍵は、実は、狂気は遺伝するという当時の考え方によって与えられるのである。「自殺と狂気。犯人の父親は精神病院に入れられていたでしょう。……だから、息子はきっとその狂気をうけついだのよ。殺人マニアの例のようね」。ひとつの推理小説のこの自明のごとき結末は、またたくうちに、われわれを再び世紀末のロンブローゾ＝ノルダウの枠組みの中に連れ戻してしまうのである。

スコットランド・ヤードと探偵たち

1

残念ながら、自分に直接の関わりがないかぎり、犯罪の歴史くらい興味深いものはないようだ。しかもその犯罪の歴史なるものが、それを読み聞きする人々にある種の楽しみと教訓を与えるとなると、そのような機能の面のみに話を限ってみても、文学の歴史は、純文学と娯楽文学の区別なしに、広い意味での犯罪の歴史と不可分の関係にあると言わざるを得ないかもしれない。とりわけ小説の場合、何らかの犯罪という要素との関わりを抜きにしては、そのジャンルの成立すら想像しがたいのである。古典古代の散文物語はさておくとしても、いわゆる小説の初期の形態であるスペインのピカレスク小説やそれを模倣した一八世紀イギリスのデフォーの作品の主人公の多くがれっきとした犯罪者であるのは、そのことをよく物語っているだろう。すべては犯罪小説から始まると言ってもいいくらいなのだ――諷刺小説も、ゴシック小説も、社会小説、教養小説、家庭小説、冒険小説も、そして推理小説も。いわゆる推理小説なるものの誕生が、技法的にも内容的にも、文学の歴史が用意した内的必然の結果であるという言い方をしても、決して途方もないものとは言えないのである。
確かにマルクス主義者のエルネスト・マンデルは、推理小説をブルジョワ社会の産物とみなし、英米の古典的な推理小説のイデオロギーはブルジョワ社会に固有のものだと指摘している。

物象化された死。厳密に規定されたルールに従って動く法廷で受け入れられる証拠を手に入れようとする犯罪捜査の手続き。主人公による犯罪者の追跡は頭脳と頭脳の闘いとみなされ、人間は「純粋な」分析的知性にまで還元され、断片化した部分的な合理性が人間の行動の絶対の指針に押しあげられ、個人と個人の対立が社会集団や階層の対立の代理物としてあつかわれる——これらすべてがまさしくブルジョワ・イデオロギーであって、ブルジョワ社会における人間の疎外にひとつの綜合を与えるものなのだ。

（『楽しい殺人、犯罪小説の社会史』一九八四）

推理小説の発生をうながした社会条件の説明としては、マンデルの説は妥当性をもつであろうが、少し見方を変えるならば、それはむしろ小説史の構造のうちに内在していた可能性を具体化するための契機にすぎなかったようにも思えるのである。
ジャンルとしての推理小説は二つの部分を必須の構成条件とする。そのひとつは、言うまでもなく推理に関わる部分であるが、それと同じくらいに重要なのが犯罪行為の描写である。推理作家の力量はその両者の混成のしかたにどこまで成功するかにかかっていると言ってもいいだろう。推理小説の歴史なるものは、そのいずれにアクセントを置くかによって、長くも短くもなるようである。例えば推理を重視する人々は、合理主義者ヴォルテールの短編「ザディーグ」(一七四八)をひとつの始点に置こうとするし、それに対して犯罪重視派は、旧約聖書の中のエピソードにまで遡ろうとする(もっともこのグループは神話世界にまで遡ってもいいはずである。神話ほど犯罪と殺戮と謎に満ちたものはないのだから)。推理小説の初期のかたちとしてしばしば言及されるゴシック小説は、その意味では、犯罪の描写と推理とがまだ未分化の状態にあるジャンルと規定できるかもしれない。

もちろん、ひと口にゴシック小説とは言っても、幽霊や吸血鬼を利用する怪奇中心のものから、社会的暴力に目を向けるものまでさまざまあって、簡単にひとくくりにできるものではない。そのことを断わったうえで、アナーキズムの理論家ウイリアム・ゴドウィンの社会派ゴシック小説『ケイレブ・ウイリアムズ』(一七九四)を考えてみるならば、この作品では追う側と追われる側が途中で交替するだけでなく、犯罪の描写と推理とが画然とは区別されていないのである。もっとも、そのこと自体は負の価値しか持たないわけではない。それどころか、善と悪の逆転、分身問題、アイデンティティの崩壊といった、のちの『フランケンシュタイン』や『義認された罪人の告白』などで主題化される問題の先取りをしているとみることもできるのである。問題は、この作品では、本来的な意味での推理小説もしくは探偵小説の目印となる条件がまだ十分には完備していないということだ。そのためには、犯罪の描写と推理の部分とがそれぞれの独立性を保証されねばならないのである。端的に言えば、犯罪者とそれを取り締まる警察/探偵がはっきり二項対立をなすという共通の了解が必要なのだ。本来の推理小説もしくは探偵小説はそのような社会的了解があるところに成立するはずである。歴史的にみるならばゴシック小説はそのような社会的了解の成立する前に生じた現象であり、その了解の崩れたあとに登場するのが

『寒い国から来たスパイ』や『ゴーリキー・パーク』のようなスパイ小説ということになるだろう。

2

犯罪者とそれを取り締まる側の峻別という今日ではごく常識的なことが——つまり、私有の財産といえども公的権力によって保証されるべきだという考え方が——公的なイデオロギーとして成立し始めるのは、イギリスの場合、一八世紀の中葉ではないかと思われる。それ以前に優勢であったのは、そしてそれ以降も長く尾を引いたのは、自衛あるいは集団的自衛という考え方であった。「市民は自分たちを護り、特定の悪の息の根を止めるために組織を作った。商人たちは河の海賊に船の略奪をされるのをくい止めるために〈商人警備隊〉なる河の見張りを作った。……各教区も見張り番をやとい、貿易商たちはみずから予備の警吏となる誓いをたてることもあった」と、ドナルド・ラムビロウは書いている(『青い制服、エリザベス一世からヴィクトリア女王までのロンドン市の警察と犯罪』一九七一)。この説明をいくらか補足するならば、各教区においては教区民が交代で警吏をつとめるシステムになっていたものの、一八世紀の初めには代理をたてることが合法化され、しかも金でやとわれた代理なるものがまともに機能しない事態が生じていた。となれば、治安の悪化は自明のことであろう。それに加えて、ジンのもたらす悪影響がモラルの低下と犯罪の増加をもたらすという悪材料が重なった。ジョナサン・ワイルドのような人物が暗躍し、デフォーの犯罪小説が読まれるようになる背景にあったのは、おおよそそのような治安不安定の社会であったと考えられる。

そのような社会においては、公的権力によって私有財産を保護するという考え方そのものがかなり過激な印象を与えるのは、やむを得ないことかもしれない。そうした印象をあえて引き受けるかたちになったのが、フィールディング兄弟の仕事であった。劇作家、小説家としても有名であった兄のヘンリーは一七四八年一二月にウエストミンスター地区の、翌年五月にはミドルセックスの治安判事に任命され、犯罪者たちとの裏取り引きに大きく頼るというそれまでの慣行を破って、公正で厳格な取り締まりに手をつけた。盲目の異母弟ジョンも同じく治安判事として兄を助け、一七五四年に兄が死去したのちは、その仕事を精力的に継続する。この二人の合作として一七四九年に成立したのが――ちなみに、それはジョン・クレランドの『ファニー・ヒル』が出版された年でもあるが――ボウ・ストリート・ランナー、すなわちボウ街の盗賊逮捕係である。

最初の人数はわずかに八名。これに類した制度はすでに存在していたし、最初の八名にしても教区警吏の経験者から選ばれていた。にもかかわらず、この小さな組織がのちのスコットランド・ヤードの原型とみなされるのは、わずかな額ではあったにせよ、彼らの地位が政府支出の公金によって保証され、仕事の公正を要求され、またそれに応えたからである。彼らはまさしく公的な正義の象徴であった。それが公的な組織として探偵ホームズの前に現われるまでには、一五〇年の歳月を必要とするのである。

ただし、ボウ街の盗賊逮捕係については、もうひとつの側面にも触れておく必要があるだろう。それは、公務に就いているのでないかぎり、彼らは私人のために捜査をやり、報酬を受け取ることができたという点である。となれば、彼らのうちに、のちのホームズのような私立諮問探偵の原型をみてとるというのも、あながち無理ではなくなるかもしれない。中には抜群の捜査力を活用して、二万ポンドもの遺産を残したジョン・タウンゼンドのような人物も登場した。「サー・ジョン・フィールディングの下で働いた彼は、口数の多い、無学な気取り屋であったようだが、その一方で経験の豊かな、頭の切れる、勇敢な男でもあった。彼は王族の一種のボディガードに任命され、大いに威張りかえっていた。国王ジョージ四世でさえ、タウンゼンドの強引な意見をしばしば大目にみていたようである」（ジョージ・ディルノット『スコットランド・ヤード史』）。

いずれにしても、中央集権的なシステムを嫌う傾向の強いイングランドで、さまざまの紆余曲折をへたのちに、体系的な治安制度が動きだすのは、一八二九年に内務大臣ロバート・ピールの働きかけによって首都警察法が成立したあとのことである。この法律によってロンドン首都圏は一七の管区に分割され、総勢二八〇〇人が治安維持のために配属されることになった。三〇年代になると、各地方にも首都警察をモデルとした体制が整備されていくようになる。もっとも、首都警察の最初の二八〇〇人のうちの二二三八人はほどなく勤務中（当時は毎日）の飲酒のために解雇されているし、ロンドンの旧市街つまりシティは独自性を主張して、別個の警察組織を保持したままであった。

この分裂は探偵ホームズの時代にも残っていた。「株式仲買人の店員」の中で犯人を逮捕するのがわざわざ「シティ警察のテューソン巡査部長」と断わられているのは、この事件そのものがシティで起きており、そこは首都警察、俗称スコットランド・ヤードの管轄外であったからである。それでは、同じくホームズ物語のひとつ「ソア橋」の中の次のくだりはどうなるのだろうか。

ごくごく普通の情勢なのに、何か格別重大なことにでくわしでもしたかのように突然低い声でささやきだすという癖も、彼にはあった。そうした癖のつよい態度はあるものの、じきにきちんとした正直な人物であることが分かった。自分の手にはおえない、どんなアドヴァイスでも歓迎すると、正直に認めたからだ。

「ともかくホームズさん、スコットランド・ヤードよりもあなたのほうが有難い。ヤードの連中を頼んだりしようものなら、事件が解決しても地方警察の面子は丸潰れだし、失敗すれば非難されかねませんから」と彼は言った。

この事件はハンプシャで起きている。地元警察のコヴェントリ巡査部長の中には、中央の首都警察に対する対抗意識がひそんでいると解釈していいだろう。少なくとも作者コナン・ドイルの眼には、そうした対抗関係がはっきりと映っていたようである。

3

しかし、少し先を急ぎすぎたようだ。首都警察の成立からホームズの時代までの間には、どうしても触れておかねばならない重要な機構改革が行なわれているからである。

J・B・モイランの『スコットランド・ヤードと首都警察』（一九二九）によれば、一八二九年に青い制服姿の首都警察が誕生して以来、「最初の一三年間というもの、首都警察には刑事部なるものが存在しなかった。一八三九年にいたるまでボウ街の盗賊逮捕係と、一七九二年に設立された七つの警察署の警官が存続しており、犯罪捜査つまり〈泥棒逮捕〉のエキスパートとみなされていたのだが、あまり大した働きはしていなかった」。一八三七年の議会の調査委員会での証言によると、この時期のボウ街の盗賊逮捕係は、「正義のために働く有能な役人というよりも、犯罪捜査にたずさわる私的な稼ぎ屋」になっていたという――皮肉な話であるが、まさしくそのことによって彼らは、世紀末に創造される私立探偵のあるものにより接近してくるのである。例えばアーサー・モリスンの創造した探偵ドリントンなどはその典型であろう。ドリントン・アンド・ヒックス社という「私立の調査機関」を経営する彼にとっては、正義におとらず、あるいはそれ以上に報酬が大きな目的であった。彼は、事と次第によっては、つかまえた犯罪者を自分の手下として悪用することさえ試みる。

こういうちょいとした発明をしたからと言って、おまえを警察に突きだす気はないさ。警察に渡すにしちゃ役に立ちすぎるもんな。……これから先は、おまえさんの立派な才能はドリントン・アンド・ヒックス私立調査所のために役立ててもらうよ。言うことをきかねえと、この会社が、オールド・ベイリーの判事の助けをかりて、おまえを吊るしちまうぜ。（「ジャニサリイ号事件」一八九七）

ホームズとワトソン博士のそばではこうした類の探偵も暗躍していたのである。

一八四二年、ダニエル・ウッドという人物の犯した殺人事件がなかなか解決できなかったことをひとつの契機にして、首都警察つまりスコットランド・ヤードの中に、ボウ街の盗賊逮捕係に取って代わる刑事部門が作られる。当初の人員は警部二名、巡査部長六名である。もちろんこの弱体の体勢で狂暴な犯罪をさばききれるはずはなく、しかも汚職があいついで、なかなか民衆の支持と信頼を得るまでにはいたらなかった。

ただ、文学との関わりという点からするならば、この刑事部門は、ヴィクトリア時代を代表する二人の推理作家ディケンズ（『荒涼館』（一八五三）のバケット警部）とウィルキー・コリンズ（『ムーンストーン』（一八七七）のカフ巡査部長）にそのモデルを提供するという重要な役割を果たしたのである。

次の改革は一八七八年に行なわれた。首都警察の中に、当初でも二五〇名の人員を抱える犯罪捜査課（C・I・D）が設置されたのがそれである。その目的は犯罪の取り締まりの強化、汚職体質の一掃などさまざまであったが、そのひとつがアイルランドの過激派フェニアンの弾圧にあったことを忘れるわけにはゆかない。殊に一八八〇年代に入ると、この犯罪捜査課のエネルギーの多くは、続発するフェニアンやアナーキスト集団の爆弾闘争の取り締まりに費やされることになった。一八八四年、犯罪捜査課の中にアイルランド特捜班が作られたのはそのためであるが、その翌年にはこの新設の「ダイナマイト特捜班」のオフィスのすぐ外でダイナマイトが爆発するというありさまであった（この点については、富山「ダイナマイトをなげろ――世紀末文学とアナーキズム」『英語青年』一九八九年四月号を参照）。さらに一八八八年に起きたホワイトチャペルの「切り裂きジャック」の事件も、この捜査課を苦しめたもののひとつであった。

総じて八〇年代のイングランドは、血の日曜日事件や港湾労働者のスト、フェニアンのダイナマイト闘争、都市の貧困問題のクローズアップなど、それまでにはない騒然とした雰囲気に包まれていたと言えるであろう。少なくとも社会の一面の特徴としては、そのことを指摘せざるを得ないのである。そして、われわれが今日推理小説の古典としてもてはやしているホームズ物語は――天才的な素人探偵がスコットランド・ヤードの無能な捜査員を笑いものにしながら事件を解決してゆく物語は――そうした社会背景の中から登場してくるのである。ホームズ人気がひとつの頂点に達する九〇年代は、逆に凶悪事件の少ない、比較的に安定した時期であった。首都警察の力量もそれなりに安定した、信頼するに足るものになっていたのである。ホームズ人気を支えた社会心理を読むことは容易ではないが、あるいはそうした状況の変化が人々に与えた心の余裕もいくらかは絡んでいたかもしれない。

▲「切り裂きジャック」事件。詳しくは次章で。

▲一八九〇年にできた
新スコットランド・ヤード

4

われわれの興味をひくのは、首都警察を取りまくこうした諸般の事情を作者ドイルがどこまで、どのようなかたちで作品の中に転写しているかという点である。まずアナーキズムの問題については、ホームズ物語のひとつ「六つのナポレオン」の中に、事件の被害者のひとりが次のようにぼやく場面がある。

悪党が勝手に侵入してきて、ひとの物を壊すというんじゃ、いったい何のために税金をはらっとるのか分かりませんよ。……ニヒリストの策略に違いない、わしはそうにらんでます。アナーキスト以外の誰が彫像を壊してまわったりしますか。奴らのことを赤い共和主義者と言うんですよ。

このように単純にニヒリストとアナーキストを結びつけるという偏見は、しかしながら、世紀末のイギリスでは決して珍しいことではなかった。H・G・ウェルズ以前に最も人気のあったSF作家ジョージ・グリフィスの長編『革命の天使』（一八九四）にも——彼は『ストランド・マガジン』や『アイドラー』といった雑誌に推理物の短編も書いている人気作家であった——その偏見とつながる一節がある。「外の世界に〈テロル〉として知られているのは、ニヒリストとかアナーキストとか、社会主義者という名前で知られている各組織のかげにいて、その行動を指図している国際的な秘密結社なのだ。平和的な手段によるか暴力によるかは別にして、今ある社会の改革あるいは破壊をめざす各組織のかげには、それがある」。ドイルによる言及がただ一度の偶然的なものではないことを示すためには、「金縁の眼鏡」における或る女の告白を引用してみるのがいいだろう。

私たちは改革をめざしておりました――革命家で、ニヒリストでした。夫や私の他にも、多くの仲間がおりました。しかし、やがて困難な時期がまいりまして、警察の人が殺され、大勢がつかまり、証拠探しがあり、夫は自分の命が惜しくて、それに報酬もほしかったのでしょう、自分の妻と仲間を裏切ったのです。そうなのです、私たちは彼の告白のせいで逮捕されたのです。ある者は絞首台に送られ、ある者はシベリヤ送りとなりました。私はあとのグループのひとりでしたが、終身刑ではなかったのです。夫はその悪銭を握ってイングランドにまいりまして、ずっと身をひそめておりました。組織に居所を知られたら一週間とたたないうちに正義の裁きを受けることを、よく承知しておりましたので。

ワイルドでさえすでに一八八〇年の戯曲『ヴェラ、ニヒリスト群像』でそれなりに正確な知識を披露していたのだから、何かと好奇心のたくましかったドイルが、名探偵の周囲に幾度かニヒリストの姿を配置したとしても、別段驚くには値しないと思われる。現実にあった事件や現象をそのように間接的に使うということこそ、この作家の特徴的な技法なのである。またそれこそは、ホームズ物語をはじめとするドイルの作品にはモデル探しの誘惑がつねにつきまといながら、なおかつモデルを同定できない理由でもある。

「最後の挨拶」は、一度はサウス・ダウンズに引退していたホームズが、政府の依頼をうけて、第一次世界大戦前夜のイギリスで暗躍したドイツのスパイをとらえる話であるが、探偵の最後の活躍を報告するものとして意図されたこの作品は幾つかの興味深い問題をはらんでいる。その第一は、ここにも「ニヒリストのクロップマン」なる人物への言及があるということ。この言及自体はそれ以上敷衍されていないので、重視する必要などないようにみえるのだが、この作品全体の構造を考えると、そう簡単には割り切れない。どういうことかと言うと、「最後の挨拶」の内部には、まさしくフィナーレにふさわしく、探偵にとって（そして作者にとって）大切な事柄がちりばめられているからである。探偵とワトソンの久し振りの再会、「アイリーン・アドラーと今は故きボヘミア王」のこと、故モリアティ教授とセバスチャン・モラン大佐のこと。ドイツ人のスパイの田舎屋敷に家政婦として住み込んで探偵を助けるマーサには、ベイカー街 221B のハドソン夫人の面影すら感じとれなくもない。さらに、探偵が祖国を救うために変装するアイルランド系のアメリカ人の名前がアルタモントとされているのである——言うまでもなく、それは作者ドイルの父の名前だ。つまり、この作品の各細部は場合によってはきわめて大きなシニフィエを隠して持っているということである。そうだとすれば、そこに小さく登場する「ニヒリスト」という語の背後に大きな影を感じとるというのも、無理ではないのではなかろうか。

何の影なのか。世紀末の社会常識として、さらに作者ドイルの思い込みとして、ニヒリストという語は国際的な犯罪組織というイメージをもっていたようである。現にドイルがこの語を埋め込んだ「六つのナポレオン」はマフィアの犯罪と、「金縁の眼鏡」はニヒリスト組織と、「最後の挨拶」はドイツのスパイ組織と絡んだ構成になっている。しかも、それだけではなくて、ホームズ物語には国際的な犯罪組織がしばしば登場する。その一方で、ホームズ物語には、モリアティ教授やモラン大佐の構成する巨大な悪の組織が存在する。この二つの極が現に書き込まれているとき、作者ドイルの癖からして彼の頭の中でその二つがまったく分断されていたとは考えにくいのだ。というよりも、むしろ、その二つはアナロジカルに重ね合わされていたと解釈するほうがずっと自然であろう。そして、かりにそのような重ね合わせが作者の灰色の脳細胞の中で生じていたとすると、モリアティ教授の悪の組織の少なくともひとつの——それがどれだけ有力なひとつであったのかを判定するのは容易でないが——源泉として、ニヒリスト集団を考えることが可能になると思われる。首都警察が相手にせざるを得なかった現実のニヒリストたちの影が、そのようなかたちで作品に痕跡をとどめているかもしれないのである。

アルタモントという固有名詞から歴史にいたる道も、やはり同じように曲折している。まず第一にそれは作者ドイルのアルコール中毒の父の名前であったが、「最後の挨拶」では、イギリスの軍事情報をドイツのスパイに売る人物の名前として登場する。もちろん、これは探偵の変装した姿なので、アルタモントという名前が最後まで悪と結びついているわけではない。しかし、作品の展開の中では、この（父の）名はまず悪と結びつき、そののちに正義の名前に転化するのである。作者ドイルと父の関係の変化を、この展開はあるところまでなぞるかたちになっていると言えばいいだろうか。作者は小さな悪戯まで仕掛けている。作品の中にアルタモントの名前が初めて出てくる直前のところに、スパイを形容する「大酒飲みの……田舎地主」という表現が置かれているのだ。『回想と冒険』の中で父を紹介するところには、「大酒飲みの……スコットランドの社会」とある。使われているのはいずれも〈hard-drinking〉という語。作者の脳細胞の中での連想の系列は歴然としている。

問題が生じてくるのは、それに続いて、ドイツのスパイたちがアルタモントの評定をする部分でのやりとりである。

「アルタモントに不満はありません。実に腕のいい男です。報酬をはずんでやれば、少なくとも、彼の言う商品をもってきますからね。それに彼は裏切り者じゃありません。真底恨みを抱いているアイルランド系のアメリカ人に較べたら、我が祖国の汎ゲルマン主義のユンカーの反英感情なんて甘いもの」

「ふふん、アイルランド系のアメリカ人か」

「あの男の喋り方を聞くかぎり、それに違いありません。ときどき何を言っているのか分からないこともあるくらいで。イギリスの国王に対してだけじゃなく、イギリスの英語に対しても宣戦布告しているのじゃないかと思いますよ」

強烈な反英感情をもつアイルランド系のアメリカ移民が、祖国の独立をめざして、一八五八年にニューヨークで設立した過激派組織がフェニアンである。この会話から浮かび上がってくるアルタモントの像は、明らかにその党員のイメージと重なり合ってくるだろう。確かにホームズ物語にはフェニアンについての直接の言及はない。しかし、それにもかかわらず、アルタモントという、作者にとってはきわめてアンビヴァレントな名前の中にはその痕跡が認められるのである。悪の組織の力がしばしばアメリカからイギリスへ波及してくるとする発想にしても、ひょっとすると、その背後にあったのはフェニアンの破壊活動であったのかもしれない。すでにみたように、ホームズ物語が成立する時点でイギリスの人々の不安と関心の的になっていたのはフェニアンのダイナマイト闘争であったし、スコットランド・ヤードと同一視されることの多い犯罪捜査課の重要な職務のひとつは、このフェニアンの活動の取り締まりであったのだから。（ちなみに、『回想と冒険』には、一八六六年にアイルランドの親戚の家に滞在したときに目撃したフェニアンについての短い言及がある）。

そうなるとモリアティ教授の悪の組織の創造源として役立ったもののひとつに、このフェニアン兄弟団もつけ加えなければならないかもしれない。ここでもフィクションの中の事実を歴史の事実に一義的に還元するのは不可能である。逆に言えば、そうだからこそ、ホームズ物語の諸々の事実は大きなふくらみをもってくるのである。それを読む快楽はテクストの表層にはない。快楽は多方向に分裂しながら、なおかつ互いに絡み合うテクストの深層にあるとでも言うしかない。

5

話を現実のスコットランド・ヤードの歴史に戻すことにしよう。ヴィクトリア時代の警察が苦労したことのひとつは、犯罪を繰り返す人物が変装をしたり偽名を使った場合、それをいかにして見破り、次の犯罪を防止するのかということであった。そのために工夫されたのが、犯罪者には類型があるとする――ある意味では、ラヴァーターやジョージ・クームの観相術や骨相学をダーウィン主義によって科学化したような――ロンブローゾの犯罪学であった。それにもうひとつつけ加わるのが、一八八〇年代の初めにフランスのアルフォンス・ベルティヨンの開発した人体測定法である。成人したあとの人間の体の構造は変化しないことに注目した彼は、頭蓋骨、左手の中指の長さ、座高などを測定し、そのそれぞれの大きさによって分類したのち、さらにそれの組み合わせを考えることによって、人物は同定できるとした。実際にこのベルティョン方式はパリ警察に採用されて、大きな成功を収めたのである。「彼の名前がフランス中に知れわたったのは、最初の成功から九年後の一八九二年である。悪名高いアナーキストのラヴァショルの事件がそのきっかけであった」（コリン・ウィルソン『血で書く、法医学的捜査の歴史』一九八九）。スコットランド・ヤードがこの人体測定法を正式に採用するのは一八九四年のことである。

もっとも、容易に察しのつくことであるが、このベルティョン方式はデータが集積されればされるほど活用しづらくなってくる。しかも、結果的には、ロンドンではあまり大きな成果はあがらなかった。

▲悪の象徴としてのモリアティ教授
（シドニイ・パジェット画）

首都警察はすでにその翌年から実験的に指紋の利用を試みている。指紋が犯人の同定に活用できるためには、二つのことがどうしても証明されていなければならない。そのひとつは、個人の生涯において指紋は変化しないということ。もうひとつは、同じ指紋が存在しないだろうということ。この前者については、インドで官吏をつとめ、のちに首都警察の犯罪捜査課の責任者、さらに一九〇三年には警視総監となるサー・エドワード・ヘンリーが気づいていたし、彼は各種の指紋の分類法も確立した。後者については、同じ指紋の発生する確率が六四〇億分の一であることを証明してみせたのは、フランシス・ゴルトンであった。イギリス優生学の中心となるゴルトンとカール・ピアソンが統計学の確立者でもあったことは、忘れてならない事実である。首都警察が指紋捜査を正式に採用するのは一九〇一年のこと。それは同時にロンブローゾの犯罪類型学の終焉の合図でもあった。

それでは、犯罪捜査上のこれらの画期的な改革は、ホームズ物語にどのようなかたちで転写されているのだろうか。「海軍条約紛失事件」におけるホームズは、「ベルティヨンの測定法」を大いにたたえている。そして『バスカヴィル家の犬』では、探偵とモーティマ博士の間に次のようなやりとりがある。

「ほう！　するとヨーロッパ第一の専門家という名誉は誰に?・」と、ホームズはいささか厳しい口調になった。
「厳密に科学的な精神をもつ者にとっては、ベルティヨン氏の仕事がつねに強く訴えかけてくるはずです」
「それなら、むこうに相談なさるのがよろしいのでは」

はっきりしているのは、作者ドイルがベルティョンの方式を知っていて、これらの言及が成立しているということである。しかもこの二つの言及の説明抜きの短さから察するに、読者もこの方式のことを知っていると作者は想定しているらしいのだ。面白いのは指紋捜査の扱い方である。指紋ないし指の痕への言及はホームズ物語に何度もみられるにもかかわらず、指紋捜査への言及は見当たらないのだ。その理由はあまり深いものではないだろう。指紋捜査がフルに活用されるようになれば、名人芸としての推理の冴えを発揮する余地が大いにせばめられてしまうからである。そのときこそ、探偵はサウス・ダウンズの養蜂生活に引退すべきときかもしれないのである。

名探偵ホームズと作者ドイルのレトリックを信用しすぎると、スコットランド・ヤードの捜査力はつねに探偵のそれよりも劣っているような印象をもってしまう。しかし、単純な常識を働かせれば分かることであるが、現実の制度に寄生しているのはフィクションのほうなのだ。もちろんそれは、フィクションの弱さの証明ではない。寄生しているからこそ、フィクションは歴史を歪め、そこにもうひとつの可能性としての歴史を挿入する力をもち得るのである。しかも、時がたてば、その可能性そのものもれっきとした歴史の地位を獲得してしまうのである。

犯罪は東方から

スラム街と切り裂きジャック

6

1

シャーロキアンとリッパロジストはいずれも世紀末からの遺産である。私はそのどちらにも関心をもたないが、前者は探偵ホームズを実在の人物ということにして、疑似学問的なゲームに興ずる人々のこと。本来ユーモアの精神に満ちた楽しみであるはずのものが、いかに醜悪なエセ学問に辿りついてしまうことがあるか、ウイリアム・ベアリング゠グールド編『詳注シャーロック・ホームズ』二巻本がその典型的な見本であろう。後者は一八八八年のロンドンで起こった――これを〈霧の夜のロンドンで〉とするのは神話的な虚飾にすぎない――猟奇的な連続殺人の犯人を、まことしやかな資料調べに基づくと称して、探りあてようとする人々のこと。この二種類の人々に共通するのは、もちろん程度の差はあるものの、犯罪を、つまり他者の身の上に降りかかった悲惨さを、好奇心の対象に変えてしまおうとするひそかな欲望であるように思える。他人の趣味をとやかく言う必要などないというのは真実であるが、その趣味のどこかにフィクション化への過激な欲望がひそんでいるかもしれないというのも、やはりもうひとつの真実である。

最近の悪例のひとつがスティーヴン・ナイトの『切り裂きジャック、最後の解決』（一九七六）である。切り裂きジャックの正体については従来から諸説があった。たとえば犯人は精神異常者であるとか、梅毒をうつされたために売春婦に恨みをもつようになった医学生であるとか、屠殺業者であるとかいう説がたてられた。挙句の果ては、好奇心という名の魔が暴走して、ケンブリッジ大学の唯美主義者とか、檻から逃げたゴリラとか、G・B・ショウ、グラッドストーン、当時有名な社会改革者バーナード博士やセツルメント運動の推進者サミュエル・バーネットまで犯人に指名することがあった。このように仮想の犯人を列挙してみて目につくのは、犯人を特定しようとする欲望のうちに、この連続殺人の起こったロンドンのスラム街にまつわりつく連想の系列がずらりと顔をならべて登場するということである。しかし、逆にすぐ分かることもある。このリストにはロマンスの香りと貴族趣味が欠如しているということだ。その点を補充してみせた切り裂きジャックの神話が、スティーヴン・ナイトの手になるそれなのだ。

彼の説によると、ことの発端は、お忍びでイースト・エンドに遊びに来たヴィクトリア女王の王子エドワードが、カトリックの少女メアリ・ジェイン・ケリーと恋に落ち、秘密の結婚をして子供までもうけたという事件であることになる。事態を知った王室の関係者はすぐさま、女王の侍医ウイリアム・ガルまで繰り出して、事件のもみ消しにかかる。その手というのが、まず四人の売春婦を殺したうえで最後にメアリを標的にし、犯罪の意図を読みとれなくしてしまおうということであった。そして連続殺人は成功する。ところがエドワード王子と交友のあった画家のウオルター・シッカートもこのもみ消し工作に関与していて、問題の秘密をみずからの絵の中に暗号として描き残した。たとえば『バレット夫人』という肖像画は被害者メアリにそっくりだし、『倦怠感』ではヴィクトリア女王の肩にカモメ（英語ではガル）がとまって真犯人を暗示している、等々。確かにこの神話は低級なメロドラマとしては面白いし、それこそヴィクトリア時代の人々が愛好したセンセーショナリズムにはよくなじむかもしれないが、直観的に、それ以上のものではないという気がしてしまう。

この新説は、BBCまでがそれに依拠した番組を制作したことも手伝って、大いに有名になってしまうのだが、もとを辿れば、その出発点となったのは画家シッカートの息子の証言ひとつなのである。この新解釈は、彼が父から聞いたとする話ひとつを核にして、それに肉づけするための資料操作を経由して成立したものなのである。ところが、一九七八年六月一八日の『サンデー・タイムズ』紙上で、問題の息子という人物が、核となった話そのものがフィクションであると告白してしまったのだ。『切り裂きジャック、最後の解決』の著者はどうしたか――核となる話がフィクションであるという告白そのものに嘘がある、画家である父シッカートが事件に深く関与していたという新事実を隠すためにつかれた嘘であると、同紙の七月二日号で再批判をやってみせたのである。

マーティン・ハウエルズとキース・スキナーの共著『切り裂きの遺産、切り裂きジャックの生涯と死』（一九八七）の第四章は、ナイト（すでに故人）が利用したと称する資料を徹底的に再検討することによって、その欺瞞化工作をあばきだしてみせた。この本を一読したあとでは、もはやナイトのもっともらしい新解釈や絵の解読を信用することは不可能になってしまう。しかし、私の強調したいのはそのことではない。都合のいいように読みとった資料と伝聞を組み合わせることによって、実在のスラム街で起こった悲惨な事件を、王子と少女のメロドラマに変えてしまう視線の政治学に注目してみたいのである。悲惨な現実あるいは悲惨な現実であるはずのものを好奇心の対象に変え、それによってある種の美的なレヴェルにまで押しあげてしまう視線——ヴィクトリア時代の人々は、その視線の特質をピクチャレスクと呼んだ。ホームズ物語こそは（そしてコナン・ドイルの父の残したスケッチ群こそは）その最大の産物のひとつであるかもしれない。そしてシャーロキアンとリッパロジストという二つの人間類型は、ピクチャレスクな視線の転位を無批判に受け入れてしまった人々と言えるかもしれない。

2

私の前に、粗末な黄色の紙を使った一枚のパンフレットがある。『切り裂きジャックと幽霊を探ねて』と題されたこのパンフレット（有効期限は一九九〇年の四月一日から翌年の一月三一日まで）の目的は、毎晩七時に地下鉄のタワー・ヒル駅に集合して、ジャックと幽霊を探しに出かけようと勧誘すること。いくつかの謳い文句を拾いだしてみるならば、

（＊）一八八八年の秋、恐怖の殺人の起こった路地を尋ねて回ります。

（＊）リッパーが酒を飲んだパブを尋ね、当社独占の警察資料を見ていただきます。［とすると、このツアー会社はパブと提携でもしているのだろうか。いずれにしても、ジャック・ザ・リッパーという名のパブが実在する］。

（＊）最後に、夜のふける頃、ヴィクトリア時代の荒れた倉庫のかげで、淋しいランプをともし、こ

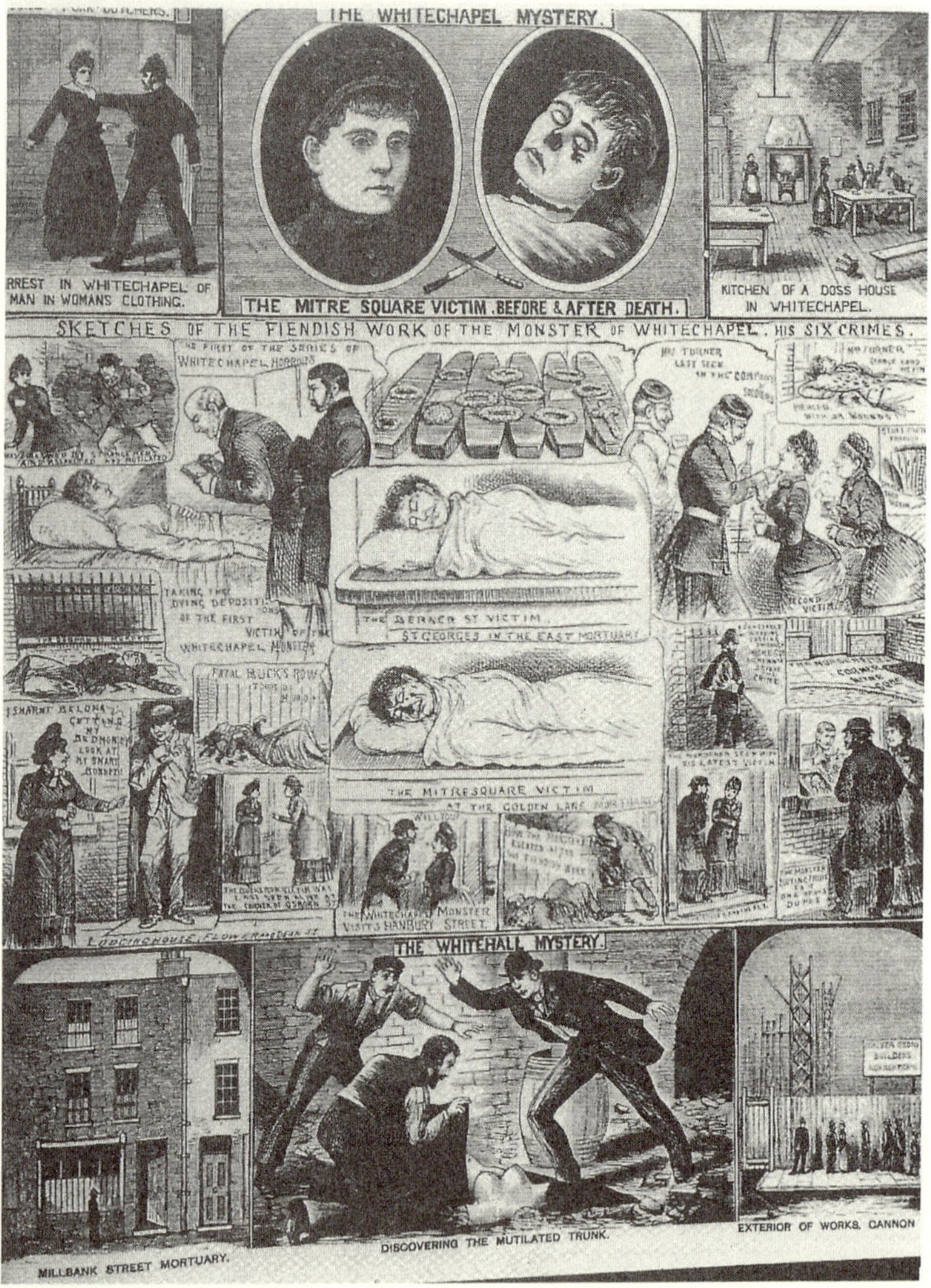

切り裂きジャック事件を報道する『絵入り警察ニュース』。
犯人の顔はユダヤ人を連想させる。

の一〇〇〇年間固く守られてきた秘密を明かします——切り裂きジャックの正体は……！

現代のこの他愛もないツアーの原型は明らかにヴィクトリア時代にある。典型的な先例のひとつとして挙げることのできるのは、ブランチャード・ジェロルドが文を書き、ギュスターヴ・ドレが挿絵を描いた『ロンドン巡礼』（一八七二）であろうか。ロンドンという巨大な社会の人と物と現象を上から下まで文章と一八〇枚の挿絵によって紹介したこの本の意図は、最初のところにきわめてはっきりと語られている。「ピクチャレスクなものと典型的なものを探してのわれわれの散策は、とうとうこの巨大な都市の全体をカバーするにいたった。……われわれは放浪者であって、改めて繰り返しておくけれども、歴史家ではない」。「思い違いではないと思うが、われわれはこの地上で最大の都市の最もきわだった典型と、最も代表的な場面と、最もピクチャレスクな面を選びだしたつもりである」。これらの表現をホームズ物語の特徴を形容するものとして借用しても、おそらくなんのさしつかえもないだろう。

フランスではすでに名声をかち得ていたドレ（一八三二—八三）とジェロルド（一八二六—八四）——彼の父ダグラス・ジェロルドは『パンチ』の挿絵画家であり、戯曲を書き、小説家のディケンズやサッカレーとも親交があった——この二人の手になる『ロンドン巡礼』は歴史の資料として重要なものであるが、その第一八章はホワイトチャペルの周辺の、つまりイースト・エンドの典型的なスラム街の探訪記になっている。そこをのぞいてみることにしよう。この章は、「行き暮れた男や女や子供——地下室から屋根裏部屋まで彼らでうまる広い区域——ドブネズミの隠れ家から煙突スズメの巣まである区域——それが苦悩と犯罪に満ちたこの界隈を作りあげている……」と書き出されている。そこはひとりで足を踏み入れるには危険すぎる場所なのだ。現代の切り裂きジャック・ツアーにもそれらしいガイドが付くのと同じことで、一九世紀のこの二人の探訪者も安心できるガイドに頼ることになる。

まずスコットランド・ヤードと連絡をとる。それから粗末な服を身につける。そして、タイガー・ベイの気性や恐怖を前にしてもひるまないような同行者を二、三人選ぶ。犯罪捜査課の勇敢でしかも頭のきれるメンバーのひとりの案内に身をゆだねる。……フリート街を抜けてスミスフィールドに向かうと、われわれはものの数分のうちになじみのロンドンを離れて、路地や脇道の入りくんだ区域に到着する。

いかに客観的に観察するとはいっても、ここに前提としてあるのが他者を監視する権力の視線であることは歴然としているだろう。現に人々は警察の呼びかけに対してさまざまな反応を見せるのであり、ジェロルドはその様子を文に、ドレはその様子を絵にしてゆくのである。「手さげランプ」と題された挿絵は、その間の事情をよく物語っているだろう。しかし、どのように厳しく監視する視線にも必ず何らかの死角がある。この絵の場合、警察のランプの光の中に拘束された人々は明らかに権力に抑圧され、おびえているにしても(それを暗示するかのように、彼らはしゃがんでいる)、ランプの光の届かないところには、逆に権力を冷やかに見つめ返す視線がある。中央で壁にもたれている三人の人物の視線は、おそらくそれであろう。さらに図の左上と中央上部の窓からのぞいている子供たちの視線は、おびえや反抗というよりもむしろ好奇心に満ちていて、この視線の応酬の中で将来自分がどれに加担すれば最も得になるのかを見究めようとしているようにも見える。

しかしその余裕は、路上の人々と子供たちの年齢差のみから来るものではないかもしれない。夜のこの時間に室内で眠ることのできる人々と路上で寝るしかない人々の間には、明らかに経済力の差が認められるからである。窓の中にいる子供の視線は、警官と貧民との差異を見ているだけではなく、自分たちと路上の貧民の差異も確認しているようにも見えるのだ。画家ドレがこうした関係をどこまで意識していたのかは不明であるが、いや、ディケンズと違って、感傷的ではあるにしてもラディカルな政治意識をもつことのなかった彼は、そのような意識はもっていなかったであろう。しかし、たとえそうであるとしても、描き込まれた細部が、この絵の表面をおおっているイデオロギーを脱構築してしまうのである。

3

このような地域がロンドンの遠い片隅にあったと考えてはならない。確かに高級住宅街のイメージが強いウエスト・エンドとは正反対に位置するものの、先ほどの引用からも明らかなように、旧市街つまりシティ地区に隣接しているのである。繁栄する商業地区のすぐ隣に貧困と犯罪の大温床が広がっているという構図なのだ。一八七〇年代以降、いわゆるイースト・エンドの貧困と住宅問題が大きな社会問題と化してゆく理由のひとつは、おそらくこの明と暗のあまりにも極端な隣接性に求められるかもしれない。

ここで探偵ホームズの住所に目を向け直してみることにしよう。問題はベイカー街のどこに221Bが存在したのかということではなく、ベイカー街そのものがロンドンのどの場所に存在したのかということである。地図で確認すると、ベイカー街はシティのほぼ中央部に位置している。考えてみれば、上中下の三つの階級の事件に関与し、つねに金銭の問題に関わってゆかざるを得ない探偵としては、象徴的な意味においてまさしく理想のポジションに身をおいていることになるのである。情報の集中してくる〈中心〉こそが彼の位置なのだ。そこからならば、どの方向へでも自由に迅速に動ける。

そして、ときには、その動き方がジェロルドとドレに代表されるピクチャレスクな情景の探訪者のそれと二重写しになって見えることもあるのだ。たとえば、「六つのナポレオン」においてステプニィに向かう時の様子は次のように描写されている(因みに、イースト・エンドを構成するのはショーディッチ、ベスナル・グリーン、ホワイトチャペル、セント・ジョージズ・イン・ズィ・イースト、ステプニー、マイル・

▲『ロンドン巡礼』より。
ギュスターヴ・ドレ画

エンド・オールド・タウン、ポプラー、ハックニーの各地区である。一八八六年にこの地域の貧民調査に着手したチャールズ・ブースは、その総人口を九〇万人強としている)。

われわれは社交のロンドン、ホテルのロンドン、劇場のロンドン、文学のロンドン、商業のロンドン、そして最後に海軍のロンドンの端のところを次々に経由して、何十万という人々の住む河のそばの町に到着したが、その地区の共同住宅にはヨーロッパからはじき出されてきた人々の汗の臭いがたちこめていた。

『ロンドン巡礼』の記述にくらべるとひどく抽象的な印象しか与えないこの記述が、しかし基本のところでは同じピクチャレスクな関心を共有していることを見逃すわけにはいかない。それとも逆の言い方をすべきだろうか。同じ関心を共有しているにもかかわらず、ホームズ物語における記述はひどく抽象的で、しかも紋切型であって、そこから地面や人間のぬくもりは伝わってこないと。探偵の土地勘に対して私が疑問をもつのはそのためである。世紀末にこのスラム街にさまざまの理由から足を踏み入れた人々の記述は、たとえ過剰なまでにディテールに及ぶことはあっても、このように乾燥した距離感のあるものはおそらく珍しい。

ホームズ物語につきまとうこの特徴は「唇のねじれた男」にも見られる。注目すべきは、この作品の主役をつとめるネヴィル・セント＝クレアがロンドンにおける物乞いの実態をルポしようとしたジャーナリストであり、そのさいに単なるピクチャレスクな観察者にとどまることを拒否して、「シティの最もにぎやかな場所」で、それらしい身なりで物乞いを実践するということである。世紀末の総合雑誌にはこのような大都会ルポが実際にいくつも掲載されているが、作者ドイルはその形式を巧みに推理小説の中に取り込んだわけである。ところが、この場合にも、物乞いは推理小説をしかけるための抽象的な枠組みとしてあるとしか見えないのだ。「シティの一番東の端にある阿片窟」なるものにしても、「その薄暗闇を通して、奇怪千万な姿勢をとる人の体や、丸めた肩、曲げた膝、大きくのけぞって天井に向けられたあごが［阿片の褐色の煙の中に］ぼんやりと浮かび、そこかしこからどんよりした黒い眼が、新参者の方に向けられた」という記述は、およそ迫力を欠く。ディケンズが未完の推理小説『エドウィン・ドゥルードの謎』の冒頭においた阿片窟の描写や、ドレの一枚の挿絵のもつ喚起力には遠く及ばない。

こうした例にいくつもぶつかると、作者ドイルがホームズ物語の中に書き込んだイースト・エンドの貧民街への関心とは、その対象そのものに対する関心ではなくて、そうした関心に対する関心ではなかったかと思えてくる。つまり、貧民街に対する社会的な関心が存在するということへの関心であると思えてくる。別の言い方をするならば、作者ドイルがホームズ物語の中で利用しているのは、何らかの事象をめぐる社会的な表象であるということだ。登場する風物や情景が奇妙なほどに類型化して見えるのは、そのためではないだろうか。

4

だとすれば、「六つのナポレオン」に登場するイタリア人の職人や、「唇のねじれた男」の波止場近くの阿片窟に登場するインド人、マライ人、デンマーク人なども、何らかの社会的言説をになうものと考えるのが適切ということになる。ここで話をもう一度『ロンドン巡礼』に戻すならば、そこに興味深い比較の図式を発見することができる。ホワイトチャペルの「住民たちは、江戸の町を初めて歩いたヨーロッパの人間を日本人がみつめたのと同じように、われわれをみつめるだろう」とか、

彼らの側からすると、われわれは中国人のように奇妙で面白かっただろう。いや、それ以上に悪しき何かであったかもしれない。われわれはスパイと映っただろう。その幸運が彼らのうちに羨望感を呼び、その姿が彼らのうちに反抗心をかきたてる存在、と。

という表現に出会うのである。基本にあるのは、いずれの場合にも、ヨーロッパの人間対異国人という図式であり、おそらくイースト・エンドとの語的連想のために、異国人の代表として日本人と中国人が選ばれていると考えられる。ここでは階級上の優劣関係が人種上のそれに転化され、もしくは重ね合わされているのだ。重要なのは、ヨーロッパの人間（ないしは「われわれ」）との対比のために、具体的にどの異国人をもちだすのかということではない。日本人と中国人が比較の対象となるコンテクスト上の必然性はない。内なる「われわれ」に対して、異質な他者がその下層階級社会の中に浸透してしまっているという認識のしかたこそが問題なのだ。『ロンドン巡礼』の中の小さな記述は、そうした一般的な問題に展開してゆくのである。

E・J・ホズズボームが『帝国の時代　1875-1914』（一九八七）で指摘しているところによれば、私が今あつかっている〈コナン・ドイルの世紀末〉を特徴づける最大の問題とは、帝国主義の問題であった。

大いなる帝国主義者セシル・ローズが、一八九五年に、内戦を避けようとすれば帝国主義者になるしかないと述べて以来、たいていの論者はいわゆる「社会的帝国主義」のことを、つまり、経済改革や社会改革などで生じた国内の不満をへらすために帝国の拡大を利用する試みのことを意識していた。

(『帝国の時代　1875-1914』)

もちろんこれは新しい独創的な指摘ではないが、改めてこのような歴史のコンテクストを想起してみると、世紀末のロンドンに侵入してきた異国人は、諸外国への帝国の拡大にともなって、そこへ侵入していったイギリス人の、場合によっては白人一般の逆立像になっていると考えられるのである。そして、ここにあるロンドンの白人対異国人の図式を科学的空想に転化すれば、H・G・ウエルズの『火星大戦争』他のSFが誕生するメカニズムはたやすく理解できる。しかし、この対立の図式は、比喩形象によるレトリックの闘いにつきるものではなかった。そうしたレトリックを要求する〈現実〉が存在した。

チャールズ・ブースの『ロンドンの生活と労働』全十七巻(一八八九―一九〇二)がその数字的データの集積によって、イースト・エンドにおける貧困と産業と宗教を圧倒的な迫力で提示しているのに対して、ウォルター・ベザントの『イースト・ロンドン』(一八九九)は――『ロンドン巡礼』と同じように、かなりの数の挿絵を利用しているものの――主として言葉の喚起力に頼った作品である。その第七章は「外国人」と題されている。

目下のところ、アメリカに渡ろうという意図のある人々を別にして、毎年約一万人の移民が流入しているようにみえる。その内訳はロシア人、ポーランド人、ドイツ人、オランダ人、ノルウェー人、スウェーデン人、デンマーク人、ベルギー人、フランス人、オーストリア人、ハンガリー人、イタリア人、スイス人――と、ヨーロッパの全体にわたっている。ただ、スペイン人、ポルトガル人、トルコ人の話は聞いたことがないし、私の知っているかぎりでは、クロアチア人、ケルト人、セルヴィア人、ブルガリア人のような少数民族出身の外国人はいない。……イースト・ロンドンの通りを歩いてみるといい、いたるところの店の入口にドイツ人やユダヤ人の名前を見ることができるだろう。……日曜日の朝などホワイトチャペル・ロードを歩いてみると、何十万という数の彼らの大半に出会うことができるし、イースト・ロンドンの大きな部分を占領して、不屈の忍耐力と疲れを知らぬ労働によって、祖国で可能であったよりもずっとよい生活とずっとよい慰安を手に入れた平和的な侵略者の姿を見ることができるだろう。……彼らの子供の姿ならば、教育委員会の運営する学校に見つかる。男の子も女の子もイギリス人になってゆくのだ。……外国人の第二世代が体の隅々までイギリス化しなかった例は知られていない。

この記述は楽観的すぎるだろう。豊富な写真によって、世紀末から現代までのこの地域の歴史を語ってみせるウイリアム・J・フィッシュマンの『イースト・ロンドンの通り』(一九七九)を一瞥しただけでも、そう断定せざるを得ない。問題は、この引用の中で外国人を表わすのに the alien という表現を使っていることである。エイリアンとは「平和的な侵略者」のことでもあるのだ。一篇の映画のためにこの言葉に何となく空想的なニュアンスを感じとってしまうようになったわれわれとしては、それが孕んでいる否定と排除を改めて想い起こしてみるべきかもしれない。さらに言えば、alienation という語を疎外と訳して抽象化し、そこに含まれうる生々しい異分子排除の力を消してしまう圧力のことを。そうした場合にわれわれが頭の中でやっている操作は、その基本のところで、コナン・ドイルという作家がロンドンのいくつかの情景を作品の中に取り込むときにやったそれと、あまりにも似すぎているのである。

5

ブースの調査がよく示しているように、イースト・ロンドンはすべて貧民街であったわけではない。中流階級も、そして比較的豊かな労働者も住んでいたのである。ただ、英語もろくに理解できない移民がこの地区に集中するようになったについては、明瞭な理由がある。この地区のテムズ河沿いにドックがずらりと並んでいて、外国からくる物資の荷揚げが行なわれていたからである。港湾での荷揚げ作業と言えば、ヴィクトリア時代のロンドンでは最も代表的な不定期の臨時労働であった。当然ながら、それに従事する労働者は極端に貧しいことが多く、貧しい移民とひとつになって、スラム街のイメージを決定することになったのである。

この貧しさと移民ということをひとつに集約していたのが、ロシアから、とりわけポーランドからやって来るユダヤ人移民であった。一九世紀の間は移民制限をしていなかった大英帝国の首都が彼らにとって希望の地と映ったのは、確かに無理のないことであろう。「イースト・ロンドンの外国人の中で最も重要なのは、新たに到着したユダヤ人移民である」とベザントは説明しているが、その一方で、「彼らがイギリス人の労働者から仕事を奪ってしまうという噂も流れている」(『イースト・ロンドン』)。さらに彼は、「ユダヤ人に対する敵意」は、ヨーロッパの諸国におけるほど強くはないとも述べているのだが、これについては留保が必要だろう。なぜならば、ホワイトチャペル地区に定着することの多かったユダヤ人移民に対する反感が絡まりついた大事件というのが、問題の切り裂きジャックの事件であったからである。

この猟奇的な事件は、人種問題を抜きにしては考えられない。当時、スコットランド・ヤードの犯罪捜査課の責任者として事件にかかわったサー・ロバート・アンダーソンの自伝『役人生活の明るい面』(一九一〇)の記述には、それが露骨に現われている。

犯人が狂暴性のある性的変質者であり、殺人の現場のすぐ近くに住んでいること、もし犯人が一人住まいでないとすれば、家人がその犯罪のことを知っているにもかかわらず、彼を司直の手に渡すのを拒んでいることを発見するのに、シャーロック・ホームズになる必要はなかった。私が国外に出ているうちに、警察は一軒一軒犯人をさがしてまわり、この地区の人間で、秘密のうちに外出から戻り、血痕を洗い流せるような状況にある人物をことごとく調べあげた。その結果としてわれわれが辿りついたのは、犯人とその家族は下層のポーランド系ユダヤ人であるということであった。イースト・エンドに住むこの階級の人々が、仲間の一人をキリスト教徒の司直の手に渡そうとしないのは、まさしく驚くべき事実である。

(『切り裂きの遺産』から引用)

この記述のもつ偏見についてはあえて説明するまでもないだろう。また事件のさなかに、「ユダヤ人は、わけもなしに文句をつけられて、だまっちゃいない」という落書きが出たりした。ちょうどジョン・パイザーというポーランド系のユダヤ人に嫌疑がかかっていたときでもあり、この落書きは反ユダヤ感情に逆に火をつけかねないものであった。それをすぐ消すか、証拠として写真保存するかで首都警察とシティ警察がもめるものの、その両者ともユダヤ人に対する強い反感の存在は知悉していたのである。結局、この事件の真犯人は今日でも不明。しかし、そのことによって、今日でもなおわれわれの先入観をあばきだす鏡の役割を果たし続けているのである。

名探偵シャーロック・ホームズの登場は、この事件の一年前のことであった。

II

『ストランド・マガジン』

1

名探偵ホームズが誕生するのは、切り裂きジャックの連続殺人がロンドンの人々を震撼させるほぼ一年前、一八八七年の『ビートンズ・クリスマス・アニュアル』に掲載された『緋色の研究』においてであった。この作品は父チャールズの挿絵を添えて、翌年単行本化される。第二作はアメリカの『リッピンコット・マガジン』の一八九〇年二月号に掲載された『四つの署名』で、こちらはその年のうちに単行本化された。かりにコナン・ドイルがこの二つの作品しか書かなかったとしても、シャーロック・ホームズの名は特異な探偵として、おそらく推理小説史に残ったであろう。しかし、彼の名前が一般に知られるようになるのは、何と言っても、新しくスタートした月刊誌『ストランド・マガジン』に、一八九一年の七月以降、「ボヘミアの醜聞」以下の短編が載るようになってからのことである。翌年にはそれらの短編が『シャーロック・ホームズの冒険』としてまとめられ、名探偵の人気は不動のものとなった。当然ながら、この名探偵はドイル家の経済的安定のためにも多大の貢献をしたはずである。

「この小説が載っている間、雑誌は毎号三万部ずつ売上げがふえ、ドイルは、長さによって違うが、毎回四六〇ポンドから六八〇ポンドの稿料をもらった」(グラハム・ノウン『シャーロック・ホームズの光と影』、一九八六)。当時としては、これは中流階級の比較的豊かな層の年収に匹敵する。

ドイルの自伝『回想と冒険』には、若い頃の苦労についての記述はあるものの、ホームズ物語による大成功の経緯は詳しくは語られておらず、何かはぐらかされたような印象をうける。しかし、その理由は単純だ。彼はみずからの本領が歴史小説にあるものと信じていて、むしろそれについて語りたかったからである。例えば歴史小説『マイカ・クラーク』について語るときには、一段と熱がこもる。小説の出版では定評のあったベントリー社でも、雑誌『ブラックウッズ』でも断わられたこの小説が、アンドルー・ラングの口添えによってロングマン社から出ることになったときのことを、彼はこう書いている。

本は予定通り一八八九年二月に出た。それは爆発的に売れはしなかったが、異様にいい書評が出て、とくに『一九世紀』誌では、プロザロウ氏がこの本だけで特別の書評を書いて下さったし、その頃から今日まで途切れることなく売れている。この本こそは、何らかの文学的名声を得るための最初のゆるぎない礎石であった。

もちろん一般の読者はそうは思わなかっただろうが、作者はそう信じたかったらしい。
読者をひきつけたのはホームズ物語であった。「一八九〇年代を通じてコナン・ドイルは『ストランド』に寄稿し続けたが、ホームズ物語連載で発足したおかげで、この雑誌は一八九六年には五〇万部を確保した」(グラハム・ノウン)。確かにその通りであるだろうが、ただしここには注意すべき点がある。何かと言えば、ホームズ物語の掲載が始まるのは七月からであって、『ストランド』の刊行の始まった一月からではないということだ。ホームズ物語はある意味では偶然にこの新雑誌の目玉商品になったのである。今日のわれわれはホームズ物語の掲載された雑誌ということで、『ストランド・マガジン』を想起するけれども、実際には、それは雑誌のひとつの部分以上のものではなかったわけである。この単純な事実を見落とすと、ホームズ物語を時代の中で見るという意図はおよそ無意味なものになってしまうだろう。

一八九一年七月の『ストランド・マガジン』の目次は次のようなものである。まず美術エッセイの「タブロー・ヴィヴァン(活人画)」、それから短編小説「やっと目が覚めて」(匿名)、アーヴィング・モンタギュのエッセイ「出陣の話」、短編「なぜ彼は失敗したか」(匿名)、エッセイ「自転車部隊」――当時としては最新鋭の自転車を利用した部隊の紹介である。エッセイ「有名人の肖像」――これは創刊時の呼び物のひとつであるが、同時代の他の雑誌にも見られる企画。「ガブリエレ修道女、戦時下のマックス・オレルの回想」――オレルはフランスの作家であるが、イギリスについての本を何冊も書き(例えば『ジョン・ブルとその祖国』などは当時の社会風俗を知るための重要な資料である)、人気作家であった。これは妻による手記。次は「挿絵入りインタヴュー」の第一回目で、一八八九年のロンドンの港湾労働者のストのときにも重要な調停役を果たしたマニング主教が相手である。そしてその次に「シャーロック・ホームズの冒険、冒険I――ボヘミアの醜聞、A・コナン・ドイル」がくる。二列組で一五頁、シドニー・パジェットの挿絵が九枚付いている。分量からすると、この号では最大である。次はハンガリー語からの翻訳短編「手紙の束」、「裁判所ルポ第四回、犯罪法廷」、「キャプテン・メイン・リード、兵士にして小説家」――ちなみに彼はドイルが愛読した作家であった。最後がスペイン語からの翻訳で、子供向けの「王様と画家」という短編。これがホームズ登場の舞台であった。

2

しかしながら、ことはそれほど簡単な問題ではないように思える。そのことをよく物語っているのが、『ストランド・マガジン』の一八九一年一月号つまり創刊号に編集者のジョージ・ニューンズが書いた創刊の辞である。途中から引用してみると、

本誌はイギリスの最高の作家たちの手になる短編小説とエッセイを、そして未紹介の外国作家の特別訳を載せます。そして著名な画家による挿絵を付けます。

すでに月刊誌が大変な数あるところにまた一冊というのは余計だという見方もあるでしょう。しかし、『ストランド・マガジン』は、じきになくてはならぬ存在となるでしょう。

編集者はこれまでも廉価で健全な文学を提供するよう努めてきましたが、幸いにもそれは読者の寛い支持をうけました。この新しい企画も熱く迎えられるよう希っております。最初の号にはいたらぬ点が多々ありますが、将来的には改善を期しております。

この号がお気に召しました方は、もしそこに美点ありとお考えでしたら、友人の皆様方にそのことをお話し下さいますよう御願い申し上げます。

ニューンズが言及しているのは、彼が一八八一年に創刊して大好評を博した情報誌『ティット・ビッツ（がらくた情報）』である。創刊一年で部数一〇万を越えたこの雑誌よりも少し上の読者を——つまり一八七〇年の普通教育法の制定以降確実に伸びつづけた潜在的読者のある部分を——狙ったのが『ストランド・マガジン』であったのだ。それが大成功する。

ともかく第一号の構成を見てみることにしよう。最初に来るのは、「この細長く、あまり美しいとは言えないストランド街以上にイングランドの発展をよく物語る通りを見つけることは不可能だろう」と主張する、「ストランド街物語」（匿名）。もちろんこれは景気付けである。次はグラント・アレンの短編「恐ろしいジレンマ」。彼は三月号と八月号にも短編を寄せている。ついでに述べておくと、創刊一年のうちに数回寄稿した人物としては、前記のマックス・オレル、前回『イースト・ロンドン』の著者として取り上げたウォルター・ベザント他数名がいる。確かに七月から一二月までホームズ物語を連載したコナン・ドイルの地位はきわ立っているものの、決して彼だけがこの雑誌を支えていたわけではない。少なくとも最初の時点では、グラント・アレンやマックス・オレルやウォルター・ベザントのほうが有名作家だったのである。

そのことを示す確実な証拠がある。三月号に匿名で載っている「科学の声」という短編だ。これはある町に住む科学好きの母（年収二〇〇〇ポンド）と娘（結婚後は年収五〇〇ポンドになる予定）の話である。たわいもない話で、娘の恋人が、彼女に言いよる偽善的な男を「フォノグラフ」という機械を使って、要するに今日で言う録音器を使って撃退するというだけの内容である。興味をひく点と言えば、この母娘の家が「博物館」なみになっていて、そこにフィリピン諸島の動植物やガラパゴス島の亀の甲羅まで陳列してあるという設定が、そのひとつ。奇妙な設定のように見えるが、この親子の趣味はある種の流行へのパロディと考えるべきかもしれない。前にも取り上げたように、世紀末にはかなりの数の女性の旅行家や海外赴任した男の妻たちが、遠くアフリカやアジアから珍しい品々を持ち帰って、それを家の中に飾ったりしていた。おそらく、そうした流行をふまえてのパロディなのである。それは、安息日である日曜日に博物館を開くことの是非をめぐって激しい論争の行なわれた時期でもあった。

▲短編「科学の声」の挿絵。前景の植物に注意。

◀ストランド街

もうひとつ興味をひくのは、この母がかなり怪しい知識をふり回して、「ダーウィンを支持し、マイヴァートを笑いとばし、ヘッケルに疑問を呈し、ヴァイスマンに首をかしげるときの心得顔は、彼女の家のアカデミックな歓待にみちた敷居を越える大学の教授連の舌を巻かせ、数少ない学生たちを畏怖させた」という記述である。ここに名前を連ねているのは、いずれも実在した生物学者であり、進化論者である。進化論をめぐる論争を一八五九年の周辺に囲い込み、例えば『種の起源』によって科学対宗教の対立に決着がついたとするのは、まったくの俗説にすぎない。進化論の考え方はヘンリー・モーズレーの精神医学に、ゴルトンの優生学に、ロンブローゾの犯罪学に、ノルダウの人種退化論に、ベンジャミン・キッドの『社会進化』(一八九四)に流れ込んで、世紀の末にこそ大問題となってゆくのである。特異な生態学者グレゴリー・ベイトソンの父ウイリアムが精力的にメンデルの成果を紹介して、「遺伝学」という造語を作るのはその直後のことである。いや、そうした問題にはのちに改めて触れることになるのだが、ともかくこの「科学の声」というユーモラスな短編の作者が、そうした時代の風をある程度知っていたことは間違いない。

しかし、編集サイドはこの作者をあまり重視していなかったのであろう。作者は匿名である。そして半年分のインデックスをめくってみて初めて、この作者の名前がA・コナン・ドイルだと確認できるのである。『ストランド・マガジン』はいきなりホームズ物語の作者として彼に原稿を求めたわけではないのだ。これは小さな事実にすぎないが、この雑誌とドイルの関係を神話化しないためには、どうしても留意しておくべき点だと、私は考えている。

さて、創刊号の目次に話を戻すことにしよう。三番目は匿名のエッセイ「首都消防隊」である。この消防隊の隊長を二五年間つとめたキャプテン・ショウがちょうど勇退したところであるし、何しろこの時期の消防隊というのは、そのカッコよさのために少年たちの憧れの的であったから、格好の企画と言えるだろう。次はアルフォンス・ドーデの「パリ包囲」、「有名人の肖像」のコーナーは詩人テニスン、スウィンバーン、小説家ライダー・ハガード、俳優エレン・テリー、ヘンリー・アーヴィング他を取りあげている。次はレールモントフの短編「美しき密輸人」とパウル・ハイゼの短編「トレピの娘」。その次は再び匿名のエッセイで「動物病院」、それからレオ・レスペの短編「鏡」、マニング主教の説教のメモのファクシミリ――これは、この時期の筆跡ブームを反映したもの――、プーシキンの『スペードの女王』、ヴォルテールの子供向け「二人の魔人」。第一号を見るかぎりでは圧倒的に翻訳物が優勢である。その比率は確かにしだいに減少してゆくものの、短編小説とエッセイと挿絵という構成の原則はずっと維持されていくことになるのである。

ホームズ物語をこの『ストランド・マガジン』という雑誌のコンテクストで読んでみて気がつくのは、そこで扱われる素材の多くが、この雑誌の記事のうちに見つかるということである。例えば六月号に「アヘン窟での一夜」があると、一二月号にはアヘン窟の描写を含む「唇のねじれた男」が載るというように。逆の関係の場合もある。一八九三年一月に、切り取られた耳の形から探偵が犯人を推理する「ボール箱事件」が載ると、同じ年の一〇月には「耳についての一章」というエッセイが載るという具合に。この雑誌とホームズ物語の関係を大宇宙と小宇宙のそれにたとえるのは極論にすぎようが、しかしその一方で、この両者の間にかなりの照応関係が見られることも否定できない。

そのことは何を意味するのだろうか。確かにコナン・ドイルという作家は好奇心の大変強い作家であって、ホームズ物語他に取り込まれた素材の多くが、世紀末の文化や社会風俗のすぐれた〈博物館〉を形成していることは事実である。確かに多くの素材は世紀末のすぐれた記号である。しかし、だからといって、その多種多様な素材がことごとく彼の直接の見聞から来ているとみなす理由はない。むしろかなりの部分は既存の情報からの借用に見えるのである。時代の好みと関心を利用しようとした若い作家が、その場合のひとつの有力な情報源として、辣腕の編集者ジョージ・ニューンズの眼に頼ったとしても不思議ではない。「私は自分を平均的な人間の立場に置き換える必要はないのです。私自身が平均的な人間なのです。だから、平均的な人間が何を欲しているかが分かるのですよ」と断言し得たのが、この編集者なのだから。『ストランド・マガジン』のルポルタージュ風のエッセイを、時代を映すひとつの鏡とみなすとすれば、おそらく誰にもましてその鏡をよくのぞいたのが、コナン・ドイルという作家ではなかったのだろうか。

とすれば、ホームズ物語の登場以前に匿名で発表された「科学の声」の内容は、いささか皮肉めいたものになってくる。吹き込まれた声をそのまま吐き出すフォノグラフと、生半可な科学知識をふりまわす母親が、どこかで人気作家のイメージと重なってくるからである。ドイルもまた時代のすぐれた反響箱のひとつには違いなかった。

3

『ストランド・マガジン』はホームズ物語を内包すると同時に、時代の出版環境に、とりわけ雑誌と新聞のそれにも内包されていた。今度はその側面に眼を向けてみることにしよう。

ヴィクトリア時代の、あるいはもう少し枠を広げて、一九世紀のイギリスのジャーナリズムの最も簡単でかつかなり有効な分類法というのは、挿絵の有無とその機能を見るということである。挿絵を使わない『タイムズ』は教養のある層を狙い、『挿絵入りロンドン・ニュース』はそれより下の多くの層を狙った、と――もちろんイギリスは例外なくしては一日の始まらないお国柄だから、早速例外を挙げておくならば、世紀初めの労働者向けの『ブラック・ドゥウォーフ（黒い小人）』にも、一八三〇～四〇年代のチャーティズム時代の労働者の新聞にも、一八九〇年代にウイリアム・モリスとベルフォート・バックスを中心にして動いた社会主義者連盟の新聞『コモンウィール』にも、いわゆる挿絵というのは見つからない。しかし、アニー・ベザントが編集していた雑誌『我等のコーナー』（一八八三―八八）はふんだんに挿絵を使っていた。いくら教養層向きとは言っても、美術雑誌や『ネイチャー』のような科学雑誌は、何らかの挿絵や図版を、そして世紀末には写真を使わざるを得なかった。

そうした例外にもかかわらず、挿絵の有無による区別はあるところまで有効である。例えば代表的な総合雑誌『ジェントルマンズ・マガジン』（一七三一―一九一四）の活用したのは、挿絵というよりも、本文説明のための図版というに近い。一九世紀の文化に重要な貢献をした進歩派の『エディンバラ評論』（一八〇二―一九二九）とそれに対抗した保守派の『クウォータリー評論』（一八〇九―一九六七）は、すべてと言っていいくらいに活字。J・S・ミルの率いた急進派の総合誌『ウエストミンスター評論』（一八二四―一九一四）も活字のみであった。ここで注意しておかなければならないのは、最初の二つは完全な書評の雑誌であったという事実である。その書評も、前にも触れた通り、ときには十冊近い本を同時に、しかも英独仏の出版物をまじえて取り上げ、数十頁におよぶことが通例であった。ホームズ物語の時代にも、こうした書評雑誌は厳然として存在していたのである。そしてその歴史こそが、わが国の恥ずべき書評のレベルとは比較にならない書評文化をささえている力のひとつなのである。

一八九一年にどのような本が書評の対象になっているか、幾つかの見本を拾い出してみよう。まず『エディンバラ評論』のほうではアルフレッド・マーシャルの『経済学の原理』、タレイランの回想録と手紙計五冊（すべて仏語版）、『星の体系』という本、キップリングの小説、国会の特別調査委員会の報告書と議事録、ポンペイ関係の歴史書計七冊（すべて独語）等々、実にバラエティに富んでいる。要するに知の世界全体をカバーしようとする総合書評誌なのだ。それでは『クウォータリー評論』はどうかと言えば、ジェイムズ・マーティノウの『倫理説の諸類型』、マリー・バシュキルツェフの日記（仏語版）、J・G・フレイザーの『黄金の枝』はそれだけで約二〇頁の書評、ゲーテ、シラー、ゴーティエの著作（独語と仏語）をあわせて三〇頁、リンカンシャの地方史についての本五冊、労働者のストロックアウトについての本、メレディスとハガードとスティヴンソンの小説について約三〇頁等々。この二つの書評誌を見てみると、現在のわれわれの常識とはかなり違って、人文、社会、科学の分野の区別なしに、専門的な書評がひとつの雑誌空間の中に併在しているということである。その雑誌空間の特質をそっくり人間化したらどうなるだろうか――ルネサンス型の知の巨人になるだろうか、それとも百科全書型の哲人になるだろうか。確かにそのいずれの可能性もあるだろうが、その同じ階梯のどこかに必ず知の宝庫としてのシャーロック・ホームズの位置があるはずなのだ。この名探偵のことを考えるときに私がまず思い出すのは、シドニー・パジェットの挿絵によって定着したイメージでも、そのほかの神話的な像でもない。世紀末の総合的な雑誌空間である。一九世紀をさまざまの領域での総合化にこだわった時代と見るならば（マルクスを、コントを、スペンサーを、フレイザーを想起してみるといい）、ホームズとはまさしくそのような時代の隠喩なのだ。かりにアルチンボルドのような画家がいたとしたら、どのようなホームズ像を描いたろうか。

評論誌『同時代評論』の一八九〇年分の内容に目を向けてみても、やはりきわ立った総合性が何よりも眼につく。「英語の起源をめぐる最新の理論」、「ブラジルの過去と未来」、「共産主義」（エミール・ド・ラヴァレー）、「小説の新しいキーワード」（ホール・ケイン）、「ヴァイスマンの遺伝説」、「インドの政治運動の人種基盤」、「パレスチナのユートピア」、「ナショナリズムとは何か」（エドワード・ベラミー）、「女性と大学」、「挿絵入りジャーナリズム」、「世界のニヒリズムと社会主義」、「海軍戦の可能性」、「ロシアの秘密国家裁判」、「ラヴォワジェ」等々。作品の素材をさがすコナン・ドイルがこうした雑誌をめくっている姿を、私は容易に想像することができる。彼が手にする雑誌は他のものでもよかっただろう。『ウエストミンスター評論』でも、『フォートナイトリー評論』でも、あるいは彼自身が歴史小説『白衣団』を連載していた『コーンヒル・マガジン』でも――そのいたるところにホームズ物語の素材がひそんでいるのだから。名探偵はそれらの素材を選択のふるいにかけ、口あたりのよい物語に組み込んでゆく。そして、それこそは、この時代の人々にふさわしい知の幻想を提供するための格好の装置であったのかもしれない。ホームズ物語は、ある意味では、知の幻影を推理という名の糖衣錠にくるんで、われわれの前にさしだしているのである――今でも、なお。

画家リチャード・ドイル

1

ルイス・ジェイムズは一九世紀イギリスの出版文化の研究にとって重要な意味をもつアンソロジー『出版と民衆、一八一九—一八五一年』(一九七六)に寄せた序文の中で、出版文化の隆盛の背景にあったと考えられる二つの要因を挙げている。もちろんこの二つの要因は相互に連関しているはずであるが、そのひとつは印刷能力の増大である。「一七八五年のロンドンには一二四の凸版印刷の業者があったが、一八二四年までにはそれが三一六ほどにふえ、世紀の半ばまでにはその数が五〇〇に達した」。一八世紀には一時間に一〇〇枚ほどしか印刷できなかった機械もつぎつぎに改良を重ねて、一八四八年には、同じ時間内に『タイムズ』の紙面を一二、〇〇〇枚は印刷できるようになっていた。もうひとつの要因は、人口増大にともなう読者人口の増大である。中流階級より上の階層の教育については従来からそれなりに整備されていたが、人口の七〇数パーセントをしめる労働者階級の人々にしても、各種の宗教団体の日曜学校や貧民学校、職工学校で学ぶことができたし、労働者の読書サークルなるものもさかんに作られた。すでに一八三〇年の時点で、イングランドとウェールズの総人口約一四〇〇万人のうち七〜八〇〇万人を読者人口とみなすことができたし、労働者階級のみをとっても、その識字率は全体の三分の二から四分の三に及んだとされる。さらに一八七〇年にはともかく普通教育法が施行され、一九世紀が終わる頃の識字率はらくに九〇パーセントを越えていた。

そのような数字をかかえた世界にあって、活字はほとんど唯一の巨大なメディアであった。そしてその巨大な活字市場のある部分が、『エディンバラ評論』、『クウォータリー評論』、『ウエストミンスター評論』、『同時代評論』、『フォートナイトリー評論』などの活字のみに頼る雑誌に分有され、あるいは『コーンヒル・マガジン』のような挿絵も使う総合雑誌に分有されたのである。これらの主として中流の知識層を狙った雑誌と、飛躍的に増大した中流の下層から労働者階級の読者を狙った『ストランド・マガジン』のような雑誌を区分する有力な線のひとつが、少なくともヴィクトリア時代においては、挿絵の有無であった。

言うまでもなく、この境界線がすべての場合に引けるわけではないのだが、それが引けるところでは、その対照は強烈である。それは、本来中立的であるはずの活字が階級の枠の中に選別されてゆく現場である。労働者であっても、個人の努力によってそんな枠など越えることができただろうという主張もありうるが、知的な努力によってその枠を越えてしまう労働者の読者は、まさしくそのことによって、別の階級の枠の中に移ってしまい、活字による選別の枠はそのまま残してしまうということも考えられるのである。またそこにこそ、堅固であると同時に流動的なヴィクトリア時代のような階級社会の文化のとらえにくさがあると言ってもいい。中流階級、労働者階級と言うときの〈階級〉をしばしば複数形で使うしかない社会、それがヴィクトリア時代なのだ。

2

雑誌における区分線としての挿絵の存在は、そのまま新聞にもあてはまるだろう。挿絵を間にはさんで、それが無い側の代表として『タイムズ』が、それが有る側の代表として『挿絵入りロンドン・ニュース』が向かいあうという構図があったのである。前者が知識層向けの保守的な論調をとる新聞であったことは言うまでもないであろう。確かにそれは、今日、イギリスを代表する高級紙としてのイメージをもっているにしても、歴史的に見れば、つねにそのイメージに合致する行き方をしてきたわけではない。一七八五年一月一日の創刊号を見てみると——この時期はまだ『デイリー・ユニバーサル・レジスター』という名称であったが——一面の右半分の二つのコラムは「読者へ」という創刊の辞に当てられているものの、左半分は芝居や船便の広告にあてられ、他の面には詩も掲載されているのである。今日の姿からは想像しがたいような紙面構成の例をもうひとつ挙げるとするならば、一八二八年八月八日の例がいいかもしれない。この日の第一面全六コラムのうちの五つと、第四面の三コラム半はすべて広告記事である。そして第二面のコラムひとつと第三面のほぼ全体が、マライア・マーティン殺人の犯人ウイリアム・コーダーの裁判のルポに割かれているのである。一九世紀のつねとして、そのルポは審問の進行を芝居の台本のように報告している。その書き方は、低級とされる煽情的なジャーナリズムと大差ない。

さらに、コナン・ドイルの『緋色の研究』が出た一八八七年には、『タイムズ』史上の最大の汚点とも言うべき事件が起きている。アイルランド選出の国会議員として祖国の独立のために活動していたチャールズ・スチュワート・パーネル（一八四六―九一）が、ダブリンのフェニックス・パークで起きた過激派による政府高官殺人事件に関与していることを匂わせる連続報道をしたのである。この「パーネル主義と犯罪」という記事には、パーネルの手紙なるものまで登場し、彼の政治生命が大きな危機にさらされてしまった。しかし翌一八八八年から九〇年にかけての国会の調査によって、これらの手紙は偽造であったことが判明し、パーネルは一転して英雄あつかいされるのである（もっともその直後に、彼は女性問題で失脚した）。このような事件の展開は『タイムズ』の名声をひどく傷つけるものであったし、手紙を偽造した犯人リチャード・ピゴットは国外に逃亡して、のちにピストル自殺をとげることになった。確かに殺人犯コーダーについての報道とパーネルの手紙偽造事件は極端な例であるにしても、一八七〇年には七万部の発行部数をもっていた『タイムズ』がこのようなセンセーショナルな報道とつねに境界を接していたことは記憶しておくべきだろう。

私がここでパーネルの手紙偽造事件に言及したのは、さらに二つの理由がある。そのひとつは、一九世紀を通じてイギリスの植民地と化していたアイルランドの諸問題に対するコナン・ドイルの姿勢と関係する。ホームズ物語にパーネルの名前は登場しないし、すでに取り上げた「最後の挨拶」を別にすれば、アイルランド出身の人物が善悪いずれの意味でも大きな役割を果たすことはない。ドイル自身の眼にしても、ボーア戦争や大陸での第一次大戦には注がれることはあっても、テリー・イーグルトンが小説『聖者と学者』で取り上げたような一九一四年のイースター蜂起に向けられることはなかったように見える。しかし、だからと言って関心がなかったと即断するわけにはいかない。なにしろ母はアイルランドの出自をつよく誇りにしていたし、そもそもドイル家自体がアイルランドとつよい血縁関係をもっていたのだから。何かについて書くということが直接的な関心の表われであるとするならば、それについて何も書かないということ、あるいは一見無縁と思われるコンテクストにおいて言及するというのは、強くはあるが屈折した関心の表明であるとみてもよいだろう。フェニックス・パークのテロ事件にも関与したとされるフェニアンへの言及が登場するのは、『ストランド・マガジン』の一九一七年九月号に発表された「最後の挨拶」においてである。この作品から作者の政治的な姿勢や思想を断定的に読み取ることは不可能であるが、それが関心の持続と存在をしめす確実な記号であることは間違いないだろう。

この事実と、ヴィクトリア時代の大衆作家に共通するアイルランド人への激しい偏見が彼の作品にはほとんど無いに等しいこと、逆にその一方でジプシーや東洋系の人々に対するつよい偏見が存在することを考え合わせると、作品の中では明瞭に分節化されることのない彼の〈偏見の構造〉がかすかに見えてくる。結論的に言えば、彼の中にはアイルランド人に対する人種的偏見はないのだが――殊にスラム街の住民、アイルランド移民、カトリックをひとつに結びつける紋切型の偏見はないのだが――それが人種偏見一般の解除にまではつながらなかったということである。

ひょっとすると、手紙偽造事件から切り取られて利用されたのは、パーネルという政治家の意味する何かではなくて、手紙の偽造というテーマのはらんでいた可能性のほうかもしれない。この事件が筆跡の鑑定なるものに人々の関心を引きつけたことは容易に想像できるだろう。だとすれば、一八九一年の正月に創刊される『ストランド・マガジン』の編集者ジョージ・ニューンズがその可能性に気がつかないはずはない。この雑誌の初期の目玉商品のひとつになっていた有名人の筆跡シリーズという企画は

（前回取り上げたマニング主教の筆跡がその第一回目）、ひとつには有名人に対するフェティシズムの充足ということもあったろうが、パーネル事件の余波と考えていい部分があるように思われる。

そしてこの企画の進行を受けるかのようにして、ホームズ物語のひとつ「ライゲイトの地主」が一八九三年六月の『ストランド・マガジン』に発表されたのである。この作品では、探偵が筆跡の鑑定をして、殺人とからむメモが二人の人物によって書かれたものであることを推理する。「筆跡からそれを書いた人物の年齢を推理するというのは、最近専門家によってかなり正確にやれるようになったことなんだ。普通の場合だと、かなりの自信をもって何十代かが当てられるんだよ」。ここでの探偵の説明はゆきすぎであるにしても、ここに筆跡の鑑定という技術が利用されていることはすぐに見てとれるだろう。私の推定があたっているとすれば、この作品は『ストランド・マガジン』のひとつの連載記事をうけて作られているのだが、その記事自体が『タイムズ』に報道されたパーネルの偽造の手紙を先行するテクストとしてもつということになる。そしてその場合には、ホームズ物語が先行する諸テクストから構成されるさまの見本をこの短編が提供してくれることになるのである。探偵はよく新聞を読み、切り抜きを作っているが、作者のドイルもそれに劣らず新聞を読んだはずなのだ。

3

しかしながら、さまざまの問題はあったにしても、『タイムズ』が知識層向けの活字本位のメディアであることに変わりはなかった。新聞であるという意味においてはこの『タイムズ』と同じ次元に属しながら、もう少し下の階層を狙って成功したのが『挿絵入りロンドン・ニュース』である。その呼び物は、言うまでもなく、木版画を大々的に利用することによって事件の報道を視覚化したということである（ついでながら、活字の部分はあまりにも小さくて、初めから読む意欲をそぐようなところがある）。単行本の挿絵自体は、彩色のものも含めて、もはや珍しいものではなくなっていたけれども、可能なかぎりの速報性を必要とする新聞と挿絵を合体させる試みが成功したのは、一八四二年五月一四日に創刊された『挿絵入りロンドン・ニュース』が初めての例である。ちなみに、その前年には、軽妙な文章と挿絵の組み合わせで評判となる『パンチ』が創刊されている。

一八九〇年の『美術雑誌』に三回にわたって分載されたC・N・ウイリアムソンの「イングランドにおける挿絵入りジャーナリズムの発達史」は珍しい資料も利用した論文であるが、彼の評価によれば、「一八四二年の『挿絵入りロンドン・ニュース』の創刊は、イングランドにおける挿絵入り出版の新時代の到来を告げるものであった。……挿絵入り出版の起源は、清教徒革命の時代に出ていた『メルクリウス・シヴィクス』紙である」ということになる。彼が絵入り新聞の成功した理由として挙げるのは、予想通り、絵入りの犯罪記事である。「挿絵に関して新聞が大成功したのは大きな犯罪記事の場合であって、サーテルによるウィア殺しや、悪党グリーンエイカーによるバラバラ殺人事件などは民衆の残忍な本能をかきたてた」。この評論の著者は、そして読者も、このバラバラ殺人事件への言及を、まだ印象のさめやらない切り裂きジャックの事件に結びつけてしまったかもしれない。この事件は、例えば、次のような細部を含んでいた。

一八三六年十二月二八日、ロンドンのエッジウェア・ロードのパイン・アップル通行料金徴収所近

▲『挿絵入りロンドン・ニュース』創刊号より。

▲『パンチ』表紙。リチャード・ドイルによるもの。

▲リチャード・ドイルの妖精画。

くの建築現場で、ひとりの警官が大きな袋を見つけた。中には血のついた大量の衣類と、頭と両脚のない女の胴体が入っていた。十日後、ステップニーのリージェント運河にあるベン・ジョンソン水門の堰に引っかかっている頭部が発見された。それからややあって、こんどはその胴体にぴったり合う二本の脚がカンバーウェル近くで見つかった。被害者の死体は、一辺数マイルのほぼ三角形をした地域の三つの頂点にばらまかれていたことになる。胴体発見から三ヶ月して、被害者は年齢四〇歳から五〇歳の、ハナ・ブラウンという未亡人の洗濯女だということが判明した。

新聞やブロードサイドを買って読んだ人びとを魅了したのは別の話だった。それは、グリーンエイカーが語った犯行後の遊覧のくだりだ。彼はハナの頭を絹のネッカチーフに包み、それを持って乗合馬車に乗り、シティのグレイスチャーチ通りまで行った。そこでこんどはステップニーのマイル・エンド行きの乗合馬車に乗り換えた。馬車の中ではずっと、その丸い包みを膝の上に置いて、平然としていた。マイル・エンドから歩いて運河に出、そこで邪魔な荷物を捨てた。それから川を渡って戻り、次はカンバーウェルの沼に二本の脚を捨てた。そして最後に粗麻布で胴体を包み、肩にかついで通りを歩いていった。その時、荷馬車屋が親切にも、肩の荷を尾板に乗せてやると言ってくれた。ふたりの行く道が分かれるエレファント・アンド・カースルで、グリーンエイカーは荷馬車屋に乗せてくれた礼をいい、辻馬車をひろってエッジウェア・ロードの料金所まで行った。こうして彼は、かなりの時間と金をかけて、自分が作り出した足手まといの品を処分したのだった。

（リチャード・オルティック『ヴィクトリア朝の緋色の研究』、一九七〇）

この事件を挿絵入りで報道した『ウイークリー・クロニクル』紙は一三万部の発行となった。『挿絵入りロンドン・ニュース』の創刊はそのような成功を確認してのことだったのであり、創刊号が派手な火事の挿絵をもって始まるというのも少しも不思議ではなかった。

この新聞の発刊者のハーバード・イングラム(一八一一―六〇)はもともとは印刷職人であった人物で、のちには「パーの救命丸」なるものを自分で発明したり、他の薬を売ったりして金を儲け、『挿絵入りの警察ニュース』のようなものを考えていたようである。センセーショナリズムは最初から彼の宿命であったと言ってもいいだろう。もちろんすべての記事がそのような傾向をもっていたわけではなく、政治から社会の風俗までを幅広く扱い、今日ではヴィクトリア時代の貴重な資料源になっていることは周知の通りである。

しかし成功は数多くの競争相手も生みだした。そのうちのひとつ、『絵付きタイムズ』は一八四三年の創刊で、社説をダグラス・ジェロルドが担当し――すでに見た『ロンドン巡礼』の著者ジェロルドの父である――劇評を『パンチ』の挿絵画家であったマーク・レモンが、美術批評と書評をサッカレーが担当するという豪華な顔ぶれであったにもかかわらず、短命に終わってしまった。何と言ってもその最大のライバルは、一八六九年一二月四日にW・L・トマスによって創刊された『グラフィック』紙であろう。この絵入りの週刊紙の最大の特色は、他紙に較べて、挿絵の質がきわめて良かったことである。その点についての証言を再びC・N・ウイリアムソンの文章から引用してみることにしよう。

トマス氏が公の場で一度ならず、当時としては比較的無名であったものの、すぐれた力量をもつ画家たちに感謝の意を表したのは、彼らの力強いデッサンのおかげで、この新聞がじきにヨーロッパ的な名声をかち得たからである。……普仏戦争〔一八七〇―七一年〕がこの新聞の大きなはずみとなった。発行部数は飛躍的に伸び、成功が、珍しいほどの成功が確実なものとなった。

このような『グラフィック』や『挿絵入りロンドン・ニュース』を頂点として幾種類もの挿絵入り新聞が流通し、その需要に答えうるだけの画家や職人が存在したことを考えあわせると、世紀の末が近づくにつれて、『ストランド・マガジン』型の挿絵をふんだんに使う雑誌が次々と登場してくるのは、歴史の必然的な帰結であったと言ってよいかもしれない。その歴史の流れの中においてみると、ホームズ物語に添えられたシドニー・パジェットの挿絵は決して傑出したものとは言えないことになってくる。確かに彼の描いたホームズ像はこの名探偵をうまく視覚化はしているものの、彼の手になる挿絵のほとんどが躍動感や緊迫感に欠けるのは、明らかな事実である。しかも、背景の細部は省略されてしまっていることが多い。われわれが目にするのは、言ってみれば、探偵ホームズの数多のヴァリエーションにすぎないのだ。その一方で、犯罪の残酷な場面そのものが視覚化されている例が比較的少ないことは注目に値するだろう。ホームズ物語は基本的にはすべて犯罪の物語であるにもかかわらず、正義の人ホームズの肖像をくり返し読者に見せつけることによって、ある種の品のよさを演出してしまっているのである。その意味では、一九世紀初めのブロードサイドや絵入り新聞の犯罪記事の挿絵が、粗野なテクニックでそのおどろおどろしさを強調する効果をもっていたのとは逆に、ホームズ物語の挿絵はそれを消し去る効果をもっていたということも言えるはずである。かりにパジェットの挿絵がグロテスクさを思い切り正面に押し出すものであったとしたら、果たしてあれほどの人気を獲得できただろうか。

4

新聞の場合、挿絵の有無は、その読者の階級を区別する線とかなりうまく重なり合うだろうし、雑誌の場合にもこの区分はかなりあてはまると思われる（ただし、女性向けの雑誌となるとそう簡単には割り切れなくて、中流向けであっても挿絵の利用は多い）。しかし、ことイギリスの話となると、一般論がきかないのが常識であって、この境界線としての挿絵にも露骨すぎる例外が存在する。それが『パンチ』であった。

一八四一年七月一七日に創刊された『パンチ』が「ロンドンのシャリヴァリ」という副題をもつのは、一八三二年にパリで発刊された『シャリヴァリ』を手本にしているからである。もっとも『パンチ』はすぐさま独自の性格をおびて、イギリスの国民的財産と化してしまう。その特徴は軽妙な文章と巧みな諷刺漫画の組み合わせにあると言っていいのだが、『パンチ』の挿絵はそれ以前のローランドソンやギルレイの諷刺画のもつ猥雑性を捨てて、都会的なしなやかさを志向するようになるとでも言うところだろうか。ローランドソンが好んで描いた丸々と太った人物たちはもはや主役ではなくなる。文章と挿絵とが互いに規制しあって、中流階級のインテリが好むような節度のある世界がそこに出現するのである。そこにはもちろんエドワード・リア風のノンセンスも混入してはいるものの、全体に浸透しているのは、むしろ文芸批評家マシュー・アーノルドが彼の言う〈文化＝教養〉の要諦とした「対象に対して精神を自由に戯れさせる」試みであるように思われる。

『パンチ』は血みどろの犯罪をあつかわない。そのことによって労働者の——絵入り新聞が読者として想定していた人々の——趣味には迎合する意志のないことを表明しているのだ。労働者が描かれるとすれば、それは中流階級の目に映った労働者としてである。逆に『パンチ』の得意としたのは、政治を政治家たちのドラマとして戯画化することであった。ということは、『パンチ』の政治戯画のアンソロジーを作れば、それが政治家つまり人物中心の政治史になるだろうということである。実際にも、一八八七年にヴィクトリア女王の在位五〇年を記念して編まれた三冊本のアンソロジーは、そのような意味でのユーモラスな政治史になっているのである。

『パンチ』の得意としたもうひとつの分野が社会風俗の戯画である。社交界における最新の流行は、思想からスポーツやファッションにいたるまで次々にその標的にされ、結果として、貴重な社会風俗の歴史を残すことになった。そうした歴史の証言を巧みに利用してひとつの歴史書にまとめあげたのがチャールズ・グレイヴズ編の『パンチ氏の近代英国史』四巻本（一九二一）である。しかし、ここでは、残念ながら、そうした本の内容を詳しく云々している余裕はない。私の関心は、一八四〇年代の『パンチ』の代表的な挿絵画家として、人気の高い風俗画を残したひとりの人物リチャード（通称ディッキー）・ドイルに集中しているのだ——言うまでもなく、作家コナン・ドイルの伯父にあたる人物である。

幼い頃からすぐれた画才を見せていたディッキー・ドイルが『パンチ』の画家の一員として迎え入れられたのは、一八四三年、彼が一八歳のときのことである。翌一八四四年の『パンチ』の表紙は、パンチ氏と犬のトビーが並んだ、彼のデザインになるものに変わる。この表紙にしても、一八四九年以降に使われた彼の手になる二つ目の表紙にしても、周囲に配されている小人物たちが妖精じみて見えるのは決して目の錯覚ではない。実際に彼は数多くの妖精の絵を描いているし、ウイリアム・アリンガムの詩『妖精の国』（一八七〇）の挿絵もかいているのである。このディッキーと大変仲がよく、絶えず文通をしていたのが、エディンバラに住む弟のチャールズ、つまりコナン・ドイルの父であった。そうすると、のちにドイルが妖精の存在をまことしやかに主張するにいたるのも、ある意味では一家の伝統を継承したということになるのだろうか。

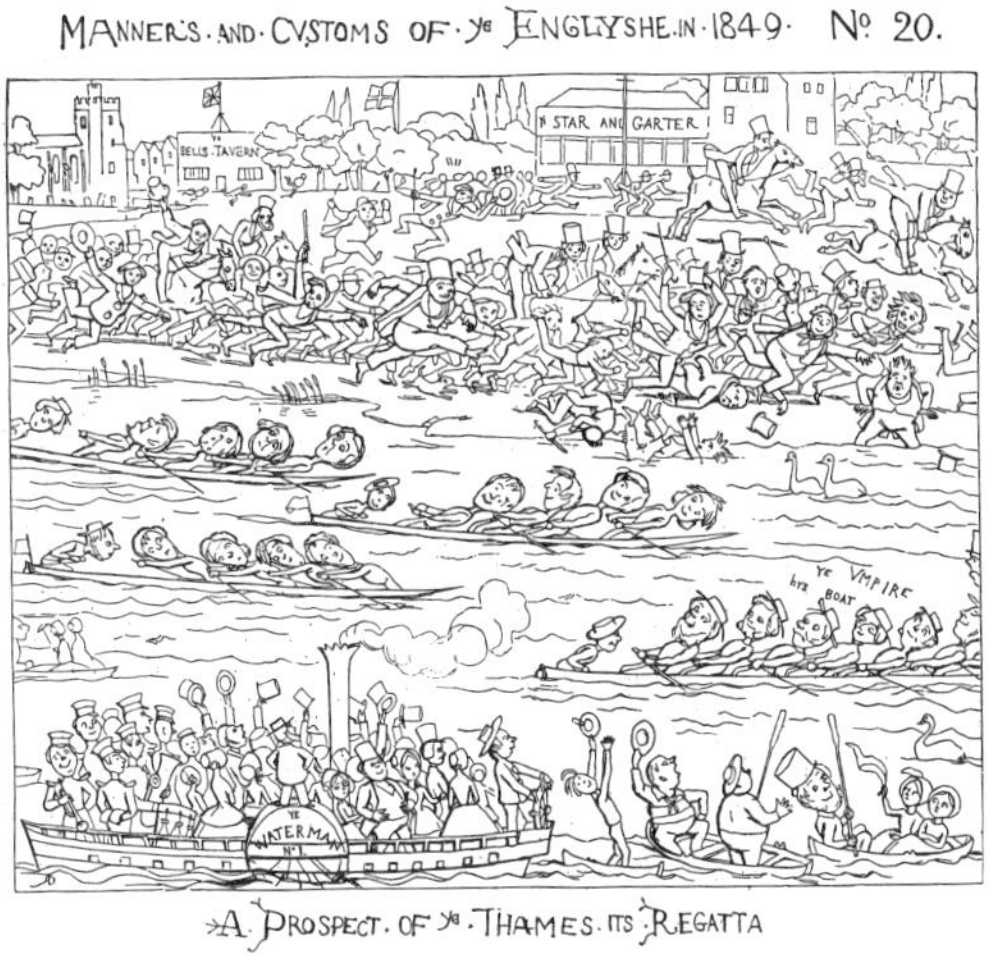

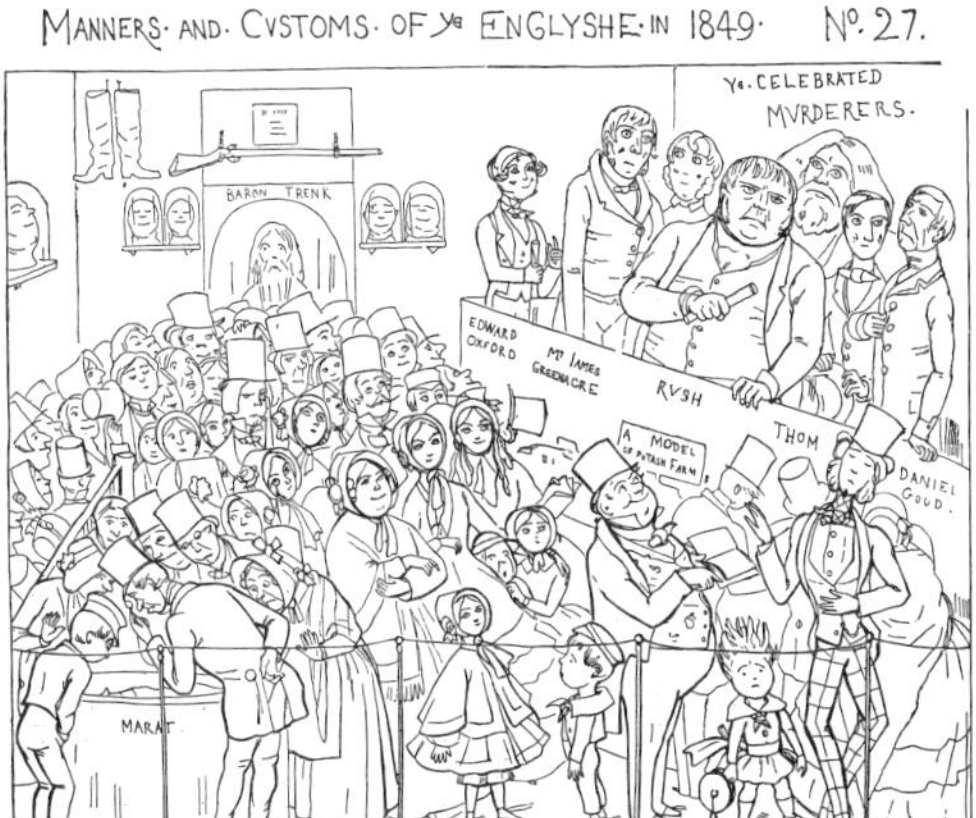

▲リチャード（通称ディッキー）・ドイル
『イングランドの生活の風俗と習慣』シリーズから。

それはそれとして、ディッキーの名声を一挙に不動のものにしたのは、一八四九年に連載された『イングランドの生活の風俗と習慣』というシリーズである。これは何度見てもおかしな、そして何度見ても見あきることのないシリーズである。思いつくままに、幾つかをならべてみることにしよう。シリーズの二〇番はテムズ河でのボート・レースの図であるが、漕ぎ手の表情が何ともユーモラスだ。二一番は駅の混雑ぶりの図。混雑の中で食事をとる人々を見つめていると、〈ウォーリーを探せ〉の一九世紀版を見つめているような気分になる。二七番はマダム・タッソーの蠟人形館の図であるが、右上の有名な殺人者のコーナーの左から二番目にはグリーンエイカーの姿が見える。三三番は結婚式の披露宴の図というところであるが、ひとりひとりの人物の表情がそれぞれ物語をもっている。これらの絵のうちに感じとれる軽妙な諷刺とユーモアの精神こそ、『パンチ』の精髄とみなしていいだろう。

彼の手になるもうひとつの有名なシリーズが、翌年から連載される『ブラウン、ジョーンズ、ロビンソン』である。要するに、今度は三人のスノッブを繰り返し登場させながら社会の風俗を描いたものというところである。例えば三人は乗馬学校へ通い、動物園に行き、閲兵式を見にでかけ、いたるところでヘマをやる。しかもこの三人組の場合、イギリスの国内に行動範囲を縛られることはなく、ライン河に遊び、アルプス越えをやろうとして、ヘマを重ねる。コナン・ドイルの親友でもあったジェローム・K・ジェロームのユーモア小説『ボートの三人男』(一八八九)の源泉のひとつは間違いなくこのシリーズであると、私は考えている。

『パンチ』の仕事で忙しい他は順風満帆であったはずの彼の人生に大きな転機をもたらしたのは、まさしくその『パンチ』であった。その間の経緯を、今日でも最も信用度の高いこの雑誌の歴史の著者M・

H・スピールマンは、

「ディッキー」・ドイルはこの雑誌のために定期的に仕事をつづけ、彼の一文字のサインと、どれかの頁の上のほうか下のほうに「ディッキー」という名前の出てこない号はなかったのだが、そこへ対教皇パニックが——一八四九年の末に人心を襲ったそれが——異様に激しいかたちで『パンチ』にも伝染してきた。マーク・レモンがその戯画と文章を「教皇の攻撃」という一般問題に絞っているうちは、アイルランド系の敬虔なカトリックであるドイルも黙っていたけれども、その信仰の基本そのものが攻撃され、教皇本人が侮蔑されるに及んでは、残念ながら断固としてこの雑誌との関係を断つしかなかった。

（『『パンチ』の歴史』、一八九五）

と説明している。一八五〇年の末、ディッキー・ドイルは惜しまれながらも『パンチ』の仕事をやめてしまった。この事件は『パンチ』の都会的な諷刺がなおかつもちうる毒をよく示しているだろう。それとともに、リチャード・ドイルというひとりのヴィクトリア時代の人間のうちに軽妙なユーモアの精神と大いなる真面目さが同居しているさまを、実によくうかがわせてくれもする。ヴィクトリア時代とはまさしくその二つが軽妙なバランスをとりながら同居、混在した時代であった。世紀末のいわゆるデカダンスの文芸とは、そのバランスのとり方を忘れてしまった、真面目さに対する一方的な批判であったという言い方すらできるだろう。

作家コナン・ドイルの生き方を見てゆくときにつねに念頭に置く必要があるのは、父チャールズと伯父リチャードの異なると同時に、互いにかよい合うところのある生き方ではなかったかと思われる。そこに、やはり敬虔なアイルランド系のカトリックであった母の存在を加味してみるならば、拒否するにせよ受容するにせよ、彼の直面せざるを得なかった文化圏が浮上してくるであろう。アイルランド問題についての曖昧にも見える態度にしても、関心の欠如を示すのではなく、むしろ態度を決めがたいという曖昧さの持続を示すものと理解すべきかもしれない。

歴史への関心

1

最初にひとつの引用を挙げることにしよう。しかしこれが誰の何という本の冒頭なのかを当てるのは、専門家を自称する人々にとってむずかしい問題であるに違いない。

今日学校で教えられる歴史というのは、グラフィック中心のものか、科学志向のものかのいずれかのはずである。古き悪しき歴史はもう捨てられている。古き悪しき歴史は事実の記録からできていた。それはプラム・プディングの中に入っている干し葡萄の地図を、たまたまそこにそれがたくさん集まっているからというだけの理由で、描きあげるのと同じように、人間にかかわる出来事の地図を描くだけのものであった。もうこれは通らない。

これはある歴史の〈教科書〉の書き出しの一節であるが、文体からしてほぼ中高校生のレベルのものであることは容易に推測できるだろう。ローマ時代から第一次世界大戦までの西欧の歴史をあつかったこの本を貫いているのは、「ヨーロッパの人々の心の中に、あるいは魂の中に、ときおり未知の力が異様にたかまり、異様に盛りあがってくることがあった。人々の心の中に盛りあがってくるこうした力こそ、それこそ人間の歴史の源泉であり、起源である。そしてこの盛りあがりには、これといった原因はない。それ自体が原因そのものなのだ」という考え方である。著者の名前はD・H・ロレンス。彼が小説家として有名になる以前の仕事であるこの本は、一九一八年に着手され、彼が三六歳を迎えることになる一九二一年にオックスフォード大学出版局から、『ヨーロッパ史における諸運動』として出版された。初版は二〇〇〇部。

この事実を知ったうえで読み直してみると、たしかに言葉のひとつひとつがいかにもロレンスらしいと思えなくもない。歴史の動因として経済構造などの外的な要因を置くのではなく、人間の魂の内部から湧きあがる未知の力を置くところなど、いかにもロレンスと言うべきだろうか。彼の書こうとしている歴史がいわゆる事実を羅列する類のものではないのは言うまでもないとして、彼は「グラフィックな」歴史や「科学志向の」歴史とも一線を画そうとしている。ここで言われている「グラフィックな」歴史とは、おそらく一九世紀の後半から数多く出版されるようになった挿絵入りの歴史の本をさしていると思われる。ロレンスの眼の前には、子供向けの歴史の本と言えば挿絵抜きのものは考えられないという状況があったのであろう。挿絵入りの新聞や雑誌があふれかえる時代の中では、そうならないほうが不思議というものである。

もっとも、ロレンスというおよそ反教育的な作家が『ヨーロッパ史の諸運動』という教科書めいたものを書いたという事実について、しかも一九二五年には挿絵入りの版（特装版二〇〇〇部、普及版六〇〇〇部）が出たという事実について興味深いのは、専門の歴史学者ではないアマチュアがこのような本を書き、それが広く受け入れられたということである。これはロレンスの場合に特有の現象というものではない。これは、厳密な資料検証を要求する今日の歴史学の時代になっても生きている、いわばイギリスの歴史のひとつの伝統なのである。イギリスの歴史意識の背景にあるのは、このようなアマチュアの趣味としての歴史であり、それが人々に広く共有されているという事実なのだという言い方も許されるだろう。

シェイクスピアの歴史劇にしても、いや、今日では彼の戯曲の全体が、アマチュアの趣味としての歴史を構成する部分になっているのである。とすれば、国民的作家としてのディケンズも歴史の本を書かずにはいられなかったはずである。現に彼は書いた――挿絵入りの『子供のためのイングランド史』（一八五二―五四）がそれである。この本にはロレンスのつけたような序文も何もない。第一章は、「世界の地図を広げてみると、東半球の左手の上の角のところに、二つの島が海に浮かんでいるのが見えるでしょう。それがイングランドとスコットランド、それからアイルランドです」と書き始められ、全三六章でローマ支配下の時代のブリテンからピューリタン革命のあとの一六八八年までを扱い、締め括りの一章にそれから一八三七年、つまりヴィクトリア女王の即位の年代までを押し込んでしまっているのである。結びのところはこうなっている。

ウイリアム四世は一八三〇年にジョージ四世紀のあとを継がれ、七年間統治されました。その姪にあたるヴィクトリア女王は、ジョージ三世の四男にあたるケント公のひとり子で、一八三七年六月二〇日に王位に就かれました。女王は一八四〇年二月一〇日にザックス・ゴータのアルバート殿下と結婚なさいました。女王はとても立派な方で、大変愛されています。ですから、結びの言葉は、町の触れ役のそれにならうことにしましょう。

女王陛下、万歳!

それにしても、ジェイムズ二世が名誉革命で王位を追われることになる一六八八年で記述が実質的には終わっているというのは、作者ディケンズの気まぐれとしか見えないかもしれないが、必ずしもそうは

▲ディケンズ『子供のためのイングランド史』の挿絵

言い切れないところがある。

ヴィクトリア時代を代表する歴史書であるマコーレーの『イングランド史』(一八四九―六一)にしても、「私はジェイムズ二世の即位から、今も生きている人々の記憶に残っている時代までの歴史を書きたいと思う」と始まりながら、実際には一八世紀初めのウイリアム三世の時期までしか扱っていないのである。これを見ると、何もディケンズの気まぐれだけが『子供のためのイングランド史』の記述を一六八八年で終わらせたのではないように思えてくる。

この本のことを考えるときに念頭に置かなくてはならないのは、哲学者デイヴィッド・ヒュームの『大ブリテン史』(一七五四―六二)だと、私は思う。ヒュームの手になるこの歴史書は一九世紀になってもよく読まれていて、最も標準的なイギリス史という評価を得ていた。中央大学図書館所蔵のヒューム関連文献コレクションを見ると、そのほぼ半分はこの歴史書の諸版本で占められていて、歴史家としてヒュームの影響力の大きさを改めて痛感させられることになる。実はこの歴史書の記述がローマ時代のブリテン諸島から始まって、実質的には――と言うのは、翌年の話も出てくるからであるが――一六八八年で終わっているのである。ディケンズの時代限定はおそらくこの例を手本としたのであろう。さらにヒュームの『大ブリテン史』を念頭におくならば、マコーレーがそこで扱われた時代のあとを書き継ぐ姿勢をもっていたことが了解できるのである。(もっともマコーレーは、「歴史」という評論の中で、ギリシャ時代からの歴史記述の様式を論じながら、ヒュームにも触れて、「彼は証明できる以上のことを強くは力説しないものの、自説を支持する事実はすべて前面に押しだす。そして不利な事実は軽やかにやりすごしてしまう。自分の側の証言はほめそやすのに対して、それに疑いをはさむ発言は論駁しにかかる」と批判している。一八世紀の保守派と一九世紀の進歩派の違いが見てとれるところでもある)。

いずれにしても、ここに挙げた幾つかの例は、イギリスの歴史なるものが、決してマコーレーのような歴史の専門家によってのみ書かれるものではなく、歴史のアマチュアによっても書かれ、人々の歴史意識の形成に寄与したであろうということを示唆しているはずである。別の言い方をするならば、イギリスの人々の歴史意識なるものは、歴史哲学の議論とも、ヘイドン・ホワイトの『メタヒストリー』のような分析とも異なるところで形成され、保持されてゆくのではないかということである。

2

私はコナン・ドイルの歴史小説を論じたいのである。彼が、ホームズ物語よりも、むしろ、傑作とは言いがたい歴史小説のほうに強い愛着を感じていたことは周知の事実であるが、私にはそこにいささか腑に落ちない点があるのだ。なぜドイルはあれほどまでにこだわったのだろうか。ひょっとすると、彼は歴史小説そのものではなくて、歴史小説というメディアを介して表出される何かのほうに、あるいは自分でもそれと気づくことなしに、拘泥していたのだろうか。だとすると、心理的固執の対象としての歴史小説とは何の記号であったことになるのだろうか。

もちろん、ドイルの歴史小説を評価するためのオーソドックスな手立てはある。ウォルター・スコットの『ウェイヴァリー』(一八一四)を起点とする歴史小説の歴史の中で、その価値を論ずるのである。(付言するならば、ヒュームのブリテン史やギボンの『ローマ帝国衰亡史』が代表的な歴史の記述であった時代のことを考えると、スコットのこの小説は、一八世紀半ばにおけるイングランドとスコットランドの対立というあまりにも近い過去に舞台を設定しているわけで、同時代の人々のもつ〈歴史の意識〉にうまく合致したのかどうか怪しいところがある。『アイヴァンホー』(一八一九)となると一二世紀の活劇なので、そういう心配はなくなるが)。ディケンズ、サッカレー、ジョージ・エリオットからペイター、ハーディにいたるまでの作家と、F・M・クロフォードやマリー・コレッリなどの娯楽作家によって作りあげられた歴史小説のジャンルに、ドイルもまた十分に参加する資格をもっていることは間違いない。しかし、にもかかわらず、何かが残るのだ。私の興味はその何かに惹かれる。

3

ドイルの歴史小説が発表される世紀末に——『マイカ・クラーク』(一八八九)、『白衣団』(一八九一)から『サー・ナイジェル』(一九〇四)までの六冊を考えてみることにして——一般の読者の手に入り得たイギリス史の本にはどのようなものがあったか、もう一度考えてみよう。当然ながら、ヒュームとマコーレーのものが標準的な歴史としてあったが、ただしこの両者はいずれも挿絵を含んでいない。それに対してディケンズのものは、挿絵による視覚的強化を行なっていた。チャールズ・ナイトの『一般向けイングランド史』全八巻(一八六二、補巻一巻は別人の手になるもの)は、一八四八年までの歴史をいわゆる政治史を中心にまとめたものであるが、一八〇一年に始まる国勢調査の記録なども利用するようになっている。さらに文学その他への言及も含まれていて、「この時代の歴史家の中で時代に一番大きな影響を与えたのはヘンリー・ハラム、トマス・バビントン・マコーレー、トマス・カーライルである」といった記述にすらぶつかるのである。重要なのは、子供向けのものではないこの歴史書の中でも、すでに数

◀▲ギルバート・アボット『コミック・ローマ史』、上の挿絵は彩色されている。狼に抱かれているのはローマを建設するロムルスとレムス。

▲J・R・グリーン
『イングランドの人々の歴史』第4巻
「海戦」(原画はジョージ・チェンバーズ
1816年の作)

M・F・カサック
『挿絵入りアイルランド史』から。
聖パトリックの図▶

多くの挿絵が使われているということだ。そして、それは重要人物の肖像か、勇壮な闘いの場面であることが多い。

扉絵形式のものではないいわゆる挿絵が歴史書の頁を飾るようになったのはいつからなのか、私は正確なところを知らない。一八五〇年代の初めに出たギルバート・アボットの『コミック・ローマ史』には、『パンチ』の挿絵画家のひとりであったジョン・リーチの挿絵がふんだんに使われているけれども、コミックという形容詞の許した特殊例かもしれない。ただ一八七〇年代に入る頃から挿絵入りの歴史書がふえてくることは間違いないようである。M・F・カサックの『挿絵入りアイルランド史』は一八七一年に第五版までゆき、発行部数も一一、〇〇〇部に達していたが、この本は豊富な図版を利用して、一八六〇年代の末までのアイルランド史を扱っている。この挿絵をつけたのはヘンリー・ドイル、つまりコナン・ドイルの伯父のひとりであった。彼がこの本になんらかのかたちで目を通していたと想像しても不合理ではないだろう。

J・R・グリーンの『イングランドの人々の歴史』(一八七四、増補版一八七七―八〇)はおそらく世紀末に最もよく読まれた歴史書であるが、その特徴は狭い意味での政治史を脱していることであろう。セツルメント運動の象徴となるアーノルド・トインビーとも親交のあった彼は、背後に社会革命へ向かう情熱があったせいだろう、上の階級の人々のみに目を向けるのではなく、すべての階層の人々の生活様式、経済活動、文化などに目を向けた。もっとも記述の年代は六〇七年から一八一五年までに限られており、そのあと一八七三年つまり出版の前年までのことはエピローグの一章に詰め込まれている。この本には一八九四年に刊行された四巻本の挿絵入りのものがあるのだが、この本は色刷りの図版の他に実に数多くの挿絵を使っており、今日の一般向けの通史のありかたを完全に達成していると考えられる。ロレンスがグラフィックな歴史と呼んだもののひとつの典型をここに見ることができるであろう。ブライアン・ドイルは『英語と英国性』(一九八八)の中で、いわゆるイギリス文学が、国民をまとめる愛国的感情を――ナショナリズムという言葉はここではなじまない――醸成する手段として学校で活用されるようになるのは一八八〇年代だとし、それまで一緒に教えられていたイギリス史とイギリス文学が分離し始めると指摘した。そのような過渡期に学校の内外で読まれた歴史の多くは、挿絵による歴史の視覚化を活用していたと考えられるのである。『挿絵入りアイルランド史』の著者M・F・カサックには『学生用マニュアル・アイルランド史』もあるというのが示唆的である。

4

しかし、ドイルの呼吸する文化の雰囲気の中にあったのは、そのような意味での歴史への関心のみではなかった。歴史とか伝統とかいった大文字の言葉でくくり得るものとならんで、過去、思い出、故郷意識といったつかみどころのない言葉ですくい上げるしかない雰囲気も存在したのである。そうした雰囲気が制度化したものとして『オックスフォード英語辞典』(一八八四―一九二八)や『国民伝記辞典』(一八八五―一九〇〇)の編纂があり、ナショナル・ポートレイト・ギャラリー(一八九六)、近代芸術美術館つまりテイト美術館(一八九七)の設立があり、ナショナル・トラストの設立(一八九五)があったのである。

そのような保守色の濃い過去志向の雰囲気は、近代文明を体現する都市を嫌って、田園に向かう、田園に回帰するという心性も生みだした。都市は堕落と人種退化の温床であるとし、他方で田舎の自然と精神・肉体両面での健康を結びつけるのである。アフリカを舞台とした冒険小説の作家として有名人になったライダー・ハガードは、このような田園回帰に身をゆだねた代表的人物のひとりである。彼は『農夫の一年』（一八九九）の中にこう書いている。

農業とは……穀物を育てることにつきるものではない。何よりもそれは、忍耐強い健全な体のうちにバランスのとれた辛抱強い精神をはぐくむということを意味するが、一世代もたつと、そのせっかくの贈り物を、大きな町が、そこで暮しそこで働く人々から奪いとってしまう。そうした贈り物が失われてしまったとき、あるいは大いに目減りしてしまったとき、それを失ってしまった人々の運命がどうなると歴史は教えているだろうか。

イギリスの民謡を集大成したセシル・シャープはほぼ同じ時期に、同じ問題点をついている。

今日では学無の人のみが残っている田園地域では、普通の人々がちょうど自分たちの言葉を保っているのと同じように、自分たちの音楽を保っている。……農民の音楽こそ真の音楽である。

イギリスの民謡の復活というのは、国民的な大きな復活運動の、町から田園への回帰の、都会の生活において品性を堕落させるすべてのものへの反発の一環をなしている。それは健全さと正気と健康な喜びに向かおうとする国民意識の新たなるめざめである。

（『イギリスの民謡』、一九〇七）

ドイルの歴史小説はこのような雰囲気の中で発表されてゆくのである。いや、同じことはホームズ物語についても言えるのだ。注目しなければならないのは、彼は確かにロンドンという大都会の不健全で不健康きわまりない住人である一方で、実にたびたび田舎に出かけて、そこの新鮮な空気を呼吸しているということである。ある意味では、ロンドンという大都会と田舎の往来こそが彼のライフ・スタイルなのだ。職業としての私立探偵は都会でしか成り立たないという経験的事実が、その点を見誤らせてしまうのである。その結果として、『シャーロック・ホームズのロンドン』といった類の本や写真集がいくつも作られたりするのだが、そうした足跡探訪をいくら重ねてみたところで、〈ホームズの世界〉が浮上してくるはずはない。ドイルが『バスカヴィル家の犬』を最も愛したということを思い出してみよう。この長編がロンドンのホテルとデヴォンシャの大自然とに分かれているという構成自体が、ホームズの往来的なライフ・スタイルにもののみごとに合致しているのである。彼はそれによって都会を享受するとともに田園を満喫し、さらにその対比を気分転換に利用していることになる。そしてそれによって、世紀末という時代の文化的趣味としてあった田園回帰に妥協するとともに――田舎に出かけたときのホームズはきわめて健康で活動的である――都会の新しい社会風俗をも取り込むことに成功しているのである。

だが逆に、その成功そのものがひとつの疑問をかきたてる。ホームズにとって本当の意味での本拠は何処にあったのかということである。ベイカー街 221B はあくまでも借間であり、仕事場であって、それ以上のものではない。この疑問はただちに、ホームズの故郷は何処にあるのかという問いに発展してゆくだろう。ヴィクトリア時代の小説としてみた場合、ホームズ物語の特異性はまさしくこの点にあると言ってもいいくらいで、探偵の出自が明確には語られていないのである。兄マイクロフトは登場するものの、両親は登場しない。〈種〉の起源、〈ナイル河〉の起源、〈言語〉の起源と、さまざまのかたちの起源探しが文字通りひとつのオブセッションと化していた時代に、〈犯罪〉の起源探しを職業とする彼が、みずからの起源については驚くぐらい無関心なのである。そのことは彼の自由を保証する働きもするだろうが、異様でもある。

ホームズにおけるこのような故郷の不在と、最終的に彼が気候の温暖なサウス・ダウンズでの養蜂に辿りつくことの間には、何らかの関係があるのだろうか。そのような構成にせざるを得ない必要性が作者コナン・ドイルの内にあったのだろうか。このような問いをたてるのは、アラン・ホーキンズの論文「イングランドの田園の発見」（一九八八）によれば、温暖な気候の中に生け垣が続き、茅葺きの屋根が点在する静かな村があるといった風景をイギリスの農村の典型とみる神話が成立するのが、やはり過去志向に浸潤された世紀末であるからだ。この神話を通して農村は純粋さ、健康、正直、歴史の存続、人と人とのつながり、階級対立の不在といった考えとも結びつくことになる。社会主義者ウイリアム・モリスの『ユートピア便り』（一八九一）をみるならば、あるいはセツルメント運動のグループが都会の子供を定期的に郊外での体力強化に連れ出したことを考えてみるならば（ボーイスカウト運動はその名残りである）、社会主義や労働運動のある部分もこの神話に関与していたことがうかがわれるだろう。

意外かもしれないが、この心性を深いところで共有していた人物のひとりが、唯美主義者のウォルター・ペイターなのである。自伝色の濃い短編「家の子」（一八七二）は、故郷と幼い頃の体験がいかにのちの人生を決めてゆくかを描いた作品である。一九世紀は伝記と自伝の時代でもあるが、それらは個人レベルにおける〈イングランド史〉だと言ってもいいだろう。ペイターはこの一種の自分史の中で自己形成のあとを辿りながら、こう書いている。

フローリアンの場合に幸運だったのは、彼の故郷（home）そのものがいかにも故郷らしい独特の特色をもっていたせいで、故郷に対する感覚がとくに強くなったということだ。さまざまの彷徨を重ねたあと、私は、イングランドの人間にとってはサリーとケントのある部分こそ当然ながら真の風景であり、真の故郷の土地であるのだと思うようになったのだが、その理由は、ひとつには、ハリエニシダの繁みの下の黄色い砂のもつある種のぬくもりと、雨のあと丘陵の谷あいにかかる、疲れた眼に心地よい、それより南では見られない淡いブルーの霧にあるだろう。

これはコナン・ドイルの体感からは出てくるはずのない言葉である——作家としての彼が、のちにロンドンの南の温暖な気候の中に館をかまえることになるにしても。彼の幼児体験はスコットランドの都市にある。勉学時代はすべて北の気候のもとで過ごされている。そこの田園の風景や四季は神話的な南部のそれとはまったく違うし、食物も慣習も違う。しかもそうした風土は、彼にしてみれば、親しみを込めて〈故郷〉と呼べるようなものではなかった。ドイルはエディンバラの社会においても初めから他所者であったのであり、作家になってからも、彼はイングランドの風土にとってはどこか他所者として生き続けざるを得なかった。『回想と冒険』をアイルランドの家系から語り起こしたとき、その誇りの背後にちらつくのは、故郷をもち得ぬ者の影であるように思えてならないのである。

ドイルは無理をせざるを得なかっただろう。それが、ときにはホームズに南の平和な田園の神話をうけ容れさせるというかたちをとることにもなったのではないか。あるいはボーア戦争に参加して、みるからに愛国的な、つまりイングランドに対して愛国的な姿勢を誇示してみせることにも。今、眼の前にあるイングランドではなくて、遠い過去の世界にみずからの冒険の夢をくり広げてみせることにも。そしてさらに心霊の世界に、妖精の世界に。この生涯にわたって精力的に活動し続けた作家に最後まで欠けていたもの、それは〈故郷〉としてのイングランドであった。その代わりに彼が手にしたのは、没落しつつあったイギリスが希求し捏造した愛国主義であり、栄光あるイングランドの神話であった。彼が故郷にしようとしたのは、その神話であった。

5

『回想と冒険』の中で、コナン・ドイルは、歴史家マコーレーが「つねに大切な霊感源のひとつであった」ことを認めたうえで、一六八五年のスコットランドから話の始まる『マイカ・クラーク』の執筆の事情を説明している。

彼は［つまり、マコーレーは］その本の中のみごとな一節で――ここでは一語一語引用するわけにはいかないが――王政復古ののち、他の者よりも頭のいい馬車引き、他の者よりもうまく土地を耕す農民にぶつかることがあれば、それはおそらくかつてのクロムウェルの兵であったろうと書いているところがある。これこそが『マイカ・クラーク』の霊感源であって、この作品の中で私は冒険の大道を歩むことになった。私は歴史にどっぷり浸りきり、数ヶ月にわたって細かな事実を調べ、それから一気に書きあげた。

この『マイカ・クラーク』や、一三六六年に舞台を設定し、フランスでの戦闘で武勲をあげるイングランドの勇者たちの姿を描いた『白衣団』、一六八五年にフランスからカナダに逃れたユグノーの冒険談である『逃亡者たち』(一八九三)あるいはナポレオンの時代を舞台にした『大いなる影』(一八九二)、ナポレオンの配下である武人ジェラールのユーモラスな活躍を集めた短編集(一八九六、一九〇三)などの内容にここで詳しく立ち入るつもりはない。

大切なのは、圧倒的な好評を博したホームズ物語と平行して——都会と田舎を往来するパターンをもつ作品と平行して——都会なるものを排除した過去の世界に、ドイルの想像力が吸引され続けたということである。そこは言わば、行動するホームズが、病めるホームズという半身を忘れて、自由に動き回れる世界でもあったのだ。歴史小説の中で冒険と活劇を描くコナン・ドイルは健康な作家であった。歴史小説を書くことによって彼は時代の雰囲気を共有したのである。ヴィクトリア女王の肖像をピストルの練習用に使い、しかもコカイン中毒であることを隠しもしない探偵を発明した彼は、その反対側では、忠誠心や素朴な男らしさを強調する世界を想像せざるを得なかったのである。ホームズ物語を中断したいと願い、歴史小説こそ自分の本領であると彼が主張し続けたのは、彼の内面心理のなせるわざであったのではないだろうか。

歴史にひたって、忠誠心、勇気、男らしさ、決断力、肉体の健全さなどをうたいあげたとき、コナン・ドイルは世紀末のイングランドの神話に参入していたのである。ボーア戦争に賛成し、愛国主義を誰はばかることなく口にするようになった彼は、最後の歴史小説『サー・ナイジェル』では、再び時代を一七世紀に設定しながらも、冒頭のところで神話の実体をはっきりと口にするにいたる。

誰もが汚れた臭気を吸いこみ、同じように体が腐って死んでいった。やられた者はただのひとりも回復せず、病気はつねに同じかたちをとった――大きな腫れ物ができ、狂ったようにわめき、黒い斑点ができるのだ。それがこの病気の名前の由来となった。冬の間中、埋葬する者のない死体が道ばたで腐っていた。ひとりも生き残る者のない村が続出した。しかしついには春が来て、太陽と健康と安らぎと笑いをもたらした――それはイングランドがかつて知らなかったほどの緑の、甘美な、やさしい春であった。しかしそれを体験できたのはイングランドの人間の半数のみである――あとの半分は大きな紫色の雲とともに消えてしまった。

だが、この死の流れの中でこそ、腐敗の臭気の中でこそ、より明るく新しいイングランドは再生したのだ。この暗い時にこそ、新しい夜明けの最初の光が見えたのだ。

この神話の背後には、ロンドンのスラム街報告から愛国主義の台頭にいたるまでの世紀末の歴史が横たわっている。

ボクシングに魅せられて

1

コナン・ドイルは精神的にも肉体的にも健康であることを誇示しなければならなかった。そのために選びとられたのが、精神的な意味では世紀末のイングランドの愛国主義であり、肉体的な意味では各種のスポーツに対するこだわりであった。いや、もっと正確な言い方をするならば、スポーツを通して鍛えられる精神こそ愛国主義にとっての最良の器であった。自伝の中で彼はそのことをきわめて明瞭に述べている。

振り返ってみれば、全体としては、スポーツに注ぎ込んだ時間のことを私は少しも後悔していない。スポーツは健康と力強さを与えてくれるだけでなく、とりわけ精神のバランスを与えてくれるが、それなくしては人間は完全とは言えないのである。ギブ・アンド・テイク、成功をつつましく、敗北を勇気をもって受け入れ、不利に対して戦い、みずからの思想を守り、敵を評価し友をたたえること

──これらは真のスポーツが与えるべき教訓のいくつかである。（『回想と冒険』）

当然ながらドイルにとってのスポーツとは、するスポーツであって観るスポーツではありえない。「私は競馬を真のスポーツとは考えない。スポーツとは人のするものであって、馬のするものではない」。彼がみずから体験したのはラグビー、サッカー、クリケット、ゴルフ、ビリヤード、狩猟（ただし無用に動物を殺すのには反対した）、スキー、フェンシング、自動車、気球、飛行機、そして何よりもボクシングであった。

今日のグラヴをつけたボクシングもすばらしいものではあるのだが、ナショナルな視点からすると、昔の素手でやる賞金つきの試合こそすばらしいものであったという自説を隠したことはなかった。わが国のスポーツはなよなよしたものになるよりも、少しくらい荒っぽいものであるほうがましなのだ。……残酷さを伴わない強靱さを、野蛮さを伴わない明るい勇気を、ごまかしを伴わない技術を見せることこそ、スポーツのまさしく最高の境地であるのだ。

人種の退化を指摘されだした国民をまのあたりにし、しかも芸術家肌でアルコール中毒の父を抱えていたドイルにとって、スポーツによる愛国的な精神と肉体の称揚ということは断じてゆずることのできない行動であったと思えるのである。そしてその意味においてこそ彼は世紀末の人間類型のひとつの代表となるのである。

2

作者ドイルの幅の広いスポーツの趣味の中から、それでは、探偵ホームズは何を継承することになるのだろうか。探偵の性格からして、それが集団性のものになることは考えられない。「グロリア・スコット号事件」(『ストランド・マガジン』一八九三年四月号)には、大学時代には「フェンシングとボクシング以外にはほとんど運動の趣味がなかった」と、彼自身が述懐するところがある。『緋色の研究』では、ベイカー街 221B で同居を始めたワトソン博士がホームズの知識や関心のありかを整理した表を作成し、彼のことを「棒術、ボクシング、フェンシングの達人」としている。すべて一対一で相手と対決し、作者の理想とするスポーツ精神が十分に発揮される種目である。

この中でも、ホームズ物語において繰り返し言及されるのは、言うまでもなく作者の最も愛したボクシングである。しかし、問題はその先にあるのだ。その問題というのは、作者ドイルがいかなるかたちのボクシングを念頭においていたのかということである。広い意味でのボクシングはギリシャ時代から存在するものの、その残酷さゆえにローマ時代のある時期に禁止となり、それが西欧世界に復活するのは一八世紀初めのイギリスにおいてなのである。もちろん路上などでの喧嘩のさいに拳が使われることはつねにあり得たにしても、いわゆるスポーツとしてのボクシングは一八世紀以来のイギリスの国民的伝統であった——少なくともヴィクトリア時代にはそう考えられていたのであり、しかもその時代に形式上の大きな変化をくぐり抜けてきたのである。とすれば、ただ単にドイルはボクシングを愛好していたというのでは不十分であって、どの形式のそれをよしとしたのかを考えてみなくてはならないだろう。

例えば「グロリア・スコット号事件」では、犯罪をおかしてオーストラリアに流刑になった人物が——現在はイングランドの心やさしい地主となっているものの——ボクシングの経験をもつという設定になっている。

「若いときには随分ボクシングをなさったでしょう」
「確かに。どうしてそんなことが？　私の鼻が少し曲っておりますかな」
「いいえ。耳です。潰れて厚ぼったくなっていますが、それはボクシングをやる人の特徴ですから」

ここまで特徴的な顔だとすると、この地主はかつてはボクサーをやっていたと考えていいかもしれない。いずれにしても、ここでのボクシングが作者ドイルの理想とした姿のものでないことは確かであろう。
「三破風の屋敷」（『ストランド・マガジン』一九二六年一〇月号）になると、黒人のボクサーが登場する。

入口の扉がバタンとあいて、ニグロの大男が部屋の中に飛び込んできた。異様にけばけばしいグレーのチェックのスーツに鮭肉色のネクタイという格好は、もし恐怖心さえなかったら、コミカルな人物に見えただろう。その男が広い額と平たく潰れた鼻をつきだして、悪意を内にひめた陰険な黒い眼で、私たちを交互ににらみつけていた。

このときの探偵の辛辣な口調は、辛辣さそのものの中に階級と人種にかかわる偏見をむきだしにしていて、彼の口にする言葉の中でも最も醜いもののひとつである。「きみに坐りたまえと言うつもりはない、きみの匂いが私は嫌いだからね。きみはボクサーのスティーヴ・ディクシーだろう」。体臭がする、口臭がするというのは一九世紀イギリスの下層階級を差別するための最も確実な指標であった。街中に、あるいは労働者向けの新聞にあふれかえっていた石鹸の広告は、この差別意識と表裏一体をなしていたのである。そのような差別性を含む言葉をホームズは平然と口にしているのだ。ホームズ物語における探偵はしだいに紳士然とした品格を強めてゆくとも言われるが、必ずしもそのように言いきれるとは思えない。その論拠のひとつが、この作品における彼の発言なのである。もちろん、だからと言って、彼が紳士ではないということにはならないのであって、むしろイギリス人の言う紳士とは、つねにこうした部分を隠しもっているイデオロギー的存在なのだと承知しておくべきだろう。

これら二つの作品で言及されているのがボクシングの負の面であるとするならば、「自転車に乗る女」(『ストランド・マガジン』一九〇四年一月号)には、ホームズ自身がアマチュアのボクサーを演ずる場面が登場する。事件の調査にでかけた彼が「唇を切り、額に青いこぶ」を作ってベイカー街に戻ってくる。ワトソン博士が事情を聞くと、探偵は「ぼくが古き良きイギリスのスポーツであるボクシングにかけてはちょっとしたものだということくらい、きみも知っているだろう。ときどきそれが役に立つんだ」と答えて、あるパブでの殴り合いのことを説明する。「彼はさんざんに悪態をついたうえに、無礼にも手の甲でぼくの顔を打とうとした。完全にはよけきれなかったけれどもね、次の数分間は実に楽しかった。この強打の悪党にぼくの左のストレートが決まってね」。パジェットの挿絵はこの場面を巧みに再現している。

しかし、この簡単に了解できそうな場面も、考えてみると、いくつかの文化のコードの上に構成されているはずである。そのひとつは、ともかくパブの中がボクシングの場になっているということ。もしこれがきわめて例外的な場であるとしたら――例えばドン・パブロ神父と共産党員の村長が祭壇のキリストを前にしてボクシングをする場合のように――作者はそのことを何らかのかたちで暗示しなくてはならないだろうが、そのような気配はまったく見られない。逆に言えば、パブの中でのボクシングが既知のものとして受け入れられているということだ。さらにホームズの相手をした男にもおそらくプロのボクサーとしての経験があるらしいのに対して、探偵のほうは言うまでもなくアマチュアであること。ホームズ物語における他のボクシングへの言及をみても、コナン・ドイルの意識していたのが、プロとアマの区別がある程度つくボクシングの世界であったことはほぼ間違いないだろう（厳密な意味では両者の区別はつけがたいが、その試合に賞金と賭けがともなうかどうかがひとつの目安であった）。

トニー・メイソンの編集した『イギリスにおけるスポーツ、ひとつの社会史』（一九八九）に収録されているスタン・シプレーの論文「ボクシング」によると、一八八〇年にはアマチュア・ボクシング協会が設立されているし、九〇年前後になると、おそらく肉体の強化ということを口実にしてであろうが、ロンドンの各セツルメント、教会、労働者などのクラブで少年のボクシングが盛んに行なわれるようになった。セツルメントのひとつであるオックスフォード・ハウスやボーイスカウトの組織は選手権大会まで開催するにいたっていた。そうした動向もふまえて、シプレーは次のように要約している。

ボクシングが一般向けの観るスポーツとなったのは、未熟練労働者や臨時雇いなどが毎週娯楽のために六ペンス割けるようになったときのことである。一八八七年から一九〇〇年の間に労働者の生活水準が向上してくると、ボクシングはパブを捨てて、より大きな観客収容力のある小さなホールへ移ってゆくようになった。同時に新聞のコラムからは賞金つきの試合の話が消え、ボクシングにスペースを割く新しい新聞が刊行されだした。一九〇九年までにはボクシングを専門とする二つの週刊新聞が出発した。小さなホールでのボクシングは、ロンドンやバーミンガムやニューカッスル・アポン・タインのような都市ではすぐに人気となった。この新しい娯楽の特徴は定期的に、しかもしょっちゅうやっているということであった。普通は週に二回行なわれるのだが、土曜日の夜になると、毎週やってくるボクシングの常連客というのもできた。……世紀の変わり目の頃のボクサーというのは歳が若く、小柄なことが多かった。彼らのスパークリングはパブやクラブやミュージック・ホールで行なわれた。

ホームズ物語にボクシングが描き込まれたときの社会的状況とは、おおよそこのようなものであったのだ。クリケット、ラグビー、サッカーなどの集団性のスポーツとならんで、ホームズ物語が流通する頃にはボクシングが、プロとアマの区別の線を次第にはっきりとさせながら、人気のあるスポーツとしての地位を確保しつつあったのである。それに参加し、それを観た人々の多くは労働者階級であったにしても。そのようなことを考え合わせてみると、パブの中でのボクシングの対戦はまわりの客たちから大いに歓呼されただろうと思われるのである。それは決して異常な事態と言わねばならないほどのものではなかったであろう。むしろこの場合にも、作者は流行のスポーツ風俗を作品中に取り込んだように思える。

その意味では、この場面が「自転車に乗る女」という作品におかれているのも興味をひく。自転車に乗って遠出をすること、つまりサイクリングは世紀末に人気のあったスポーツのひとつであり、とくに女性を解放するために象徴的な意味さえおびていたからだ。あたかもそれとバランスをとるかのように、きわめて男性的なボクシングが配置されているのである。そこにもまたこのスポーツに対する作者の思い入れが感じとれなくもないだろう。しかし、これだけの説明ではまだ不十分だ。作者ドイルとボクシ

▲「自転車に乗る女」の挿絵
S・パジェット画

ングの関係を見るためには、彼の手になるボクシング小説とでも言うべきものを検討してみなくてはならないのである。

3

その前にホームズの得意とした「棒術、ボクシング、フェンシング」に触れておこう。ホームズ物語にはフェンシングの場面はない。これなども、考えようによっては面白い事実と言えなくはない。なぜなら、結果的には、愛国的な作者ドイルは、ラテン系の諸国からの舶来の術というイメージをもっていたフェンシングは正面からは扱わずに、「古き良きイギリスのスポーツであるボクシング」に比重を置くことによって、ひとつの政治的な姿勢を表示しているからである。

それでは棒術と訳しておいたシングルスティックはどうなるのか。これは防禦用の被いをつけた手で約一メートル弱の棒を操るもので、突くのではなく、叩くのを主な攻撃法とする。探偵がステッキを振り回して相手を撃退するときにはこの術が応用されていると考えていいだろう。しかしこの術も作品中に直接はでてこない。だとすれば、なぜホームズはわざわざこの術に習熟していることになっているのだろうか。

世紀末のイギリスのスポーツ事情について考えるときに欠かせないものにバトミントン・ライブラリーという叢書がある。編集者ということになっているボウフォート公爵の邸宅の所在地の名前バトミントンを冠したこのシリーズの一冊『フェンシング、ボクシング、レスリング』（一八九〇）の中にある次の記述は、この問題を考えるさいの十分な参考資料になるだろう。「シングルスティックは、イングランドではおそらくフェンシングよりもずっと広く行なわれているが、ただ見ていると、きわめて単純なもののように見えやすい――ただ激しく荒々しく打ちかわすだけのことのように見えるらしいが、確かにそういうこともあるにしても、つねにそれに尽きるわけではない」。これは要するにホームズ物語が始まる時点では、フェンシングよりもシングルスティックのほうが一般にはなじみがあったのではないかということを示唆する文章なのである。しかもそれがフェンシングのための訓練のひとつとされたりしていたとなると、それが探偵の得意な術のひとつとして加えられているのも不思議ではないかもしれない。しかも、これもまたイギリス在来の武術であった。ボクシングについての広い知識を自慢にし

FIG'S CARD.

▲J・フィッグの興行宣伝用カード

ていたコナン・ドイルであってみれば、バトミントン・ライブラリーに収められているこの一冊はまず間違いなく読んでいたであろう。

さらに彼が、一九世紀の最も有名なボクシング論である『ボクシアーナ』(一八一八)を読んでいたということも考えてみなくてはならない。ピアス・イーガンの手になるこの五巻本は(第六巻は別の人物の手になる)、言うならば一種のボクサー評判記であって、一八世紀以降のイギリスの代表的なボクサーに関する事実を集大成したものである。とくに重要な人物については必ず挿絵がつけられている。この本の第一巻に興味深い資料が収録されているのだ。「一七四〇年あたりから、拳闘家が一般の人々の挑戦をうける場合にはその公告をした。そしてさまざまの市のビラを利用して、見せる技が宣伝された」という文章に続けて、イーガンは一枚のビラを収録しているが、それはイギリスのボクシング史上最初の代表的人物とされるジェイムズ・フィッグの興行用のものである。そこに「男らしいフェンシング、木刀、棒、ボクシングの術」という文句が見られるのだ。この宣伝のビラから判断すると、初期のボクシングは木刀や棒を使う術とひとまとめにされて、「自己防衛の術」とされていたことがほぼ明らかになる。もしコナン・ドイルがこの部分を読んでいたとすると、あるいは『田舎のスポーツの百科事典』(一八四〇)のような本で——そこにもこのビラの全体が掲載されている——読んでいたとすると、ホームズの得意技として「棒術、ボクシング、フェンシング」を並べた理由が、あるところまで理解できるはずである。

『ボクシアーナ』に続くものとして名高いヘンリー・ダウンズ・マイルズの『ピュージリスティカ』全三巻(一九〇六)は、問題のビラに対応するフィッグの宣伝用のカードが収録されている。このカードの中央に立つのがフィッグであって、彼が右手に持っているのがいわゆるシングルスティックであろうと思われる。それはボクシングの歴史と密接に絡まりあった武器であったわけである。ホームズの得意技を三つ列挙したとき、作者は決してただの思いつきに身を任せていたのではなく、ボクシングの歴史を正確になぞっていたわけである。

4

再び自伝に話を戻すならば、そこには「確かに私自身のボクシングの経験と賞金つきの試合についてのきわめて広い知識が、『ロドニー・ストーン』を書くときに大いに役立った」という言葉を見いだすことができる。ドイルとボクシングの関係を考えるとき、ホームズ物語に書かれているのは実は彼のもっていた知識のごく一部分にすぎないのであって、それが最も大々的に活用されたのは歴史小説のひとつである『ロドニー・ストーン』(一八九六)においてであった。この小説の単行本版の序文には『ボクシアーナ』と『ピュージリスティカ』を利用したことが律儀に断わられている(誤解をさけるために補足しておくならば、『ピュージリスティカ』が三巻本にまとめられるのは一九〇六年のことであるが、その中身は一八六〇年代から各種の定期刊行物に発表されていた)。

それにしても『ロドニー・ストーン』は奇妙な、文学的な意味では構成上の稚拙さの目立つ作品である。時代はのちのジョージ四世が父の摂政をつとめていた一八一〇年代、いわゆる摂政時代に設定されている。周知のように、ヴィクトリア女王の時代に先立つこの時期は、摂政を中心とする華美志向とモラルの低落ゆえに後代に悪名を残すことになった時代である。ダンディの代名詞として名前の残ったブランメルなどはこの時代の雰囲気をよく体現した人物である。ドイルという作家の性格からして、歴史小説の場としてこのような時代を選びとるということは大きな矛盾のように見えるであろう。にもかかわらずこの摂政時代が選びとられた背景には、ドイルなりの歴史意識があったと思われる。

それは英雄主義と愚行の時代であった。一方ではピットやネルソンやウェリントンのような質の軍人や海の男や政治家が、ナポレオンの脅威のゆえに前面に押しだされた。武器をとれば偉大であったわが国は、ほどなく文学においても偉大となる。スコットやバイロンはその絶頂期にはヨーロッパの最強の力であったのだから。しかしその一方では、本物かどうかは別にして、多少の狂気こそが、知恵と美徳に対しては閉ざされた門をくぐるための手形となった。逆立ちして客間に入ってくる男、御者のように口笛を吹こうとして歯に詰め物をした男、いつも大きな声で独り言を言っては客人をはらはらさせる男、こうした連中がロンドンの社交界の前面にやすやすとしゃしゃりでてきた時代でもあった。しかも時代の汚染というのは完全には避けがたい以上、英雄主義と愚行は別々でいられるわけがなかった。首相が大酒飲みで、野党の党首がリベルタンで、皇太子がその両方という時代には、私的にも公的にも高潔な人物をどこに求めればいいのか、容易に分かるはずがなかった。しかし、そうした欠点があるにもかかわらず、それは強い時代であった。自分の生きている時代に祖国がピット、フォックス、スコット、ネルソン、ウェリントンの五人も生みだしたとなれば、幸運というものであろう。

歴史小説家をもって任じたドイルはこのような時代を描きだそうとして、予想通りというか、文学的には失敗したのである。そしてその分、作者の意図だけは明瞭に読みとれる作品が残ってしまった。『ロドニー・ストーン』のひとつのレベルは、賭けから殺人にいたる、そしてその殺人の犯人探しにまつわるゴシック的な推理小説として構成されている。しかしそれは、探偵とその相棒という魅力の中心を奪われてしまうとこれほど迫力のない推理劇になってしまうのかということを痛感させるだけのものでしかない。もうひとつのレベルでは、この長編小説は主人公ロドニー・ストーンの一種の教養小説として構成されている。彼は摂政皇太子の有名なパヴィリオンのあるブライトンの近くの村で育った健康な青年で、父は海軍の軍人であるが、問題は母方の叔父にあたるトレゲリスという人物である。「私の場合はね、私を今の位置まで押しあげてくれたのは、服装と礼儀作法についての正確な判断力ですよ」と言ってはばからない彼は、摂政時代の典型的なダンディという設定なのである。当然ながら、作品中にはブランメルも登場して、主人公のこの叔父と社交界のファッションの主導権争いをする。主人公の教育はそうしたさまをつぶさに見学することによって行なわれることになるけれども、彼はダンディの世界に同化してゆくことはとてもできない。最終的には彼は、父の勧めによってネルソン提督のひきいる海軍の一員となることによって、〈愚行〉ではなく、〈英雄主義〉を選びとることになるのである。これは、作者ドイルの考え方からするならば、最も妥当な結論ということになるだろう。健全なる愛国主義がもののみごとに実現しているわけだから。

興味深いのは、このトレゲリスというダンディに対する評価である。全面的には否定されていないのだ。それどころか、ダンディという生の様式の中にある種の強靱さが認められているのである。作者は何を考えてこのような解釈をしたのだろうか――私の考えでは、一八九六年にこの小説を書いたドイルの念頭にあったのは、その前年、クイーンズベリイ卿に名誉毀損で訴えられていた同性愛のダンディ、オスカー・ワイルドに違いない。ドイルのダンディ論はワイルド的な耽美の世界にかまけるダンディへの批判として書かれているのだ(自伝にも書かれているように、この二人には互いに面識があった)。しかもこのクイーンズベリイ卿こそは、ボクシングのルールの改正をはじめとして、このスポーツのために多大な貢献をした人物なのである。そのことを考えながら、改めて問題の一節を読んでみることにしよう。

彼はすでにイギリスから姿を消してしまった風変わりな人間のひとつの典型であり、リーダーであった――元気一杯の、いかにも男性的な人物で、服装にうるさく、料簡は狭く、楽しみ方は荒削りで、エクセントリックな人間であった。大げさなネクタイに高い襟、印章つきの指輪といった格好で、気取った足取りでイギリス史の表舞台を横切り、もはや帰るすべのない暗い脇に消えてしまった彼ら。時代が彼らを追い越してしまったのだ。もう彼らの奇妙なファッションや悪戯や磨きあげた奇癖が戻ってくるべき場所はない。しかし彼らが丹念に身にまとった表向きの愚行のかげには、しばしば強い性格とたくましい人格の男の姿があったのだ。

ここで追悼されているのは、世紀末のダンディ像から欠落してしまった部分である。そして『ロドニー・ストーン』という作品がボクシング小説となるのは、まさしくその欠落してゆく強いダンディの部分を経由してのことなのである。主人公の叔父トレゲリスは、摂政皇太子とともに、ボクシングのパトロンなのだ。

5

摂政時代はイギリスのボクシングの黄金時代であった。一八世紀の初めから盛んになったボクシングは、今日的な意味からすれば、ボクシングとレスリングの合体したものと考えることができる。当然素手であった。最も派手なのは賞金つきの試合であって、それを勝ちのびた初代のイングランド・チャンピオンがジェイムズ・フィッグというわけである。この一八世紀の代表的な人物としてもうひとり忘れられないのがジャック・ブロートンで、彼は試合で相手を殴り殺してしまったあとそのことを反省して、一七四三年に八項目からなるルールを定めた。それを見ると、まだリングというものは特には指定されておらず、舞台の中央に一ヤード四方の四角をチョークで描き、戦う者がそこまででてくれば戦闘意欲があるとみなして何十回でも続行した。またルールの中には、「相手が倒れたら殴ってはならないし、臀部、ズボンなど腰から下をつかんではならない」というのもあって、逆にレスリングまがいの実態をうかがい知ることもできる。実際にイングランドのチャンピオン戦でも、片手で相手の髪をつかみ、もう片手で殴るといった事例もあったという。

次の大きな変化があるのは一八一四年、つまり摂政時代のことである。この年の五月二一日、「紳士」という綽名をもっていたジョン・ジャクソン――詩人バイロンにボクシングの手ほどきをしたのは彼である――他の有力な選手が一同に会して、拳闘クラブなるものを設立し、賞金つきの試合を行なうさいの細則を改めて決定した。この会合にはトム・クリッブやジェイムズ・ベルチャーなどの名手の他に、ボクシングを支持する貴族も顔を出していたが、彼らによって構成される世界をそのまま実名入りで持ち込んだのが『ロドニー・ストーン』という小説なのである。ドイルのようなボクシング好きからすれば、まさしく夢の世界ということになるだろう。この小説のかなりの部分は、賞金つきの試合の用意、進行、それをめぐる賭けや犯罪に割かれていて、ボクシングをめぐる明暗を描きだしている。「それらは選手にとってそうであったように、社会史家（social historian）にとっても興味深いものとなる日が、いつか来るかもしれない」というのは、この作品の中にある言葉。主人公の叔父トレゲリスの支持する選手のセコンド役をつとめるのは、実在したベルチャーという組み立てであった。

ドイルはおそらく『ボクシアーナ』で彼の肖像を見ていたであろう。それによると彼は、「平素は実に気立てのいい人物であった。大人しく、ひかえめで、ほとんど照れ屋と言っていいくらいであった。パブの主としては、彼ほど礼儀と節度をわきまえている人物はいなかった」とされる。彼もまた当時のボクサーの成功物語に従って、引退後はパブの経営者になっていったわけである。

当然ながら、『ロドニー・ストーン』で採用されているのは一八一四年の拳闘クラブのルールである。それによると、賞金つきの試合は芝生の上に作った二四フィート四方のリングを使用することになったが、ラウンド数には制限がなく、一ラウンドの時間も厳密には指定されていない。その代わりにレフリーやセコンドについての規定は詳しくなっている。大きな試合になると観客も賭け金も多くなって騒乱になることもあったためか、治安判事には中止を命ずる権限が与えられていた。それに対処するために、このルールの第二一項には、「治安判事の介入があった場合、アンパイアとレフリーは、できればその日のうちに、次の試合の日時と場所を発表しなくてはならない」とある。『ロドニー・ストーン』にはその事態もきちんと書き込まれていて、この歴史小説をささえている事実の裏づけを垣間見る思いがする。

次に重要な改定と言えるのは一八六七年のもの。これはアマチュア・ボクシングの規定で、それを作るのに貢献した貴族の名前を冠して今日でもクイーンズベリイ・ルールと呼ばれている。これによると、

CHAMPIONS OF ENGLAND

FROM 1719 TO 1863.

1719. James Fig, of Thame, Oxfordshire.
1730-1733. Pipes and Gretting (with alternate success).
1734. George Taylor.
1740. Jack Broughton, the waterman.
1750. Jack Slack, of Norfolk.
1760. Bill Stevens, the nailor.
1761. George Meggs, of Bristol.
1762. George Millsom, the baker.
1764. Tom Juchau, the pavior.
1765-9. Bill Darts.
1769. Lyons, the waterman.
1771. Peter Corcoran (doubtful). He beat Bill Darts, who had previously been defeated by Lyons.
1777. Harry Sellers.
1780. Jack Harris (doubtful).
1783-91. Tom Johnson (Jackling), of York.
1791. Benjamin Brain (Big Ben), of Bristol.
1792. Daniel Mendoza.
1795. John Jackson. (Retired.)
1800-5. Jem Belcher, of Bristol.
1805. Henry Pearce, the "Game Chicken."
1808. (Retired). John Gully (afterwards M.P. for Pontefract).
1809. Tom Cribb, received a belt and cup, and retired.
1824. Tom Spring, received four cups, and retired.
1825. Jem Ward, received the belt.
1833. Jem Burke (the Deaf 'un), claimed the title.
1839. Bendigo (Wm. Thompson), of Nottingham, beat Burke, and received the belt from Ward.
1841. Benjamin Caunt, of Hucknall, beat Nick Ward, and received belt (transferable).
1845. Bendigo beat Caunt, and received the belt.
1850. Wm. Perry (Tipton Slasher), claimed belt, Bendigo declining his challenge.
1851. Harry Broome beat Perry, and claimed the title.
1853. Perry again challenged the title, and Broome retired from the ring.
1857. Tom Sayers beat Perry, and received the belt.
1860. Tom Sayers retired after his battle with Heenan, and left belt for competition.
1860. Samuel Hurst (the Staleybridge Infant), beat Paddock, the claimant, and received the belt.
1861. Jem Mace, of Norwich, beat Hurst, and claimed the title.
1863. Tom King beat Mace, and claimed the belt, but retired, and Mace claimed the trophy.
1863. Tom King beat J. C. Heenan for £1,000 a-side at Wadhurst, December 10th.

▲イングランド歴代チャンピオンの表

リングの大きさは同じであるが、ラウンド数は三分、三分、四分の三ラウンドと決められ、途中の休息も各一分となった。この伯爵もまた、『田舎のスポーツの百科辞典』の著者と同じように、ボクシングは「自然が与えてくれた力に頼ることを教えてくれる」男性的なスポーツで、フェア・プレイの精神と愛国的な感情を培うものだとしていたとすれば、のちに彼がデカダンスの文人ワイルドを目の敵にしたというのも必然の帰結であったかもしれない。

ドイルの位置は明らかにデカダンスの反対の側にあった。そのことを示すためには、彼の作品の中から二つの引用を挙げておけば十分だろう。

良きにつけ悪しきにつけ、ボクシングに対する愛はひとつの階級に限られるものではなく、民族の特異性であって、イギリスの人間の本性の奥深くに根ざしており、四頭立ての馬車におさまっている若い貴族にも、二輪馬車の荒っぽい物売りにも共通の財産なのだ。……ビールを飲み、ぶっきらぼうに仲間を愛し、元気一杯で、少々の苦難は笑いとばし、そしてボクシングを観たがるというのは……この古来の民族のもつ最も堅固で男性的なものの多くの軸となってきた、まさしく基盤というものではないのか。

（『ロドニー・ストーン』）

もうひとつは、医学の勉強をする学資をかせぐために試合をする青年を扱った中編「クロックスリーの強者」の一節である。

スポーツへの愛こそ彼らの唯一の慰めであった。薄汚れたまわりの世界から心を放ち、自分たちを取り巻く黒い周囲のむこうに関心を向けさせてくれる唯一のものであった。文学も芸術も科学もすべて彼らの手の届かないところにあったが、競馬、サッカー、クリケット、ボクシングは彼らにも理解できるものであり、あらかじめ金を儲け、あとでなにかにと言えるものであった。スポーツへの愛はときには残酷で、ときにはグロテスクなかたちをとることがあるものの、それでもわが国民の幸福を促進する大きな手段である。それはわれわれの本性に深く根をおろしていて、教育によって取り去ってしまえば、より高尚で繊細な性格は残るかもしれないが、もはや世界に深い痕跡を残した強靭なイギリス人のそれではなくなるだろう。犬を連れてうつむきかげんにボクシングに足を運ぶこれらの赤ら顔の労働者のひとりひとりが、その人種の真の単位なのだ。

作者ドイルの頭の中では、健康とボクシングと愛国精神が間違いなくひとつに結びついている。

ジプシーと暮した男

ジョージ・ボロウ

1

何事につけてもアンソロジーを編むのが大好きなイギリス人は、当然ながらスポーツ文学のそれも作っていて、例えば最近ではヴァーノン・スカネルの『スポーツ文学』（一九八七）などを挙げることができるだろうが、その第四章がボクシング。そこに挙げられている最初の例はシェイクスピアの『お気に召すまま』の一場面であるが、一九世紀になると、詩人バイロン卿の日記からの抜粋も収録されている。「チャンピオンのトム・クリッブの店でジャクソン（拳闘界の帝王）、それからもうひとりの有名な拳闘家と食事をして、今帰宅したところ。……トムは昔からの友人で、まだ未成年の頃から彼の最高の試合のいくつかを見ている。今はパブを経営しているが、何かよからぬ面もあるのではないか」（一八一三年一一月二四日）。「今朝運動のためにジャクソンとスパーリングをやった。拳闘クラブとのつき合いを再開して、これからも続けてゆくつもり」（一八一四年三月一七日）。この日記の中で言及されているジャクソンやクリッブがいわゆる一九世紀初めの摂政時代を代表する拳闘家であることは前回に説明したが、彼らを取り巻くダンディなパトロンのひとりにこの有名な詩人がいたことを示す記述である。

もっとも、残念ながら、というよりも奇妙なことに、この『スポーツ文学』にはコナン・ドイルの作品がまったく収録されていない。そのかわりに小説家ジョージ・ボロウ(一八〇三―八一)の二つの自伝的な作品から比較的長い引用が採られている。そのうちのひとつは『ロマニー・ライ』(一八五七)からのもので、六〇歳近い紳士が乱暴で有名な御者をボクシングのテクニックを使って叩きのめすという話である。その場面は決してドイル風に活劇化されているわけではないが、興味深いのは彼がボクシングを身につけるにいたった経緯のほうである。彼は子供の頃ロンドン郊外のあまり治安のよくない地域に住んでいて、学校の帰りによく仲間にいじめられていたが、ある日のこと「引退した拳闘家グルートン」に救われる。この元拳闘家はほんの四軒離れたところに住んでいたのだ。紳士の説明によると、

そのとき以来私はこの元拳闘家に大変かわいがられて、いろいろなテクニックを教えてもらったから、少しのうちに自分でも相当のボクサーになって、体つきの同じくらいのが襲ってきてもみんな撃退した。しかしね、あの人からは、自分からは喧嘩はしない、教えられたことを自己防衛のためにしか利用しないと約束させられた。私はその約束のことをいつも頭においていて、絶対の必要に迫られないかぎりは闘わないことを良心の教えとしているよ。ボクシングに反対していろいろと言う人たちがいるけれども、ボクシングができるというのは、ときには大人しい人間の役にも立つわけでね。

ということになる。この紳士の考えているボクシングは一種の護身術であって、コナン・ドイルが考え

ていたような愛国主義のひとつの手段としてのそれでないことは歴然としている。しかし、その一方で、有名な（元）拳闘家を時代のスター的人物としてあつかう傾向は両者のうちに共通して見られると言っていいだろう。カーライルが『英雄と英雄崇拝』（一八四一）で取りあげたのは、神話の中の英雄、宗教者から文豪までであって、そこにはスポーツのスターなどが混入する余地はまったく存在しなかったが、時代のほうはそういうかたちでの〈英雄〉を求め始めていたように思われる。さしずめ、一八六三年から一九〇八年までクリケットの世界に君臨したウイリアム・ギルバート・グレイスなどはその最右翼の候補であったろう。彼こそは間違いなくヴィクトリア時代の最も有名なスポーツ選手であり、国民的な英雄であった。ある高位の聖職者の言葉によれば、

もしグレイスが古代ギリシャに生まれていたら、『イーリアス』は別の本になっていただろう。もし彼が中世に生まれていたら、必ずや十字軍の一員となり、今頃は由緒ある修道院にまつられて、ひとつの系統の祖となっていたであろう。しかし彼はずっとのちの時代に生まれたために、最もよく名前を知られたイギリス人になったのだ！　いかなるかたちの悪徳にも汚されることの最も少ないイギリスのスポーツの王となったのだ！

しかし、これはあくまでも一九世紀末のイギリスでの話である。世紀の初めの頃に、とりわけ摂政時代に国民的な人気を誇っていたのはボクシングであり、そのチャンピオンたちであった。その場面を描いたのがコナン・ドイルの『ロドニー・ストーン』であり、その場面への強い郷愁を描いたのがジョージ

・ボロウであった。

2

彼の自伝的小説『ラヴェングロウ』（一八五一）の第二六章はひとつのボクシング讃歌と言ってよい内容をもっている。

すべてのものには時と季節があり、ある何かの栄光も、さながら花が色あせるように、そこから消えてしまうものなのだ！　……私は、二人の有名な拳闘のチャンピオンの対決がほとんど国民的な行事に等しいものとみなされた時代のことを知っている。高きも低きも、何万という人々が、大勝負の決着がつくまで、朝起きるとまず第一にそのことを考え、夜最後にそのことを考えた時代のことを。しかしその時代は過去のものになってしまった。……現代は拳闘の時代ではないのだ。

このように嘆きながらもボロウは往年の名拳闘家の名前を列挙してゆくのである——メンドーサ、ベルチャー、トム・クリッブと。そして話はホルボーン地区にあったクリッブのパブでの情景に、つまりバイロンが日記で言及していたあの店での情景へと移る。

今宵は金曜日の夜、ホルボーンの時計は九時。長い部屋のはしのところに騎馬義勇隊の男がすわり、その周囲は彼の仲間たち。グラスを満たして大声で歌いだせば、その歌はこの場にピタリ、すべての心に響きわたる——こぶしを握り、腕を振れば、壁を飾る昔日の凄腕の拳闘家たち、ブロートンやスラックやベンの肖像画がついつい二ヤリと笑うかのようだ。

こうした記述だけからでもボクシングに寄せるボロウの熱い想いを十分に感じとることができるだろうが、同じ小説の第二四章にもうひとつの重要な記述がある。語り手つまりボロウがある地主のところへ使いに行ったときの会話である。

「おまえさんの言う通り、ボクシングは高貴な芸術だよ——まさしくイギリスの術だ。イギリス人がそれを恥じたり、イカサマ師や悪党どもがそれに泥を塗るようなことをする日が来んことを願うよ！わしは治安判事だからあまり大っぴらにその応援はできんが、それでもときおりは賞金つきの試合を見る。ゲイム・チキン［一八〇五年のチャンピオン、ヘンリー・パースのこと］がガリーを倒すのは見た」

「ビッグ・ベンはごらんになりましたか?」

「いや、なんでそんなことを聞く?」

語り手は地主のこの最後の質問には答えていないが、ビッグ・ベンという拳闘家のことを聞いたのには確かな理由がある。語り手つまりボロウの父はたたき上げの軍人であったが、腕っぷしは相当に強かったらしく、ロンドンのハイド・パークでこの拳闘家（本名はベンジャミン・ブレイン）と殴りあいをして引き分けているからだ。語り手の質問はおそらくその父のことを持ちだしたいがためのものであったろう。『ラヴェングロウ』の第一章における回想によると、この拳闘家は、父との対決の四ヶ月後に、「英雄的なジョンソンを破って、イングランドのチャンピオンになった。しかし、ああ、その四ヶ月後には、度重なる試合で受けた恐ろしい打撃のために疲れ切って、彼は私の父の腕に抱かれて息を引きとってしまった――最後の頃になると、父はビッグ・ベン・ブレインに聖書を読んでやっていた」。摂政時代のボクシング全盛期の頃のことをひとつの歴史小説として描き、ボクシングを美化せざるを得なかったコナン・ドイルに対して、ボロウにとってはそれが体験の一部を構成していたということである。そして、中流階級の価値観に同化しようとしたドイルと違って、生涯イギリス社会のマージナルな場に身を置き続けた彼にとっては、ボクシングは個人的な懐旧の念の対象であればそれでよかった。何よりも、それは〈強い父〉の思い出と結びついて、ある種の英雄崇拝の核にすらなっていたように感じられるのである。ドイルにとってのボクシングとは、少なくとも個人的な次元では、〈弱い父〉からの脱却を示す身振りであったのとは対照的に。

3

ボクシングがボロウという作家にとってもつ意味は、しかしながら、決してそこに尽きるものではなかった。彼本人にもその心得があったのである。父のボロウ大尉が所属していた西ノフォーク義勇軍は、ナポレオンによる侵略への不安がなくなった一八一六年に解散となり、大尉は一日八シリングの恩給を得て、妻と二人の子供とともにノフォークの中心であるノリッジの町に腰を落ちつけることになった。

この町の南の郊外に住んでいたジョン・サーテルという人物が、ボロウのボクシングの先生になる。このサーテル家はなかなかの名家で、ジョンの父は市の参事会員やのちには市長まで務めたほどの人物であった。ウイリアム・ナップの『ジョージ・ボロウ、その生涯と著作と書簡』(一八九九、二巻本)の説明を借りるならば、「息子のジョン・サーテルは戦争から戻ってきたばかりで、商売に従事していた。彼はスポーツマンであり、拳闘家たちの友人であったが、本人もなかなかのボクサーであった。ボロウはこのサーテルにすっかり魅了され、こぶしの使い方を教えてもらった。というのも、ボロウ少年は父が昔ボクシング好きであったことを知っていて、ときにはグローヴをつけてみるのを義務と感じていたからだ」。二人が出会ったときジョン・サーテル(一七九四―一八二四)のほうは二二歳、ボロウ少年のほうは一三歳であった。当然ながら少年はこの先生に付いて、賞金つきの試合を見に行っているし、ハーバート・ジェンキンズの『ジョージ・ボロウの生涯』(一九一二)によれば、有名なジプシーの拳闘家タウノ・チノにも相手をしてもらったりしている。

それだけのことなら問題はないのだ。以上のことはボロウ少年の趣味の問題ということにとどまったはずである。それがそうならないのは――ボロウの責任ではないのだが――のちにジョン・サーテルが一九世紀の最も有名な殺人犯のひとりになってしまうからである。つまり、賞金つきの試合、賭け、イカサマ、殺人という最悪の系列を生き抜いてしまうからである。そのことを考えあわせると、先ほど引用した『ラヴェングロウ』の第二四章の地主の言葉が奇妙に切実な響きをもってくるのではなかろうか。ボクシングの栄光と衰退を思い返す一節にしても、ボロウの表白しきれない想いをどこかにひそませているように感じられないだろうか。『ラヴェングロウ』は誇張と潤色のすぎる自伝という評価を受けることが多いのは確かであるが、逆に抑圧され変形されてしまう部分もありうることを忘れるべきではない。

批評家レズリー・スティーヴンの編集した『国民伝記辞典』は、『オックスフォード英語辞典』とならんで、ヴィクトリア時代の巨大な知的遺産であるが、歴史上の有名な犯罪者についての情報となると、おおむねこの辞典が必要にして十分なことを教えてくれるので、それによって基本的な事実を確認しておくことにしよう。それによると、布地業に失敗したサーテルは一八二〇年頃ロンドンに出てゆくが、各種のスポーツにからむ賭け屋などとつき合いを始めてしまう。「大変に屈強な体格であった彼は、自分自身腕のいい素人ボクサーでもあったが、賞金つきの試合のセコンド役をよくつとめていた」。一八二二年には宿屋兼飲み屋を開業、その翌年には倉庫の火事による保険金二〇〇〇ポンドを入手するもの の（保険会社は本人による放火だと主張した）、またたくうちにギャンブルでなくしてしまう。このときイカサマで金を巻きあげた男のひとりが、事務弁護士のウイリアム・ウィアという男であった。サーテルはひどく腹を立てたが、表面上は和解するふりをして、プロバートという友人のところでの狩りにこの弁護士を誘いだすことに成功する。それは一八二三年一〇月二四日のことであるが、途中でサーテルはこの弁護士を拳銃で撃つ。「彼は二輪の軽馬車から飛び降りたが、サーテルは拳銃の台座で彼を気絶させ、最後に喉を切った。死体はその夜プロバートの家に運ばれたが、結局二マイルほど離れたところにある『緑の沼地』に捨てられた」。しかし事件から四日後には、彼はボウ街の捜査係であるジョージ・ルスヴァンによって逮捕され、翌一八二四年一月九日に死刑となった。

この殺人事件は、その残虐さのゆえに、それにもかかわらず「毅然とした」ジョン・サーテルの態度のゆえに、出版業者ジェイムズ・カットナックによって瓦版化されて（彼はそれによって五〇〇ポンドを得たという）、あるいは劇化、詩化されて大評判となった。当然雑誌や新聞でも取り上げられた。批評家ド・クインシーまでもが、有名な評論「芸術のひとつとしての殺人」（一八二七）の中でこの事件に触れ、その粗暴きわまりない残酷さのゆえに、「サーテル氏の事件については、評すべき言葉をもたない」と述べているほどなのだ。いずれにしても、この殺人事件が拳闘、賭け、犯罪のあまりにも密接な結びつきを改めて人々に思い知らせたことは疑い得ないのである。そうした連想が強力に働いている風土の中で、ジョージ・ボロウにどうしてこの殺人犯との関係をおおっぴらに口にすることができたろうか。

そのことを念頭に置いたうえで、『ラヴェングロウ』の第二四章に戻って、ひとつの謎解きを試みることにしよう。この章の結びのところに、例の地主と語り手の次のような会話が置かれているのだ。賞金つきの試合をするために土地の使用許可を求めに来た男が、帰っていったあとの場面である。


「誰かね、あの男は？」と、彼が私の方を向いて質問した。

「ぼくの住んでいる土地ではよく知られたスポーツ関係の人です」

「きみを知っておるようだったが」

「ときどきグローヴをつけて対戦しますので」

「あの男は何という名前だね？」

次の章にゆくと、話は別のことになってしまうので、この最後の問いに対する答えは作品の中にはない。しかし語り手ボロウの消してしまった名前を推測することはできる——すなわち、ジョン・サーテルである。

4

私生活においても、作家としてもボクシングに関わったこのジョージ・ボロウという作家が今日文学史の片隅にかろうじて名前をとどめているのは、ジプシーの生活と風俗を間近から描いた作家としてである。しかし、今もし視点を逆転させ、従来の正統的な文学史の読み直しの作業の一環としてジプシー文学なるものを考えるとするならば、その中でもとりわけ大きな位置を与えられるのは、間違いなくこのボロウであろう。そうした気運もいくらか関係してのことなのか、一九九一年の七月にはイギリスでジョウジ・ボロウ協会が設立された。

ボロウという作家の特徴を要約することは、見方によっては、大変簡単である。全十六巻からなる全集は、みずからの体験に依拠した、多分に自伝的な著作と翻訳からできているからである。そして、その両方をつらぬいているのがジプシーへの関心なのだ。しかし、当然のことではあるが、この確かに間違いとは言えない要約はボロウについては何ひとつ教えないに等しい。たとえば翻訳とひと口に言っても、それでは何を翻訳したのかという疑問がすぐに生ずるからである。

ボロウはノリッジ時代にその土地の生んだすぐれた博言学者ウイリアム・テイラーからドイツ語の手ほどきを受けているのだが、この博言学者が一八二一年に書いた手紙のなかに次のような一節がある

（このときボロウは一八歳で、法律事務所で働いていた）。

ノリッジの青年が今私のところで一緒にシラーの『ヴィルヘルム・テル』の訳読をやっていますが、翻訳して出版するつもりのようです。彼の名前はジョージ・ヘンリー・ボロウと言いますが、目をみはるような速さでドイツ語を修得してしまいました。確かに彼には語学の天才があるらしくて、まだ一八歳にもなっていないのに、英語、ウエールズ語、エルス語、ラテン語、ギリシャ語、ヘブライ語、ドイツ語、デンマーク語、フランス語、イタリア語、スペイン語、ポルトガル語の十二の言葉を理解します。

要するにボロウは一種の語学の天才であったと考えていいだろう。彼の修得した言語はここに挙げられているものには尽きなかった。一八三二年にロンドンの聖書協会での仕事に就こうとしたときには、わずか半年足らずで満州語を修得し、その文章を英訳できるまでになっている。そしてその能力を生かして、セント・ペテルスブルクで進行していた聖書の満州語訳を手伝うために、聖書協会からロシアに派遣され、ついで一八三五〜四〇年にはスペインにも派遣されることになったのである。ボロウが熱烈なキリスト教の伝道者であったと考える理由はないが、一八四〇年にサフォークのウールトンに屋敷を求めて落ち着くまでの彼の彷徨が、聖書の頒布という目的をもっていたことは事実である。実際にはその旅の多くの部分が、語学の修得とジプシーとの交流のために費やされたにしても。

一八三五年にセント・ペテルスブルクで出版された『タルグム』という翻訳詩集には、彼の語学力がいかんなく発揮されている。そこでの彼はアラビア語、トルコ語、ペルシヤ語、中国語など合計三十の言葉からの翻訳を試みているのだ。その中にはプーシキンの詩も数編含まれているし、ロマニー語すなわちジプシーの言語からの訳詩もひとつ含まれている。もちろんそれらの訳詩の語学的な正確さに疑問をさし挟むことはできるだろうが（たとえばマーティン・アームストロング『ジョージ・ボロウ』、一九五〇）、大切なのは、むしろこの語学力によって、ボロウがイギリスの社会の中の一種の異物と化してしまうということのほうであろう。彼にはいわゆる有名な文人との交流はない。もしそれがあれば、彼はイギリスの社会の中で十分に珍重される存在になっていたかもしれないが、彼はそうなる趣味を持ちあわせなかった。彼が選びとったのは、イギリスの社会のマージナルな領域につねに身を置こうとする生き方であった。

彼とジプシーとのつきあいは、そのような生のスタンスが明確になる以前にすでに始まっているにしても、その生のスタンスと相互強化しあう関係にあったと思われる。ジプシーに対する関心は単なる好奇心でも、民俗学的な情熱でもなかった。『スペインのジプシー』（一八四一）の序文にある、「著者の主張するところは読書の結果というよりも、丹念な観察の結果であって、著者はずっと以前から、ジプシーは本の中で、少なくとも彼らについて書かれたと思われる本の中で研究すべき人々ではないという結論に達していた」という文章は、彼の姿勢をよく示しているだろう。ボロウにとってのジプシーとは共に暮し、共に放浪すべき人々であったのだ。彼はその語学力を生かしてロマニー語を理解し、その口誦詩を英訳し、語彙集まで作りあげた。一九世紀のイギリスに限らず、西欧の各地で被差別民としての扱いをうけてきた彼らに対する没入は、確かに彼をきわめて特異な作家にしあげている。詩人マシュー

・アーノルドや小説家ジョージ・エリオットが彼らの放浪性に対して示したロマンティックな関心とはまったく別のところで、彼はジプシーの生活の中に踏み込んでいったのだ。彼の自伝的な作品のいたるところにジプシーの話が登場するのは、まさしくそれが彼にとっての日常であったからにほかならない。彼はジプシーが被差別民として、制外者として、しばしば犯罪と結びつけられることを十分に承知していたが――その偏見を最も効果的に利用しているのが実はホームズ物語なのだが――だからといって、その反対の極から彼らを弁護するということはしない。

著者は一般の人々の関心がジプシーに向くようにしたいと願っている。しかし真実を隠したり、嘘と言ってよいほどにねじ曲げたりして、彼らのためにロマンティックな訴えをするというやり方をしないで、そうしたいと思う。著者は以下の頁で彼らの犯罪を誇張したり、それにありもしない美徳を塗りつけたりしないで、知っているがままのジプシーの姿を描いた。（『スペインのジプシー』）

これはボロウのジプシー文学全体を貫く決意である。彼の作品はジプシーと一緒に暮した人物の体験談となっている。

言うまでもなく、ジプシーとは差別的な名称であって、ヨーロッパの人間が色の浅黒い彼らの出身地をエジプトであると誤解したところに端を発している。彼らは自分たちのことをロマニーと呼んだ。ロムとは人間の意である。ボロウはこうした事情を十分に理解したうえで、次のような意見を述べている。「学者たちは、彼らの話す言葉からして彼らはインド起源であるとしているが、確かに彼らの使う語の多くはサンスクリット語である。……さしあたりは、彼らがどの国から来たにしても、インドとエジプトのいずれから来たにしても、彼らが人間であって、不滅の魂をもっていることは疑い得ない」。ちなみに、ジプシーのインド起源説は今日でも有力な説である。定住地を持とうとしないがゆえに一九世紀の市民社会の外側におしやられてしまった彼らは、貧富のさまざまの階層に分化したにせよ、ともかく都市に定住しようとしたユダヤ人とは著しい対照をなしている。さらに言えば、彼らはしばしば農村の風景の中を横断してゆくものとして存在したと言うこともできるだろう。ボロウはそうした人々の生活の様子、職業、掟、婚礼、言葉などを丹念に書きとめていったのである。『スペインのジプシー』、『スペインの聖書』（一八四三）――これは聖書協会の一員としての体験を、奇想天外なエピソードをまじえて語ったもの。彼の作品の筋はほとんど要約不能であるが、それはデフォー流の挿話羅列式のピカレスク小説が手本として意識されているからでもある。さらに『ラヴェングロウ――学者、ジプシー、牧師』（一八五一）とその続編の『ロマニー・ライ』（一八五七）、『野生のウエールズ、その人と言語と風景』（一八六二）。これらのいたるところにジプシーが登場する。いや、すでに本のタイトルそのものがそのことを示しているのであって、彼の編集した語彙集『ロマーノ・ラヴォリル』（一八七四）によれば、ラヴェングロウとはロマニー語で言葉の達人、ロマニー・ライはジプシーの紳士という意味をもっているのである。

5

話をイギリスのジプシーに絞ることにしよう。ボロウは彼らについて次のように述べている。

イングランドでは、男のジプシーはすべて博労となり、ときおり余分な時間を百姓のスズや銅の日用品をなおすのに使う。女は占いをする。普通彼らは村や小さな町の近くの道のそばの、生垣や木のかげにテントをはる。イングランドの気候が美とよく合うことは広く知られているが、この国の場合ほどジプシーの姿が映えてみえる土地は世界のどこにもないだろう。……競馬場には必ずジプシーがいる。そうでない騎手がいるだろうか。ひょっとするとイングランドの騎手制度は、そして競馬そのものも彼らに起源があるのではないか。騎手になるというのは本来は鞭をあつかうという意味であるし、騎手（ジョッキー）という語自体が、ふだん彼らの使う強力な鞭をさす言葉を少し手直ししたものにすぎないのである。

この説明でゆくならば、イギリス人が自国のスポーツとして愛好してやまない競馬にしても、ジプシーという他者に支えられていたことになるはずである。つまり、競馬に関わる話のでてくるところには必ずジプシーの影があるだろうということだ。逆にそこでジプシーへの言及が見当たらないとするならば——現にホームズ物語には競馬の話は繰り返しでてくるが、この職業上のつながりについてはいっさい触れられていない——、彼らの存在が抹消されていると考えてもいいだろう。競馬の話を中心にすえた「シルヴァー・ブレイズ号事件」（『ストランド・マガジン』一八九二年一二月号）にすら、ジプシーの介在について何らの言及もないというのは、作者ドイルの姿勢を特徴的に映し出しているとも考えられるのである。やはり彼には、ジプシーを好ましからざる犯罪的な人種とする偏見があったように思える。「プライオリ学校」における ジプシーは誘拐犯ではないかと疑われるし、「まだらの紐」では殺人の疑いをかけられ、偏見にみちた扱い方を受ける——そしてそのこと自体が作者ドイルの姿勢と照応しているように思えるのだ。

ボロウの体験の中で、もうひとつジプシーと密接に結びついていたのが拳闘である。

彼らはまた賞金つきの拳闘のリングに上がるのが好きで、ときには、拳闘試合と呼ばれる残酷にして不名誉な見せ物のメイン・イヴェンターとしていささか名をなすこともあった。イギリスのジプシーについては実にいろいろなことが書かれているはずだが、いずれの作者も一般論に走りすぎる。彼らはジプシーの手をとって、群衆の中から引きだし、試合場で人々に見せるのをこわがってしまう。しかし、ジプシーの試合ぶりは見るに値するのだ。

このあとボロウは一四歳の時に見た賞金つきの試合について語るが、「そこには恐るべきサーテルもいた」。試合をとり仕切っていたのは彼であった。しかも彼はジプシー・ウィルという名の拳闘家の後押しをしていたが、この男はあまりにも強すぎて相手になる者がいなかった。これは『スペインのジプシー』の中に紹介されている出来事である。

このボクシング／ジプシーという隠喩連関に対するドイルとボロウの反応の仕方を見てゆくと、この二人の作家の資質の違いがあざやかに浮上してくる。それはヴィクトリア時代の中流の価値観に身をすりよせようとした作家と、あくまでも制外者としての姿勢を固持しようとした作家の違いでもある。私の関心はこの二人を対比させてその優劣を云々することにはない。ここで力説しておきたいのは、ヴィクトリア時代とはこのように対照的な二人を抱え込むほどの息の長い、奥の深い、得体の知れない時代であったということである。その時代のマージナルな部分には、ジプシーと暮したジョージ・ボロウという語学の天才がいた。その時代の華やかな光のあたる部分にいたコナン・ドイルは、行き場のないジプシーに領地を提供し、「放浪のジプシー以外には友をもたない」というロイロット博士を発明した。博士はときには「たて続けに数週間も」ジプシーと旅をした。彼はインド、つまりジプシーの故郷での生活経験をもち、インドの動物を愛し、ジプシーの商売仇であったはずの村の鍛冶屋を投げとばすほどの力持ちであった。ボロウならばこの博士をジプシーのような男と呼んで、ある種の敬意を払ったかもしれない。しかしドイルがこの想像上のジプシーと暮した男に与えたのは、殺人者という役割でしかなかった。ドイルという作家は、ジプシーと暮した男をそのように見る制度の側に立っていたのである。

笑うシャーロック・ホームズ

1

しかしながら、話はこれだけでは終わらない。というのは、内実はともかくとして、同じようにボクシングとジプシーという民族に関心を抱いたボロウとドイルの間にはもう少しねじれた関係が存在するからである。もちろん時代的なことを言うならば、これはドイルがこの特異な先輩作家に対して抱いた微妙な心理の問題ということになるのだろうが。

ドイルの長編小説『デュエット』（一八九九）の中には、その主人公について、「……ボロウの『ラヴェングロウ』も彼が大事にしている文学作品のひとつであった。この屈強なイースト・アングリア出身の作家は、半ば賞金稼ぎのボクサーにして、半ば伝道者であったこの作家は、彼がとくに愛好してやまなかった人物のひとりである」というくだりがある。この要約的な言い方がジョージ・ボロウという作家の特徴を正確にとらえているかどうかは別にして、ドイルが彼に興味を抱いていたことは間違いない。そのことを更に正確に教えてくれるのが、読書論のかたちをとった『魔法の扉を抜けて』（一九〇六）である。そのうちの一章がボロウのために割かれているのだ。ドイルによれば、彼はコーンウォール出身の、きわめて非イングランド的な作家で、作品の数は少なく、「これでは大きな名声を博するには数が少なすぎるが、英語で書かれた本の中でこの四冊と同じものを見つけるのは不可能だろう」。ドイルが大きく評価する点のひとつは、彼が「人生の大きな神秘と驚異に対する感覚――すぐに鈍ってしまう子供の感覚――を生涯もち続けることができた」ということであった。これは、ある意味では、ドイル本人にもあてはまる評言としていいだろう。彼もまた妖精、心霊術、科学の発見への関心を生涯にわたってもち続けることになるのだから。さらに彼はボロウの文体にも強い魅力をおぼえたようである。「その文章に鳴りわたるオルガン的な響き！　力強く、たくましく、生き生きとした調子！」しかし、何と言っても、彼がいちばんの関心をかきたてられたのはボクシングの記述であった。『ラヴェングロウ』にみられる有名な拳闘家たちについての記述を長々と引用したあとで、ドイルは次のようにコメントしているのである。

古くから脈々と受けつがれてきたわれらが闘士の血の失われることのなきことを！　平和な世であれば、われわれの性質の中から闘士の血を消し去ることもできるだろう。だが現在のように徹底して武装する世界にあっては、これだけがわれわれの未来の唯一最後の保証となるだろう。われわれの数も富も、われわれを守ってくれる海も、もし心から鉄の筋金が消えたら、安全を保証する役には立たない。闘士の血などはたぶん野蛮なものだろう。しかし野蛮には可能性がある。柔軟さのみでは、広い世界のどこにも可能性を見つけることはできない。

ボクシングに対する彼の姿勢がつねに一貫していることを物語る一節と言うべきだろうか。そしてこのすぐあとには自作の『ロドニー・ストーン』の話が続くのである――あるプロの拳闘家がこの小説に大いに感激した、と。

特徴的なのは、『デュエット』においても、『魔法の扉を抜けて』においても、ボロウに言及するさいの関心がほとんどボクシングのことに限られていて、ジプシー問題はほとんどと言ってよいくらいに欠落しているということだ。その意味では、彼はボロウとの間に明らかな距離を置いていたのである。しかし、そのことはこの二人の作家の関係が単純明快であったことを意味するものではない。ドイルのほうがこの先輩の作家に対してある種のアンビヴァレントな感情を抱いていたことを示す作品に、「借りてきた場面」という短編がある。その原題を英語で示せば Borrowed Scenes、つまりボロウ化された、ボロウ的に描いた場面ということである。この短編は、ドイルの数多い作品の中でもおそらくきわめて例外的な位置を占めるものであって、先輩作家の文体と着想の正面切ったパロディになっているのである。ドイルという作家はこと文体に関しては決して器用と言えるひとではないし、その結果、パロディと言えるような作品はまず見当たらないのだが、この短編は私の知っているほとんど唯一の例外である。その書き出しが何ともおかしい。

しかり、私はやってみた。私の経験は他の人にとっても面白いものかもしれない。そこでまず、私がジョージ・ボロウに、とくに彼の『ラヴェングロウ』と『ロマニー・ライ』に惑溺し、考えることも喋ることも生き方もこの師匠のそれを丹念に手本にし、ある夏の日のこと、この二冊の本で読んだ生活を実際に送るためについに旅立ったと想像していただきたい。

何の変哲もないパイプの絵の下に、これはパイプではないと記入することが許されるのであれば、パロディ小説の冒頭にこれはパロディであるという趣旨の但し書きがついていたとしても別におかしくはないのかもしれないが、それにしてもここに感じとれるのは、正直な不器用さとでも形容すべきものであろう。それは、洗練されたイギリス風のユーモアとは縁遠い世界で成立する何かである。別の言い方をするならば、ドイルが作りだしてしまう笑いの空間は、ワイルドやマックス・ビアボームやジョージ・デュ・モーリアの手になる都会的なそれとくらべると、いかにも武骨な印象を与えるということだ。しかし、だからと言って、それが世紀末の一般の読者にまったく受けなかったとは思えない。むしろドイル的なユーモアの方が一般的なレベルに合致するものとして歓迎された部分もあったのではないだろうか。たとえばジェローム・K・ジェロームとロバート・バーの編集していた月刊誌『アイドラー（閑人）』（一八九二―一九一二）の頁に組み込んでみると、彼のユーモアもそれなりの冴えをもつように見えてくるのである。

ベルグソンの規定した都会的な笑い、フロイトの精神分析的な冗談（私は「機智」ではなく、「冗談」という訳語をあてる）、バフチンのカーニヴァル的な転倒力のある笑い、そしてホッブスの優越の笑い——ドイルのユーモアは素朴にしてかつ武骨であるために、おそらくそのどれにも属さないものの、逆にそのために、最も身近で平均的な笑いにつながる。それは〈笑いの文学〉として取り上げるほどの示差性をもたないために、逆にどこにでも存在する平均性の魅力をもっているのである。彼はホームズの笑いではなく、つねにワトソン博士の笑いを、凡人の笑いを生みだしてゆくのである。

「借りてきた場面」からさらに幾つかの例を抜き出してみることにしよう。

私はロンドンを発つ前にボクシングのレッスンを何度か受けていたので、体の大きさといい、年格好といい、一戦をのぞんでみたくなるような旅人に出くわしたら、イングランド古来の様式にのっとって上半身裸になり、勝負をつけてみようともちかけようかなという気分になっていた。

私は言った。「ロング・メルフォードと言ってもタバコのことじゃないので――念のため。私の言っているのは、我らが祖先が何よりの誇りにしていたボクシングの芸術及び科学のことで、偉大なるガリーのように何人かの有名教授は、国のいちばん偉い地位に選ばれたでしょうということ。イングランドの拳闘家の中には実に立派な人格のひともいて、とくにヘリフォードのトム、通称トム・スプリングの名前を挙げたいね。もっとも本名はウインターだったらしいけれど」。

大切なのは、ここにあるユーモアの質が低いということではない。それがつねにある一定のレベルにあって、それに適合する読者を求めているということなのだ。

この物語の語り手は、「師匠ジョージ・ボロウ」をまねて、アイスランドのサーガの一節から、ローペ・ド・ベーガ、カルデロン、中国からペルシヤの詩人にいたるまでを引用してみせ、ついにジプシーにめぐりあう。「彼女の外観から察するに、彼女は競馬場やその他の人の集まる場所で、師匠の言葉にあるごとくダケリングをする、つまり占いをすることによって生活を支えている人々のひとりかと思われた」。思われたどころか、語り手はそう信じてしまうのだが、あとのところで彼女はホップ摘みの女であることが判明する。この展開に笑えないひとは笑う必要はない。笑えるひとは勝手に笑うだろう。そのうえで注目したいのは、ボロウの主題としてあったジプシー問題を、ドイルがこのようなかたちで回避してしまっているという点である。どの方向からボロウに近づく場合でも、ドイルの視野からはジプシーの実生活が欠落し、その空白に偏見の対象としてのジプシーが鎮座してしまうのである。

2

それにしても、ドイルのユーモアの特徴をこのようなものとしてとらえることが可能だとすると、ホームズ物語の読みとりにも、そのことが影響してくるのではなかろうか。ドイル的な平凡かつ平均的な笑いの仕掛けがいたるところに存在しうるものだとすると、ホームズ物語のみがそれから自由であるとするのは、いかにも無理な話であろう。われわれは名探偵ホームズの推理の効果のほうにのみとらわれて、たとえばそれのもつ記号論的な意味などをあまりにもっともらしく詮索しすぎるのではないか。ホームズ物語は、本来は——とは、つまり、作者と同じレベルに眼を置いてみるという、論理的には正とも否とも言いがたい試みをしてみるならば——実に奇妙な、ドイル的な意味でのユーモアを多分に含んでいるのではないだろうか。

たとえば「赤髪連盟」に見られる幾つかのアイディア。真赤な髪のユダヤ人の質屋がブリタニカ百科辞典の項目をAから順に筆写している場面を想像してみると、やはり笑えるのである。当然犯人たちも笑ったであろう。いや、探偵とワトソン博士ですら笑っているのだ。「シャーロック・ホームズと私はこの単純明快な文句とその向こうにある悲しげな顔をみつめているうちに、事態のコミカルな側面のせいで他のことをすっかり忘れてしまい、二人で同時に笑いころげてしまった」。

要するにドイルは二人が笑いころげるような話を書いた、つもりであったわけである。今日の読者の中に果たしてこの二人と同じように笑えるひとがどれだけいるだろうか。そもそもホームズ自身がよく笑うということを想い出してみる必要がある。「ホームズは、機嫌のよいときによくやるように、クスクスと笑うと、椅子の中で身をよじった」。探偵は、間違いなく、あるところまで、笑う男として造型されているのだ。にもかかわらず、われわれの意識の中で彼と笑いとが容易に結びつかないのは、ひとつには、作者ドイルの筆力と技巧とに責任があるだろう。

しかし最大の責任は、私の考えでは、挿絵画家のパジェットにあると思われる。探偵のイメージを固定するのに最大の貢献をした彼は、考えてみれば奇妙なことであるが、笑うホームズを描かなかった。彼の挿絵に登場するホームズは、ほとんどつねに捜査し、戦う探偵であって、笑うホームズではない。それ以外のほとんどは犯罪の場面に関係している。白と黒のコントラストからなるそれらの挿絵が、必要以上に真面目で荘重な雰囲気をかきたててしまうのである。パジェットの挿絵の中では、気のいいハドソン夫人など占めるべき場所がないに等しいのだ。彼の挿絵は、ホームズ物語の世界に必要以上の犯罪の雰囲気を与えてしまい、それが殺人で充満しているかのように錯覚させてしまうのである。おそらくそのために、「踊る人形」に登場する暗号人形のユーモラスな身振りなどすぐに忘れられてしまうのだ。『バスカヴィル家の犬』にも散在するユーモアなど、想い出そうとしても想い出せなくなってしまうのだ。

3

ドイル流の笑いの仕掛けがテクストの表面にそれと分かるかたちで露出している作品といえば、長編小説の『デュエット、合唱付』ということになるだろうか。この作品は作者名がついていなければ、とてもドイルの手になるものとは識別できないに違いない。そこに描かれているのは、一組の中流の男女が結婚し、夫婦の生活をいとなみ、最初の子供をもうけるにいたる経緯であるのだが、しかし情熱的なロマンスというわけではないし、また複雑な人間模様を描く風俗小説というわけでもない——適度に幸福な夫婦の生活を描いた、ほとんど駄作という以外にはジャンル分けのしようのない作品なのだ。作者自身は一九〇一年版の序文において、「私の目的とするのは、このペシミズムの時代に、美しく、しかし素朴なものでありうる、現にしばしばそうしたものである結婚を描きだし、人生の平凡な出来事が愛の光によって彩りをおび、なごやかなもの、栄誉あるものとなるようにすることである」と何の嫌味もこめずに述べている。ホームズ物語の作者の言葉とは信じがたいかもしれないが、これもまた確実に作家としての彼のひとつの側面ではあるだろう。

作品の内容を少し追いかけてみることにする。主人公のフランク・クロスは二七歳、シティの保険会社で経理を担当する典型的な中流階級の男で、年収は四〇〇ポンド。妻となるモードは父からもらった持参金一〇〇〇ポンドを預金していて、その利子が年に五〇ポンドになる。(世紀末の年収五〇ポンドは、夫婦と子供二人の労働者階級が見苦しくなく暮してゆける金額である)。この二人は新婚早々郊外に家を借りて、使用人を三人雇うという設定になっているので、まさしく中流に位置すると考えていいだろう。

最初のところは、作家ドイルとしては大胆な構成になっている。というのは、婚約時代の二人がやりとりするラヴ・レターの形式を採用しているからだ。それはあまりにも典型的な〈愛の手紙〉になっているので、今読むといささか辛いところもあるのだが、次の章ではウエストミンスター寺院でのデートが描かれ、その次は何の障害もなく結婚式へと展開する。指輪の渡し方、牧師への謝礼の渡し方が説明され、誓いの言葉が詳しく紹介される。次の章は、新婚旅行先のブライトンのホテルでの行動について——と、ここまで話の筋を追ってくると、この『デュエット』なる作品が一体何を狙っているのかがはっきりとしてくるだろう。要するにこれは、中流階級の新婚生活のガイドブック小説なのだ。このようなアイディアを思いつき得たこと自体が、ドイルのユーモア感覚の勝利としていいかもしれない。ここにある紋切型の過剰は、好意的に解釈すれば、それ自体がひとつのユーモアだとも言えるのである。新婚の二人が作成する協約集には、もちろんオスカー・ワイルドの警句のような耀きはないものの、いかにもドイルらしい笑いを感じとることができる。全二〇項目からなる協約のうちから幾つかを書き抜いてみることにしよう。

* 結婚してしまった以上は、それを最大限に活用するほうがよい。
* 同時に揃って不機嫌にならないこと。自分の順番を待つこと。

＊いつまでも互いに愛しあうためには、いつまでも互いに尊敬しあうことが必要。女は尊敬なしでも愛せるが、男はそうはいかない。
＊人前で喧嘩するよりも悪いことはひとつしかない。それは抱擁しあうこと。
＊幸福になるためにはお金は不可欠ではないが、幸福な人々は普通は十分に持っている。
＊したがって、貯金をすること。
＊最も簡単に貯金をする方法とは余計なものを持たないこと。
＊それができないなら、妻なしでいるほうがいい。

名探偵の創造主としては、ここにある男の身勝手な論理の矛盾を楽しむというのは造作のないことであったと思われる。

しかし、この帰属すべきジャンルをもたないようにみえる作品が、新婚生活のガイドブック小説とでも言うべきものだとすると、当然そこにはトラブルの処理法の見本も書き込まれていなくてはならないはずである。そして確かにそれにあたるものが書かれている。たとえば結婚前の互いの交友関係についての嫉妬。夫が気軽に他人の保証人になってしまったことから生じた金銭トラブルの処理。貯金のためということで手を出した慣れない株の売買の失敗談。そうした一連のユーモラスな挿話は、新婚夫婦にとっての、べからず集とも解釈することができるのである。そして夫の厄介な女性問題の後始末の方法も、最後の挿話とともに例示されているのである。

さらに新婚の妻向けの教訓も用意されている。そのひとつは、ヴィクトリア時代後半の中流の女性のバイブルと化していたビートン夫人の『家政読本』（一八六一）の利用法についてである。新婚の夫婦の間に次のようなやりとりがある。

「家政のことについて、イングランドの誰にも負けないくらい知りたいの。ビートン夫人と同じくらい知りたいの。最初から終わりまで全部の頁をマスターしたいから」

「だって、一六四一項目もあるのに」とフランクは、その本をめくりながら言った。

「わかってます。終わらないうちにきっとお婆さんになった気分になるわ」

結論としてでてくるのは、この本に縛られる必要ないという判断である。どうやらドイルはここで問題の『家政読本』ブームを、つまりマニュアル主義を茶化しているらしいのだ。もちろんその茶化し自体がひとつのガイドブックの中に含まれているという矛盾はあるのだが、その点は今は問わないことにしよう。もうひとつの教訓は女性の教養をめぐってのものである。だが、この場合にも行きつくところは茶化しであって、三人の女が「ブラウニングの会」なるものを作ってこの難解な詩人を読もうとするのだが（事実、同名の団体が実在した）、最初の会合のみで挫折することになる。これは暇をもてあました中流の女性のエセ教養の追及をいさめたものと読むこともできるし、女性蔑視の心情を抱えていた作者の正体がちらりとのぞいた部分とも言えるだろう。さらにこの部分には、ヴィクトリア時代の文学道徳を典型化した――あらかじめ断わっておくならば、このように典型化すること自体が、反ヴィクトリアニズムの紋切型と化した批判のしかたなのだが――次のようなやりとりがある。

モードはシェイクスピアはどうでしょうと言ってみたけれども、ハント・モーティマ夫人は、あれは大部分品位のないものだと答えた。

「そんなこと問題になるかしら？　私たち、みんな結婚しているのに」と、ビーチャー夫人。

「でも、問題なしとは言いきれないのじゃないかしら」と、ハント・モーティマ夫人は頑張ったが、彼女は礼儀とか品位といったことについては極右に属しているのだ。

「だって、バウダラー氏がシェイクスピアを完全にリスペクタブルなものにしてくれたじゃありませんこと」と、ビーチャー夫人がやり返す。

「あの人の検閲のしかたは不注意すぎますよ。省いてしかるべきものをたくさん残したり、まったく害のないものをたくさん削ったり」

「どうしてご存じなの？」

「以前両方を手に入れて、削除された部分をみんな読んでみたの」

「なぜそんなことを？」と、モードが茶化しぎみに聞いた。するとハント・モーティマ夫人はピシャリとやり返した。「ちゃんと削除になっているかどうか確かめたかったの」

ここにあるのは、伝説化した偽善とそれへの茶化しと、おそらくは手垢のついていたこの冗談を書き込むことをユーモアとみなしたドイルという作家と、それをきちんとユーモアとみなしてくれた読者たちの幸福な共犯関係である。そのような共犯関係に寄生するのが、まさしく娯楽小説と呼ばれるジャンルなのである。

4

ドイルがどこからこのような着想を得るにいたったのか、私には分からない。地方から初めてロンドンに出てくる人のためのガイドブック、大陸の観光地のガイドブックを初めとして、その種のものが氾濫していた世紀末のことであるから、あるいはそういうもののひとつを参考にしたのかもしれない。しかし、ガイドブックを小説仕立てにするとなると――これはドイルの親しかった世紀末の代表的なユーモア作家ジェローム・K・ジェロームの得意とする形式であった。「初めに四人がいた――ジョージとウイリアム・サミュエル・ハリスと私とモントモレンシイと。私たちは部屋で煙草をくゆらせながら、互いに実に悪いことを話しあっていた――悪いと言っても、医学的にの話である、もちろん」と始まる『ボートの三人男、犬付き』(一八八九)は、英文学を代表するユーモア小説のひとつとしていいが、これはもともとはテムズ河の風物案内記として意図された作品であった。その続編とも言うべき『自転車の三人男』(一九〇〇)はドイツ旅行のガイドブック小説である。この三人組のユーモラスな旅日記という形式自体が、『パンチ』にリチャード・ドイルの連載した評判のシリーズから継承されたものであろうということはすでに述べておいたが、今度はどうやらコナン・ドイルのほうが、ジェローム経由で、叔父のユーモアの精神を継承しようとしたように思われるのである。『デュエット、合唱付』は、少なくとも幾分かは、『ボートの三人男、犬付き』から刺戟を得ているように思われるのである。

もっとも、世紀末の娯楽文学の中でジェロームの占めていた位置は、ドイルとの関係を云々するのみで語り尽くせるほど小さなものではない。特筆すべきは、一八九二年に発刊されたユーモアが売りものの月刊誌『アイドラー』の編集に参加し、同年の二月から一八九四年八月まではそれをロバート・バーと共同編集し、一八九七年一一月までは単独編集したということである。ドイルのユーモラスな自伝的作品である『スターク・マンロウの手紙』は単行本化される前に、実はこの雑誌に分載されたのだ。それだけではない。一八九三年の一月号には、「私の初めての本」というコーナーの第六人目として登場して、作家として売り出すまでの経緯を語っている。それによると、すでにパブリック・スクールの時代から話を作るのが好きであったようで、「雨の半休日など、私は机の上にのせられ、床に坐りこんで、あごを両手で支えた聞き役の少年たちに囲まれ、声がかすれるまで、我が英雄たちの悲運の物語を語ったりした」ということである。ドイルのこの六ペンスの月刊誌への寄稿は、すでに一八九二年三月号の短編「深みより」から始まっている。彼がこの雑誌の定期的な読者であったかどうかを断定するための資料を私は持ちあわせていないけれども、おそらくそうであったと考えていいだろう。そして、もしこの推定が正しいとすれば、ドイルの笑いはこの雑誌の読者あたりのセンスに訴えかけるものであったと想像していいのかもしれない。

それはそれとして、ここで興味深い問題が生じてくる。ドイルという作家を奪いあったかたちの『ストランド・マガジン』と『アイドラー』の関係はどうなっていたのだろうかということである。この点については、『ペル・メル・ガゼット』紙の編集長として腕をふるい、のちに『レヴュー・オヴ・レヴューズ』誌に転じた世紀末の代表的なジャーナリストであるW・T・ステッドの証言がある。彼によれば、『アイドラー』は「強力なユーモア作家陣を定期的なスタッフ」として抱えており、イラストも野心的であって、「『ストランド』は『アイドラー』という手強い敵をもつことになった」というのである（R・M・フォーロット『ジェローム・K・ジェローム』一九七四年による）。もっともこの評価から両誌の対立のみを読みとるのは早計というものである。なぜなら、たとえば『アイドラー』の一八九三年三月号には、十一枚の写真と四枚の挿絵を使ったジョージ・ニューンズについての、つまり『ストランド』の発行者についての長い好意的な記事が載っているからだ。ロンドンの郊外にある屋敷に、この編集者にして国会議員、リゾート地に鉄道の敷設までやってのけた人物を訪ねた記者は、彼のスポーツ談義に耳を傾けると同時に、編集の裏話を聞き出すことにも成功する。ニューンズによれば、一八八一年の一〇月に『ティット・ビッツ』紙を発刊したとき、

マンチェスターだけでも、二時間で、最初の号が五千部ほど売れましてね。私が不安一杯で知らせを待っていると、売り子たちが吉報をもって事務所へ飛び込んできました。そのときには『ティット・ビッツ』の成功間違いなしと確信しましたよ。その人気を伝える手紙もよくもらったものです。今でもよく手紙をもらいますが、とくにいろんな宗派の牧師さんからいただくことがあって、情報が多いし、役に立つし、何よりもその内容が清潔だからみんなに勧めていると。けれども、なかには国教会の牧師のひとで、『ティット・ビッツ』というタイトルには裏の意味がある、だとすると、批判しておかなくてはと思う方もあるようです。とにかくこのタイトルのおかげで、他の低級な文学と一緒にされてしまって、その意味では、名前のおかげで損をしました。

というわけである。また『ストランド・マガジン』の誕生についても、次のような証言をしている。

そのときに、昔から私の好きだったアイディアが頭に浮かんだのです——どの頁にも絵の載っている雑誌だ! というわけで。私は、今『ストランド・マガジン』の副編集長をやってくれているグリーンハフ・スミス君をやといましたら、外国の作家の翻訳を軸にしてゆこうと言うんですね。それで『レヴュー・オヴ・レヴューズ』が手を離れるとすぐに、私はこの新しい冒険に手をつけました。

この会見の最中にひとつの事件が起きる。ある男が、おそらく生活に困った挙句のことであろうが、絵を売りにくるのである。この事件が本当にあったものかどうかは別にして、それのもつ記号論的な意味はすぐに了解できるはずである。「どうやらひとりの紳士が——昔日の有名な文人の息子らしいが——有名な『ディッキー』・ドイルの美しい絵を何枚か見せに来たらしい。この人物はコナン・ドイル博士の親戚にあたる画家であった」。何気なく挿入されたこの話の中に、実にみごとにリチャード・ドイルとジェローム・K・ジェロームとコナン・ドイルが共存しているわけである。これなどは、ひょっとしたら、時代の作為と言うべきものかもしれない。

『ストランド・マガジン』と『アイドラー』は競い合いながらも共存する関係にあったと思われるが、両誌の性格の対照性をもう少しはっきりさせるために、後者の創刊第一号の内容に目を向けてみることにしよう。『ストランド』がジョージ・ニューンズの創刊の辞から始まっていたのに対して、『アイドラー』にはそれがない。いきなりマーク・トゥエインの小説『アメリカ人請求者』の連載第一回分がくるのである。しかもそれが、伝説的に有名なイギリス人の天気の話題好きを茶化すところから始まっているのだ。（ミケシュの『ガイジンになる方法』を想い出してみるとよいだろうが、それは今もなお生きている伝統である）。

この作品には天気の話が出てこない。これは天気なしで作品を書こうとする試みである。これは文学史上初の試みであるので、あるいは失敗に終わるかもしれないが、それでも勇猛果敢な誰かが手をつけてみるに値することであろうし、作者としても目下やる気マンマンなのである。

この断わり書きに続いて、聖書も含めて七つの天気の描写が引用される「付録」があり、それから第一章になるという趣向である。あえてポストモダンなと言う必要はない、このユーモラスな身振りによってこの雑誌は、みずからの特徴を明示しながら、スタートとするのである。

これ以外の内容はと言えば、二月の天気をうたった戯作詩があり、アンドルー・ラングの短編――ちなみに彼はコナン・ドイルの歴史小説を世に送り出すきっかけとなった人物である――、手書き風の文字で組んだ小品、ジェイムズ・ペインの短編、有名な政治家たちの合成写真、ジェローム・K・ジェロームとイズレイル・ザングウィルの短編、トゥエインへのインタヴュー記事、彼と同じくアメリカの作家であるブレット・ハートの短編、そして最後にこの雑誌の一番の目玉となる「アイドラーズ・クラブ」がくる。簡単に言えば、これはひとつの話題について何人かの作家が書きつなぐオムニバス・エッセイであるのだが、各人がそこで持ち前のユーモアを発揮しようとして、この雑誌の最大の呼び物となってゆくのである。創刊号のこのコーナーを書き出すのは編集者のロバート・バー。実はそれが『アイドラー』の創刊の辞になっているのである。

そして、また出してしまった。新しい月刊誌が出てしかるべきだという空気は前々からあった。今日の教育制度の創設者たちが気がついていたか、いなかったかはさておいて、この制度は字の読める人々の数を大いに増大させる結果となった。となれば、需要が供給を押しあげるはずなのに、まあ、今日の本売場をとくと御覧いただきたい！　ほとんどナーンニモありません。大変な数の読者が読み物を求めているというのに、誰もその要求に目を向けようとしない。……さらに、われわれは若い才能を世に送り出す手助けをしたいと思っている。若い才能を発見すべく目を光らせているのである。たとえば、この創刊第一号を御覧いただきたい。誰の名前が見つかるか？　マーク・トゥエイン、ブレット・ハート、ジェイムズ・ペイン、アンドルー・ラングである。無名の人たち、とおっしゃるかもしれない。なるほど。しかし、それも長くは続かないだろう。

これは誇大な広告であるとともに真実の主張でもあった。私は、この創刊号を手にしているコナン・ドイルの姿を想像することができる。

III

大英帝国の中で

コナン・ドイル略年譜付き

今どの位置にいるのかを確認するために、ここでコナン・ドイルの一九世紀分の簡単な年譜を作成しておくことにしよう。

1

一八五九年　ダーウィン『種の起源』及びマルクス『経済学批判』の出版。この年の五月、スコットランドのエディンバラでアーサー・コナン生まれる。芸術家肌の父は土木事務局に勤務していたが、アルコール中毒となり、晩年は病院ですごした。伯父のリチャード・ドイルは『パンチ』誌を代表する挿絵画家であった。

一八六九年　家族と離れて、ランカシャにあるイエズス会系のボダー寄宿学校に入り、一八七一年には同地のパブリック・スクールであるストニーハースト校に進む。ドイル家はアイルランド出身のカトリックであった。一八七五年には、ドイツ語を学ぶために、オーストリアのフェルトキルヒ校に留学。

なお一八七三年にはペイター『ルネサンス』が出版され、七五年には神智学協会が設立されている。のちにドイルはその一方の思潮には反発し、もう一方にはのめり込むことになる。

一八七六年　エディンバラ大学に入学し、医学を学ぶ。のちに名探偵ホームズの原型となるジョゼフ・ベル博士の指導を受けた。この年のイギリスの医学界の最大の論争のひとつが、動物の生体解剖の是非をめぐるそれであった。生体解剖を制限する法案が議会を通過し、国内の生理学者たちを激怒させた。この前年には、かのルイス・キャロルまでが新聞に生体解剖に反対する投書をしたり、『フォートナイトリー評論』に論文を投稿したりしている。ちなみに、この雑誌はペイター、クロポトキン、ワイルドなどを寄稿者とした雑誌である。学生時代のドイルは学費をかせぐために、船医として、北極海やアフリカに赴いた。彼としてはそれが最初のアフリカ体験となる。とにかく苦学しながらも、一八八一年には医学士の称号を得た。

一八七九年　最初の短編「ササッサ峡谷の謎」が雑誌にのるが、これも資金かせぎのひとつの手段であった。ドイルはいわゆる純文学とは最初から縁のないところで仕事を始めたわけである。純文学と呼ばれるのはハーディ『帰郷』（一八七八）、ジェイムズ『ある婦人の肖像』（一八八〇）、ゾラ『実験小説論』（同）などである。

一八八二年　ポーツマス市のサウスシーで開業。その苦労話は『スターク・マンロウの手紙』（一八九四）の中に語られている。スピリチュアリズムに対するドイルの関心はこの時期に——つまりホームズの発明される以前に——すでにはっきりしてくるが、奇しくもこの年には心理研究協会が設立されている。一八八五年には、患者の治療を通じて知りあったルイーズ・ホーキンズと結婚。

一八八三年 ニーチェ『ツァラトゥストラはかく語りき』及びゴルトン『人間の能力とその発達についての研究』の出版。後者は優生学の出発点となる。

一八八四年 『オックスフォード英語辞典』刊行開始。ロンドンの下層の貧民を救済するためにセツルメント運動が始まり、トインビー・ホールが作られる。フェビアン協会の創立。またこの年あたりからイギリスの帝国主義的進出の色合いがいちだんと濃くなる。アイルランド問題や社会問題に対しては屈折した態度を取り続けることになるドイルも、この帝国主義には正面から加担した——正義と英雄主義の名のもとに。

一八八七年 『緋色の研究』によってホームズ登場。九〇年には『四つの署名』が続く。しかし、こうした事実とならんで重要なのは、同じ時期に二つの歴史小説、と言うか、正確には二つの歴史冒険小説『マイカ・クラーク』と『白衣団』が刊行されているということである。ドイルは自分の本領は歴史小説にあると信じていた。そして、一八九一年以降、『ストランド・マガジン』にホームズ物語の連載が始まって、この探偵の生みの親としての名声が確立してからも、この二系列の創作活動が続くのである。たとえば『バスカヴィル家の犬』(一九〇二)のあとに『ジェラールの冒険』(一九〇三)があり、そのあとに『恐怖の谷』(一九一四)が来るという具合に。ある意味ではドイルは、ホームズ物語を軸としつつ、その周辺に、その時々の関心と好みを投入できるジャンルを展開していったようにも見える。

一八九〇年 フレイザー『黄金の枝』、ウイリアム・ジェイムズ『心理学の原理』、そしてハヴェロック・エリス『犯罪者』。この最後の本によってロンブローゾの犯罪学がイギリスに本格的に紹介され、それを受けてマックス・ノルダウの『退化芸術論』の英訳が九五年に刊行されることになる。同じく九五年にはフロイト『ヒステリー研究』も出版された。
一八九一年　『ストランド・マガジン』発刊。ワイルド『意向集』ならびに『ドリアン・グレイの画像』。
一八九五年　H・G・ウェルズ『タイム・マシーン』。この時期最も人気のあった作家は、このウェルズの他に、スティヴンソン、キップリング、F・M・クロフォード、マリー・コレッリ、J・M・バリー（『ピーター・パン』の作者）、そしてドイル。彼が本格的にSFに手をつけるのは『失われた世界』（一九一二）、『毒ガス帯』（一九一三）以降のことであるけれども、ともかく彼は人気のありそうなジャンルにはことごとく手をつけている。
一八九七年　ゴルトンとならぶ優生学の大物であり、統計学者であったカール・ピアソンの論文集『死の可能性』（二巻本）。ブラム・ストーカー『ドラキュラ』。この小説はイギリス帝国主義の逆立像としての側面をもつ。ドイルにも怪奇趣味のあふれた短編が数多くある。ホームズ物語では探偵の合理的な推理なるものを大枠として、恐怖もユーモアも社会風俗も、すべてがそこに詰め込まれてゆくのである。
一八九九年　コンラッド『闇の奥』。アーサー・シモンズ『文学における象徴主義運動』――岩野泡鳴の名高い悪訳を通じて小林秀雄たちに強い影響を与えることになるこの評論集が、社会問題への関与を拒否したひとりの唯美主義の批評家によってまとめられたこの年、イギリスは南アフリカにおいてボーア戦争（一八九九―一九〇二）に突入した。
一九〇〇年　ドイルは『大ボーア戦争』を刊行。この年、兵士としての参加を認められなかった彼は、半年余、ブルームフォンテインの野戦病院で働いた。

われわれは今ここに位置しているのである。話は、帝国主義的な侵略の典型とされるこのボーア戦争から第一次世界大戦へと展開し、その過程でドイルがスピリチュアリズムならびにそれと密接につながるSFにのめり込んでゆくありさまを追いかけてゆくことになる。後半の主人公は、正義と英雄主義の夢を現実の戦争にかけて、夢破れ、スピリチュアリズムのメッセージと妖精とに魅入られてゆくコナン・ドイルである。

＊

今日のわれわれにとって世紀末の大英帝国を想像してみることは、それもイングランドの内側からその姿を想像してみることは、きわめて困難であるだろう。その理由としては、もちろん通常の意味での歴史のギャップということもあるのだが、それ以上に重要なのは、見えない障害としての彼我の地理感覚の差とも言うべきものである。世界の地図を想像してみるといい。われわれの思い描く世界地図の中心はつねに日本であり、その右に太平洋とアメリカが、その左にアジアとヨーロッパが位置することになるだろう。しかし一九世紀のイギリスの人間がそのような世界地図を思い描いたはずがない。中心に来るのはつねにブリテン諸島であり、その左に大西洋とアメリカが、その右にヨーロッパとアジアが位置したはずなのだ。その地図の上でなら西インド諸島と東インドは等距離にみえるし、最も遠い場所オーストラリアを流刑地として選ぶというのは妥当な選択であったろう。日本が極東と呼ばれるに値するのはまさしくそのような地図の上でのことである。大英帝国とはまさしくそのような地図の上に、そのような空間感覚にもとづいて成立した世界なのである。

そうした地図の中央に位置するイギリスの中心ロンドンから世界を見ることを想像してみよう。(そのときの世界のイメージはモスクワで得られるものとはまったく別の代物であるだろう)。たとえばコナン・ドイルというひとりの作家が、イギリスの権力の及んでいる地域を赤く塗りつぶしてゆくとする――カナダ、アメリカ合衆国、カリブ諸国、アルゼンチン、アフリカ(殊に南アフリカ)、エジプト、インド、東南アジア、中国、そしてオーストラリアとニュージーランド。それが世紀末の大英帝国である。極東地域にまで大英帝国の手が〈伸びてきた〉と考えてはならないのだ。そこにまで手を〈伸ばした〉というのが大英帝国の感覚なのである。ホームズ物語は明らかにこのような大英帝国の感覚に支えられている。その感覚を土台として冒険小説を書き続けたR・M・バランタイン、G・A・ヘンティあるいはハガードやキップリングの大英帝国の小説と較べてみるとき、ホームズ物語のきわ立った特徴とは、主人公がそうした外地に赴くのではなく、ほとんどの場合に外地からロンドンの探偵のところに〈悪〉が来るという点であろう。〈悪〉が輸入されるのだ、もしくは大英帝国の論理に逆らって、本土を侵略しようとするのだ。名探偵は明らかにそれを排除し、浄化する装置として機能する。そもそも彼の相棒をつとめるワトソン博士自体が、ホームズをたんにロンドンという大都会の中ではなく、大英帝国の中心としてのロンドンの中に刻印しているではないか。ホームズ物語をロンドンのガイドブックとして扱おうとする人々に対して私が反撥する理由のひとつは、この点である。

2

しかし、それにしても、この巨大な帝国を作り上げてしまった世紀末のイギリスの指導者たちは、こ

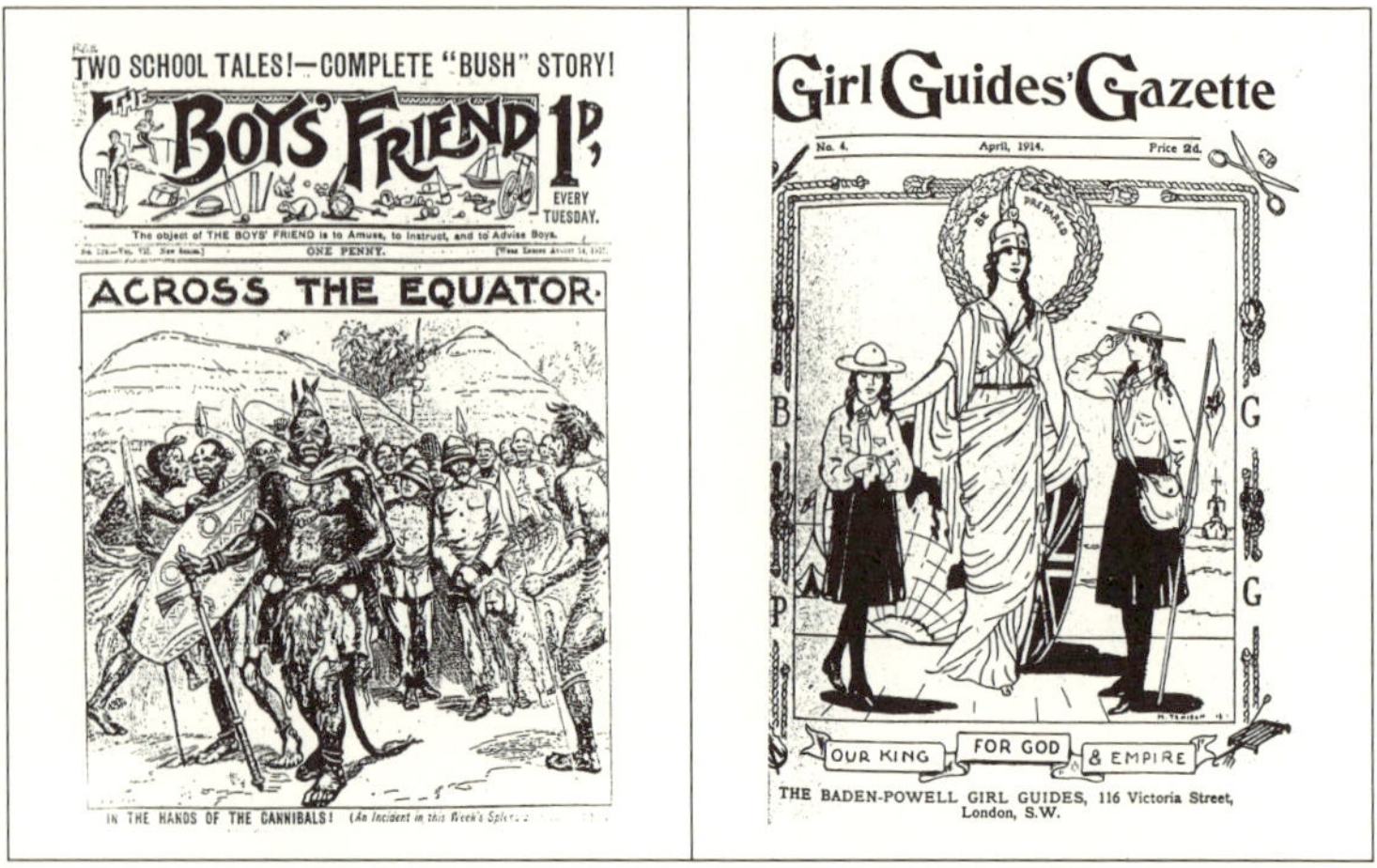

▲少年少女に健全な帝国意識を植えつけようとする雑誌

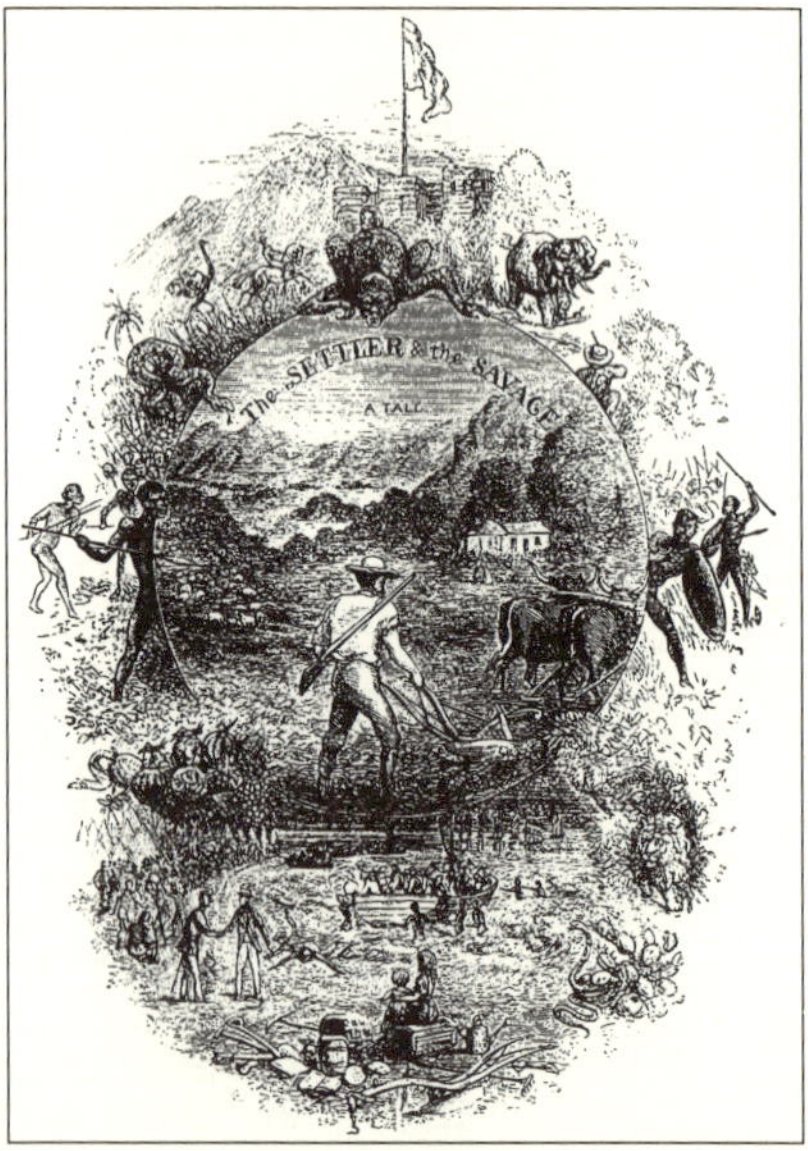

白人の植民者のありうべき生活の図▶

の世界地図の前で何を考えていたのだろうか。少しでも冷静に考えてみれば、それは明らかにイギリス国内の人材で管理できる範囲を越えてしまっている。各地の行政官のポストが就職の機会を拡大するなどというのは些細なことにすぎない。人材と帝国の規模のアンバランスからして、その崩壊は必然の論理であったはずなのに、それでも〈効率〉という目標をかかげてそれを管理しようとしたのが世紀末のイギリスであった。

そしてその管理のための情報の収集は国家的な使命であり、作業であった。ホームズが情熱を傾ける情報の収集と整理は、政治機関によるそれに対応していると考えていいだろう。もっともこの作業は行政府のみの仕事であったわけではなく、一般の人々にとってはむしろジャーナリズムが大きく関与してくる部分でもあった。『タイムズ』には大英帝国の各地についての情報が、ときによっては特派員の報告が満載されていたし、他の各新聞についても同じであった。大英帝国の各地についての記事とは、とりもなおさず、そこに出向いている、あるいは植民しているイギリス人の動静と生活についての記事であったわけである。今日的な意味での国際記事というものではなく、帝国自体がイギリスの所有になる以上、そこにあるのは拡大された国内記事であった。世紀末における帝国の意識を考えるとき、この内と外の境界線の相互侵入はぜひとも念頭におかなくてはならない点である。エドワード・ダイシーが『一九世紀』誌の一八七七年九月号に書いた評論「グラッドストーン氏とわれらの帝国」の次の一節には、そのことが端的にうかがわれる。

われらの帝国は「われらの骨の骨、肉の肉」なりというのは、ひとつの考え方というものではなくて、事実の主張なのだ。イギリス人がその移動本能と独立心と外国支配への苛立ちを持ち続けるかぎり、明らかなる使命によって外国に帝国を建設しなければならないのである、つまり、彷徨した先の外国において自らを優勢なる人種にしなくてはならないのである。……だが、彼らは、他の人種の植民者とちがって、イングランドを携えてゆく。自らの国語を守り、自らの内部で結婚し、自らのやり方で暮し、たとえその土地で生きかつ死んでゆくとしても、母国を故郷とあおぐのである。

▲『ワイド・ワールド・マガジン』一八九九年一月号の挿絵から。白人の勇気のシンボルとして、原住民との一対一のフェアな戦いが強調されている。

▲『余暇時間』(1900)の挿絵は、冒険と勇気と女性への敬意を強調する。

このような臆面もない帝国の発想が当時の代表的な総合雑誌の誌面を飾り、あふれかえる雑多な情報に思考のパラダイムを刻印していったのである。「われわれの帝国は軍事精神の産物というよりも、われらが人種に内在するある種の進化の本能の産物なのである」という同じ著者の自信に満ちた断言の中には、やましさのかけらもない。大英帝国は社会進化の法則に照らしてみても肯定されるべきものとみえたのである。

それから二十年後、同じ雑誌の一八九七年四月号に掲載されたH・F・ワイアットの評論「帝国の倫理」は、ボーア戦争直前の帝国意識を実にあからさまに語っている。

アジアでもアフリカでも、多くの原住民がわれわれの手を通過していった。われわれには——他の者たちではなくて、われわれにこそ、ある明確な義務が与えられたのだ。それは光明と文明を世界の暗黒の地域に運んでゆき、アジアやアフリカの精神をヨーロッパの倫理思想に触れさせ、平和も安泰も知らない無数の者たちに、人間が進歩するためのこうした第一条件を教えることである。このような建設的な努力こそがわれわれの果たすべき仕事の一部なのである。……英語の響きとイギリスの家庭の純粋な生活をして、これら広大な領域の未来にその色合いと形状を与えせしめること、それもまた過去がわれわれにゆだねた任務の一部である。……このようにして与えられた労働を勝手にないがしろにするのは、言ってみれば、まさしく許されざる罪である。なぜなら、それは、事物の展開によってすでに生みだされた能力のうちに見てとれる宇宙の目的に逆らうことになるからだ。帝国の重荷に敢然と耐えることこそ明らかにイギリスに命じられた使命であり、したがってその使命を果たすことはイギリスの喜びであるはずだし、また義務でもある。

これを保守反動と呼ぶか、帝国主義と呼ぶかは別にするとしても、まず理解しなければならないのだ。世紀末の文化を読むというのは、既存の世紀末の紋切型のイメージにノスタルジアの色眼鏡をかけてすり寄るということではない。内には貧民問題と社会問題を抱え、外では大英帝国の突きつけてくる諸問題に直面せざるを得なかった時代、それを政治経済から文化にいたるまでのさまざまのレベルで解決しようと苦闘し、結局は帝国のいま少しの延命にかろうじて成功したように見える時代、それが世紀末と呼ばれるひとつの時期なのだ。世紀末の文化はそのネットワークの中にある。世紀末のロンドンは大英帝国の隠喩としての大都市としてあるのだ。その中心に位置するホームズが日本の武術である「バリツ」を身につけているというのは、そこでは必然の帰結というものであろう。コナン・ドイルは大英帝国の隠喩の中で、その隠喩のネットワークを十分に活用して書いているのだ。

3

帝国主義を成功させるには、そのイデオロギーを少年少女に吹き込むにかぎる。あるいは、そこまで行かなくとも、帝国を自明のものとして受け入れる心の素地を作るにかぎる。その役割をになったのが少年文学である。他の多くの人々の証言よりも、むしろハヴェロック・エリスの回想をひとつ挙げておけば、そのことがよく納得できるだろう。「学校の友達が『イングランドの少年』を紹介してくれた。

これは一ペニーの週刊誌で、遠い未開の地での、とてつもなくセンセーショナルでロマンティックな冒険を満載していた。その魅力というのは、私にとっては一種の熱病のようなものであった。他の日常のことなどすべてどうでもよくしてしまうような興奮があった」(『わが人生』一九四〇)。エリスでさえこの熱中ぶりなのだから、他の読者たちのありさまも容易に想像できるだろう。

一八七九年に宗教冊子協会が刊行し始めた『ボーイズ・オウン・ペイパー』誌は、キリスト教文明を普及させるための手段としての帝国を肯定する小説などを載せて、圧倒的な人気を博した。当然ながら『ストランド・マガジン』や『アイドラー』などにも、その手の記事や小説は毎号登場している。いや、もっと端的に、一八七〇年の普通教育法の恩恵を受けた少年少女を読者とする各雑誌のいちばんの目玉商品は、大英帝国がらみの記事や小説であったと述べてもいいだろう。

その方向を凝縮した感のあるのが、一八九七年に発刊された『ワイド・ワールド・マガジン』である。――その発行人はジョージ・ニューンズ、すなわち、『ストランド』の発行人と同一人物である。この雑誌の副題には「実話による挿絵入り月刊誌、冒険・旅行・風俗・スポーツ」とあり、さらに「事実は小説より奇なり」の文句が見える。たとえば一八九九年二月号を開いてみることにしよう。二段組約一〇〇頁に詰め込まれているのは「ルイ・ド・ルージュモンの冒険」(連載の七回目)、南西フランスの黒い聖母信仰のルポ、スイスのワイン祭りの話、エイ・オザキ「富士山に登った少女」、コサックの雪のゲーム、フレデリック・エメット「自転車で世界一周」、ノルウェーの狩りの話、「ベンガル地方の森の生活」、「ブーメランとその飛び方」、それに世界各地での冒険を扱った短編がいくつか続く。そして写真と挿絵がふんだんに使われているのである。

雑誌だけではない、単行本にも似た傾向が見られるのだ。一八八八年に各種の学校に通う七九〇人の少年を対象にして行なった読書のアンケート調査なるものがある（ジェフリー・リチャーズ編『帝国主義と少年少女文学』（一九八九）の編者序文による）。それによれば、ディケンズ（二二三名）、W・H・G・キングストン（一七九名）、スコット（一二八名）、ジュール・ヴェルヌ（一一四名）、キャプテン・マリアット（一〇二名）、R・M・バランタイン（六七名）、ハリソン・エインズワース（六一名）となるという。キングストンは一七〇冊以上の、バランタインは一〇〇冊以上の冒険小説を生産した作家である。マリアットは海洋冒険小説、スコットとエインズワースは歴史冒険小説の生産者である。そして彼らが当時の人気作家だったのだ。これを見ていると、コナン・ドイルがどのような文学環境の中で出発せざるを得なかったか、そして生き残るためには何を書かねばならなかったかが推測できるだろう。

戦争屋

1

大英帝国とは何であったのか。言うまでもなく、この問いに必要にして十分に答えることは不可能であるが、ヴィクトリア時代のイギリスについて何かを考えるときには、最終的な決着のつく見込みのないこの問題をつねに念頭におかなくてはならないだろう。一九世紀の大英帝国は、まず第一に、対内的にも対外的にも固定した空間ではなかった。対内的に見れば、生活のすべての次元が急速に変化しつつあったし、対外的に見れば、大英帝国の版図が決定的に定まったということは一度もなかった。日の没することのない大英帝国、世界に冠たる大英帝国というのは、利害関心を抱え込んだイデオロギー的隠喩以外のものではない。

ヴィクトリア時代の大英帝国がつねに拡張を続けたとはどういうことなのか。誰にでも分かるはずのことであるが、世界中のどの空間にも、大英帝国の手が伸びてくるずっと以前から各々の人種と生活が存在した。つまり、絶えざる拡張とは、大英帝国がその境界線上の数多くの場所で、すでに存在する

〈他者〉と接触し、交渉し、私有化し続けたということである。絶えず紛争と戦争を繰り返し続けたということである。大英帝国とは、決してひとつの隠喩としてではなく、文字通りの意味において戦争をする、あるいは戦争をすることによって存続する巨大なメカニズムであった。国の内部で激化した階級対立や地域対立（たとえばアイルランド問題）などは、帝国の境界線で発生する戦争と深く連動するネットワークをなしていたのであって、実はそれこそがヴィクトリア時代の論じにくさの最大の理由でもあるのだ。

そのようなネットワーク構造に注目するならば、イギリスは一九世紀初めの対ナポレオン戦争以降、第一次大戦にいたるまで大きな戦争に関与することなく、平和のうちに産業の育成に打ち込みえたというような解説は、イギリスの社会生活の全般を支えていた大英帝国の存在に目をつぶり、内側からのみ歴史を語ろうとするものであることは歴然としている。そのような視点からするならば、クリミア戦争もセポイの反乱もボーア戦争も、歴史の中にときおり発生する例外的な事態に見えてしまうに違いない。しかし、そうではないのだ。そのことを端的に教えてくれるのがバイロン・ファーウェルの『女王陛下の小さな戦争』（一九七二）である。この本はいわゆる実証的な厳密性をもつものではないのだが、ヴィクトリア女王の時代に帝国の各地で起こった紛争や戦争を系列的に語ることによって、戦争する機械としてのこの帝国の特性を明るみに出すことに成功している。巻末につけられているリストから一部を抜き出してみるだけでも、ことのありようが推測できるだろう。この表が教えているのは、ボーア戦争は決して異例の出来事ではなく、大英帝国の政治構造の必然的な結果のひとつであり、しかも第一次ボーア戦争（一八八〇—八一）のいわば拡大的再演であるということだ。ボーア戦争の勃発時にイギリス政府の

1880 Expedition against Batanis
Expedition against Marris
Expedition against Mohmands
Expedition against Malikshahi Waziris

1880–81 The Gun War or Fifth Basuto War
First Anglo-Boer War

1881 Expedition against Mahsud Waziris

1882 Arabi rebellion

1883 Bikaneer expedition, India

1883–84 Akha expedition, India

1884 Rebellion of Metis in Western Canada
Zhob Valley expedition

1884–85 Expedition to Bechuanaland
Gordon Relief expedition

1885 Bhutan expedition

1885–87 Third Burma War

1885–98 Wars with Arab slave traders in Nyasa

1888 Black Mountain or Hazara expedition

1888–89 Sikhim expedition

1889 Tonhon expedition
Expedition to Sierra Leone

1889–90 Chin Lushai campaign

1890 Malakand campaign
Mashonaland expedition
Vitu expedition
Punitive expedition in Somaliland

1891 Manipur expedition
Hunza and Nagar campaign
Samana or second Miranzai expedition
Hazara expedition

1891–92 Operations in Uganda
Campaign in Gambia

1892 Isazai expedition
Tambi expedition
Chin Hills expedition

1893 British and French shoot at each other by mistake in Sierra Leone
First Matabele War
Expedition to Nyasaland

1893–94 Third Ashanti War
Arbor Hills expedition

1894 Gambia expedition
Disturbances in Nicaragua
British expedition to Sierra Leone
Expedition against Kabarega, King of Unyoro, in Uganda

1894–95 Punitive expedition to Waziristan
Nikki expedition

1895 Chitral campaign
Brass River expedition

1895–96 Second Matabele War
Jameson Raid
Fourth Ashanti War

1896 Bombardment of Zanzibar
Rebellion in Rhodesia
Matabele uprising

1896–98 Reconquest of Sudan

1897 Operations in Bechuanaland
Operation in Bara Valley, India

1897–98 Punitive expedition into Tochi Valley
Tirah campaign
Uganda mutiny

1897–1903 Conquest of Northern Nigeria (capture of Benin City in 1897)

1898 Riots in Crete, bombardment of Candia

1898–1902 Suppression of the Mad Mullah in Somaliland

1899 Campaign in Sierra Leone
Bebejiya expedition, North-East Frontier

1899–1902 Anglo-Boer War

1900 Boxer Rebellion
Aden field force supported Haushabi tribe fight off Humar tribe from Yemen
Rebellion in Borneo

1900–01 Ashanti War

▲１８８０—１９００年の紛争と戦争のリスト

対応が遅れた理由のひとつは、政府側がこれもまた織り込み済みの事態のひとつと考えてしまったということである。その後の展開に国内が異様に沸き立ったというのは、政府のみならず国民の側から見ても、この戦争が大英帝国の戦争のパターンを大幅に逸脱してしまったことの証左でしかない。最終的には、インドの反乱鎮圧に功績のあったロバーツ元帥とスーダンのマーディ派鎮圧で名を上げたキャッチナーが指揮官として派遣されたというのも、ボーア戦争が大英帝国の戦争史のひとつの場面とされていたことを典型的に物語っているであろう。愛国主義者コナン・ドイルが全力をあげて献身しようとしたボーア戦争とは、基本的にはこのような性格をもっていたのである。

2

ドイルの関与のしかたをもう少し正確に見るためにも、ボーア戦争の展開の経緯を大まかに見ておくことにしよう。『女王陛下の小さな戦争』によれば、

イギリスの人々にとってボーア戦争は困惑をもたらすものであったが、ただし始まり方はイギリスの軍事ドラマの伝統的な型にそったものであった。すなわち、第一幕ではボーア人がイギリス側をたたき、第二幕ではイギリス側がボーア人をたたき、そのあと第三幕は全体がひどく混乱し、最後は満足のいかないものとなった。ボーア人の側は破れたことを認めずにゲリラ戦に走り、イギリス側は農場を焼き払い、強制収容所を作ることによって報復した。最後のカーテンが降りるまでにヴィクトリア女王は世を去り、ひとつの時代が終わっていた。先の見える人々の目には、大英帝国の終焉が見える

ようになっていた。

「強制収容所」が歴史の中に初めて正式に登場するのは、このときのこと。ボーア戦争の後半の部分が二〇世紀の戦争のスタイルを呈示したと言われる所以である。

しかし、当然ながら、この戦争には長い前史がある。宗教戦争を逃れたオランダ人が今日のケープタウン周辺に入植するのは一七世紀のことであった。イギリスのほうは一九世紀初めのナポレオン戦争の時期に軍隊をそこに送り込み、さらにオランダからの買収工作も行なって、一八一四年にケープ植民地を確立した。この時期のケープ植民地は、オランダ人の地に英独仏からの移民そして原住民を加えた混在地域であるが、この体制に大きな変化をもたらすことになったのは、一八三四年にイギリスが行なった奴隷解放であった。この法律がケープ植民地でも実施されるならば、黒人奴隷の労働に依存していたそれまでの植民地農業は成り立たなくなるであろう。この事態を嫌ったオランダ系住民のある部分は、自分たちの生活様式を守るために、ケープ植民地を捨てて、より内奥への大移動を開始した。これがいわゆるグレート・トレック（大移動、一八三五—三七）であるが、正確に言うならば、オランダ系の住民つまりボーア人が、奴隷解放令に強制されて、新たな土地に新たな侵略行動を開始したということである。トランスヴァール共和国（一八五二年）とオレンジ自由共和国（一八五四年）というボーア人の二つの共和国が成立し、ナタールも一八四五年にイギリスの植民地になったということは、その時点で侵略者たちの妥協が成立したということでしかない。もともとそこに住んでいた黒人たちが、その時点までに、抵抗し反抗する力を奪い取られてしまったということでしかない。

ただ、注意しなければならないのは、歴史のこの時点では被害者として登場するさまざまの黒人たちも、歴史を遡れば、侵略者としての行動をとったのだという点である。そのことを指摘しているのは、『戦場のメリークリスマス』の著者ロレンス・ヴァン・デル・ポストである。ここで彼の名前をもち込むのは奇妙に映るかもしれないが、ヴァン・デル・ポストの遠い祖先は一七世紀に移民してきたオランダ人であり、彼の一家は大移動のときにケープ植民地を離れた人々の仲間に入っていた。しかも彼の父は、ボーア戦争のさいにオレンジ自由共和国の指導者のひとりであった。彼が幼い頃に聞かされた話が大移動の苦労とボーア戦争の武勲をめぐるものであったというのは、少しも不思議ではないのである。その彼によれば、カフィール族やマタベレ族は確かに弾圧され虐待された人々ではあるものの、彼らよりもはるかに大人しいブッシュマンという先住民に対しては、虐待者として振る舞ってきたのである。幼い頃ブッシュマンの女性を乳母としてもったヴァン・デル・ポストや彼の親友である作家ウイリアム・プルーマーにとっては、そうした幼児体験が彼らの人種観を決定する要因として存在したのである。それは、『大ボーア戦争』の中でブッシュマンのことを「醜怪な原住民、最下等の人種」と評したコナン・ドイルには想像もつかない体験であったろう。

話を戻すならば、しばらくの間はイギリスのケープ植民地とナタール、ボーア人系のトランスヴァールとオレンジ自由共和国が、黒人の各部族を巻き込んで小競り合いを起こしながらともかく共存するという状態が続いた。そのような危い均衡が戦争に向けて急速に流動化してゆくことになる原因ははっきりしている。産業的には見るべきものをもたなかったこの地域で、ダイヤモンドと金が発見されたということである。ダイヤモンドのほうは一八六七年にオレンジ河の近くで、金のほうは一八八六年にトランスヴァールの首都プレトリアからあまり遠くないところで発見され、その結果ヨーロッパから、とくにイギリスから大量の採掘者が流入することになった。そのあとに採掘権をめぐる激しい利害対立が起こることは歴然としている。『同時代評論』の一九〇〇年四月号にウイリアム・ホスケンという人物が書いた「ヨハネスブルグでの十年」という文章によれば、

……一八八六年にデ・カープ谷とウイットウォーターズランドで金が発見された。その金の発見とともに大量の移民が流入し、国の歳入も大幅に増加した。一八八五年には一九万ポンドであった歳入がぐんぐん伸びて、一八九七年には四五〇万ポンドを超えるにいたった。私は鉱山業に強い関心があったので、一八八九年にはナタールからトランスヴァールに転居した。……富と歳入が増すにつれて政治はどんどん悪くなり、官公庁は実に上から下まで腐敗してしまった……ついに一八九五年になると、われわれは、悪政と抑圧的な政府はもはや容認しがたい、反乱という神聖な権利に訴えざるを得ないという結論に達していた。

ということになる。これはあくまでもイギリス側の鉱山関係者の証言なので十分に注意して読まなくてはならないが、逆にそのために名目上の対立の構図がどぎつく見えてくるという利点はある。対立しているのは、腐敗した無能な政府（一八八三年以降、クルーガー大統領が中心になっていた）と「われわれ」、つまりイギリス系の鉱山主と労働者という構図である。ボーア人の側から見れば、この対立は自分たちの祖国を守ろうとする人々と金目当ての外来の侵略者のそれであった。

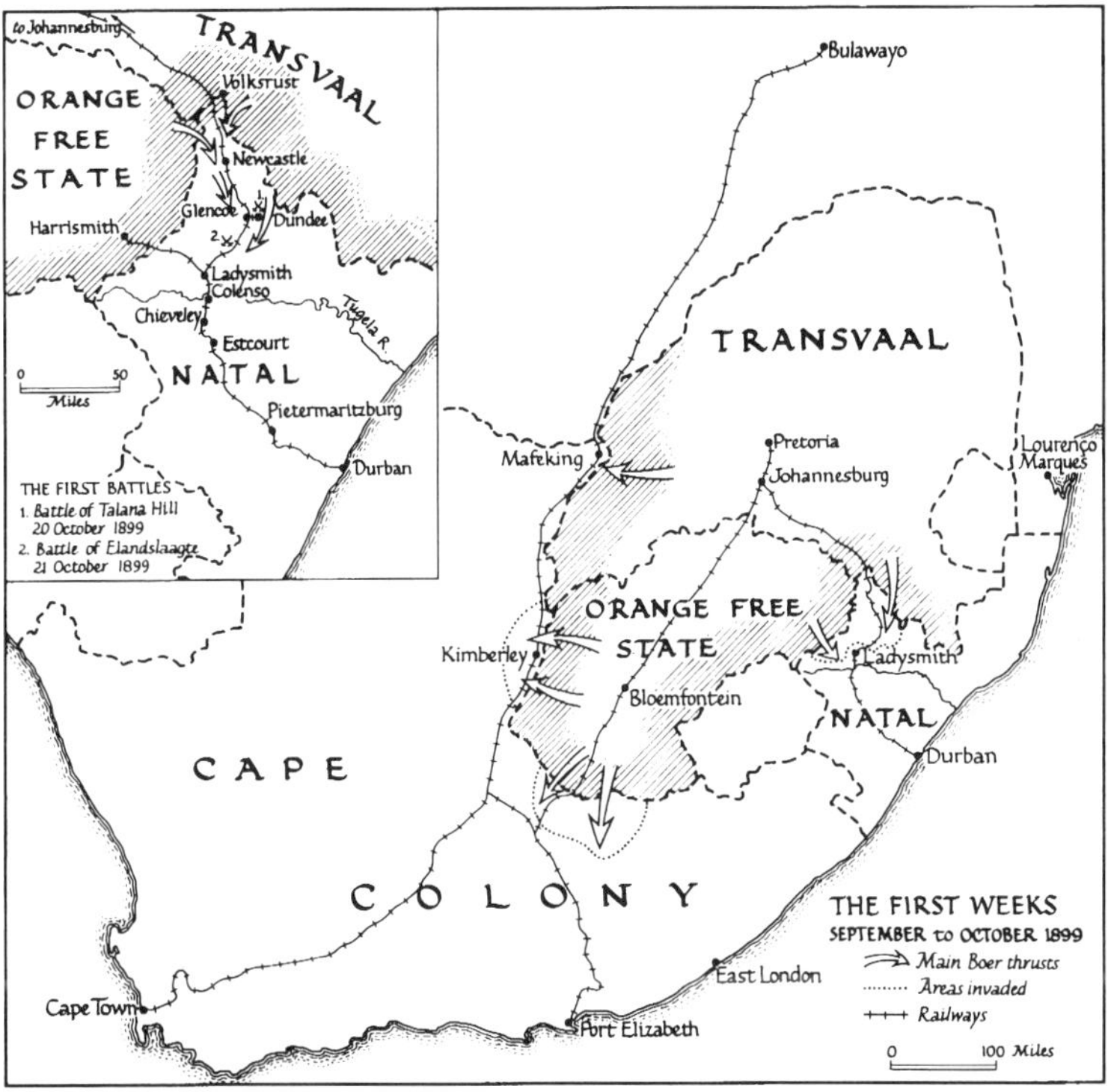

to Johannesburg
TRANSVAAL
ORANGE FREE STATE
Volksrust
Newcastle
Glencoe
Dundee
Harrismith
Ladysmith
Colenso
Chieveley
Tugela R.
Estcourt
NATAL
0 50 Miles
Pietermaritzburg
Durban
THE FIRST BATTLES
1. Battle of Talana Hill 20 October 1899
2. Battle of Elandslaagte 21 October 1899
Bulawayo
TRANSVAAL
Pretoria
Johannesburg
Mafeking
Lourenço Marques
ORANGE FREE STATE
Kimberley
Ladysmith
Bloemfontein
NATAL
Durban
CAPE
COLONY
THE FIRST WEEKS
SEPTEMBER to OCTOBER 1899
Main Boer thrusts
Areas invaded
Railways
0 100 Miles
East London
Cape Town
Port Elizabeth

▲ボーア戦争の関係図

もちろん実状はこれほどに単純なものではなく、双方の側で改革の試みも重ねられたのだが、それをあざ笑うかのように事態は戦争に向けて傾斜してゆく。一八九五年一二月にはジェイムソン侵入事件なるものが発生した。この事件は、ヨハネスブルグのイギリス人保護を口実にして、L・S・ジェイムソンが南アフリカ会社の兵八〇〇人とともにトランスヴァールへの侵略を試み、それに失敗したものである。先ほど引用したホスケンもこの事件に関与していたことを、本人が認めている。この事件がボーア人側の警戒心を一挙に強めさせる働きをしたのは、この事件の背後に南アフリカ会社の社主セシル・ローズがおり、さらにその後には植民地相のジョゼフ・チェンバレンのいることが透けて見えたからである。ローズとチェンバレンという二人の典型的な帝国主義者が、さらにはヨーロッパの金融資本がボーア人の二つの共和国の私有化を画策していたのである。

一八九九年、オレンジ自由共和国の首都ブルームフォンテインで、外来者の権利、とくに選挙権をめぐって最後の交渉が行なわれたが、ケープ植民地を代表するサー・アルフレッド・ミルナーはいっさいの妥協を拒み、同年一〇月にはついに戦争に突入した。これが最初から勝敗の帰趨を疑う余地のない戦いであったことは確かである。しかし、それにもかかわらず、少なくとも戦争の初めの段階ではボーアの農民軍が地の利を活用し、また敵方の上層部の指揮の失敗に乗じて予想外の損害を与え、それにあわてたイギリス側は、ロバーツ元帥とキッチナーの指揮のもとに一八万人余の増兵をせざるをえなくなったのである。要するに、ある段階では、大英帝国の正規軍がボーアの農民軍に敗退し、国内にも大きな波紋を広げたのである。ここでは、いくつかの重要な戦闘について、その展開を詳述する必要はないだろう。時の経過とともにボーア軍は劣勢にまわり、すでに一九〇〇年の三月にはオレンジ自由共和国の首都が陥落し、六月にはトランスヴァールの首都がそれに続き、九月一日にはトランスヴァール共和国の併合が宣言された。それからあと一九〇二年五月三一日の講和の日までは、ボーア軍によるゲリラ戦と、強制収容所の設置を含む、それへの残虐をきわめる報復の時期である。

一八八六年の金鉱発見から一九〇二年のボーア戦争終結まで――もちろん偶然の要素も絡んでいることを認めたうえで、注目しなければならないのは、作家コナン・ドイルにとって最も重要であった歴史冒険小説とホームズ物語の多くがこれと同じ時期に書かれているということである。しかもドイルは『大ボーア戦争』というかなり大部の戦記を刊行して、この戦争が彼の重大な関心事であったことを示している。ホームズ物語のひとつ「三人ガリデブ」(『ストランド・マガジン』一九二五年一月号)の中でも、ワトソン博士に、「このことがあるので、日付けは一九〇二年六月の末、つまり南アフリカ戦争の終結してまもなくだと分かるのだ」と言わせて、この戦争へのこだわりを見せている。この作家にとって、一体ボーア戦争とはいかなる意味をもつものであったのだろうか。

3

この問題に取り組むまえに、比較のために、J・A・ホブソン(一八五八―一九四〇)という、コナン・ドイル(一八五九―一九三〇)とまったく同時代を生き抜いた経済学者の言動に目を向けておくことにしたい。『国民伝記辞典』のホブソンの項を執筆しているのは歴史学者のR・H・トーニーであるが、その記述によれば、彼は『ダービシャ・アドヴァタイザー』という新聞の経営者兼編集者を父として生まれ、オックスフォード大学に学んだ。そして一八八七―九七年には、世紀末の教育普及運動のひとつとして盛んに行なわれていた学外での講義の講師を、母校とそれからロンドン大学のためにつとめている。彼の思想の中心にあるのは、「経済の健康は、消費と資本財双方に対する支出の間に正しいバランスが保たれていることを要求する」という考え方で、「失業の主因は、少数の金持ちが過度に金をためこむ傾向をもつところにあるが、それは収入の分配が極端に不公平であることの必然的な帰結である」とした。『産業の生理学』（一八八九）におけるこのような主張を――それは、イギリスでも大きな評判となったアメリカの鉄鋼王アンドルー・カーネギーの「富の福音」説とは正面から対立し、むしろ土地の国有化運動の火つけ役となったヘンリー・ジョージの『進歩と貧困』（一八七九）の系列につながるものであるけれども――ともかく、そのような主張を実際に適用して見せる絶好のチャンスがボーア戦争であった。『マンチェスター・ガーディアン』紙の特派員として南アフリカの状況を観察し、それをまとめたのが一九〇〇年一月号の『同時代評論』の巻頭を飾った名論文「南アフリカにおける資本主義と帝国主義」である。ドイルも読もうとすれば読めたはずのこの論文の中でホブソンは、戦争に突入する寸前の南アフリカの危機的状況の責任は、ボーア人の側にではなく、セシル・ローズやジョゼフ・チェンバレン、さらに彼らの背後にいる「ひと握りの資本家」にあると断定した。

彼らのほとんどはユダヤ人である。ユダヤ人こそまさしく国際金融資本家なのであって、英語を話すとは言っても、彼らのほとんどはヨーロッパ大陸の出身である。トランスヴァールに対する彼らの関心は経済的なもののみに限られており、金のためにそこに赴いたのである。

ボーア人の側が、流入してくるイギリス人の鉱山家や労働者への対抗手段としてさまざまの手をうたざるをえなかった事情やジェイムソン侵入事件の分析も興味深いが、それ以上に注目に値するのは、この論文の終わりのところに置かれている帝国主義の定義であろう。ホブソンはそこで帝国主義に正と負の二つの面が存在することを認め、その負の面のかげに金融資本家がいるとするのである。

帝国主義の性格と狙いを厳密に定義することはできないけれども、はっきりそれと分かる物の考え方、感じ方はいくつかある。その中には、とくに目につく純粋に社会的、人道的な動機もあって、文明とキリスト教の目的とするところを促進しよう、下等な人種の経済的、精神的条件を改善しよう、奴隷制をつぶして、人間の住める世界の各地を物質的、道徳的にもっとしっかりと結びつけようと言ったりする。こうした動機も確かにあって、それも帝国主義の中に入ってくるわけであり、それを救いのあるものとしている要因ではあるが、その方向を決める最も強力な力ではない。帝国主義を広く一般的な原理と見るときには、こうした高遇ですぐれた考え方や感情が全面に出てくるけれども、原理から実践のレベルに降りてくると、話はまったく別になってくる。もし具体的な例に目を向けて、これまで分析してきたような資本主義を手助けし、それをあおる帝国主義の実体とは何かを問うならば、残念ながら、この帝国主義なるものがおおむね資本主義的な、利益追及の力関係に化けてしまうのが分かるだろう。攻撃的な帝国主義の動力源となっているのは、ある種の職業と交易にたずさわる階級の組織的な影響力であって、彼らはこのような擬似愛国的な衣をまとうことによって明確な経済的利得を手に入れようとするのである。こうした影響力のなかで最も力のあるのが、今日の文明国のすべておいて隠れた力を振るっているのが、金融資本家であり、私の分析してきた通りに「現地での」行動をとる階級の本国側代表というわけである。この階級が直接に政治家に及ぼす力こそ、あるいは新聞を通じて間接的に世論に及ぼす力こそ、ひょっとすると、今日の人々の生活のなかで最も深刻なものであるかもしれない。

この定義の前半の部分、つまり帝国主義に文明とキリスト教の普及を託すという考え方は、すでに前に見たように、世紀末のイギリスではあからさまに公言された立場であった。それを素直に信ずるところに成立するのが少年向けの冒険小説の世界であった。ホブソンの定義がそうした思潮にある程度の妥協をしているのは事実であるが、彼の主眼はあくまでも金融資本の海外投資と結びつけて帝国主義を批判するところにある。

この強烈で明確な経済的利害こそ攻撃的な帝国主義の主要な推進力であり、みずからの利己的な支配を隠すために、寛大ではあるものの誤りを含むことの多い人道主義的な感情の力を意識的に、あるいは教化のために利用し、挙句の果てに、国民の性格の奥にひそむ強力な秘密の味方に頼ったりするのだ。この味方とは人種的な支配欲のことである。みずからの国の栄光の大きさを他の国の屈辱の大きさによって測るこの偽りの、逆立ちした愛国主義の本質的な非道徳性は、イギリスが最高権を握るのが「正しい」とする考え方に集約されている。

彼はさらに続けて、「帝国主義が自然のものに見えるのは幻想にすぎない。その力は大金融資本家からの突き上げと命令に従うのだ」と断定し、チェンバレンこそ「この帝国主義の忠実な代弁者」であると指摘する。フェビアン協会ですら、なし崩し的にボーア戦争の容認にまわってしまう風土の中では、このホブソンの声はきわ立っていた。『同時代評論』の一九〇〇年四月号にウイリアム・ホスケンが鉱山経営者の側から南アフリカ情勢を報告すると、五月号に「ヨハネスブルグからの証言」という文章を寄せ、その嘘を激しく糾弾したのも、彼としては終始一貫した行動であったろう。

▲「金」ではなく「死体」を採掘するチェンバレン（フランスの諷刺画）

▲ボーア兵

いずれにしても、ホブソンはこの論文をさらに展開し、体系化することによって『帝国主義』(一九〇二)を書き上げることになる。その第一部「帝国主義の経済学」は、「帝国主義の最も重要な経済要因は、投資にからむ影響力である。……国内に資本の有効な利用法を見つけることができず、海外に安全で利益になる投資をするのを政府が手助けすべきだと主張する投資家にとっては……攻撃的な資本主義は大きな利益の源となる」ということを論証したもの。第二部「帝国主義の政治学」は帝国主義の政治性、思想史、文化との関わり全般、人種問題との関係などを多面的に論じていて、今日でもきわめて魅力のある言説となっている。と言うよりも、今こそはっきりと見えてくるような問題意識につらぬかれていると評すべきだろうか。

この第二部における帝国主義分析の特徴は、それを経済や政治などの特定の言説領域に限定せずに、すべての次元に寄生しうるものとして捉えたところにある。帝国主義とは世紀末社会のある部分のみが関与する言説ではなくて、すべての言説の次元に浸透しうるものと捉えた点にある。

帝国主義を支える産業と金融の力は、政党や新聞や教会や学校を通して働きかけ、闘争と支配と獲得をめざす原始的な欲望を嘘で塗りかためて理想化することによって、世論と公の政策を作りあげてゆくのである。そうした欲望は平和な産業秩序のある時代にも残存しているのであって、帝国による侵略、帝国の拡大、下等人種の力づくの搾取のためには、もう一度それをつつく必要があることになる。このような実業=政治家のために、生物学と社会学は、劣った人々を屈服させるためにこそ人種の闘争があるという見えすいた御都合主義の理論をまとめ上げ、われわれアングロサクソン人は彼らの土地を取りあげ、彼らの労働によって生きてよいことにする。それに対して経済学は、彼らを制圧し支配することこそ、各民族が労働を分担するさいのわれわれのつとめであると論じて、この議論を補強するし、歴史学は過去の帝国の教訓がわれわれにはあてはまらない理由を考案し、社会倫理は、「帝国主義」の動機を、「幼児的な」人間を教育し向上させるという「重荷」に耐えようとすることであると説く。このようにして「教養のある」階級、擬似教養のある階級は、帝国主義が知的にも道徳的にも偉大であると教え込まれる。そして大衆向けには、もっと粗雑なかたちの英雄崇拝、センセーショナルな栄光、冒険、スポーツ精神がもち出される。

要するにホブソンは、帝国主義を世紀の転換期のイギリスの国家的犯罪と見なしているのだ。たとえそこにいくばくかの誇張があるにしても、今日キャップリングやドイルのある種の作品やそこに含まれる姿勢を読むために対置せざるをえないのは、ホブソンのこのような批判である。

4

ホブソンの『帝国主義』のあとにドイルの『大ボーア戦争』を読むのは苦痛である。ボーア戦争を戦争する機械としての国家の機能が多面的に発露した事件と見る前者に対して、愛国主義者コナン・ドイルは、それを正義と勇気の物語としか見ようとしない。戦争の前史から一九〇〇年五月の一応の終結までを全三〇章で扱いながら、そのうちの二七章を戦闘と作戦行動の記述にあてた彼にとって、戦争はスポーツとまったく同じようにフェア・プレイの精神に基いて、それを実現するために行なわれるべきものであった。

敵としてのボーア人は、まず第一に敵とするにふさわしい存在であることを示されなくてはならない。そのためにドイルはボーア人の歴史を辿りながら、彼らの苦難と勇気と戦闘力を賞讃しながら、その一方ではボーア人の共和国に不正がはびこっていることを糾弾する。トランスヴァールにはボーア人よりもずっと多くのイギリス人がいて鉱山で働いており、その財政も彼らの納める税金によって支えられているにもかかわらず、権利の面では不当に差別されているというわけだ。ドイルは税金、選挙権、教育など八項目の不公平を列挙してみせる。

プレトリア会議（一八八一）のときには、一年住めば市民権が得られた。一八八二年にはそれが五年に引き上げられた。イギリスやアメリカで適用されている合理的な年数制度である。それがそのままの状態にとどまっていたならば、おそらく外来者の問題もボーア戦争も起こらなかったのであろう。

もちろん彼にしてもセシル・ローズの動きを全面的に肯定しているわけではないが、ボーア戦争はあくまでもこのような不正に対する正義の蜂起とされるのである。そしてそれこそが当時のイギリスの民衆の英雄崇拝や栄光欲に最も分かりやすいかたちで訴えかける立場だったのである。シャーロック・ホームズの作者として絶大の人気を誇るコナン・ドイルがそれを追認した——要するに、そういうことである。ホブソンの『帝国主義』の中には、「帝国主義のスポーツに関わる面と軍事面は、人々に訴えかけるきわめて強力な基盤となる」という指摘と分析がある。しかし『大ボーア戦争』には攻撃的な帝国主義や金融資本の話は微塵もない。そのような作家は、挿絵化されたホームズの姿あるいは悪の権化としてのモリアティ教授の姿が、帝国主義を代弁した政治家チェンバレンの姿になぜか似てしまっていることになど、おそらく気がつきもしなかったであろう。

ドイルとチャーチル

1

コナン・ドイルという作家にとって、一体ボーア戦争とはいかなる意味を持つものであったのだろうか。この疑問には容易に答えがたいとして慎重に構えることもできるが、その逆に、『回想と冒険』の中の一文をもって簡潔に答えることもできるだろう。

戦争の雰囲気はすばらしい。

言おうと思ったことは言い、隠そうと思ったことは隠した単純な作家ドイルの本音がここに要約されていると言ってもいい。多義性や深甚なアイロニイなるものは、彼とは無縁の文学的効果である。かりに彼がジョゼフ・コンラッドの『闇の奥』を読んだとしても、そこに展開するクルツの絶望やマーロウの逡巡はまったく理解できなかったに違いない――もちろんその点こそが、つまり底の浅い率直さこそがドイルの作品の最大の魅力でもあるのだが。正義感の強い、見るからに好人物の彼には、「戦争の雰囲気はすばらしい」という自信に満ちた断言に同調できない者たちの思想や心理など、およそ異様なものに映ったに違いない。

ドイルにとっての戦争とは勇気を証明してみせる絶好の場であり、良心的な平和主義や臆病さなどの介在する余地はまったくなかった。『回想と冒険』の中のボーア戦争に関する四つの章から、いくつかの科白を抜き出してみることにしよう（因に、この回想録は全三二章からなり、第一次大戦についても六つの章が割かれている。対照的に、シャーロック・ホームズを主題化しているのはわずかに一章のみである。ドイルによるこの章配分の比重は充分に念頭に置かなくてはならない）。「イギリスの兵隊は平和のときにはぶつぶつ言うが、このようなおぞましい死に直面すると毅然とした態度をとる」。「全般的にボーア人は、戦争の終わり近くになるまで、気さくでフェアな戦士であった」。

この後者の文には、戦争をスポーツと重ね合わせる視点がのぞいている。野戦病院を設営するための場所として「クリケット場」を割り当てられたという説明にしても、あるいは、

ロンドンを発つ前に、私は慈善のためのお金をいくらか託されていたので、その一部が活用できるかどうか確かめようと考えて、ボーア人捕虜のキャンプに足を運んでみた。そこは競馬場を鉄条網で囲ったもので、彼らは確かにボロ着姿で、薄汚れ、髪もボサボサではあったが、態度は自由人のそれであった。

という記述にしても、その延長線上にあるだろう。
またこうも言われている。「ボーア人の同胞は、つまるところ、ブッシュマンとは違う。彼は頑強な戦士であり、肉迫戦を挑むことはあっても、ごまかしはやらない。……フェアな戦い、広々とした大気、大いなる目的――それで死ねるなら最高ではないか」。ドイルは実際の戦闘には加わらなかったが、ある意味ではその代用としての病院対抗のフットボールに参加して、負傷した。回想録の中にそうしたことまで書かなければ気がすまないのが彼の性格なのである。

2

彼としては最初からボーア戦争への代理的参加を望んでいたわけではなかった。志願兵となることを望んで応募したものの、四〇歳という年齢のせいですぐには採用にならなかったのである。この志願前後の経緯は、回想録によれば次の通りである。

私の生活は仕事とスポーツで満たされていた。国民にしても、私と同じであった。それは繁栄と成功の日々であった。しかし南アフリカの影がイングランドにも落ちかけていて、ほどなく私個人の運命も、他の多くの人々のそれと同じように、そこに巻き込まれることになった。私はボーア人に対して深い敬意の念をもつと同時に、彼らのすぐれた戦闘技術、近よりがたい地理的条件、チュートン的な剛毅なねばり強さに対してある種の不安も抱いていた。私は彼らがきわめて危険な敵になることを予測し、判断ミス以外の何物でもないジェイムソン侵入事件以降着々と戦争につながってゆく事件の流れを、恐怖を抱いて見守っていた。……最初の段階でのボーア側の勝利は、南アフリカの歴史をいささかなりとも知っている限り驚くほどのものではなかったが、イングランドのすべての人々に、もし帝国の健康を守るというのであれば、手にするべきはワイン・グラスではなくてライフルであることを痛感させた。……一八九九年一二月一〇日から一七日までは、イングランドにとっては暗黒の一週間であった。この一週間のうちにガタカー将軍がストームバーグで、メシュエン卿がマガーズフォンテインで、ブラー将軍がコレンゾで敗北してしまったのだ。

この暗黒の一週間と呼ばれる時期が、イギリス側から見るならば、ボーア戦争全体の中でも最も屈辱的なものであったことは、よく知られた事実である。原因はいずれも作戦上のミスであった、つまりボーア軍の戦術上の勝利であった。『大ボーア戦争』の中でドイルはこの一連の敗北を、「イギリス軍にとって今世紀中で最もひどいもの」と評定し、死傷者三〇〇〇、奪われた野砲一二としている。とりわけコレンゾでの敗北の際には、自軍の野砲を残して退却するという、一九世紀の戦争における常識からすると最も屈辱的な手段を取らざるを得なかった。一二月一五日の二日後には、ブラー将軍に代わってロバーツ元帥が総指揮官に任命されている。そのことひとつを取ってみてもイギリス側の驚愕ぶりが推察できるだろう。国民の驚愕は狂熱的な愛国主義へ急変していった。

イギリス国内でも帝国全体でも、われわれの悲運に呼応して、この戦争を勝利へもたらそう、そのためにはいかなる犠牲も惜しむまいという暗澹たる不退転の決意が沸き起こった。しかしその一方で、屈辱的な敗北のかげに隠れて、敵方の行動そのものが、強者がいわれなく弱者を攻撃しているという主張をバカげたものにしてしまうだろうというある種の満足感もあった。敗北という事実に刺戟されて、戦争への反対は目に見えて弱まった。

戦争においてさえフェア・プレイの精神を力説せざるを得ないドイルの姿がここにもある。彼に自覚できないのは、その精神そのものが特定の階級の捏造したイデオロギー以上のものではないという単純な事実であった。ヴィクトリア時代におけるフェア・プレイの精神とは中流階級の価値概念のひとつにすぎない。J・A・ホブソンの側から見るならば、まず初めにおよそアンフェアな帝国主義の経済侵略があったのであり、その局面を度外視した上で戦争におけるフェア・プレイの精神を云々するのはバカげた主張にすぎないだろう。しかし、それはドイルには縁のない論理であった。

ジンゴーイズムと呼ばれる悪性の愛国主義の犠牲者のひとりが彼である。もちろん彼には、「『マイカ・クラーク』、『白衣団』、『ロドニー・ストーン』、『バーナック叔父』等の作者」——『大ボーア戦争』のタイトル・ページにはそう記入されていて、ホームズ物語の名前はない——としての大義名分もあった。南アフリカ行きに強く反対する母に、

> 私が志願したことに対して立腹されるのではないかと不安でした。しかし私はそれが自分の義務だと感じたのです。私は『タイムズ』に投書をして、騎馬の射撃兵を集めるよう、政府に求めました。政府がそれを実行してくれた以上、その提案をした私としては、まず最初に志願して出るのが筋とい

うものでしょう。私はお母さんから愛国主義を学びました、ですから私のことを非難なさるのはおかしいのです。考えてみますと、私は（キップリングを除いて）イングランドの他の誰よりも若い人々に、とくに若いスポーツ好きの人々に強い影響力を持っているかもしれません。もしそうだとすると私が彼らに手本を示すのは、本当に大切なことでしょう。

（ピエール・ノルドン『コナン・ドイル』による）

と説明している。言うまでもなく、彼のアフリカ行きの動機をひとつに絞り込むことはできないし、またその必要もないだろう。愛国主義、冒険心、スポーツ趣味、名誉心、義務感、そうしたものの複合体が彼を行動に走らせたのである。

ドイルは、友人ジョン・ラングマンの計画した野戦病院の医者兼責任者として南アフリカに渡ることになる。イギリスを出発したのは一九〇〇年二月二八日、約三週間の船旅を経てケープタウンに到着したのが三月二一日、「われわれがオレンジ自由国の首都ブルームフォンテインについに到着したのは四月二日の午前五時のことであった」。仕事が終了したとして彼がそこを去るのは七月六日のことである。その間に彼は病院での治療にあたり、小さな戦闘を間近で体験し、『大ボーア戦争』を執筆するための証言を集めたわけである。この本の序文に、「この本はイギリスで着手し、船上でも書き続けたが、その大半はブルームフォンテインで伝染病禍の仕事の合間をぬって病院のテントで書き継いだものである」と書き込まれているのは、この間の経緯をさしている。

注意しなければならないのは、ドイルの滞在期間がボーア戦争の全過程の中でいかなる位置を占めていたかということである。イギリス軍は問題の「暗黒の一週間」を最悪の時期として、それ以降は攻勢に転じていた。一九〇〇年一月一〇日にはロバーツ元帥がケープタウンに到着して総指揮をとり、翌二月一五日にはキンバリーが、二八日にはレディスミスがボーア軍の包囲から解放された。三月一三日にはブルームフォンテインが陥落、五月一七日にはマフェキング解放――イギリス国内が歓呼に沸いた日である――、六月五日にはトランスヴァール共和国のプレトリアが陥落。要するにドイルが南アフリカに入った時期というのは、すでにイギリス軍の優位が決定的になっており、その意味では最悪の戦闘場面に遭遇する危険はなかったとしていいのである。

しかし彼はもうひとつの最悪の局面に立ち会うことになってしまった。四月にブルームフォンテインを襲った腸チフス禍の最中にその現場にいて、治療にあたることになったからである。「南アフリカでは弾丸よりも腸チフスによって多くの人々を失った。……その勃発はすさまじいものであった。国民に伝えるにあたっては、その事実が水で薄められ、報道もきびしく検閲されたが、われわれは死の真只中に、しかも最悪の、最も汚れた死の真只中に生きていた。病院の施設は五〇人分しかないのに一二〇人を割り当てられ、ベッドの間の床にも患者や死んでゆく者たちを並べることになった」(『回想と冒険』)。このときの死者は約五〇〇〇、ドイルはその原因をロバーツ元帥の水対策、つまり衛生問題への不注意にあるとしている。カーツームの事件で悲劇の英雄になったゴードン将軍が衛生問題につよい関心をもっていたのとは対照的な事態であったことになる。

ドイルは戦争が終結したものと信じて、南アフリカを去った。別の言い方をするならば、戦争が後半の泥沼状態に陥り、ボーア軍側のゲリラ戦法による抵抗、それに対する報復としての農場の焼き打ち、婦女子の強制収容所への収容など、ヨーロッパ諸国の非難を浴びた事態を現場で直接に目撃することはなかったのである。

そのように限定された直接経験に、見聞と読書をつぎ足すことによって『大ボーア戦争』、『南アフリカの戦争、その原因と展開』、そして回想録の関連部分は書かれたのである。なぜこの点にこだわるのかと言えば、ドイルが当然読んでいたはずなのに、そして有名な政治家や軍人などの名前を挙げることに情熱をもっていた彼としては当然言及していいはずなのに、まったく言及されない名前があるからだ。それは、ウインストン・チャーチルという名前である。彼の従軍レポートである『ロンドンからレディスミスへ』とその続編『アイアン・ハミルトンの進軍』はいずれも一九〇〇年に刊行されており、殊にハミルトンの名前はドイルの回想録に登場するにもかかわらず、である。

もちろん回想録にすべてを書き込む義務はない。しかしドイルの回想録がきわめて濃密な記述とそうでない部分を含んでいることは、まぎれもない事実である。そのことは、この回想録にそのまま依拠するかたちのコナン・ドイル伝あるいは彼のボーア戦争体験の記述も、そのような歪みを転写してしまいかねないということである。ディクソン・カーの手になる『サー・アーサー・コナン・ドイルの生涯』(一九四九)は論外として、評伝作家ヘスキス・ピアソンの『コナン・ドイル』(一九六一)にもそのことがあてはまる。

3

『大ボーア戦争』のひとつの特徴は、その最終章で陸軍の改革案を提唱していることである(この章は別途に雑誌にも発表された）。

今回の戦争の軍事的教訓のまず第一のものは、陸軍の問題をもはや職業的な兵隊や将校のみにまかせておくのではなく、帝国の防衛は特定の戦士階級の仕事ではなくて、立派な体をもつすべての市民の仕事であることを一般の人々も認識しなくてはならないということではあるまいか。国の防衛が特定の小さな階級に依存してしまうという事態は、国民にとって無気力の原因となる。近代兵器の発達にともなって、ライフル銃を手にしたすべての勇敢な人間は怖るべき兵士となるのであり、もはや厳しい訓練や規律の必要はなくなるのである。

実際にドイルは、ボーア戦争後、民間の射撃クラブを組織したりしているのである。しかしそれはそれとして、彼のこのような批判は、階級社会の構造を依然として残している軍内部の古めかしさに対する非難であると同時に、国民の総力戦としての戦争の可能性を示唆するものともなっている。彼の見たのは帝国主義の侵略戦争といったものではなく、あくまでもフェア・プレイの精神が発揮されるべき場としての戦争でしかなかった。大英帝国の存在なるものを肯定し、〈帝国〉という言葉を肯定的に使うことしか知らなかったドイルにとって、それは当然の帰結でしかなかった。彼の棲みついていたのは正義と不正の画然と区別されるイデオロギー的な世界であり、それを体現したのがホームズ物語なのである。

ホームズ物語の世界はたんに正義と悪、正義と犯罪が二項対立している場ではない。その論理の上にもうひとつ、コナン・ドイルの信じたフェア・プレイの論理が重ね合わされているのだ。探偵がときおり犯罪行為めいたことをしでかすについても、犯人側の行動との釣り合いから考えればフェア・プレイの論理の内側にとどまるということなのである。彼の、歴史冒険小説、ホームズ物語、ボーア戦争論をつらぬいているのは、強者の恣意を多分に許容するフェア・プレイの論理である。

一九〇二年に厚い冊子『南アフリカにおける戦争、その原因と展開』を刊行するにいたった動機も同じであって、ヨーロッパの各地で吹き出した対イギリス批判を不当なものと感じたからである。彼の発想からするならば、ボーア戦争後半のゲリラ戦なるものはフェア・プレイの精神にははなはだしく欠けるものであったに違いない。またイギリス側のとった強制収容所へ囲い込むという手段にしても、ドイルには餓死する人々を救う手立てのひとつと映った。再び母への手紙を引用してみることにしよう。

『戦争の原因と展開』というパンフレットに立腹なさることはないと思います。誰を攻撃したものでもありませんし、ただわれわれと、われわれの方法と、とくに立派な行動をとりながら、きわめて酷な中傷を受けている兵隊たちを弁護しただけのものですから。国で安全に暮していながら、彼らに対してとんでもない嘘の批判をしているステッドのような男には、とことんきつい言葉をぶつけてやりたくなります。私は小さな本にすべての証拠を集めて六ペンスで売り、さらに翻訳してヨーロッパのすべての国に行き渡らせたいと思います。

（ピエール・ノルドン『コナン・ドイル』より引用）

政府側からすれば、ホームズ物語の作者以上に役に立つ広報係はいなかったであろう。彼は陸軍省の資料をフルに利用する許可を得て、一月九日にこの仕事に着手し、一七日には完了した。回想録によれば、

「私はなるたけ自分個人の意見をおさえ、農場の焼き打ちや暴行や強制収容所やその他の論争点については目撃者の（多くはボーア人の）証言を整理することによって、より効果的な主張をすることができた」。ゲラ刷りの出た直後の一月二二日には、ドイルはボーア戦争の推進者ジョゼフ・チェンバレンから食事に招待された。ドイルはフェア・プレイの精神を発揮して、回想録の中に、この冊子を批判する手紙を紹介している。

ドイルの本はイギリスの熱狂的な愛国主義の一党に命じられたか、影響されたかのような印象をうけます。このイギリスの戦争屋たちが（さらに、トランスヴァールにいるイギリスの将校や兵隊たちが）、文明世界の全体から、女子供を殺す腰抜けの悪党、邪悪な獣として軽蔑されているのは、あなた方も先刻承知のはずです。

しかし、彼のフェア・プレイの精神は、この手紙を紹介して自分の行動を正当化するところにとどまるのであって、そうした批判の妥当性や背景を考えるところまでは決してゆかない。

ドイルによれば、この冊子は発売されてから数ヶ月の内にイギリス国内で約三〇万部が売れ、さらに彼の望み通りドイツ、フランス、ベルギー、北欧諸国、ロシア、ハンガリー、ポルトガル、スペイン、イタリアなどでも発売されて、反イギリス感情を緩和するのに寄与したという。「私の人生で最も楽しく完璧なエピソードのひとつは、南アフリカにおけるわが国の兵士の方法と目的について書いたパンフレットにまつわるものであった」（『回想と冒険』）。そうした功績を認められた彼は一九〇二年にサーの称号を与えられることになり、やはりボーア戦争の推進者であったソールズベリー卿からその旨の手紙をもらっている。ノルドン他の伝記作者たちは異口同音に、ドイル本人は称号をほしいとは思わなかったが、母の強い希望に応じてそれをもらうことに同意したのだと伝える。そしてホームズ物語のひとつ「三人ガリデブ」の冒頭に、「ホームズはひょっとするといずれ公開できるかもしれない功績によって称号をもらいそうになったが、断わってしまった」という一節があり、それがまさしく一九〇二年とされていることを指摘する。伝記作者たちは、ドイルは探偵の行動に本心を託したというのだろうか。彼には形式的な名誉心などなかったと言いたいのだろうか。しかし逆にホームズの性格づけからして、ナイトの称号を受け取れないのは自明のことであり、この一節は作品の内的メカニズムの問題としても説明がつくのだ。最終的な理由は何であったにせよ、つまるところ、称号授受の問題は見苦しいの一語につきる。

4

モールバラ侯爵家の嫡男という運命をもったウインストン・チャーチル（一八七四―一九六五）には、そうした爵位云々の問題は最初から起こりようがなかった。ドイルとチャーチル――常識的にはおよそ接点のなさそうに見えるこの二人を比較しなければならないのは、ボーア戦争をめぐって彼らが顕著な共通項をもち、さらに二人の人生が幾度か交差するからである。ドイルは民間の医者として野戦病院で働き、『大ボーア戦争』によってこの戦争の経緯を説明し、『南アフリカの戦争』でイギリス軍の行動を弁護した。それに対してチャーチルは二冊の従軍レポートを出版する。『回想と冒険』の中でボーア戦争時のみずからの行動を振りかえると同時に、出版の経緯をくわしく語ったドイルに対して、チャーチルも『わが半生』（一九三〇）の中でボーア戦争時のみずからの行動をくわしく語り直してみせる。どうみてもこの二つの自叙伝は密接に絡んでいるはずなのだが、互いに相手のことにはおそらく故意に触れまいとしているようにみえるのだ。ボーア軍との実戦に加わり、捕虜となり、そのあと脱出して英雄にまつり上げられたチャーチルに対して、ドイルはある種の嫉妬心でも抱いていたのだろうか。それとも、貴族階級に対してはつねにアンビヴァレントな態度をとる探偵ホームズの癖が、ここでは作家ドイルに

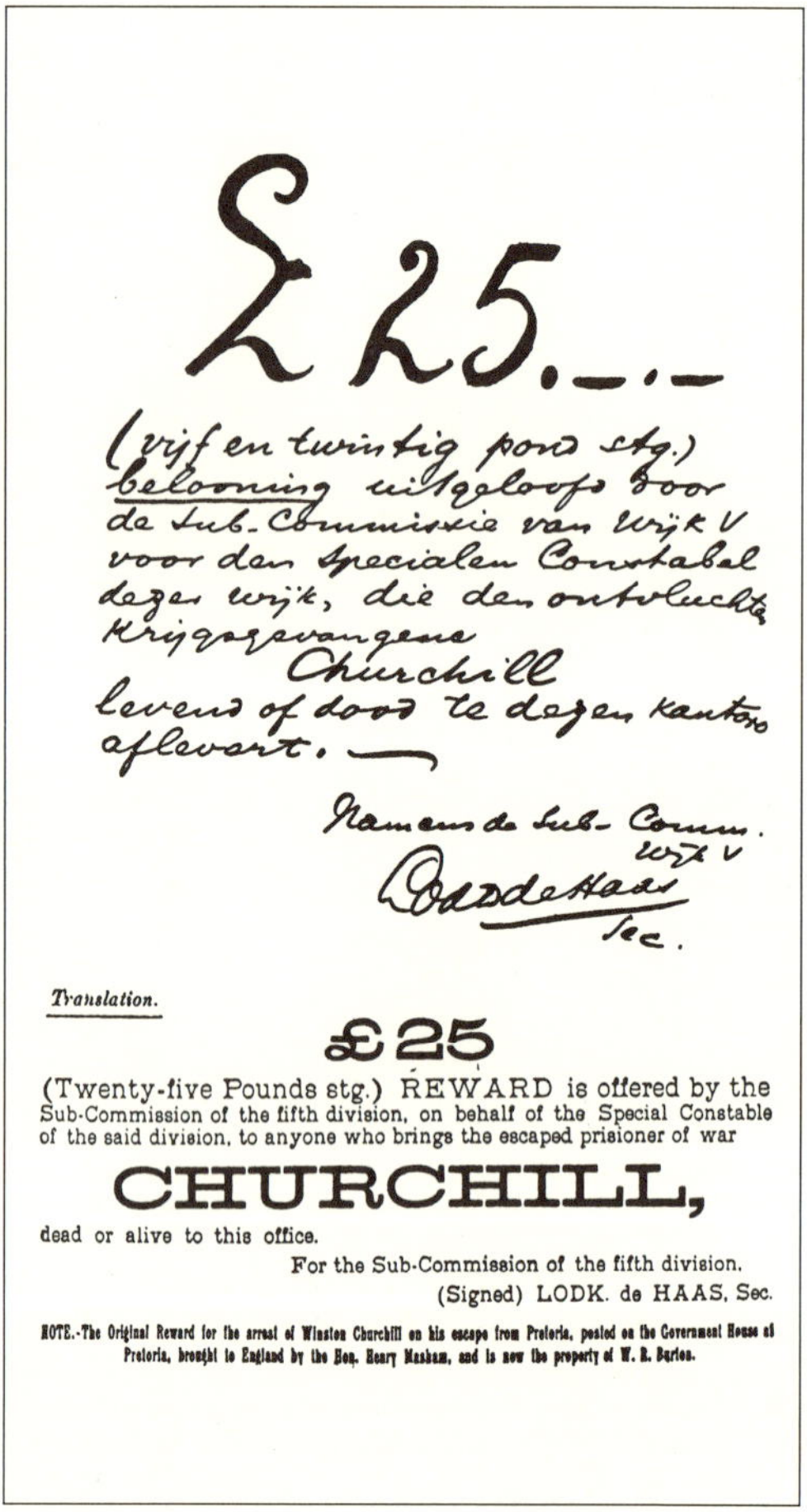

£25.-.-

(vijf en twintig pond stg.)
belooning uitgeloofd door
de Sub-Commissie van Wijk V
voor den Specialen Constabel
dezer wijk, die den ontvluchte
Krijgsgevangene
Churchill
levend of dood te dezen kantore
aflevert. —

Namens de Sub-Comm.
Wijk V
Sec.

Translation.

£25

(Twenty-five Pounds stg.) REWARD is offered by the Sub-Commission of the fifth division, on behalf of the Special Constable of the said division, to anyone who brings the escaped prisioner of war

CHURCHILL,

dead or alive to this office.

For the Sub-Commission of the fifth division.
(Signed) LODK. de HAAS, Sec.

NOTE.-The Original Reward for the arrest of Winston Churchill on his escape from Pretoria, posted on the Government House at Pretoria, brought to England by the Hon. Henry Masham, and is now the property of W. R. Burton.

▲チャーチルの指命手配書

も伝染してしまったのであろうか。

インドの勤務を終えたのち、一八九九年の春には陸軍をやめ、同年六月と七月にはランカシャのオーダムの町の国会議員の補欠選挙で連敗したチャーチルが、ボーア戦争に関与してくるのは、『モーニング・ポスト』紙の戦争特派員としてである。月給は二五〇ポンド、つまりちょっとした中流階級の年収に相当する金額である。彼の乗った船がサウサンプトンを出港するのは一〇月一一日のことであるが、この船にはイギリス軍の指揮をとるはずのブラー将軍も乗船していた。チャーチルは『わが半生』の中で彼の情勢判断の甘さをつくとともに、「彼はほとんど物を言わなかった、言ったとしても意味不明瞭であった」と評している。(但し、『ロンドンからレディスミスへ』では一四日午後六時の出港となっている)。

チャーチルが南アフリカに向かった動機というのはおそらく現金収入と冒険心であって、その意味ではドイルの思いつめた愛国心と比較して、相当に無責任なものだったと考えていいだろう。彼の本からはボーア人の歴史や性格についての深い関心は読みとれない。彼にとってのボーア人は「侵略者」でしかなかった。例えばナタールの人々について、彼は次のような報告を書き送っている。ナタールの人間は「侵略を受けたのだ。家畜はボーア人に没収され、町は銃撃され、占領されたのだ」と。ドイルが繰り返し力説し、また彼の行動の指針ともなったフェア・プレイの精神すら、チャーチルの戦況報告からは感じとれない。この戦争がボーア人侵略者と大英帝国の戦いとしか映っていないのだ。

オランダ系の農民は自信たっぷりに「われらの勝利」、つまりボーア人の勝利について騒ぎたてており、人種感情が高まっている。しかしイギリスの植民者たちは——過去のことを考えると、驚異としか言いようがないのだが——帝国政府の決意とイギリス国民が自分たちを見捨てはしないということを心の底で信じている。……国王と母国に対するナタールの人々の献身ぶりは、すべての善良なるイギリス人の心を熱くし、広く尊敬と共感をかちえるであろう。（『ロンドンからレディスミスへ』）

それなりの魅力をもつチャーチルの戦況報告の背景にあったのは、二六歳の政治家志望の青年のこの程度の認識でしかなかった。ただひとつ際立っていたのは、ジャーナリストとしての見識は別にして、この青年が五年前に世を去った大物政治家の息子で、マールボロ公爵の血筋だということであった。そのこと自体が十分な商品価値を付与する力となり得たのである。

南アフリカに向かう船の上では情報不足のせいで苛々していたものの——将校の間にはすでに戦闘は決着したのではないかという楽観論すらあった——ケープタウンに到着してみると、戦況のかんばしくないことが明白になった。しかもナタールの町レディスミスにイギリス軍が追い込まれて身動きできないことが分かる。特派員チャーチルはその前線に向かう決断をした。『わが半生』によれば、「今や将軍の地位にあるアイアン・ハミルトンは友人」であり、「レディスミスに行ってみようというのが私の計画であった。そこに行けばハミルトンが世話をして、いいショウを見せてくれるはずであったが、私は出遅れ、扉が締まってしまった」ということになる。それでも現場に近づこうとしてエストコートまで辿りついたチャーチルは、そこから友人ホールデン大尉の部隊に加わって、装甲列車で敵の動きの偵察にでかけた。理由は「『モーニング・ポスト』のためになるだけ多くの情報を集めるのが義務だと思っていたし、それにトラブルを求めていた」ということである。望み通りに、一一月一五日、トラブルが起こった。装甲列車が妨害にあって脱線し、部隊はボーア軍の攻撃を受けながらも辛うじて脱出したものの、チャーチル以下の者が捕虜になってしまうのだ（自伝には、このときのボーア軍の指揮者が、のちに南アフリカの指導者となるルイス・ボータであったことが語られている。のちの親交の話とともに）。もっとも、有名な公爵の息子としての彼が手荒な扱いを受けたわけではない。「白人に関するかぎり、ボーア人ほど人道的な人間はいなかった。カフィール族となると話は別であるが、ボーア人にとっては、たとえ戦争の時であっても白人の命を奪うというのはショッキングな痛事であった」。

捕虜となったチャーチルはプレトリアの収容所に移され、そこを単独で脱走し、トランスヴァール共和国に帰化していたイギリス人の手で炭鉱に隠まわれ、貨物列車に隠れてポルトガル領の港ロレンソ・マルケスに脱出することになる。その話を私はここで語り直そうとは思わない。詳しいことは、チャーチル本人が『ロンドンからレディスミスへ』と『わが半生』の中で誇らしげに書いている。そしてその話がコナン・ドイルの冒険小説に劣らぬ迫力をもっていることは否定できないだろう。「青年は冒険を求める。ジャーナリズムは広告を必要とする」――これはチャーチル自身が自伝の中に書き込んでみずからの行動の要約とした言葉である。鼻につく悪趣味。

しかし、いずれにしても、チャーチルの約一ヶ月にわたる冒険は、いわゆる「暗黒の一週間」と併行してくり広げられ、彼はそれに勝利したわけである。

私は目の前におかれた新聞のファイルの山をむさぼり読んだ。私が国立師範学校の壁をよじ登って脱出して以来、重大な事件が次々に起こっていた。イギリス軍にはボーア戦争の「暗黒の一週間」が降りかかっていた。ストームバーグではガタカー将軍が、マガーズフォンテインではメシュエン卿が、コレンゾではサー・レドヴァーズ・ブラーが壊滅的な敗北を喫し、死者はイングランドではクリミヤ戦争以来のものとなった。……ダーバンに到着してみると、私は人々の英雄になっていた。私は大勝利を得たかのように歓迎された。港中に旗が飾られ、楽隊と群衆で突堤は埋めつくされていた。

（『わが半生』）

ドイルもここまでの経緯は新聞他で知っていたはずである。しかし、それについての彼のコメントは残されていない。彼が『回想と冒険』の中でチャーチルの名前に言及するのは、第一次大戦のときのみである。今われわれが知りうるのは、このあと間もなく彼が志願し、その願いがかなえられなかったという事実である。

コンゴ問題とフェア・プレイの精神

16

1

捕虜収容所からひとりで脱出を敢行してイギリスに戻ったチャーチルは、自他ともに認める英雄になっていた。すでに政界進出の決意を固めていた彼にとって――すでに一八九九年六月、マンチェスターの近くのオーダムでの選挙に保守党の議員候補者として立ちながら敗北していた彼にとって――翌年九月の総選挙は、またとないチャンスであった。オレンジ自由国の首都プレトリアの陥落によってボーア戦争にメドがついたようにみえた時期と、そのあとの泥沼的なゲリラ戦の始まる前の小康状態に行なわれたこの総選挙は、予想通り、保守党の勝利に終わった。保守党の実質的な中心人物であったチェンバレンの掲げたのは、「政府の失う一票はそのままボーア票になる」というスローガンであった。この選挙が当時のイギリス軍の服の色にちなんで「カーキ選挙」と言われる所以である。チャーチルの『わが半生』においても、この前後の経緯を語る章が「カーキ選挙」と題されているのはもちろん同じ理由からである。

保守党の側からすれば、総選挙の最初のほうに位置するオーダムの選挙結果は、勝利へのはずみをつけるためにも大切なものであった。「チェンバレン氏本人が私の応援演説に来てくれた」(『わが半生』)。チャーチルがある会場で脱走のもようを語りながら、彼を鉱道に隠まってくれたオーダム出身の技師の話をすると、その夫人が会場に来ているということで大いに沸いたこともあるという。それは単なる偶然の結果だったのだろうか。それとも政治的演出だったのだろうか。しかし、いずれにしても、チャーチルはこの選挙に第二位で当選し、次には彼自身が他の候補の応援演説をしてまわることになるのだが、それは同時に政治活動をするための資金稼ぎの講演旅行でもあった。

どんなに大きな会場もすべて好意的な聴衆で満杯になり、私は幻燈の助けを借りて、戦争という大枠の中での私の冒険と脱出について語った。一晩で一〇〇ポンド以下ということはほとんどなかったし、それをはるかに上回ることのほうが多かった。リヴァプールのフィルハーモニック・ホールでは三〇〇ポンドを越える収入があった。結局私は一一月のうちにイギリス全土のほぼ半分の地域を回って、四五〇〇ポンドを上回る銀行預金を作ることになったのである。

この講演旅行はアメリカにも及び——ニューヨークでの最初の講演の司会をつとめてくれたのは、他ならぬマーク・トゥエインであった——、選挙後の数ヶ月で彼の稼いだ額は一万ポンドにも達したのである。

もっとも、この講演旅行ということについて言うならば、何もチャーチルの場合のみに限られた特殊な事情ではない。ヴィクトリア時代の著名なイギリス人はしばしばアメリカに講演旅行に出かけて、大金を手にしているのである。ディケンズ、スペンサー、ワイルドなどは殊に有名な例である。活字と挿絵とわずかの写真しか一般には入手しがたい時代にあって、講演というひとつの言説の制度がもってい た役割は今日のそれよりもはるかに大きかった。しかも制度しての講演は決してそれのみが独立していたのではなく、チャーチルの場合のように幻燈つきのこともあったし、世紀末の労働運動にかかわりのあった講演会では、講演の前に寸劇や詩の朗読がつくというのはごく普通の事態であった。世紀末のイギリスにおけるエリノア・マルクスとその夫エイヴリングの活動の軌跡を少し追いかけてみるだけで、そのことが納得できるだろう。そこでは啓蒙活動と娯楽がともかく結びついているのである。トインビー・ホールのようなセツルメントの活動についても、救世軍の活動についても同じことが言えるだろう。もちろん講演自体にも教えかつ楽しませる魅力が要求されたであろうが、それと併行して、講演という制度自体が娯楽と相互浸透を起こしていたのである。そのような文化のありようを、言説の制度を巧みに利用する能力をもつ人物が文章を書けば、あるいは口述すればどうなるか——そのみごとな成功例がチャーチルである。彼の文体の基本にあるのはまさしく演説のレトリックである。

2

世紀末の何人かの作家の文体がもつアピール力というのは、実はこの講演もしくは演説のレトリックがもつ魅力のことではないのだろうか。ヘンリー・ジェイムズやジョゼフ・コンラッド（いずれもイギリスに亡命した作家）などとドイルやキップリングなどの作家の文体の間にきわだった差異を生みだしたのは、つまり文体における韜晦と透明の差を生みだしたのは、講演という制度とひとつになったレトリックではなかったろうか。当然ながら、この制度の内側にいる者は〈話す〉から〈書く〉への移行もその逆も、比較的容易にできたはずである。〈話すように書く〉と不正確に説明される事態が比較的容易に起こりやすかったはずである。その反対に、書くことから話すことへの移行も、この制度の内部でならばたやすくできたかもしれない。この話すと書くの相互交代の関係は決して作家個人の資質に還元できるものではなくて、言説の制度の問題でもあるはずなのだ。生涯にわたってイギリスの下院で二千回にも近い演説を行なったチャーチルが、その著作を好んで口述したというのは、この言説の制度の可能性をフルに活用しつくしたということであろう。

もうひとり、〈書く〉から〈話す〉への移行を典型的に実践してみせたのがコナン・ドイルである。一九〇〇年九月末の母宛ての手紙の一節には、次のようにある。

今回のエディンバラでの戦いは、マコーレー卿の時代以来いちばん人を熱狂させるものになっているとのことです――大変なことですよ。私はオペレッタの劇場を一杯にしました。そのあとも群衆がぞろぞろとホテルまでついてきて、プリンシズ・ストリートの身動きがとれなくなり、結局ホテルの段のところから喋るしかなくなりました。三日で一四回の演説です――かなりの腕です!

ドイルもまたチェンバレンの帝国政策に共鳴して、カーキ選挙のさいには保守党の候補として立ったのである。結果は落選であった。一九〇六年、チェンバレンに勧められて再び立候補したときも落選に終わった。のちに彼はこのときの体験を振りかえって、「かくして私の政治生活は終わった。……だがしかし、私は公のために働く仕事がどこかで自分を待っているのだと深く確信した」（『回想と冒険』）と書くことになるのだが、それは別の言い方をするならば、著述と講演との往来の可能な場に身をおくことになるであろうと予感したということである。そして、現にその通りになった。コンゴ問題における取り組み方がそうであるし、彼の晩年のエネルギーの大半を傾注して行なわれたスピリチュアリズムのための活動もまさしくそういうものであったのだから。

興味深いのは、選挙における敗北という事態をドイルがどう認識していたのか、どのような思考の枠によって敗北を自分に納得させようとしたのかということである。九月二七日付の母宛ての手紙の中に、「対立候補をたたき潰してしまう手紙を入手していますが、これを使わせたくはありません。ベルトの下を殴るようなものですから」というくだりがある。使われているのはボクシングの隠喩。彼は明らかにフェア・プレイの精神という、彼にとって最も重要な普遍の原理を守っているのだ。それに対して相手側はどのような手段に訴えたかと言えば、

投票前日の夜の一一時、地区全体に、あの男はローマ・カトリックだ、イエズス会士のもとで教育を受けた男だというビラを貼ったプラカードが立てられた。（『回想と冒険』）

かつて伯父のリチャード・ドイルが『パンチ』のカトリック攻撃に立腹して、この雑誌の挿絵画家としての地位を捨てるという事件があった。ここではカトリック問題が落選の原因になったのである。少な

くともドイル本人はそう考えた。しかもこの選挙のさいの悪用は、明らかにフェア・プレイの精神を踏みにじっているのであって、彼がこのやり口を心底軽蔑しただろうということが想像できる。

彼の政治的な立場をみていると、一方では大英帝国の維持を主張し、社会主義の運動を嫌い、女性の参政権に反対するということをしながら、他方ではアイルランドの分離独立を過激に主張したロジャー・ケイスメントを擁護するなど、簡単には保守ともリベラルとも割り切れないところをもっている。『回想と冒険』の中では、本人が、「私は多くの点でラディカルであったが、ボーア戦争を完全な勝利に導かないのは国としての不面目であるし、帝国にとっては災厄となりかねないことを承知していた」と書いているくらいなのだ。

だとすれば、彼の行動を一体どう説明すればいいのだろうか。もちろん人間は多重の可能性をもつ存在なのだと主張して、矛盾そのものを正当化することもできるだろう。それは『ドリアン・グレイの画像』において露骨に主張され、I・A・リチャーズの批評においては多様な姿勢の均衡という考え方によって、エンプソンの批評では多義性の理論の名のもとに容認されてきた立場である。さらにそこから、小さな言語ゲームの併存というポストモダンの戦略まではあと一歩ということになる。しかしドイルはその方向に暴走はしなかった。彼の行動は、それが互いの関係においてはいかに矛盾しているようにみえようとも、少なくともその行動の射程の範囲内においては、必ずといっていいくらいにフェア・プレイの精神につらぬかれているのである。そしてそのことが彼にシンプルな魅力を与えるとともに、浅薄さという外被をかぶせてしまうことにもなるのである。ドイルにあっては、ホームズ物語も歴史小説も、この主題の変奏にすぎない。

3

コンゴ問題の複雑な展開の中でコナン・ドイルが一貫して行動の指針としたのが、このフェア・プレイの精神であった。まずそのように結論を出したあとで、このコンゴ問題の概略を示すことにしよう。『大ボーア戦争』の場合と同じで、『コンゴの犯罪』（一九〇九）においても、ドイルはまず必要最少限の歴史的由来を説明するところから始めている。

ベルギー国王レオポルド二世は早い段階から中央アフリカに関心を示していて、長い間それは高邁なる精神と博愛主義によるものとされてきたが、ついにはそうした動機とむきだしの商業主義との対比が、もはや抑えのきかないくらい露骨なものになってしまった。王はすでに一八七六年にベルギーで人道主義者ならびに旅行家の会議を開いて、この暗黒大陸を開くためのさまざまの方策を議論させていた。この会議から生まれたのがいわゆる国際アフリカ協会であるが、その名称とは裏腹にほぼベルギーの団体で、その会長はベルギーの国王であった。その建て前上の目的はこの国を探検し、旅行家の休息所にして文明の中心となるような国家を建設することであった。

これが列強によるアフリカ分割に加わろうとするレオポルド二世の帝国主義的な貪欲の外装であることは、最初から明らかであった。彼は一八八二年にはコンゴ国際協会を作って、コンゴの各地を実質的に手中に収め、ついでコンゴ河流域での自由貿易を保証するという口約束によってその存在を承認させ、八五年二月のベルリン条約によってコンゴ自由国を成立させることに成功したのである。しかし、「ベルリン条約によってこの国が成立してから二年もたたないうちに、『道徳的にも物質的にも向上させる』としきりに称していた当の原住民の全財産を奪ってしまうとともに、独占を禁じ、すべての者に平等の交易権を保証するとする条約中の条文を破棄してしまった」のである。ドイルはこのベルリン条約

▲戯画化された原住民の姿。一八九〇年の黄金海岸で。

への違反ということを繰り返し力説する。「この国家は、いたるところでベルリン条約を明からさまに踏みにじり、みずからが唯一の地権者であり交易者であると公言してはばからなかった」。ドイルが何よりも憤慨しているのは条約違反というルール破りに対してであった。その条約の内容の是非よりも、一度決めたルールに従わないということがフェア・プレイの精神にもとると考えたのである。ドイルは一九〇九年の夏、コンゴ改革協会のエドマンド・モレルに出会ったのち、わずか八日間でこの『コンゴの犯罪』を書き上げた。おそらくこの場合にも、フェア・プレイの問題が関与してきたときに彼のみせる特有の熱意と集中力を認めることができるかもしれない。

しかも、イギリス側からみるならば、自由な交易権の保証云々のほかに、もうひとつ厄介な事情が最初からこのコンゴ問題には絡んでいた。有名な探検家ヘンリー・モートン・スタンレー（一八四一―一九〇四）の介在である。歴史学者フェリックス・ドライヴァーによれば、彼の有名な三つの中央アフリカ探検は、そのつどイギリス国内で大きな讃嘆と批判の合唱を生み出した。「これらの論争のなかで最初の最も有名なものは、一八七二年の夏、スタンレーがリヴィングストンの救出から戻ってきた時に起こった。第二のものは一八七六年に、スタンレーの二つ目のアフリカ探険のさいの残虐行為の話がロンドンに伝わったときに吹き出した。第三のものは、一八九〇―九一年に、赤道スーダンにいたドイツ人の総督エミン・パシャを〈救出する〉仕事の終わったあとに湧き上がった」（「ヘンリー・モートン・スタンレーとその批判者たち、地理と探検と帝国」、『パースト・アンド・プレゼント』第一三三号、一九九一年一一月）。もう少し補足するならば、タンガニーカ湖の近くで消息を断った探検家リヴィングストンを発見することに成功したあと、イギリスに戻って、『私はいかにしてリヴィングストンを発見したか』（一八七二）を

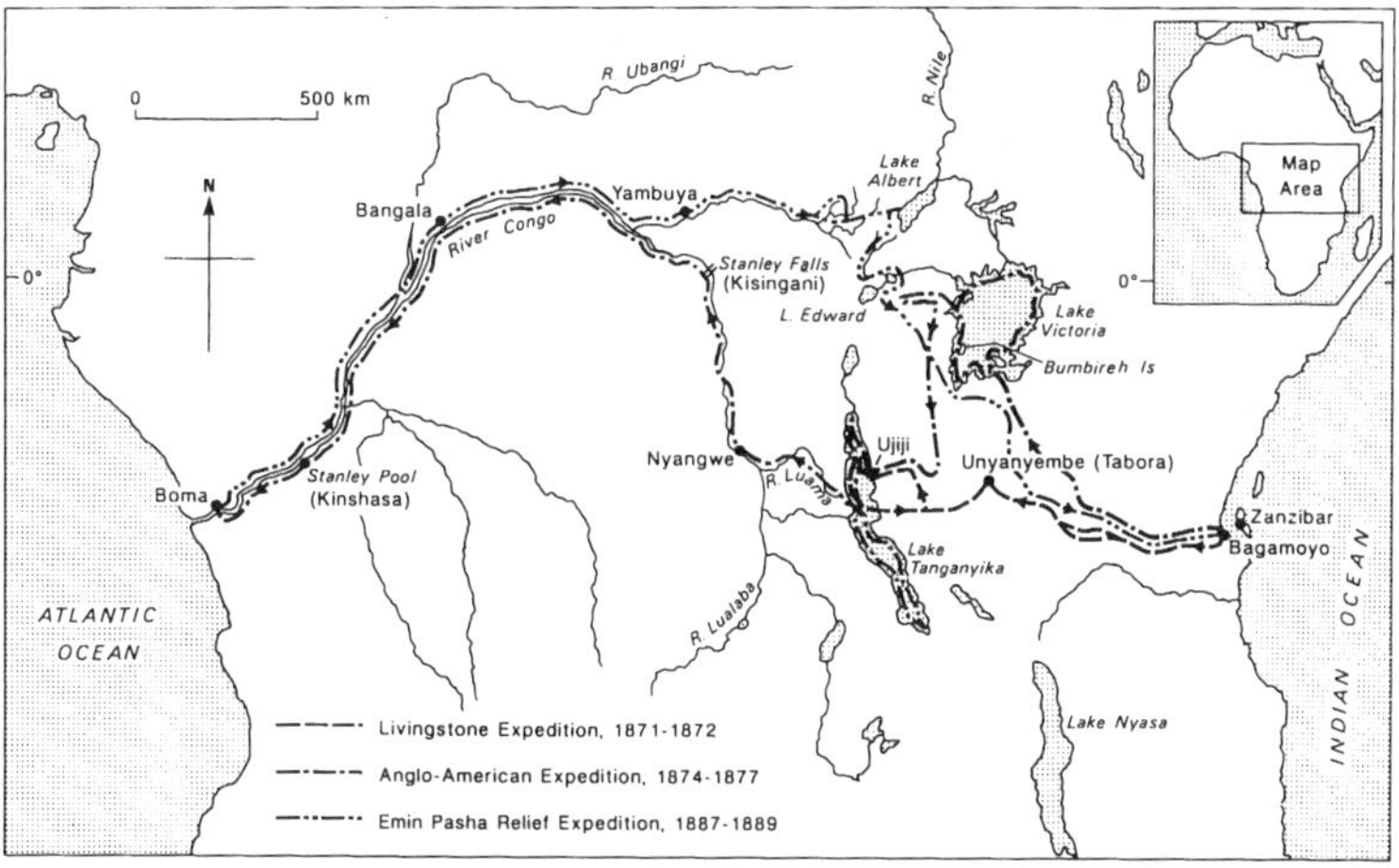

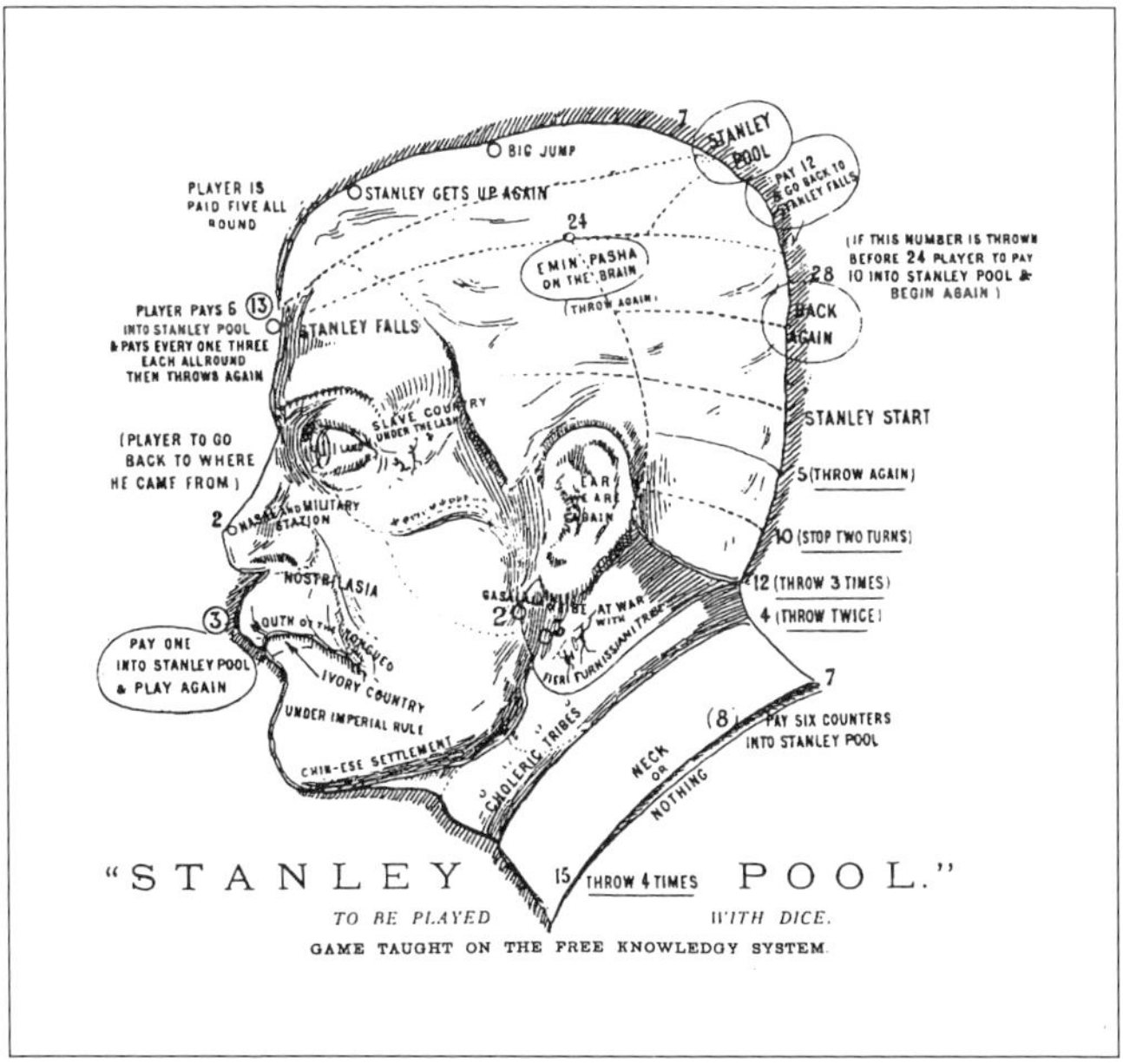

▲スタンレーの探険ルート（ドライヴァーの論文より）

◀スタンレーの観相術的な顔に地図を重ね合わせた戯画（同論文より）

書いたスタンレーに対しては――この本はよく読まれ、彼は英米を講演旅行して回ることになった――たしかに当初から厳しい批判があった。そのひとつの理由は、この素人探検家が『ニューヨーク・ヘラルド』紙という典型的なイエロー・ジャーナリズムの支援をうけてこの仕事に取り組んでいたという動機の不純さに加えて、成果を発表するさいの彼のスタイルが相当に派手なものであったことにあると思われる。一八七二年にせっかくイギリス協会の地理学部門に招かれて、「タンガニーカ湖北岸での発見」という講演をしたおりにも、「私はみずからをひとりの吟遊詩人と考えております。ナイル河の水源を求めて道なき道をゆくある老探検家の物語を、いざ語ろうではありませんか」と語り始めたという。たしかに彼の場合には、前記の本にせよ、『暗黒大陸横断』（一八七八）にせよ、自己顕示的なレトリックが過剰で、その分鼻につくことはある。歴史学者ドライヴァーによれば、このときの会場の反応は、とくに専門の地理学者たちの反応は、きわめて冷ややかなものであったという。

そのような冷淡な反応を代表するのが、当日司会をつとめたフランシス・ゴルトンのそれであった。優生学をのちに設立することになる人物の名前にここで再びめぐり会うのは奇妙かもしれないが――彼の『天才の遺伝』はすでに一八六九年に刊行されている――、実は決してそうではない。もともと彼はアフリカの探検家、地理学者として出発したのだから。この日の司会の最後に彼は、スタンレー流のやり方を、「センセーショナルな地理学」と決めつけたという。『エディンバラ評論』に、一八七八年、「スタンレーの発見とアフリカの将来」という無署名の書評を書いて苦言を呈したのも、同じゴルトンである。さらに自伝『我が人生の回想』（一九〇九）の中では、「スタンレー氏には地理学とは別の関心があったのだ。彼は本質的に、センセーショナルな記事を書くことを狙ったジャーナリストでしかなかった」と追い討ちをかけている。

しかし、当時の地理学の専門家たちから受けた冷遇にもかかわらず、探検家としてのスタンレーの名声は動かぬものであった。それを決定的にしたのが、インド洋側のザンジバルを出発して、ヴィクトリア湖とタンガニーカ湖を経由し、コンゴ河を下向して、大西洋側のボマに達した第二回目の大旅行である。だが、この中央アフリカ横断旅行の際に、ヴィクトリア湖のバンビレイ島で彼の悪名を高くする虐殺事件が起こった。いや、正確に言えば、彼が虐殺事件を起こしたのである。のちにコンゴで行なわれる残虐行為を考えると、この事件はその不気味な予兆と言えなくもないのだ。もう一度歴史学者ドライヴァーの説明を借りることにしよう。

一八七六年にスタンレーの批判者たちの最大の関心事となったのは、彼が力を行使したという事実のほうではなかった。むしろ、バンビレイの人々と暴力的な対決をしたあとで、彼が冷血非情な報復を計画したということである。しかもスタンレーはこのことで弁明は不要と思っていたらしい。それどころか、彼の送ってくる記事はこの暴力事件を楽しんでいるようにさえみえたのだ。彼の報告によれば、最初の衝突の結果、「銃撃による死傷者一四名。これはオール八本と太鼓ひとつを盗んだことに対する代価としては非常に高くついたと思うが、われわれを虐殺する意図が相手側にあったことを考えると、決して十分ではなかった」。スタンレーが懲罰をもくろんだ二度目の衝突はもっと凄惨なものになった。マスケット銃と槍で武装した二八〇人が、アメリカとイギリスの国旗をたてた一八艘のカヌーでバンビレイ島に接近し、原住民を岸までおびき出しておいて、少なくとも四二人を殺し、さらに多数を負傷させた。スタンレー側の被害は軽傷がほんの数人出ただけであった。

要するに、紳士の国を自称する大英帝国が世界中でやっていたことを、スタンレーが、ヴィクトリア女王の名前を冠した湖の中の島でもう一度演じてみせたというにすぎない。そして、その位置の偶然によって、ヴィクトリア時代の正体の重要な一面を暴露してみせたというにすぎない。

この横断旅行の終わった翌年の一八七八年、スタンレーはレオポルド二世の代理人とパリで接触し、国際アフリカ協会のために働くことになる。「まずスタンレーに与えられたのは、交易のためにコンゴを開き、基地の建設と出張所の開設を可能にするために原住民と交渉することであった。一八七九年になると、彼はいかにも彼らしくエネルギッシュにこの仕事にとりかかった」(『コンゴの犯罪』)。本人の意図にはかかわりなく、彼はレオポルド二世の帝国主義的野心の手先となってしまうのである。

それではドイル本人はこの探検家のことをどう評価していたのだろうか。残念ながら、今のところはそれを確認するための資料がないけれども、すでに一八八一年に船医としてアフリカの黄金海岸までは出かけたことのある冒険好きのドイルが、この探検家の仕事やそれに対するさまざまの角度からの批判を知らなかったとは考えにくいのである。もちろん彼がヴィクトリア湖での虐殺を肯定したはずはないが、しかし、逆に一方的なスタンレー否定にもくみしたとは思えない。彼の心情からすれば、レオポルド二世の道具と化した観のあるスタンレー像を救出し修正するというのも、フェア・プレイの精神のひとつの発揮のしかたではあったろう。それとも彼は、搾取されているコンゴの黒人そのものに対してフェア・プレイを行なうために、ベルギー政府の犯罪を告発したのだろうか。その二つが混じりあっていたのだろうか。『コンゴの犯罪』はコンゴ自由国なるものの成立する経緯にスタンレーが関与したことを認めながらも、彼が「原住民の勤勉さとその交易能力をきわめて高く評価していた」とつけ加えることを忘れていないのである。いずれにしても、ドイルの本は独仏語に訳されたし、彼はみずからの主張を各地で講演してまわった。ピエール・ノルドンの『コナン・ドイル』に引用されているコンゴ改革協会のモレルの言葉によれば、「この時点でのコナン・ドイルの介入は、事態のなりゆきに決定的な影響を与えた。……この大目標のために当時ドイルのしたことは、ドイルでなくてはできなかっただろうと私は思う」ということになる。

4

『コンゴの犯罪』の口絵写真には、手首を切り落とされた男女と子供の姿が写っている。これは一体何が行なわれた結果なのか。ドイルが宣教師や旅行者の証言を数多く引用しながら説明しようとしたのは、ゴム採集のために、目にあまる蛮行が行なわれているという事実であった。現地の役人の命令通りにゴムを採集してこないと、みせしめに手首を落とされ、部落を焼かれたのである。アメリカ人の宣教師の報告をドイルは長々と引用しているが、その一部分を訳出してみると（もともとの原文は『タイムズ』の一八九五年一一月一八日号への投書である）、

コンゴにおける恐怖の大半はゴム問題から来ている。そのために住民は極度の絶望状態に追いこまれているのだ。その地域にある各町が代理人のいる本部に、毎週日曜日になると、一定量を届けること

を強制されている。力づくで集めるのである。兵隊が住民をジャングルに無理やり行かせ、もし行こうとしないと射殺して、その手首を切り落とし、戦利品として代理人のところに届ける。兵隊は誰を撃つかなど意にも介しておらず、頻々と弱い女や害のない子供を射殺する。彼らの手首は――男や女

▲『コンゴの犯罪』の口絵写真

の子供の手首は——代理人の前にずらりとならべられ、代理人は兵隊が弾を無駄にしていないかどうか確認するために、それを数える。代理人は一ポンドのゴムにつき約一ペニーの手数料が入るので、ゴムがたくさん来れば来るほど儲かるのだ。

ドイルはこうした証言を積み重ねながら、反論の余地の残らぬところまでベルギー政府の犯罪性を暴いてゆくのである。

興味深いのは、「ロジャー・ケイスメント領事の報告」と題された第七章である。一九〇四年にこの「歴史的な報告書」をまとめた人物について、ドイルは次のように評している。

彼は経験豊かな公僕であって、アフリカとその各民族を知るという例外的な経験をもった人物である。彼は一八九二年に領事館関係の仕事をするようになり、一八九五年まではニジェール河地域で働き、一八九八年まではデラゴア湾で領事をつとめ、その後コンゴに配属となった。人間的にはきわめて高邁で、嘘をつかず、私心のない人物であって、彼を知るすべての人から深く尊敬されている。

このケイスメントの報告書が国際世論に大きく働きかける力をもったことを考えれば、ドイルの扱い方も当然と言えるかもしれない。しかしこの人物に、『回想と冒険』は、「私はいつもケイスメントは素晴らしい人物だと思うことをやめないだろうが、妄執にとりつかれていて、悲劇的な最期をとげてしまった」と短く言及することになるのである。サー・ロジャー・ケイスメントはイギリスに対する叛逆罪で処刑された人物である。ドイルの二つの発言の間にはそのような事件が横たわっているのである。さらに言えば、一九一六年のダブリンにおけるイースター蜂起が横たわっているのである。批評家テリー・イーグルトンの小説『聖者たち、学者たち』は、このイースター蜂起の首謀者のひとりの処刑の場面から始まっていたことを、ここで想起してみるのもいい。あるいは詩人イエイツがこのケイスメントという人物に二つの詩を捧げていたことを。ドイルはアフリカを経由してアイルランド問題に直面してしまうのである。これは決して異様なことではなかった。それこそが大英帝国に生きるということなのだ。

一九一六年八月三日、死刑

ロジャー・ケイスメントの人となりについては、たとえば次のような証言が残されている。

1

アフリカ、アメリカ、アイルランドのいずれの土地のことであれ、不正と悪が行なわれていると考えると、彼はじっとしていられなくなる性格であったが、その点にかけては、私は彼のような人物を知らない。彼ほど礼儀を重んじ、親切で、寛大な人物に私は出会ったことがない。……再び彼のような人物にめぐりあうことはないだろう。

（ブルマー・ホブソンの証言）

およそ私利私欲とは縁のない寛い心の持ち主のひとり——みずからの名前のためにではなく、抑圧と貧困と隷従に苦しむ人々の解放のために生きた人物。私のように、最近の彼の政治的行動には正面から反対する者であっても、彼の中にある高邁で思いやりに満ちた部分に対しては、賛美と共感の念を決して失うことができないだろう。

（ロバート・リンドの証言）

にもかかわらずドイルは、彼のことを、「妄執にとりつかれていて、悲劇的な最期をとげてしまった」と短く評したのである。しかし、一見冷やかにみえるこの論評がドイルと彼の関係のすべてを要約していると考えるわけにはいかない。ケイスメントの日記の一九一〇年六月二四日の項には、「コナン・ドイルと食事。モレルもいあわせて、食後、『まだらの紐』の芝居を観に行く」という書き込みがあって、コンゴ改革協会のモレルとドイルと彼の関係を証言しているからだ。いや、何よりも、彼の叛逆罪による死刑が決定したのち、アスキス首相宛ての嘆願書を起草したのはドイルその人であるからだ。ドイルの回想録はここでもまた大きな事実を語り残しているのである。ここにある大きな空白をいくらかでも理解するためには、ドイルの乏しすぎる言葉の背後に回る努力をしてみるしかないだろう。今私の前にいるコナン・ドイルは、もはやシャーロック・ホームズの生みの親という資格で云々できる誰かではなくて、とてつもない歴史の舞台に立つひとりの演技者になっているのだから。

2

ロジャー・ケイスメント。一八六四年九月一日、ダブリン近郊で生まれたひとりの男が、一九一一年にナイトの称号を与えられたのち（この点ではドイルと同じである）、一九一六年八月三日、国王に対する叛逆罪で処刑されるまでの経緯について。たしかに世紀末文学とイギリス帝国主義の関係をみるためにはコンラッドやキップリングの足跡を辿るのが常道かもしれないが、私はあえてイギリス、コンゴ、ブラジル、アイルランドを往来しながら帝国主義的搾取と闘ったこの人物に注目してみようと思う。

冒険好きのケイスメントが初めてコンゴのボマに赴いたのは、リヴァプールの船会社に勤務していたときのことであるが、探検家スタンレーに魅了された彼は、二〇歳のときに無給で志願して、コンゴの開発を手伝い始めている。一八八五年コンゴ自由国が成立してからは、その通信網の整備や奥地の探偵といった仕事に参加した。一八九〇年に仕事の契約のために立ち寄ったブリュッセルでは、コーゼニオウスキー船長、つまりのちの小説家ジョゼフ・コンラッドにめぐりあったりもした。そのようにしてアフリカでの現地体験を豊富に身につけた彼が、東アフリカのポルトガル領ロレンソ・マルケスのイギリス領事に任命されたのは一八九五年のことであるが――この五年後には、脱走したチャーチルがそこの領事館にころがり込むことになる――彼の主な仕事のひとつは、ボーア戦争を前にしてトランスヴァール共和国への武器搬入を調べることであった。歴史の偶然と言ってよいのかもしれないが、一八九八年には、ケイスメントはコンゴ自由国のボマに転出してしまう。しかし、領事としての彼がそこで目撃したのは、かつて彼が夢をかけた世界とはおよそ無縁のすさまじい現実であった。

『社会改革百科辞典』（一九〇八）の記述をかりるならば、いわゆるコンゴ問題とは、

二〇〇〇万にも及ぶ無防備の民衆に対する搾取を、文明世界が許しておいていいのかどうかという問題である。現在までのところ、少なく見積っても六〇〇万から八〇〇万のコンゴの民衆が、強大なゴム独占の利益を増すために、直接間接に命を奪われている。ベルギーのレオポルド二世こそこの独占の頭目であり、その責任を負うべき人物である。彼は民衆からその生来の土地を奪ってしまったのだ。

ということである。ドイルが『コンゴの犯罪』で列挙している例からも明らかなように、このような惨状に対する告発は、ケイスメントの着任以前から、宣教師などの手によって行なわれていたが、その告発を決定的におし進めることになるのが彼の作業なのである。十数年前のコンゴ自由国を知っている彼にとって、各地にみられる人口の激減と荒廃はまったく信じがたいほどであった。ブライアン・イングリスの『ロジャー・ケイスメント』（一九七三）によれば、彼は一九〇二年四月に外務省に提出した報告の中で、コンゴ奥地の調査をしたいと述べ、それによって、

▲ロジャー・ケイスメント

今日のコンゴにはもはや自由交易は存在しない。いや、コンゴには交易という名に値するものは存在しないとしていいだろう。あるのは、野蛮で残忍な兵隊の手によって、アフリカで最も豊かな地域のひとつが、その国の王とその保護を受けた専有会社の利益のために容赦なく搾取される姿のみである。

ことが証明できると主張しているという。そしてその調査計画はたんなる提案に終わることはなかった。実際に彼は一九〇三年の六月から九月にかけてコンゴ奥地の実状を調べ、同年一二月一一日付をもって報告書を提出したのであり、その後イギリス政府とレオポルド二世の駆け引きをへて、それが公刊されたのである。『コンゴの犯罪』の第七章で「ロジャー・ケイスメント領事の報告書」として紹介されるのは、この文書なのだ。

翌年二月一五日に公刊された彼のコンゴ報告書とは、それでは、具体的にどのような内容のものであったのだろうか。ケイスメントはまず最初にコンゴ奥地での調査が七月から九月にかけての二ヶ月半に及ぶものであったことを断わった上で、「この地方を訪れた結果、その現状を、一六年ほど前の私の知っていた状態と比較することができた。その当時（一八八七年）、私は今回再訪した場所のほとんどを訪れたことがあった」と補足する。比較の結果はどうであったか。まずコンゴ河を利用した交通網の整備が著しい。さらに、「途中でぶつかる障害のことを考えた場合、見事と言うしかない鉄道が、足に頼る旅行者に多くの邪魔物をつきつけ、何日もの重い疲労のたまる行程を強いていた厄介な地域を越えて海岸の港からスタンレー・プールにいたるまでを、きちんとつないでいた」。文明の力が及んだことは確かに感じとれるのだ。病院の整備などもその一例である。しかし一方で、かつては見られなかったもうひとつの事態の進行が彼の注意をひく。「かつては人の密集するアフリカ人の村が広がっていたところに、政府の役人か土地の商人のものである家が二、三散在している」。原住民の人口が極端に減少しているのだ。

F……で私は四日を過ごした。一八八七年八月にここに来たときには、ずらりとつらなる村々に四〇〇〇から五〇〇〇の人々が住んでいた。それが今日では大半の村がまったくの無人となり、その見捨てられた場所が森となり、現在のところこのあたり一帯の人口は五〇〇を越えない。

ボロボはコンゴ河奥地の南岸にひろがる最も重要な原住民居住地のひとつで、文明化の始まった初期の時点では、主にボバンギ族からなる人口がゆうに四万はあった。それが今日では人口は七〜八〇〇〇を超えないとされている。

ケイスメントの報告書とは、この人口激減と荒廃の理由が、コンゴ自由国の役人と商人と兵隊による残虐行為にあることを、ゴム採集や労役の命令に従わない原住民に加えられた残虐行為にあることを、原住民の重い口から聞き出してゆく物語だと言えるだろう。報告書では、証人の安全を守るために村名も人名も伏せられていることが多いが、のちに公表された彼のいわくつきの日記によってそれらを確認することができる。残虐行為の実態については、ドイルが『コンゴの犯罪』で報告しているものと酷似しているのだと言うしかない。この本の口絵写真に見られる手首を切断された原住民の姿は、あるいは仲間の切り落とされた手首を持って、宣教師とともにカメラの前に立った原住民は、そのことのもうひとつの証拠と言えるだろう。

しかし、宣教師他の証言やケンスメントの報告書にもかかわらず、イギリス外務省は積極的な対応策をとろうとしなかったし、レオポルド二世の側は、「ケイスメント氏の報告についての覚え書き」という文を発表して、人口減の理由は眠り病に、手首切断の理由は部族間の対立にあると強弁した。さらに彼を個人攻撃するパンフレットを何種類も欧米の各国にばらまくという始末であった。しかし、英米やイタリアからもベルギー政府のやり口に対して批判と疑問が出始めるに及んで、レオポルド二世も——セシル・ローズは彼を〈生きた悪魔〉と呼んだという——調査団を派遣せざるをえなくなる。一九〇五年一〇月三〇日に公表された報告書は、国王の期待を裏切った。『社会改革百科辞典』によれば、報告書は次のように明瞭に述べているという。

女を人質にとり、部族の長に奴隷労働を強制し、ゴムを集める者を鞭で打ち、四人の見張りをする黒人の雇われ人たちが暴行を働き、といったことが日常化していたのは、殆ど否定することができない。……原住民は二週間に一度は一、二日歩き続けて、ゴムの木が比較的豊富に見つかる場所に行かねばならない。採集者はそこで数日みじめな生活をする。彼は妻を奪われ、悪天候と猛獣の脅威にさらされるのだ。そしてゴムを集め終わると、それを支所まで届けねばならないのであり、そのあとやっと村へ戻れるのだが、また次の要求が突きつけられる。

一方、一九〇四年二月にケイスメントの報告書が公刊されたのちのイギリス国内の動きはどうであったかと言えば、その翌月の三月二四日にはリヴァプールでコンゴ改革協会の設立大会が開かれている。その事務局長に就任したのがエドマンド・モレルであった。かつての進化論論争のおりに、T・H・ハックスレーがダーウィンの〈ブルドッグ〉の役割を果たしたように、外務省の役人として行動の自由を制限されるケイスメントに代わって、コンゴ問題の告発を精力的に続けたのは、このモレルであった。そしてこの摘発作業の適任者として彼から目をつけられたのがコナン・ドイルであったわけである。もう一度確認しておこう、彼の『コンゴの犯罪』が刊行され各国語に翻訳されたのは一九〇九年のことで

▲『パンチ』（一九〇六年一一月二八日号）によるレオポルド二世の諷刺

ある。有名な探偵ホームズの生みの親、ボーア戦争をめぐるパンフレットの著者――そしてのちにはスピリチュアリズムのパンフレットの著者となるドイルのこの本のもった効果は容易に想像できるだろう。モレルの活動は成功した。一九一三年四月、コンゴ改革協会の解散を眼前にして、彼はその成果を次のように要約している。

何よりもまず第一に、コンゴ自由国の政府とベルギーの歴代の政府によって長期間執拗に弁護されてきたレオポルド国王の政策が完全に放棄されたということである。われわれが容赦なく断罪し、かつそのために蔑笑される理由となった虚偽の経済、悪しき原理と姿勢の虚偽と悪がはっきりそれを認められた。残虐行為は消滅するか、あるいはすっかり力のないものとなり、その消滅とともに、この国を恐怖に陥れていた数多の恥ずべき行動も消滅した。強制労働や奴隷労働が収入源となることはなくなった。ゴム税は廃止された。原住民は土地の産物を自由に集め、それを処分することができる。売買の自由があるのだ――それこそまさしく人間の自由の根本である。無責任な独裁主義のかわりに、責任ある政府ができたのである。

そして協会の最後の会合のときに語られた次の言葉は、ケイスメントの行動に対する最大級の賛辞と考えていいだろう。

さきほどからの話を聞いておりますうちに、私はひとつの幻を見ました。ちょうど十年前の今日、小型の蒸気船がコンゴ河を遡ってゆく幻です。そのデッキには、あなた方の幾人かはよく御存知の人の姿があります。大きな心と、豊かな経験と、アフリカの民族についての多大の知識をもった人です。すぐれた洞察力をもつ人です。私が誰のことを言っているかお分かりでしょう――ロジャー・ケイスメントです。もし彼が別のタイプの人間であったとしたら……何が起こっていたか、考えるだけで身がすくみます。

（両者ともイングリスの引用による）

彼は確かにひとつのことをなし遂げた。いわばひとりの個人の身分で、コンゴ自由国とベルギー政府を敵に回し、みずからの主張を貫き通したのだ。しかし、それはひとつの予徴でもあった。やがて彼はひとつの国家を敵に回すことになる。イギリス政府そのものを敵に回すことになる。叛逆罪とは、彼が個人対国家（国王）という対立のうちに身を置いたということである。

3

しかしその前に、ロジャー・ケイスメントの名前を一躍有名にしたもうひとつの事件がある。それは南アメリカで発生した、またもやゴムの採集に絡む事件である。彼は一九〇六年からブラジルでの勤務についていたが、一九〇九年になるとリオ・デ・ジャネイロの総領事にまで昇格していた。その彼が、ペルーの奥地を流れるプトゥマヨ川（アマゾン河の支流のひとつ）の流域の実状調査を外務省から命じられるのは一九一〇年のことである。

ペルーとコロンビアの国境線に近いこのゴムの生産地に、フリオ・アラーナとその親族を中心とする

17：1916年8月3日、死刑

会社が設立されたのは一九〇三年であったが、この会社は人手不足を補うためにバルバドス諸島に労働者を求めることになった。会社側は彼らを酷使しただけでなく、彼らに命じて土地のインディオにゴムの採集をやらせたのである。それによって業績を伸ばしたこの会社はペルー・アマゾン・ゴム会社としてロンドンの株式取引所に登録し、イギリス人の重役を迎え、一般の投資家をも引きつけることになった。「当時のロンドンの株式取引所は、新しいかたちの資本主義的植民地主義とも言うべき投資熱に浮かれていた。イギリスから南アメリカへの投資が六億ポンドにも達したことは記憶しておくに値する。一九〇九年だけでも一般の人々が一億六千万ポンドもゴム貿易会社の株を買ったのである。ただし、そうした企業の多くが幽霊会社にすぎないことがのちに発覚するのだが」（ピーター・シングルトン＝ゲイツ編『ロジャー・ケイスメントの黒い日記』一九五九）。さらにバルバドス諸島の労働者もイギリスの国民であったことを考えあわせると、この会社の不正は直接イギリスの問題としてはね返ってくるはずであった。この会社による虐待の告発は、ロンドンの週刊紙『真理』の一九〇九年の記事をもって始まった。「コンゴから報告されたものに劣らない恐るべき残虐。それはイギリス人の重役を抱え、イギリス人の株式保有者に支えられた、イギリスの有限会社にも関係してくるはずである」（前掲書による）。

ケイスメントはイギリス国内でのこうした騒ぎをうけて、現地の調査を命じられたのである。八週間にわたる調査の報告書は一九一一年三月一七日の日付をつけて外相エドワード・グレイに提出されたが、政治上の駆け引きをへてそれが公刊されたのは翌年七月一三日のことであった。地理の説明から始まるこの報告書の内容は、さきのコンゴ報告にならぶ凄まじいものであった。その中から幾つかの例を挙げてみることにする。バルバドス諸島出身のある労働者の証言によると、彼はノーマンドがインディオの手足を縛らせ、そのまま男女を火の中に投ずるのを一度ならず目撃した。……ある時などはノーマンドが三人の原住民を一列並びに縛らせ、モーゼル銃で一発のもとにその三人を撃つのさえ目にした。

何人かのインフォーマントは、腕を縛りあげられたインディオたちが家の天井や木の上まで吊るしあげられ、そこでパッと鎖を放されて、犠牲者が地面に激しくたたきつけられるのを目撃したと証言した。私はこうした事例のひとつを詳しく聞く機会があったが、それによると数フィートの高さから落とされた若いインディオが、あお向けに倒れて激しく後頭部を打ち、舌をかんで、口中が血だらけになったという。

わざと飢えさせるという手口もよく使われたが、それが使われたのはただ脅かそうという場合ではなく、殺そうという時であった。男も女も支所の足かせに固定されたまま餓死させられた。……長いこと足かせに固定されたままのインディオは、片足のみの固定ということもあった。そのかたわらには家族の者が、父や母や子供たちが同じように片足で固定されているのだ。このようにして両親が飢えや鞭打ちの傷で死んでゆくそばに子供がつながれ、みずからもあえぎながら、死にゆく両親の苦しみを見ているということがよくあった。

このような報告書を読んでいると、ジェントルマンの国イギリスとか、大人の文学としての英文学といった妄想は頭の中から消えてしまう。生涯のうちにこのような報告書を二度も書かなければならなかったケイスメントにとって、一体大英帝国とは、イギリスとは何であったのか。真実を報告した文書を繰り返し政治の手段として使う外務省に対して彼が厳しい怒りを抱いていたことは、幾つもの伝記が指摘している通りである。その彼にとって、領事としての活動ゆえにサーの称号を与えられ、有名人にまつり上げられることがいかなる意味をもっていたのか。プトゥマヨの報告書を作成したのち、彼は辞職する。そして一九一三年、アイルランドに戻る。そしてアイルランドの側から、その〈国民〉としてイギリスをみつめることになるのである。それは、ボーア戦争の弁護を通じてイギリスと一体化し、ある種のわだかまりを胸中に抱きながらも、そちらの側からアイルランドの運命をみつめてゆくことになるコナン・ドイルの視線とはまさしく正反対のものであった。

4

一九一四年、第一次世界大戦が勃発する前後からのケイスメントのめまぐるしい行動は、一九一六年四月のダブリンにおけるいわゆるイースター蜂起につながる政治運動との関連において見てゆかねばならないだけに、きわめて説明しづらいものとなる。そのことを承知の上で彼に関わるいくつかの事実を拾い出してみるならば、アイルランドの分離独立を早くから信じていた彼は、すでに一九〇四年にはゲール同盟に加わっており、一九一三年にアイルランド国民義勇軍ができた時には、その委員会のメンバーのひとりとして名前をつらねているのである。周知のように、この義勇軍はイースター蜂起のさいに、ジェイムズ・コノリーのひきいる市民軍と共にダブリンの中央郵便局を占拠した組織である。

ケイスメントは一九一四年にアメリカを経由してドイツに入る。その目的は、英独の緊張関係を利用して、ドイツのアイルランド支援を引きだし、さらにドイツに拘留されているアイルランド兵を味方につけるということであった。だが、そのいずれについてもはかばかしい成果は得られなかった。きわめて不十分な援助の武器とともに――しかもその武器輸送船はイギリス側に発見されてしまう――彼がUボートでアイルランドのトラリー湾に辿りついたのは、蜂起寸前の四月二一日のことであった。彼は武器援助の不十分なことを義勇軍の総裁マクニールに伝え、蜂起を思い止まらせようとしたらしい。しかし彼は到着した日のうちに地元の警察に逮捕され、ダブリンを経由してロンドンに護送されてしまうのである。

その日曜日、つまり四月二三日のダブリンの新聞には、総裁マクニールの蜂起中止を命ずる広告が掲載されていたものの、すでに準備を整えていた義勇軍と市民軍は翌日それを決行する。それは圧倒的な数を誇るイギリス軍に対してものの一週間と持ちこたえることができず、四月二九日には全面降服してしまうしかない短い蜂起ではあったが、その間に有名なアイルランド共和国宣言が発表されたのである。その時ケイスメントはスコットランド・ヤードの中で取り調べを受けていた。彼に与えられたのは、イギリスを裏切った男という烙印であった。〈祖国〉アイルランドのために行動した彼に大英帝国が与えたのは、叛逆者という烙印であった。原住民の保護者から叛逆者へ――しかしながら、この運命の激変のなかで変わったのは決して彼の信条ではない。変わったのは、権力装置の側からする意味づけのほうであった。

裁判の経過を簡単に記しておこう。彼は五月一五日から三日間、ボウ街の警察裁判所で審理を受け、

17：1916年8月3日、死刑

次に六月二六日からの三日間、高等裁判所での審理があり、叛逆罪で有罪、死刑とされる。七月一八日には上訴がしりぞけられた。ペントンヴィル刑務所での死刑執行は一九一六年八月三日のことであった。ドイツにおいて、アイルランド人の兵士を対イギリス独立のさいの味方に引き入れようとし、それによって国王への叛逆を教唆したこと、また国王に反逆する目的でドイツから武器弾薬を持ち込んだこと、彼はそれらのことを罪として問われ、一三五一年に制定された法に基づいて裁かれたのである。

彼は高等裁判所における弁明において、適用されたこの法律が自分の場合には意味をなさないことを指摘し、「アイルランドの人々にアイルランドのために私と一緒に戦うことを求めたのが間違いであるというのであれば、私を正しく裁きうるのはアイルランドの人々であり、また彼らのみであります。……私はイギリスに上陸したのではありません、国王側が、私を、私の祖国から、ここへ引きずって来たのです」と訴えた。蜂起に関与したとされる人々はすべてアイルランドで裁判を受けたにもかかわらず、ひとり彼のみはロンドンで裁判を受けることになったからである。この弁明の最後に近いところには、ロジャー・ケイスメントの思いが託されているだろう。それは彼の生涯を貫いた信条であっただろうし、「我々はアイルランドの人民がアイルランドを所有し、その運命を何者にも束縛されることなく決定する権利を持ち、それは最高の破棄できないものであることを宣言する」とした共和国宣言と同じ精神に支えられたものであるだろう。

もしかりに何千というアイルランド人がアイルランドのためにではなく、フランドルのために、ベルギーのために、メソポタミアのわずかの砂漠の土地のために、ガリポリの高みにある岩の残滓のために命を賭ければ、それはアイルランドのために自治を獲得する助けになるのだと言われます。しかし彼らがみずからの祖国の土の上で死のうとすれば、祖国で自由のために戦う決意をした者によってのみ祖国での自由が手に入るのだと夢見ようとすれば、すぐに国を裏切る者と呼ばれ、その死も夢も等しく不名誉な妄想の一部とされてしまうのです。しかし他の土地での歴史とはそういうものではありません。この二〇世紀において、ただアイルランドでのみ、忠誠が犯罪とされているのです。もし忠誠が愛には及ばないとしても、法にまさる何かだとするならば、そのような忠誠はアイルランドに

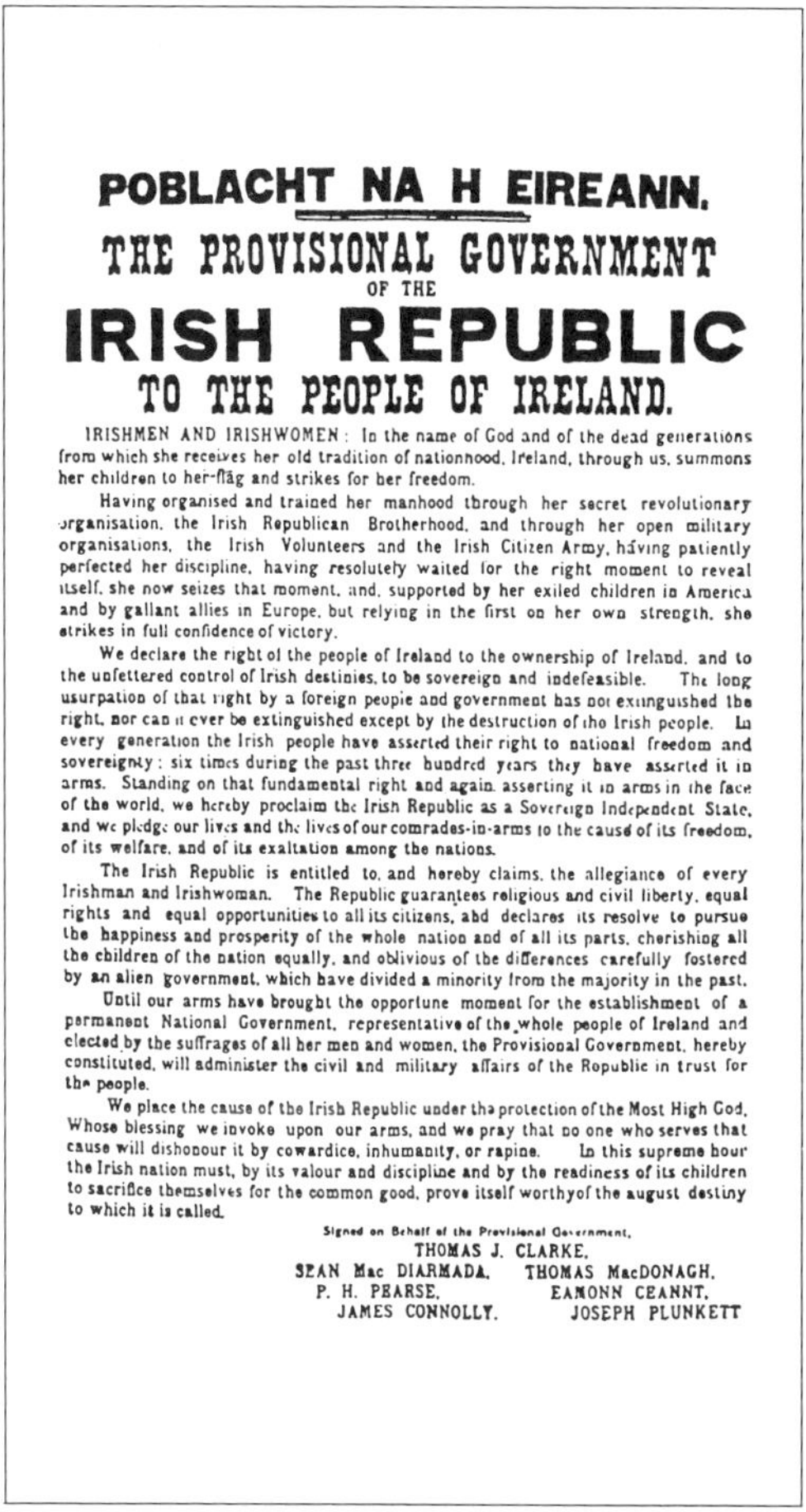

POBLACHT NA H EIREANN.

THE PROVISIONAL GOVERNMENT OF THE IRISH REPUBLIC TO THE PEOPLE OF IRELAND.

IRISHMEN AND IRISHWOMEN: In the name of God and of the dead generations from which she receives her old tradition of nationhood, Ireland, through us, summons her children to her flag and strikes for her freedom.

Having organised and trained her manhood through her secret revolutionary organisation, the Irish Republican Brotherhood, and through her open military organisations, the Irish Volunteers and the Irish Citizen Army, having patiently perfected her discipline, having resolutely waited for the right moment to reveal itself, she now seizes that moment, and, supported by her exiled children in America and by gallant allies in Europe, but relying in the first on her own strength, she strikes in full confidence of victory.

We declare the right of the people of Ireland to the ownership of Ireland, and to the unfettered control of Irish destinies, to be sovereign and indefeasible. The long usurpation of that right by a foreign people and government has not extinguished the right, nor can it ever be extinguished except by the destruction of the Irish people. In every generation the Irish people have asserted their right to national freedom and sovereignty: six times during the past three hundred years they have asserted it in arms. Standing on that fundamental right and again asserting it in arms in the face of the world, we hereby proclaim the Irish Republic as a Sovereign Independent State, and we pledge our lives and the lives of our comrades-in-arms to the cause of its freedom, of its welfare, and of its exaltation among the nations.

The Irish Republic is entitled to, and hereby claims, the allegiance of every Irishman and Irishwoman. The Republic guarantees religious and civil liberty, equal rights and equal opportunities to all its citizens, and declares its resolve to pursue the happiness and prosperity of the whole nation and of all its parts, cherishing all the children of the nation equally, and oblivious of the differences carefully fostered by an alien government, which have divided a minority from the majority in the past.

Until our arms have brought the opportune moment for the establishment of a permanent National Government, representative of the whole people of Ireland and elected by the suffrages of all her men and women, the Provisional Government, hereby constituted, will administer the civil and military affairs of the Republic in trust for the people.

We place the cause of the Irish Republic under the protection of the Most High God, Whose blessing we invoke upon our arms, and we pray that no one who serves that cause will dishonour it by cowardice, inhumanity, or rapine. In this supreme hour the Irish nation must, by its valour and discipline and by the readiness of its children to sacrifice themselves for the common good, prove itself worthy of the august destiny to which it is called.

Signed on Behalf of the Provisional Government,
THOMAS J. CLARKE,
SEAN Mac DIARMADA, THOMAS MacDONAGH,
P. H. PEARSE, EAMONN CEANNT,
JAMES CONNOLLY, JOSEPH PLUNKETT

▲アイルランド共和国の独立宣言

とっても、アイルランド人にとってもすでに十分にあるのです。われわれが自分の命を大切にする以上にアイルランドを愛することが犯罪であり、そのために犯罪者として告発され、殺人犯として射殺され、有罪人として投獄されるのであるとすれば、そのような条件つきで勇敢な人々に与えられる自治の価値がどこにあるでしょうか。自治はわれわれの権利です。生まれると同時にわれわれの中にあるものです。生きる権利そのものと同じように——太陽を感じ、花の香りをかぎ、人を愛する権利と同じように、他の人々によって支給されたり、停止されたりする何かではありません。はっきりと証拠のある犯罪ゆえにそれらの停止をうけるのは有罪の者のみでしょう——にもかかわらずアイルランドは、誰にも悪をなしたことがなく、どの土地を傷つけたこともなく、他の人々を支配しようとしたこともないアイルランドが、今日、世界の諸国家の中にあって唯一つ有罪犯であるかのように扱われているのです。このような不自然な運命と戦うのが叛逆罪であるというのなら、私は誇りをもって叛逆者となりましょう。最後の血の一滴にいたるまで、みずからの〈叛逆〉を貫き通しましょう。

注釈は無用である。

このときコナン・ドイルは何をしていたのか。もちろん彼にしてもただ手をこまねいていたわけではない。彼もまたケイスメントへの友情を裏切るまいとして、ウェッブ夫妻、ベネット、チェスタートン、ジェイムズ・フレイザー、ゴールズワージィ、J・K・ジェローム他と語らって、減刑の嘆願書を作成していたのだ。アスキス首相に宛てた嘆願書は三つの項からなる。その第二項では、対ドイツとの関係、およびアイルランドの人々の感情を考慮するように求めている。その第三項は、アメリカの南北戦争後の処置を手本として寛大な姿勢をとることを求めている。しかし、その第一項は次のような内容であった。

囚人は公務にある間、長年にわたって厳しい緊張にさらされ、何度か熱帯の熱病にかかり、とくに神経の疲れる二つの苦労を味わってきたことを、われわれは指摘したい。したがって彼の場合、心身ともにアブノーマルな状態にあることがいささか考慮されてもよいのではないかと考える。

もちろんドイルは善意の人であった。しかしアイルランド独立に寄せるケイスメントの言葉と対比するとき、その善意はほとんど犯罪的な無理解となってしまわざるをえない。この行き違いはドイルにとっても、またケイスメントにとっても無残なものであった。

最後にもうひとつのことをつけ加えておかねばならない。この裁判の時点でイギリス政府の側はすでにケイスメントの日記を入手していた。いわゆる〈黒い日記〉と呼ばれるものである。現在ではピーター・シングルトン＝ゲイツの編集したものを読むことができるが、そこに書かれていることのひとつが、ケイスメントの同性愛体験なのである。とくにプトゥマヨの調査時の日記には、それがはっきりと読みとれる。ごく親しい人々でさえ気づいていなかったこの性の傾向をドイルが知っていたら、あるいは知らされていたら、果たして彼は嘆願書の文章を作っていただろうか。答えはもちろん否である。その意味でもケイスメントはドイルから遠いところで生きたと言うしかないだろう。

Ⅳ

避妊とスピリチュアリズム　アニー・ベザント

1

広義のスピリチュアリズムという言葉がドイルとアニー・ベザントをつないでいる。しかし、彼女について一体何を語ることができるだろうか。産児制限のための闘いと無神論とフェビアン社会主義と神智学とインドの独立運動をひとつの体で生き抜いた彼女の生涯について、何を語ることができるだろうか。

その生涯は、ヴィクトリア時代に生きたすべての男女の中でもきわめて特異な光を放っている。文字通り、類比すべきものが存在しないのだ。フェミニズムの運動史の中に位置づけようとしても、実に簡単にその枠を破壊してしまうだろうし、そもそも彼女本人の意識の中にフェミニズムという枠組みがあったようには思えない。アニー・ベザントはまさしくアニー・ベザントとして語るしかないのである。看護婦制度の確立という成果によって名声を保証されることになったナイチンゲールと違って、終始反制度の側に身を置き続けた彼女のためには、まだ一冊の標準的な伝記すら書かれていないけれども——

エリノア・マルクスの場合と比較するとこれは極端に不当のような気がする——あるいはそれは、彼女の生の軌跡のあまりの大きさのためかもしれない。かりにロジャー・ケイスメントの生涯が一九世紀のイギリスの広大な版図にかかわるのを特徴とすると言えるならば、彼女の生涯は世紀末の知と社会の運動の全体にかかわるのを特徴とすると要約できるだろうか。

彼女の途轍もない人生とくらべると、名探偵を生み、ボーア戦争とコンゴの犯罪に関心を示し、やがてスピリチュアリズムの伝道者となってゆくドイルの生活は、プチ・ブル的な居心地の良さに満ちたそれと思えてくるのである。彼を貶めたいのではない。ただ、ホームズの生みの親としてであるにせよ、スピリチュアリストとしてであるにせよ、必要以上に彼を愛玩する立場からは距離をとりたいというだけの話である。

2

リチャード・カーライル（一七九〇—一八四三）といっても、一般にはまったく知られていない人物かもしれない。ベンサムのひそみにならって、解剖に対する一般の偏見をとり除くため、みずからの遺体をロンドンの聖トマス病院に託した人物である。何回かの投獄歴を合計すると、生涯のうちの九年半は獄中にいたことになる人物である。一八一九〜二五年にかけてドーチェスターの監獄にいたときには、当時の習慣に従って見せ物扱いされるのを拒み、二年半も独房にいすわるという記録を作った男。彼は時代の政治体制を厳しく批判し、徹底して言論の自由を守ろうとした。彼が最初に投獄された折の理由というのは、トマス・ペインの神学・政治論集を出版したということであった。しかし彼はドーチェスターの監獄の中から『リパブリカン』（一八一九―二六、全一四巻のうち一二巻までが獄中刊）という雑誌の刊行をやってのけるのである。

ここで取り上げるのは、一八二五年五月六日に発行されたその第一一巻一八号の「愛とは何か」という彼の評論である。端的に言えば、この文章は避妊の勧めなのだ。カーライルによれば、「愛の情熱とは自然なかたちで精子を分泌しようとする情熱にほかならない」のだが（ここにある男性中心主義については説明するまでもないだろう）、マルサスの『人口の原理』（一七九二）が指摘するように、人口は食料生産が追いつかないほどのスピードで増加する危険がある。そこで彼は「子孫の過剰に健全なブレーキをかける手段を説明しようとする」ということになる。彼のこの決断は痛烈な宗教の断罪と表裏一体をなしていた。「宗教とは不自然な悪徳であって、男色や獣姦と一緒に扱うのが正しい。宗教は何人の精神にも棲みついてはならないのだ。いかにも健康な若い人にとっては、それは体を膿ませる毒である」。この断罪の真偽のほどを問う必要はない。大切なのは、一九世紀における避妊の言説は宗教の言説との対立を避けるわけにはゆかないという基本的な関係が、ここに露呈しているという事実を確認しておくことである。その上で注目に値するのは、彼が具体的に避妊の方法を説明している点である。

この方法は、ニューラナークのオーウェン氏によってわが国に紹介されたと、私は聞いている。それがイングランドもしくはイギリス起源であるという話は、こういうことらしい。オーウェン氏にむかって、氏の新しい施設では住民が健康であることからして、子供がふえすぎやしないかと言う者があった。具体例をあげて説明されてみると、氏もその議論の力を感じないではいられなかった。また氏は、大陸では女性がある種の避妊法を利用していて、それが一様に成功しているという話も聞かされた。そこでオーウェン氏はその方法を調べにパリに出かけた。彼は著名な医者たちにも問いあわせ、女性の間で普通に行なわれていることをつかんだ。つまり、女性は性交渉のときに小さなスポンジを使って精液とその影響を吸いとり、生殖器に届かないようにしているというわけである。実に簡単明瞭な話である。

性に関わることになるとフランス、とくにパリに話をもってゆくというのは、いかにもイギリス的な偏見というしかないだろう。しかし、それはそれとして、スポンジを使う避妊法がはっきりと示されているのは否定できない。

カーライルのこの評論には読者からの反応なるものも添えられているのだが、その中に、労働者の間に流布しているというビラの全文が紹介されている。「労働者の若い夫婦へ」と題されたこのビラがたいへん興味深いのは、すでにそこにも同じような避妊法が示されているからである。

柔らかいスポンジ片に糸か安いリボンを結びつけ、性交渉をする直前に挿入し、終わったらすぐに取り出すこと、多くの人はリボンの両端にスポンジをつけておき、使用後は、洗うまで同じものを使わない。……子供の数を制限すれば、子供と大人双方の賃金が上がるだろうし、労働時間も必要以上にのびたりはしないだろう。そうすれば、いくらか余暇の時間がもてるし、無駄なく楽しむ手段もみつかるし、自分と子供にモラルと宗教を教えるための手段とお金も持てることになるだろう。

ここでは避妊と労働者の生活向上がきわめて直接的に結びつけられている。この避妊ビラの流通経路や部数については確定的なことは言えないものの、ビラの提示する知識がさらに口コミにのることを考えあわせると、この知識は下層の労働者の間にもそれなりに普及していたと考えていいだろう。だとすれば、のちにアニー・ベザントが避妊のパンフレットを作成したとき、それはひとつの模倣と改訂の作業であったということになるわけである。現に彼女の自伝には、このカーライルの名前が、一度だけではあるが、登場する。

3

その自伝の第九章は「ノウルトンのパンフレット」と題されていて、ベザントの名前をある種悪名の高いものにした事件の経緯が語られている。このパンフレットの正式な表題は『哲学の果実、若い夫婦のための私的な友』、著者は医学博士チャールズ・ノウルトンということになっている。ベザントの『自伝』(一九〇八、但しこれは増補版。初版は一八九三年刊)によれば、「三〇年代のある時期に——一八三五年頃ではないかと思うが——出版されて、それから四〇年ほどの間アメリカでもイギリスでもそのまま売られていた。J・S・ミルのようなベンサム派の哲学者たちはその教えるところに賛成していたし、人口と貧困の関係は経済学の文献の定説のひとつであった。ノウルトン博士の作品は生理学の文献であって、夫婦の心がまえと親としての責任を説いたものである」。この一般にも流通していた小冊子が問題になったのは、ブリストルのある評判のよくない本屋が不適切な挿絵入りの版を出したからである。彼はすぐに逮捕され、有罪の判決を受けてしまった。それに対してベザントは、「われわれは小さな仕事場を借り、このパンフレットを印刷し、何月何日の何時にわれわれが直接にその販売を始めるという通告を警察に送った」。言うまでもなく、この行動の背景には、彼女自身が「貧しい人々の悲惨さを見てきた」という事実がある。一八七七年三月二四日、土曜日、午後四時から一時間にわたって彼女は予告通りにそれを売り、逮捕されて裁判を受けることになるものの、有罪とはならなかった。

ヴィクトリア時代に、少なくとも中流階級のある部分では抑圧的な性の言説が大手を振って流通していた時代に、二児をもつ三〇歳の女性がこれだけの行動をとるについてはそれなりの理由がある。彼女は一八四七年にロンドンで生まれ、熱狂的な福音主義者で慈善家の女性の手で育てられたのち、国教会の牧師と結婚して二児をもうけるが、信仰に対する疑問もあって、二五歳のときに別居、最終的には離

▲アニー・ベザント

▲チャールズ・ブラッドロー

婚するにいたる。しかし、子供は強制的に夫の側に奪いとられてしまった。

ロンドンで非国教会の側のチャペルに通いながら、ミルやコントを読み続けていた彼女に重大な転機が訪れるのは、一八七四年八月二日に当時の最もすぐれた無神論者チャールズ・ブラッドロー（一八三三―九一）に出会ったからである。同じように国教会の信仰に疑問をもち、フォイエルバッハやシュトラウスを英訳したのちにおだやかな〈共感〉の概念に辿りつき、小説家として大成するジョージ・エリオット（一八一八―八〇）の軌跡と、それは対照をなす生き方であった。もっともこの時期のイギリスでは、無神論者といってもその数は数千人を越えなかったのであるが。さらに、「自由思想そのものがひとつの宗教であるかのように実践されていた。自由思想のためのホールがあり、日曜の集まりがあり、世俗的な説教があり、そのための週刊紙や印刷所があり――世俗的な賛美歌集すらあった」（ローズマリー・ディネイジ『アニー・ベザント』、一九八六）。無神論者としての彼女の行動は、つねにこのブラッドローのそれと相互補完するかたちでとられている。彼女のほうはブラッドローの週刊紙『ナショナル・リフォーマー』の編集を手伝い、のちに彼女が自分の雑誌『我等のコーナー』（一八八八―八九）をもつようになると、彼もそこに寄稿するという関係であった。当然ながら、問題のパンフレットの販売は二人の共同作戦であった。先ほどの引用の中に「われわれ」とあるのは、実はベザントとブラッドローの二人をさしているのである。

それでは、ノウルトン博士の問題の四〇頁の冊子の内容とは一体いかなるものであったのか。彼は医者という立場を利用して、全体の半分以上を生理学的な説明に費やしているのだが、実はそこに問題がある。そこで説明されているのは、女性の生理と性器と子宮のしくみであって、男性についてはごくわずかの説明しかないのだ。つまり観察する視線はほとんど自動的に男の側に付与されているのである。この冊子において避妊の言説と対置されているのは単なる医学の言説ではなくて、男の視線を内在させている医学の視線であり、そのような意味での医学の言説なのである。たしかに避妊の勧めは、毎年のように産褥にしばられる状態から女性を解放する点においては女性のために役立ったであろうが、そこには男性中心主義の視線のイデオロギーが厳然として存在していると言うしかない。

それは、推賞される避妊の方法にも微妙なかたちで影響してくる。男の側により多くの努力が求められる方法はあまり効果がないとして、低い評価しか与えられないのは、そのことと関連しているだろう。たとえば射精の直前にペニスを女性の体外に出すという方法はミスが起こりやすいし、神経にもよくないとされる。さらに、「きわめて薄い膜で作ったおおいを男の側が使用するコンドームについて言えば、それが一般に利用されるようになるとは考えられない。それは梅毒の感染を防ぐために使われてきたのである」。この記述は、すでに一八三〇年代には一部でコンドームが使われていたらしいことを示唆するものになっている。ただこの方法が前述の「労働者の若い夫婦へ」というビラにはまったく言及されておらず、それに対してノウルトンの中流階級向けと思われる冊子には出てくるところから推量すると、どうやらコンドームの使用はまだ中流階級から上の人々にのみ知られていた方法のようである。ノウルトンの冊子では、下層の労働者でも使える方法――「水で濡らしたとても柔らかいスポンジを膣内に挿入して、性交の直後に、それにつけた細いリボンで引き抜く」方法は、確実性がないとしてしりぞけられる。

彼がきわめて確実性の高いとして推賞するのは、「亜鉛やアルミや真珠灰」などの溶液を性交後の膣内に注入するという「化学的防止法」である。これによって精液の力を殺せるというのである。

この防止法を使おうとすると、女性が少しの間ベットを離れる必要がでてくるが、それが唯一の反対の出る点であろう。しかし、反対のいっさい出ないような防止法を工夫できるなどと考えるのは筋が通らないだろう。逆にこれの有利な点として挙げられるのは、ほとんど費用がかからない、確実である、快楽を犠牲にする必要がない、女性が行なえる、性交の前ではなく後に行なえるということである。

これはまことしやかな詭弁と言うべきだろう。中流階級にとってはわずかな費用であっても、労働者にとってはそうではないし、何よりもこの方法では男の側は快楽を満喫し、すべての処理は女の側がしなければならないのである。この不均衡は偶然のものとは思えない。前半部分に浸透している男性中心の視線のイデオロギーが、そのあとの避妊の方法の選択も左右していると考えざるをえないのである。「われわれは個人的にはノウルトン博士の説のすべてに賛成するわけではない」と断わりながらもベザントが刊行に踏み切った『哲学の果実』とは、おおよそこのような性格のパンフレットであった。(ちなみに、ここで『哲学』とあるのはカモフラージュのためであろう。ヴィクトリア時代のお産の本に『アリストテレス著作集』という表題のものがあることを考え合わせてみれば、そうした手も納得がゆく)。

この『哲学の果実』の販売をめぐる騒動がひとまず落ち着いたところで、ベザントは避妊の問題にさ

らに積極的にかかわってゆくことになる。『自伝』の言葉を引くならば、

私は『人口の法則』というパンフレットを書いて、その法則の正しさを思いしらされた理由を、つまり多すぎる家族数と人生の必需品の不足ゆえにもたらされる恐るべき困窮と堕落について述べ、売春をなくすために早期に結婚することを訴え、乞食化を避けるために家族の数を制限することを訴え、最後に、早期に結婚してもそうした悪になじまなくてすむようにできる情報を提供したわけである。

この冊子の正式の表題は『人口の法則、その帰結並びに人間のモラルに対する関係』というもので、一八七七年に刊行され、一八九一年には一七五、〇〇〇部まで発行部数が達している。この四六頁からなる小冊子は、都市の下層民の貧困の現実の捉え方においても、避妊の必要性の認識のしかたにおいても、すでに見た二つの文章とは比較にならないくらい優れていると言ってよいだろう。中流階級の男性の晩婚と下層の貧困がロンドンに多数の売春婦をうみだしてゆくメカニズムもはっきりと捉えられている。

結婚が遅くなるほど売春が広がる。晩婚を勧める人々には、男は一人で生きてゆけないし、また生きてゆこうとしないということを強く銘記してもらう必要がある。すべての女性は、また女性の名誉を重んずるすべての男性は、まさしく文明の呪いであり、数知れぬ者たちを不名誉なおぞましい仕事に追いやる恐ろしい社会悪を必然的に温存してしまうような教えには、抗議すべきなのだ。売春とは温存すべきものではなく、抹殺すべき悪である。晩婚は、かりに一般に広まれば、必ずやそれを温存し

てしまうだろう。夕暮に大きな街の通りに生ずる事態は、結婚を先にのばすことの結果である。

具体的な避妊の方法についてはどうかと言えば、「ノウルトン博士の提唱する予防法」については、「失敗に終わることが多い」とし、性交渉を中断するやり方については、「フランスで一番普通に使われているのは途中で抜く方法であるが、このやり方は男の神経組織に対して有害であると考える医者が多い。男性によるコンドームの使用も普通にある」と注釈している。そして最も確実なのは、「子宮への通路を閉じてしまう予防法である」とし、

これには役に立つ方法が三つある。溶解性のペッサリー、ゴム製のペッサリー、それにスポンジの三つである。最初のものは広告にあるレンデル氏の店で入手できるが、きわめて広い経験からして、最も確実かつ不快感の少ないものとして私が推奨できるものである。第二のものはレンデル氏の店か、ランバート父子商店で(広告を見よ)、第三のものはどこの薬屋でも入手できる。

と説明している。ベザントの冊子のひとつの特徴はこのように入手先まではっきりと指示している点に求められる。その意味でもきわめて具体的なのだ(しかもこの文章は、世紀末のイギリスではすでに避妊用品の広告が行なわれていたことを明確に教えてくれるだろう)。ヴィクトリア時代には性についての情報が大幅に制限されていたという俗説は、この事例ひとつをとってみても素直には首肯しがたいことが分かるのである。

4

すでに見たように、カーライルの避妊の言説は宗教のそれと対立し、ノウルトンの避妊の言説は医学のそれを背景としてもっていた。それではベザントの場合には何と対立していることになるのだろうか。一般的には、キリスト教および社会道徳の言説として対立していると答えることができるかもしれないが、実際の事情はもう少し複雑である。ベザントは問題の冊子をまとめたときには、すでに筋金入りの無神論者として、ブラッドローの片腕として執筆や演説をこなしていたのである。つまり彼女の場合には、避妊の言説は無神論の言説によって裏打ちされ、それによって支えられているのだ。

しかし、ここで注意しなければならない――彼女の言う無神論は神の死を声高に言いつのる類のものであったのだろうか。この問題は、現代にも共有されている言葉が、つい百年ほど前には別の意味内容を持ちえたことの、ひとつの典型的な例であろう。彼女はみずからのパンフレット『神の本性と存在について』（一八七四）を引用しながら、こう述べているのである。

明晰な証拠なしに信ずるのを拒むこと、「現象の背景にある」ものは、今ある人間には知りえないこと――このことこそブラッドローと私自身のとる無神論の立場の軸となる足場である。一八七六年にもこの考え方ははっきりと確認された。「無神論」の立場を手短に述べておく必要があるだろう。これほどたびたび執拗に誤解されている立場はないのだから。無神論は神なしでやってゆこうとするが、神が存在しないとは主張しない。無神論者は「神は存在しないとは言わず、あなたが神によって何を意味しているのかが私には分からない。私には神の観念がない。私にとって神という言葉ははっきりと区別できる何かを伝えることのない香りにすぎない。私は神を否定しない。なぜなら概念を抱きされない何かは、それを肯定する人のもつ概念が曖昧すぎて、説明すらできないのだから」（チャールズ・ブラッドロー『自由思想家の教本』）。

（『自伝』）

ダーウィン以降の社会思想にはよく見られるように、ベザントも倫理や道徳の問題を〈神〉ではなくて、〈進化〉によって説明することになる。彼女がとくに影響をうけた人々として名前を挙げているのは、ダーウィン、スペンサー、ハックスレー、ヘッケルなどである。要するに彼女の無神論とは、理知の力によって知りえないものについては沈黙するというものなのである。そして進化思想の立場から、人間の向上の可能性を信じ、そのためにより良い環境を用意しようとするものなのだ。避妊の言説はそこから出てくる。またそこには、彼女がフェビアン協会の設立に加わり、社会主義者として活動することになる素地が潜在していたことにもなるのである。

ベザントの思想をそのように解釈したところで、しかしながら、ひとつの疑問が生じてくる。彼女とは逆に生物進化のほうから倫理と宗教の問題に接近したトマス・ハックスレーとの関係はどうなるのかということである。この二人の社会活動上の類似を拾い出すことはやめて、端的に彼の論文「不可知論」（一八八九）の一節を読んでみることにしよう。

不可知論の……本質はひとつの原理を厳密に適用してみることにある……それは近代科学の基本的な

公理である。正面から行くとすると、こと知性の問題については、他のいっさいの考慮を捨てて、ゆけるところまで理性についてゆけということになる。裏から行くとすると、こと知性の問題については、論証されていない結論あるいは論証できない結論を確実であるとするなかれ、ということになる。私はこれを不可知論の信仰と考えている。

同年の「不可知論再考」では新約聖書の奇蹟の記述にこれが適用されて、神秘や奇蹟の存在に疑問がつきつけられることになる。確かに彼は、神の存在をめぐってベザントのようにつきつめた発言はせず、新約聖書の記述のある部分の合理的な信憑性を問題にするという手続きをとってはいるものの、その先に待ちうけている結論が彼女のそれと酷似するであろうことは歴然としている。ハックスレーがすでに一八六九年には命名していたこの不可知論は、論理的にはベザントの無神論と同じ内容をもっているのである。

しかもこのような不可知論は彼だけの私有物ではなかった。自然哲学への傾斜のつよい思想家のみならず、『国民伝記辞典』の編集者として文人肌のつよいレズリー・スティーヴンでさえこの考え方を共有し、みずからの立場を不可知論と規定しているのである。『伝記研究』(一九〇七)の第三巻に納められているハックスレー論の中には、「彼は不滅性を信じることにアプリオリには反対していない。しかしそれには、まったく証拠がないし、証明されていないし、できもしない教理が不滅性を云々するのに必要だという考え方は、彼にはおよそおぞましいものなのである」という言葉がある。『ある不可知論者の弁明その他』(一八九三)では、「自然の人間は神の性質については何も知りえないということ、それが不可知論である」という簡潔な規定がなされ、「誰も否定しないことであろうが、不可知論者とは人間の知性には限界があると主張する者のことである」と明確に断言されているのである。この点に関しては、スティーヴンとベザントの距離は決して大きくないと言うべきだろう。

無神論者ベザントを例外的な存在として時代の思想の流れの中から切り離してしまうのが危険な理由のひとつは、ここにある。彼女の思想や行動の特異性はそのひとつひとつの要素の中にはない。彼女が特異な存在となるのはそれらの結合の仕方においてであり、しかもそれらの要素のひとつひとつを他の人々よりも抜きんでて体現した点においてである。ベザントの論理の展開のさせ方をみてゆくと、やがて社会主義者になるのは分かる。そしてマッチ工場の女工のストを成功させたり、「血の日曜日」事件に参加したりするのは分かる。しかし、それにしても、彼女が神智学協会に入り、H・P・ブラヴァツキー夫人についでその第二代目の会長になろうとは、一体誰が予測しえたろうか。私としては、この予測不能の彼女の軌跡のかたわらに、合理主義者で愛国主義者でそしてスピリチュアリストであったコナン・ドイルの活動を置いてみたいのである。

スピリチュアリズムと進化思想

19

1

世紀末の労働者がすべての点において悲惨な犠牲者であったとするのは、明らかに歴史の事実に反する。むしろ彼らは二つの方向に引き裂かれてゆくと考えるべきかもしれない。全人口の七〇パーセント以上をしめる〈労働者階級〉の多くの階層にとっては、世紀末のイギリス社会は、実質資金の上昇にともなって、かつてないほどの消費財を手にすることができるようになった社会であった。すでに中流階級の人々が享受していた消費文化のなにがしかの部分に、彼らも手が届くようになっていたのである。ウイリアム・モリスとベルフォート・バックスが『社会主義、その成長と成果』(一八九三)の中で、「機械はすでに完成の域に達したので、人々は他の何かに眼を向けるようになるだろう」と言い、労働と生活の中に「快楽」と「美」を持ち込む必要を指摘した背景には、そうした情勢の変化があるだろう。モリスによる生活の美化の提唱は、そうしたイギリスの事情が生みだしたひとつの帰結と考えられるのである。

快楽や美への欲求は中流階級や労働者の中にも存在した。そのことを念頭におかない人々は、例えばペイターやワイルドの著作に認められる審美主義よりの発言を中流階級の俗物主義への批判、ヴィクトリア時代の偽善道徳への批判と決めつけてしまうであろうが、ことはそれほど単純ではない。世紀末における審美主義は社会の各層の内にあった欲求と連動しているのであって、その意味では、審美主義も、場合によってはデカダンスも、世紀末の社会イデオロギーのひとつの基本的なあり方なのである。『ルネサンス』の結論で、「美への欲望」と「芸術のための芸術への愛」を強調したウォルター・ペイターは、その少し前のところでこう書いている。

われわれのなすべきは、好奇心を絶やすことなく新しい思想を検討し、新しい印象を求め、コントやヘーゲルやわれわれ自身の作りあげた皮相な正統思想に屈しないことである。……自分では参与しえないような何らかの利害のことや、心の底から信ずることのできない抽象的な理論や、あるいはただ約束事にすぎないもののことを考えて、こうした経験のいずれかの部分を犠牲にすることを強いるような理論や観念や体系は、われわれとはまったく無縁のものである。

このペイターの姿勢に、モリスもあるいはその他の社会主義者たちもおそらく共鳴したであろう。その両者には、社会の因習的な約束事に対するラディカルな批判の姿勢が共通しているのだ。ワイルドが世紀末社会の典型的な人物となるのは、『ドリアン・グレイの画像』(一八九一)におけるデカダンス趣味と評論「社会主義の下における個人の魂」(一八九一)におけるアナーキズム思想とがひとりの人物のうちに共存しているからである。私はこの共存こそが世紀末から第一次大戦期にかけての英文学のひとつの重要な特徴ではないかと考えている。

政治家であり小説家でもあったディズレーリなどを例外とすれば、政治とは関わりが薄いように思われがちな英文学（殊にイギリス小説）の歴史のなかで――もちろんこれは神話にすぎないのであって、ジョージ・メレディスですらフェルディナンド・ラサールの伝記小説を書いている――この時期には、代表的な作家のほぼすべてが政治と文学の双方に何らかのかたちで関与しているのである。ワイルド、イェイツ、コンラッド、H・G・ウェルズ、ショウ、みなそうである。文学がこれほど直接に時代の政治問題と直結していた時代はそれほど多くはないだろう。ボーア戦争、コンゴ問題、第一次大戦と次々に政治の現場に関与してゆくコナン・ドイルの生の軌跡が、ただ人の目を引こうとする派手な行動と映らなくなってくるのは、まさしくこの時なのだ。確かに彼は〈純文学〉とは異なる〈娯楽文学〉の世界に棲みついた作家のように見えるにしても、彼の政治的な行動をこの二項対立の枠の内で説明してしまうのは不可能なのである。

2

引用したペイターの言葉の中にあるコントやヘーゲル云々のくだりにもひとこと触れておくべきかもしれない。なぜなら、ヘーゲルとペイターというこの一見異様な組み合わせのもつ思想史的な意味が感じられないとすれば、世紀末文化のもうひとつの重要な側面がまったく見えてこないからである。イタリアの文化に対するラスキンの賛美、ギリシャの文学あるいはヘレニズム的なものに対するアーノルドの執着を、ペイターがイタリア・ルネサンスの絵画とプラトン哲学への一体化として継承したことは紛れもない事実である。そしてこの批判の伝統によって、コールリッジとカーライルによって構築されたドイツ観念論やドイツ・ロマン派との関係が断ち切られてしまったように映るかもしれない。しかし、それは事実に反する。一九世紀後半のイギリスの講壇哲学の主流はカントからヘーゲルにいたるドイツ観念論哲学であった。一八六〇年代以降、「世紀の末にいたるまで、ヘーゲルの思想はイギリス哲学に大きな影響を与える」（アントニー・ウォード『ウォルター・ペイター』、一九六六）。

当時の代表的なプラトン学者であったベンジャミン・ジョウィットが、同時にまたオックスフォード大学にヘーゲル哲学を普及させた当の人物であったことは記憶しておくに値する。彼はペイターの師であった。また彼に教えをうけたエドワード・ケアドやトマス・ヒル・グリーンといった代表的なヘーゲル学者は、学生時代からペイターと同じ研究会に所属する親友であった。『ルネサンス』が多くの点でヘーゲルの『美学』に依拠していることは、すでに何人もの研究者によって指摘されていることである。にもかかわらず、ペイターは先ほどのような引用文の中の言葉を書きつけたのである。在野にあってはオーギュスト・コントの実証主義をかかげるフレデリック・ハリソンらの活動が注目を浴びているまさにそのときに、彼はコントの否定を口にしたのである。ペイターの審美主義はこのラディカルな反抗の姿勢と表裏一体をなしているのだ。

彼の陰翳に富む微妙な文体がきわめて緻密な文法構造に支えられていることは、その文のひとつひとつを丹念に分析してゆけばよく納得できることである。しばしばペイター特有のと形容されるこの文体は、決して過剰な装飾趣味から来ているのではなく、おそらくドイツ観念論の文体に由来していると思われる。彼の批評が一九世紀イギリスの批評史の中で特別の位置を占めるのは、彼の批評において、それ以前の地中海志向とゲルマン志向とが合体するからである。短編集『想像の肖像画』（一八八七）における北と南の要素の共在はまさしくそのことを物語っているだろう。『ルネサンス』はヘーゲル美学の枠の内から書かれたイタリア・ルネサンス論という二重性を抱えこんでいるのである。それをたんなる〈印象批評〉の古典とみなしてしまったところに、批評史の錯誤がある。

このように見てくるならば、ワイルドの批評の文体の新しさがどこに由来するものか見当がつくだろう。彼の批評はヘーゲル哲学の負荷から解放されているのだ。それは、同じ時代に、ドイツ観念論からの離脱によって、哲学の新しい方向を開こうとしていたバートランド・ラッセルの営為と奇妙なかたちで対応しているのである。

3

ラッセルの最初の本『ドイツ社会民主主義』（一八九六）はマルクスやラサールを論じた講演集であるが、ドイツの思想の影響は、世紀末の消費文化に参与しえないほどに貧しい労働者の中で活動していたアニー・ベザントの眼にもはっきりと映じていた。

イギリスの宗教思想はシュトラウスとフォイエルバッハに大きな影響を受けてきたし、哲学思想はヘーゲルとカントとショーペンハウアーの著作に、科学思想はゲーテの思索とフォークト、ビュヒナー、ヘッケルの仕事に影響を受けてきた。……マルクスやベーベルやリープクネヒトやエンゲルスの著作がイギリスの多くの人々の手に届いたわけではないし、シュトラウスやヘーゲルやカントの著作にしてもそうである。にもかかわらず、それらのひとつひとつが、宗教、哲学、社会思想それぞれに深い影響力をもつことになったのである。……同時に、ドイツから持ってきた継ぎ木がイギリスの台木によって手直しされ、イギリスの社会主義がそれ独自の色彩をおびつつあるのである。

(『社会主義の運動』、一八八六)

確かにベザントの言う通りであって、八〇年代はイギリスの社会主義にとってきわめて重要な時期であった。一八八四年にはH・M・ハインドマンを中心とする社会民主同盟が発足しているし、同年にはフェビアン協会も成立している——ベザントは、ウェッブ夫妻やショウとならんでその設立メンバーの一人であった。同じく設立メンバーのひとりであったシャーロット・ウィルソンは、一八八六年以降、クロポトキンを中核とするアナーキストの週刊新聞『フリーダム』の編集をすることになる人物である。そして一八九〇年にはモリスとバックスを中核として社会主義者連盟が発足する。

ベザントが直接に関与した重要な事件としてまず挙げておく必要のあるのは、一八八七年一一月一三日のいわゆる「血の日曜日」事件であろう。首都警察のチャールズ・ウォレン総監が一一月九日をもってトラファルガー広場での集会を禁止したのに対して、社会主義者の各団体や労働者が抗議のためにこの広場に集まっていたところ、騎馬警官隊などが暴力的な規制にでて多数の負傷者をだした象徴的な事件である。『自伝』の中にその日の様子を書いた一節がある。

私の加わっていた行列はクラークンウェル・グリーンから出発し、旗を先頭にして、その旗のすぐ後に私を含めた代表の演説者という順序であった。行く手をさえぎられることになるかどうか考えながら、トラファルガー広場につながる狭い通りのひとつをゆっくり静かに歩いているうちに、突然攻撃が始まって、警官隊は物も言わぬまま棍棒を振りかざしてわれわれに襲いかかってきた。旗はなぎ倒され、男も女も棍棒の雨の下に倒れていった。抵抗するも何もなかった。人々はこの思いもよらぬ攻撃にただもう茫然としてしまったのである。彼らは、動けないほどの怪我をした何人かをその場に残したまま、すっかり列を乱して、二人、三人と広場に向かった。しかしそこは数列からなる警官隊に守られていて、こちらが必死に攻撃でもかけないかぎり、その線を突破できそうにはなかった。われわれは暴力に訴えるなと命じられていたので、その試みはなされなかった。カニンガム・グレアム氏とジョン・バーンズ氏は腕を組んで警察の線を通過しようとしたが、頭をひどく切られて、逮捕されてしまった。それに続く光景は忘れられるものではない。騎馬警官の一隊がゆるやかなギャロップで襲いかかってきて、まるで九柱戯かなにかのように男女をなぎ倒し、一方でその他の警官たちは棍棒をメチャクチャに振り回して、群集の中に道を開いてゆくというありさまであった。

この事件のあと、ウォレン総監が世論の批判を受けて辞任するにいたるまでには、法と自由連盟の活動が大きな意味をもつことになるのだが、もちろんそこにもアニー・ベザントの名前が刻まれている。この連盟に参加したのは、他にハインドマン、モリス、ショウ、ジョン・バーンズ、『ペル・メル・ガゼット』紙の編集長W・T・ステッド、そしてエリノア・マルクスなどであった。

このエリノア・マルクスの夫となるエドワード・エイヴリングにベザントが初めて出会ったのは、『自伝』によれば一八七九年の初めのことである。『自伝』の中では彼は「科学問題の驚くほど有能な教師」と激賞されていて、彼を非難するようなことはひと言も書かれていない。つまり、一八九八年のエリノアの自殺と彼女をそこまで追い込んだエイヴリングの行動については、何ひとつ言及されていないのである。

社会主義者としてのベザントの行動歴の中で特筆すべきは、マッチ工場で働く女性たちのストライキを指導して勝利に導いたことである。それは「血の日曜日」事件の翌年、そして港湾労働者のストライキの起こる前年にあたる一八八八年のことであった。

……ブライアント・アンド・メイ（有限会社）は株主たちにとてつもない配当金を払ったので、もともと五ポンドの株が一八ポンド七シリングにまで値上がりした。ハーバート・バロウズと私は何人かの女工から事情を聞き、給料や罰金等々のリストを手に入れた。「典型的な例は、出来高払いになっている一六歳の少女で、一週間の稼ぎは四シリング、一緒に暮している姉も同じ会社に雇われていて、『週に八〜九シリングも稼ぐ』という。この収入の中から週に二シリングを払って一部屋を借りている。子供には朝も昼もパンとバターとティーしか与えることができないが、それでも月に一度は『コーヒーとパンと、ジャムとマーマレードがたくさんでる』食事に行けるのだと、彼女は眼を輝かして話してくれた」。われわれはこうした事実を「ロンドンの白人奴隷」という文章にまとめて公表し、ブライアント・アンド・メイ社のマッチの不買運動を呼びかけた。

（『自伝』）

▲マッチ工場の女工のデモ

女子工員の解雇をきっかけとしたストライキには一四〇〇名もの仲間が参加し、ついには「賃上げが行なわれて、マッチ製造労働組合が結成されるにいたったが、これは今でもイングランドで最強の女性労働組合であり続けている」。ちなみにこの時期の中流階級の年収は三〇〇ポンド以上というのがひとつの目安で、年収五〇ポンド（つまり週給二〇シリング）があれば夫婦と子供二人の労働者階級の生活が何とか維持できたとされる。

要するにアニー・ベザントは、八〇年代のイギリスの労働運動の代表的な指導者のひとりであったということである。そしてこの段階では彼女の行動的な人生と、コナン・ドイルの人生がやがて交差することになる気配はまったくみられない。ドイルは医師として開業することに必死であり、そのかたわらで『緋色の研究』や歴史小説を書くことに没頭していたのである。

4

その一方で八〇年代は、殊に大都市のスラム街を中心にして特徴的な宗教活動が行なわれた時期でもあった。下層の人々の劣悪をきわめる住居環境その他をまのあたりにした各宗派の聖職者たちは、個人の魂の救済を最大の関心事とする福音主義的な活動以前に、彼らの社会的救済が先であることを痛感するにいたる。その端的な表われが一八八四年にロンドンのイースト・エンドのホワイトチャペル地区に設立されたトインビー・ホール以下のセツルメントであった。この施設は、言うまでもなく、『一八世紀のイングランドにおける産業革命』（一八八四）の著者で、T・H・グリーンの高弟であったアーノルド・トインビーを記念したものである。

宗教活動と社会問題の接点こそは世紀末最大のベストセラーの宗教小説『ロバート・エルズミア』(一八八六)のテーマでもあった。主人公にはトインビーの面影があるし、ある箇所ではT・H・グリーンの説教が引用されている。しかもこの主人公はひとたびは国教会の牧師になりながら、理神論やドイツの聖書学(例えばシュトラウス)や無神論との対峙をへて、ロンドンでの新しいかたちの社会的な宗教活動に辿りつく人物なのである。作者のウォード夫人は、T・H・グリーンとも、ペイターとも親交のあった人物。彼女の英訳した『アミエルの日記』やこの小説の書評をペイターが書いているのは、おそらくこうした個人的なつながりが大きな理由であったろう。

このウォード夫人の問題提起を正面から受け止めた本のひとつがラムズデン・バームフォースの『新しい宗教改革と道徳・社会問題』(一八九三)である。この論文集は八〇年代におけるイギリスの思想風土の変化を次によく伝えているのだが、その中に次のような一節がある。

一〇年か一二年前にはイギリスの社会主義を外国から輸入された運動と――フェルディナンド・ラサールやカール・マルクスのようなドイツの集産主義の経済理論か、サン・シモン、フーリエ、ルイ・ブランのようなフランスの理論家の社会論のたんなるひき写しと見るのが、政治思想家の間の流行であった。……しかし、今やすべてが変わってしまった。社会主義の用語がそこいら中にあふれている。社会主義系の組織や現にある組織の支部がいちじるしいスピードで増加しつつある。

作者はこのような現状の分析をふまえて、これからはその先に進むことが、つまり、「市民や労働者、労働の組織者、芸術家、経済人、政治家の生活」に「宗教の影響」を及ぼすことが必要だと主張するのである。そしてそのことを、ウォード夫人の言葉を借りて、新しい宗教改革と呼ぶのである。

ベザントは、社会主義を掲げつつ労働運動の先頭に立っていた彼女は、このような変化にどう対応しただろうか。劇的な方向転換をみせたのである。無神論者であり社会主義者であったはずの彼女が、テオソフィつまり神智学の信奉者になってゆくのである。かつて『なぜ私は社会主義者であるのか』と題したパンフレットの中で、「進歩を信ずる」、「現在の文明は欠点が多すぎる」、「労働者の貧困は、現在のままの富の生産と分配の不可欠の一部分になっており、その状態が続かざるをえない」という三つの理由を挙げて自分は社会主義者であると宣言した彼女が、一八八九年には、『なぜ私は神智論者になったのか』というパンフレットを公表するにいたるのである。彼女の生の軌跡は、ヴィクトリア時代のくすんだ世界を背景にして、つねに鮮やかに、あまりにも鮮やかに浮かびあがってくる。彼女の人生は手本となるパターンをもたない固有のものであったと形容する以外にないだろう。巨人なのである。彼女はディズレーリやグラッドストーンに劣らぬ、そしてヴィクトリア時代のイギリスでなければ生まれようのなかった大きな存在なのである。

5

みずからの体験した出来事をこれといった起伏をもたせることなく述べてゆくドイルの回想録に対して、ベザントの『自伝』はきわ立った特色をもっている。彼女の人生があたかも幾つかのクライマックスをもつ物語であるかのように構成されているのである。無神論に基づく活動に入る直前のブラッドローとの出会いがそうした瞬間のひとつであるし、神智学との出会いもまたそうした瞬間のひとつであった。「かくして一八八九年、わたしが〈故郷〉に帰る道を見出し、H・P・ブラヴァツキーと出会い、その弟子になるという幸運にめぐまれた、忘れ得ぬ年がめぐってきた」（『自伝』）。みずからの人生をこのような激変によって説明するというのはどこかしら宗教的な回心を思わせるものであって、その意味では彼女の人生は基本のところで宗教的であったとも言えるのである。

『自伝』によれば、彼女は一八八六年の頃から、「私の哲学は十分なものではない、生や精神というのは、私が考えているのとは別の、それ以上の何かなのだ」と感じて、催眠実験、夢、幻覚、狂気、スピリチュアリズムの諸現象に興味をもち始めていたという。回心の決定的なきっかけとなったのはブラヴァツキー夫人の『秘密の教義』を読み、その好意的な書評を書いたことであった。「私はばらばらの事実を大いなる全体の部分として映しだす光に眼のくらむ思いがし、すべての疑問や謎の問題が消えてしまうように思えた」。彼女はW・T・ステッドの紹介状を持って著者に会いに行き、一八八九年五月一〇日には神智学の信奉者であることを表明するにいたった。当然ながらそれはブラッドロー他の無神論者と訣別することを意味していた。『なぜ私は神智論者になったのか』は、同年の八月四日と一一日にかつての仲間に対して行なった説明を小冊子にまとめたものである。彼女はすでに、「自分で実験してみた結果、魂なるものが存在すること、私の肉体ではなく魂こそが私自身であること、それがみずからの意志によって肉体を離れうること、そしてその状態で生きている人間の師のもとに赴き、学んだことを持ち帰り、肉体としての脳にそれを刻印しうるのであることが、私には分かる」と言いうるまでになっている。
ブラッドローも述べているように、たえず真摯に考え、信じ、行動するということを実践してきた彼女にとって、もはや後戻りすることは不可能であった。社会主義の流行が宗教活動への注目を逆にうながした時代の中にあって、唯物論と無神論をつきつめた彼女は、それらによっては魂の問題が説明できないと考えて、神智学のもつ汎神論の教説に飛躍したのである。
これは変節として断罪すべき事態なのだろうか。もちろんそのように非難した無神論者や社会主義者もいるにはいた。しかし〈進化〉ということを信じ続けたベザントにとっては、みずからの行動はその法則に基づくものであったに違いない。彼女の生の軌跡を正当化してくれるのは次のような考え方である。

彼はさまざまのかたちを通して、幾多の異なる方法によってみずからを実現するだろう。……絶えざる変化を通して、絶えざる変化を通してのみ、彼は真の統一を発見するだろう。……思考の本質とは、生の本質と同じで、生長ということなのだ。

誰がこの文を書いたのか。オスカー・ワイルドである。この文は彼の代表的な評論「芸術家としての批評家」（一八九一）の一節である。ベザントとワイルドが同じ思想を共有する――それこそがまさしく世紀末の文化のありようというものであって、それは決してデカダンス・マニアの騒ぎたてるような何かではないのである。

『なぜ私は神智論者になったのか』には、「私はキリスト教から無神論に移った。それから一五年のちには、汎神論に移った」という言葉があるけれども、そこには断絶と同時に連続もあることを忘れるわけにはいかない。彼女によれば、真理の自由なる探究を認めるという点では、神智学協会は無神論のグループと同じ発想をもつというのである。そして神智学協会がその会員に要求するのは、次の三点しかないという。

1 普遍的な友愛組織の核となること。
2 アーリア及び他の東洋の文学、宗教、科学の研究を推進すること。
3 未だ説明されていない自然の法則及び人間に内在する魂の力を探究すること。

第一の要求は、労働者の組織化を越える大きなものでありながら、それを包含しうる可能性をもつことが容易にみてとれるだろう。第三の要求は、無神論時代の彼女の主張とひどくかけ離れているように見えるが、実はそうではない。理知による探究を尊重し、超自然を認めないのが彼女の無神論の要諦であったとするならば、神智学もまた超自然とその表われとしての人格神を認めないのである。

> まず学ぶべきことは、超自然が存在するという考え方をすべて捨てることである。この宇宙に、あるいは人間の内に潜在する力がどんなものであるにしても、それはまったく自然のものなのである。奇蹟といったものは存在しないのだ。奇妙な現象、説明不能とみえる現象にぶつかることがあるにして

も、それらはすべて法則の内側にあるのであって、それを驚異的なものにしてしまうのは、われわれの無知そのものなのである。超自然を拒むということこそまさしく神智学への入口なのだ。五感を越えるもの、人間を越えるもの、それは在る。しかし超自然のものはない。

学ぼうとする者に次につよく印象づけられるのは人格神の否定であり、そこから、ブラヴァツキー夫人の指摘にもあるように、正統的なキリスト教の信者よりも、不可知論者や無神論者のほうが神智学の教えに同化しやすいということにもなるのである。

ある意味では単純な手続きである。不可知論や無神論が理性による探究は不能であるとした〈超自然〉の領域を〈自然〉の領域と捉えかえし、その法則性を捉えようというのである。ベザントはそれを思考の退化ではなく、進化とみなした。つまり、彼女を社会主義者にした信条の第一のものをここでも貫徹しているのである。彼女はランダムに立場を変えたのではなく、進化という大原則に従ってそうしているのである。その意味では、彼女はまさしくヴィクトリア時代の思想家であったと言うしかない。

第一次世界大戦、二人の女、二つの裁判

1

一九〇一年一月二二日、夕方の六時半、ヴィクトリア女王の死によって、この女王の名前を冠した長い時代は幕を閉じた。そして間髪をおかず、その長男がエドワード七世として、大英帝国の新たな盟主となる。謹厳そのものの雰囲気をひきずっていた女王に代わって王位についたエドワード七世には、その永すぎた皇太子時代のあれこれの物議をかもす行状のこともあって、つねにある種の放蕩のイメージがついてまわっていたのは、国民の多くが知るところであった。もちろん、それゆえに愛されたという部分もあるのだが、翌二三日の『タイムズ』の社説でさえ、「その長い経歴のうちには、彼を尊敬し敬愛する者が、ああでなければよかったのにと願うことがひとつもなかったとは言いきれないのである」という、いかにもこの新聞らしい遠回しの表現で、新しい国王に注文をつけたのである。世紀末の文化のありようを考えるさいに重要な鍵人物となるのは、いわゆるデカダンス派の文人や画家よりも、むしろ彼ではないかというのが私の考えであるが、それはそれとして、彼が一九一〇年に世を去ると、次にはその長男がジョージ五世として即位する。その在位の期間は一九一〇年から三七年まで。コナン・ドイルは英国の王室を三代にわたって見てきたことになる。彼の著作活動は一九三〇年の死にいたるまで継続されているが、それぞれの国王の時期によって、かなりはっきりと色分けできる特徴をもっていると言うこともできる。ヴィクトリア女王の時代のドイルはホームズ物語によって名声を確立する時期にあたるし、エドワード七世の時代には、一度は死なせた名探偵を復活させるとともに、さまざまの社会活動に関与してゆく。私的な部分においても、妻の死と再婚という事件がある。そしてジョージ五世の時代には、第一次世界大戦を経験し、何人もの近親者を失い、スピリチュアリズムの宣伝運動にのめり込んでゆく。要するに、二〇世紀に入ってからのコナン・ドイルは、たんなる人気作家としてではなく——ボーア戦争のさいの貢献によってサーの称号を得たという思いも絡んでいたであろうが——人気作家としての地位が押しつけてくる社会的な義務を忠実に、そして誠実に果たしてゆこうとしたのだという言い方もできるであろう。社会に反抗し、それと対立する芸術家といった発想は、彼の思考の内には存在しないのである。

2

エドワード七世の時代に起こった事件で、のちのドイルの活動の方向を大きく左右することになったのは、最初の妻ルイーズの死と、そのあとのジーン・レッキーとの再婚であろう。ルイーズの場合、肺結核と診断されてから一三年間の闘病生活をへたのちの死であっただけに、ドイル自身にもそれなりの覚悟はできていたと思われる。ある種の問題が生ずるのは、その死の翌年の一九〇七年九月一八日に行なわれた再婚をめぐってである。ドイルがこの女性に初めて出会って、恋をしたのは、一八九七年三月一五日のことだとされる。だとすれば、彼は一〇年間にわたって彼女に対する想いを胸の内に秘めていたのかということになる。この点については正確なところは分からないけれども、どうやらそうではなかったらしい。いわゆる不倫ということではない。ドイルの性格や行動からして、それは考えられないが、その一方でジーンの存在が他の人々に秘密にされていたわけではなかった。『回想と冒険』の中にも、彼女は「母と妹の大切な友人」でもあったと説明されている通り、周囲の者たちも彼女のことは承知していたらしい。さらに興味深いのは、評伝『コナン・ドイル』の作者ピエール・ノルドンが引用している、ドイルの娘メアリの手紙の一節である（この手紙はメアリからノルドンに送られたもので、日付けは一九五七年一月三一日）。

亡くなる二ヶ月ほど前のことですが、話があるといって呼ばれました。母は、死んだあとも自分の思い出に夫を縛りつけておこうとするひとたちがいるけれども、それはひどい間違いだと思う、考えるべきは、愛するひとの幸福のはずなのだから、と言いました。だから、お父さまが再婚なさってもショックをうけたり、驚いたりしてはいけません、それは私がよく承知していて、祝福したことなのですから、と。

ノルドンは手紙のこの部分をふまえて、死を前にしたルイーズが、ジーンに対する夫の熱い想いを承知していたであろうと推定しているが、その解釈に異をとなえる必要はないだろう。

ただ、ここで少しばかり事態が紛糾してくるのは、ちょうどこの死別と再婚の時期に、ドイルが離婚法の改正を求める運動に加わっていたという事実があるために、彼の下心をかんぐる人々がでてくるからである。女性に参政権を与えることには激しく反対した彼が、なぜ、という疑問が、そうした詮索を誘発してしまうのであろう。『回想と冒険』には、「戦争の前の何年か私の心をしめていたのは、そして今でも私の心をしめているのは、わが国の離婚法の改正の問題である。私は改正連盟の会長を一〇年間つとめた」とある。イギリスでは一八五七年の法改正によって、女性の側からでも離婚を求めることが法律的には可能になったものの、そのための要件が男と女では不均等でありすぎた。ドイルの関わった運動は、この不均等の修正を求めるもので、一九〇六年にスタートし、彼自身も一九〇九年に『離婚法の改正』という冊子を出しているのである。しかし、この運動の内容からして、それが直接にドイル個人の利害と連動していたとは考えにくいのであって——彼の離婚願望の反映をそこに見るというのは、テレビの心理番組レベルの浅薄さと言うしかない——むしろ、この時期の彼の特徴である、フェア・プレイを求める社会活動の一環とみるべきであろう。

3

ところで、ジーン・レッキーとはいかなる女性であったのだろうか。丸顔で、美しいというよりも可愛らしいという形容のあてはまりそうなルイーズと較べてみると、いくつかのドイル伝に紹介されている彼女は典型的な美人と言えそうである。もちろん、時空を越える美の典型というのはかなりいかがわしい概念なので、もう少し正確な限定をつけるとすれば、世紀末前後のイギリスにおける典型的な美人ということである。現代の批評の関心の持ち方からすると、このような問題設定そのものが男の側からする偏見の産物ということになりかねないだろうが、ドイルの生きていた文化のコンテクストの性格を考えるためには、この問題にも少しは触れておかざるをえないだろう。

世紀末の頃に典型的な美人とされた何人かの女性の写真を見てみると、いくつかの特徴がすぐさま目につくだろう。たとえば、襖を背景にしたランドルフ・チャーチル卿夫人、と言うよりも、ウインストン・チャーチルの母と言うべきかもしれないが、オスカー・ワイルドも魅了された彼女は、もともとはアメリカの実業家の娘であった（一九世紀の末になると、イギリスの貴族の子弟がアメリカの金持ちの娘と結婚する例があいついだ）。別の写真では、彼女は扇を手にして襖の前に立っており、ジャポニスムの浸透をうかがわせる証拠となっている。やはりワイルドが熱中することになるリリー・ラントゥリー（通称「ジャージー島の白百合」）の職業はいちおうは舞台俳優ということになるのだろうが、同時に、のちのエドワード七世の愛人でもあった女性でもある。世紀末の最も有名な高級〈娼婦〉のひとりと考えていいだろう。彼女がロンドンに出てきたのは一八七七年のことである。「ランドルフ・チャーチル卿が妻のジェニーに語ったところでは、〈ウォーンクリフ卿の邸宅に出かけてみたら、ラントゥリー夫人とかいうのが食事に招待されていたよ。たいへんな美人だがね、まったくの無名で、ひどく貧乏で、黒いドレスをひとつしか持っていないということだった〉」（チャールズ・カールトン『王に愛された女たち』、一九九〇）。

このリリーの例を初めとして、皇太子時代のエドワード七世の女性関係の華やかさは、イギリスの社交界では公然たる秘密であったが、その彼自身の妻であるアレクサンドラもまた世紀末の典型的な美人であった。彼女たちに共通する特徴というのは、いずれもすらりとした長身で、顔は面長で、髪は短くてカールしており、さらに細い腰を強調するようなドレスを身につけているということである。そして、その表情はどこかメランコリックであるほうがよかった。少なくとも、謹厳、実直、家庭を連想させるような何かを揺曳する表情はタブーであった――端的に言えば、これらの写真から排除されているのは、〈家庭の天使〉を連想させる記号群なのである。そして、この〈家庭の天使〉という神話を誰よりも具体化しているのがヴィクトリア女王であるという神話が存在していたことを考えると、ここにあるのは、その神話からすり抜けようとする欲望だと言っていいかもしれない。謹厳、健康、家庭、平和の記号と

▲コナン・ドイルの二番目の妻ジーン　1910年頃

▲リリー・ラントゥリー
通称「ジャージー島の白百合」

ランドルフ・チャーチル卿夫人▶

してのヴィクトリア女王から解放されようとして世紀末の文化が案出したのは、決してサロメ的な、デカダンスの美のみではなかった。世紀末の美人像の中にも、それと同じモメントが認められるのである。この両者の倒立関係を見ないかぎり、いかなるかたちのデカダンス論も空しいと言わざるをえない。いや、デカダンス論どころか、ヴィクトリア時代の文化を考えるということ自体が、根も葉もないゲームに終始してしまいかねないのである。

▲エドワード七世の戴冠式
坐るのはアレクサンドラ王妃

丸顔で、小柄で、太めであったヴィクトリア女王。絵や写真のモデルになるときには、長身のアルバート殿下が椅子にすわり、女王がその傍らに立つというのが基本の構図であったことを想起してみると――女王が椅子にすわるのは子どもや孫に囲まれた場合――エトワード七世の載冠式の写真において、彼が立ち、王妃がすわるという構図は、ほぼ半世紀ぶりの〈事件〉であったわけである。事件とは、要するに、固定したパターンを破り、それをすり抜ける何かのことに他ならない。

そうしたことを考えながら、改めてドイルの二番目の妻レッキーの写真を見てみると、その服装こそ決して華やかではないものの、彼女が多くの点で世紀末の美人のイメージに合致することが了解できるであろう。病弱であったことも手伝って家庭にいることの多かった最初の妻ルイーズには、家庭の天使型のイメージがつきまとうことが多いのに対して、第二の妻レッキーのほうはどうかと言えば、ドイルがスピリチュアリズムのために行動するにあたっては、公私ともに彼のパートナーの役割を果たした女性である。霊媒としての能力もあった。その意味では彼女は、その容貌においても、その仕事ぶりにおいても、世紀末の新しい女としての特徴をそなえていると言えるであろう。少し極端な一般化をするならば、ドイルの再婚は、ヴィクトリア時代的な女性から世紀末型の新しい女性へとパートナーを変えてゆくプロセスであったと言えるかもしれない。彼の社会的な活動がとくに盛んになり始めるのがこの再婚以降のことであるだけに、その影響を考えざるをえないのである。

彼がものの考え方その他において母の影響をつよく受けていたことは、周知の事実である。ノルドン他の人々の引用してみせる手紙の数と内容からして、彼が大切なときには必ず母の助言を求めていたことは明らかであるのだが、今のところ、特定の人間を除いて、それらの手紙を読む機会はない。アルコール中毒で入院したままの父、強い母、家庭の主婦としての最初の妻、行動する女としての二番目の妻――ドイルがそうした人間関係の中にいたことは銘記しておかなくてはならない。さらに彼のそばには、最初の結婚でできた二人の子供と、再婚による三人の子供がいたことも。そこには、まだわれわれの知りえないもうひとりのドイルがいるかもしれないのだ。少なくとも、再婚による子供のひとりであるエイドリアンの描くのは、知られざるドイルの一面ではあるだろう。

一九〇七年に結婚して以来、父は、毎年春の初めになると、庭に出て、母にプレゼントする最初のマツユキソウを探すのを習慣にしていました。父は毎年必ず最初のマツユキソウを探して、それを見つけだしました。一九三〇年の初春といいますと、すでに死の手がすぐそこまで迫っていた時期のことになります。父はすでに何回か心臓の発作に見舞われ、医者からも行動を厳しく規制されておりました。それでも父は、二月のある寒い日のこと、誰の目にも見つからずに寝室を抜けだして、庭に出てしまいました。数分後に執事のロジャーズが、心臓の発作を起こして小径に倒れている父を発見しました。父の手には最初のマツユキソウが握られていました。

（ピエール・ノルドン『コナン・ドイル』による）

わたしはこの証言を信用したいと思う。かりにそこに何らかのフィクションがまぎれ込んでいるとしても、この結末は、偉大と言っていいほどに凡庸であったサー・アーサー・コナン・ドイルという人物にいかにもふさわしいフィナーレであるからだ。正確な死亡時刻、一九三〇年七月七日、午前九時半よりも、この二月のある寒い日のほうが、彼にはずっとふさわしい。

4

死別と再婚の時期から始まる活発な社会的活動の最初のものが、ジョージ・エダルジ事件とオスカー・スレイター事件への関与である。いずれも冤罪の事件であるが、ややもすると、名探偵の生みの親が今度はみずから探偵役を演じた例としてあつかわれやすい。しかし、とくに後者の事件になると、二〇世紀のイギリスの裁判史上最も有名な誤審事件として当時の大センセーションになっているだけに、とても探偵法の実戦を云々してすむような問題ではないはずである。しかも、同じ時期に、ドイルはコンゴ問題にも取り組んでいるのである。彼の性格からして、それぞれの場合に異なる考え方に基づいて行動したとは思えない。とすれば、彼はいかなる思考の原理に基づいて、いかなるパターンの行動をとったのであろうか。

彼の場合、この問いは決して複雑な答えを要求するわけではない——彼の要求したのは、社会的な正義をつらぬくということに他ならない。ユニークなのは、そのための根拠となったのが、いかなるかたちの人道主義でも倫理思想でもなく、おそらくフェア・プレイの精神にすぎなかったという点である。大のスポーツ好きであった彼は、実はみごとにと言うしかないほど単純にフェア・プレイの精神を信じたのである。合理性に欠ける裁判というのは、彼からすれば、フェア・プレイの精神を欠く最たる例であって、そうした事例の存在に気がつくと、彼は徹底してその回復をはかろうとしたのである。人種の差別云々というのは、あくまでも付随的な問題にすぎなかった。ホームズ物語には繰り返し人種差別的な表現を書き込んだ彼が、コンゴ問題のさいには原住民への虐待に怒り、エダルジに対する判決に怒ったとしても、それは彼の態度が変更されたということではなくて、フェア・プレイの欠如に怒っているということなのである。

興味をひくのは、そうした不正を糺すために彼のとった手段である。それは新聞に投書攻勢をかけ、パンフレットを刊行し――現代ならば、おそらくテレビにも積極的に出演したであろうが――世論を喚起するという戦略であった。人気作家としての知名度が、そのためにフルに活用されたのである。その意味では、彼はメディアを活用する、きわめて有能なプロパガンディストであった。『回想と冒険』の中で、エダルジの事件については、「私はもとの裁判のことを調べ、スタフォードシャに赴いて家族にも会い、犯罪の現場を歩いてみたあとで、最後にこの事件について一連の記事をまとめ、『デイリー・テレグラフ』紙の一九〇七年一月一二日から掲載してもらった」、そしてスレイターの事件については、「そこで私は新聞でアジ活動をやり、事件全体をあつかった小さな本を書いた」と述べている彼は、みずからの方法を十分に意識していたはずである。のちのスピリチュアリズムのための活動にいたるまでの彼の社会活動をつらぬいているのは、このようなプロパガンディストとしての姿勢であると言ってもいいだろう。そのために、第一次大戦のときには、イギリス政府の宣伝のために利用された部分があるにしても。

二つの事件について簡単に説明しておかなくてはならない。ジョージ・エダルジはスタフォードシャのある教区の牧師の息子で、法律の勉強をしたあと、バーミンガムで事務弁護士として働くことになるきわめて真面目な青年であった。その名前からも明らかなように、彼は生粋のイギリス人というわけではなかった。母はイングランドの女性であったが、牧師をつとめる父はインド出身のパルシー教徒であった。パルシー教徒とは、イスラム教による迫害を逃れるために八世紀頃インドに入ったとされるペルシャ系のゾロアスター教徒のこと。そのような人物が国教会の牧師として働くというのは、一体どういうことであろうか。なんとなく、カルロ・ギンズブルクの『チーズとうじ虫』の事例を思い出してしまいそうな事態で、実に興味深い問題ではあるのだが、詳しいことは分からない。ドイルは、「どうして牧師がパルシー教徒になってしまったのか、あるいは、パルシー教徒が牧師になってしまったのか、私には見当もつかない。ひょっとすると、誰か心のひろいパトロンが国教会の普遍性を証明してみせようとでもしたのだろうか」と書いている。いずれにしても、一九〇三年、この村で羊や牛やとくに馬が夜間に傷つけられるという事件が続発し、ほとんど証拠らしいものがないにもかかわらず、混血のエダルジ青年が犯人として逮捕され、七年の刑を宣告されてしまう。判決の出た直後からその不当性に対する抗議の声はあったものの、それがひとつの大きなうねりになるのは、一九〇七年にドイルが活動を起こしたあとのことである。最終的には、世論の圧力をうけた内務大臣が新たに調査委員会の設置を命じて、事件の再調査が行なわれたものの、判決はくつがえらず、その一方でエダルジは釈放されるという結末になったのである。ドイルは、この事件のときには、探偵なみに、真犯人の推定も試みている。

もうひとつのスレイター事件について、彼の自伝がエダルジ事件ほどの頁数を割いていないのは、二つの事件自体の重要度に対応したものではない。スレイターは殺人事件の犯人にしたてあげられて死刑判決をうけ、第一次大戦期をはさむ二〇年間にわたって投獄され、そのあとで無罪判決をうけているのだから。ドイルが筆をおさえたのは、この場合にも彼の果たした役割が大きかったことは事実であるにしても、全世界的な注目をあびることになったこの誤審事件をめぐるドラマの中には、他にも多くの劇的な登場人物がたくさんいて、すでに多くのことが書かれていたからであろう。

いずれにしても、事件そのものはこういうことである。場所は、一九〇八年一二月二一日のグラスゴウ。夕方の七時頃、メアリオン・ギルクリストという独身の老女が、使用人ヘレン・ランビーが外出していたわずかの時間に殺害され、宝石が盗まれたのである。警察はオスカー・スレイターという人物を犯人とにらみ、すでにリヴァプールからアメリカに向かっていた彼をニューヨークで拘留し、使用人を含む三人の人物の、現場で彼を目撃したという証言に基づいて逮捕、そのまま裁判にもち込んだのである。ことの進行は、たとえばジョン・モーティマの抜粋した『有名な裁判』(一九八四)に収録されているウイリアム・ラフヘッドの解説を読んでみても、異様と言うしかない。

まずスレイターには、犯行時刻前後の強力なアリバイがあった(最初の裁判のときには、それを証明できる人物が証人として呼ばれなかった)。凶器も特定できなかった。何よりも、彼を現場で見かけたとする三人の証言がくい違っていたのである。にもかかわらず、陪審員による評決では、有罪とした者九名、無罪とした者一名、棄権四名で、結局有罪となり、五月二七日に処刑ということになった。英独の関係が険悪化しているなか、ドイツから来たユダヤ人で、しかも偽名をいくつか使ういかがわしい生活を送っていた彼に対して、さまざまの偏見がおおいかぶさったであろうことは、当時から感じとられていた。そのために、すぐに助命活動が開始され、刑の執行は予定日の二日前になって中止ということになるのだが、スレイターはそのまま監獄の中にとどまることになった。そして第一次大戦。英独関係は最悪の事態を迎えてしまう。当然ながら、彼の存在は獄中に忘れられてしまった。

事態が思いもよらぬ方向に急転回しはじめるのは一九二五年に入ってからのことである。前年の末、このスレイターと同じ監獄にいたある男が、彼から託された救済依頼のメモを口の中に隠して出獄してきたのである。そのメモの宛て名がコナン・ドイルであった。そのときから彼の精力的な活動が始まる。一九二七年には、グラスゴウのジャーナリスト、ウイリアム・パークによって『オスカー・スレイターをめぐる真実』が刊行され、さらに各種の新聞や雑誌によるキャンペーンが始まった（ちなみに、このパークという人物は、捜査のやり方に疑問をもったために警察をクビになり、挙句の果てに犯罪者にまつりあげられて非業の死をとげたトレンチという人物の親友であった）。この本の中で、誤審の最大の原因とされているのは、使用人ランビーであった。しかも、『エンパイヤ・ニューズ』紙の一九二七年一〇月二三日号が、今では合衆国に住む彼女から、警察側の証拠操作についての新証言を得て、それを掲載した。

このような展開に対する対応をしぶっていた政府もついには動かざるをえなくなり──当時は、まだこの種の事件のための再審制度が整備されていなかったので──特別立法によって、再審を開始することになった。判決が降りたのは翌一九二八年七月二〇日、言うまでもなく、無罪である。別の言い方をするならば、この殺人事件は迷宮入りとなってしまったのである。スレイターのほうは、前年の一一月一四日に、服役態度良好という理由ですでに釈放されていて、ドイルとならんで傍聴席でこの判決を聞いた。ノルドンは、出所のあとで彼の書いた手紙を引用している。

　サー・コナン・ドイル様、あなたは私の枷を外して下さいました。正義のために真理を愛されるあなたは。私に示して下さいました御親切に対して、心の奥底からお礼を申しあげます。

5

イギリスの人々が「大いなる戦争」と呼んで他のすべてから区別する第一次世界大戦。すべてのひとにとってそうであったように、ドイルにとっても、いや、とりわけ彼にとっては、この戦争は公私の二つの面をもっていた。ボーア戦争時の宣伝活動によってサーの称号をえた有名作家として、冤罪事件やコンゴ問題を通して社会的正義のために闘った人物として、彼はこの国家の非常事態を黙ってみているわけにはいかなかった。性癖とでも言うしかないのかもしれないが、彼はすぐに行動を起こしている。戦争が始まるとすぐに、すでに五〇代の半ばに達していた彼は、邸宅のあったクロウバラで民兵の組織を作りあげ、行軍の練習までしたというのが、ひとつ。さらに新聞や当局への投書を重ねて、軍事用具の改善を提案する。戦車を採用しろ、海軍用の救命具を改善しろ（この提案はすぐに採用された）、ドイツの潜水艦に対して手をうて、そのためには英仏海峡にトンネルを作るべきだ、云々と。政府からの要請がありさえすれば、フランスやイタリアまで戦線の状況の視察にでかけているし、ヒンデンブルク・ラインの突破作戦が始まったときには、その現場近くにいあわせることにもなるのである。彼は現場の指揮官たちとも手紙のやりとりをして事実を集め、それを『フランスとフランドルにおけるイギリスの作戦行動』全六巻（一九一六―二〇）にまとめるという大作業もやりとげた。イギリス軍を構成する各部隊の行動を語ってゆくこの本は、当初、政府の側から発売禁止の圧力がかかったりするものの、ともかくドイルは完成させている。ひょっとすると彼は〈生きた歴史小説〉に手をつけているような意識であったのかもしれない。

各巻の中扉の著者名の下に、「『大ボーア戦争』他の著者」と記されているのは、彼の姿勢を十分すぎるほどに物語っているだろう。言ってみれば、彼は作家としてこの戦争に参加するために、この戦記をまとめてゆくのである。可能なかぎり正確に。事の是非を問わないとするならば、このときコナン・ドイルは〈誠実な〉愛国主義者であったと言うしかない。ドイルは決して理解しがたいほどに複雑な人間ではない。決してそうした人物ではないのだが、互いに矛盾してしまうはずの行動に取り組むときにも、その矛盾に気づくこともなく、それぞれに誠実に取り組んでしまうその一徹さが、われわれをたじろがせるのである。コンゴにおける犯罪の告発、第一次大戦の戦記、妖精写真の弁護——そのすべてに、そしてさらに多くの相互に矛盾する活動に誠実でありえたひと。一体彼は何者なのだ？

この戦記の第一巻の序文の中にある言葉を書き抜いてみよう。

この巻の物語はおおむね時の試練に耐えるであろうと、将来において変更を加えることがあるにしても、それは改変や削除ではなくて、補足のかたちをとるであろうと、私は信じている。……私はこの物語を、祖国の兵士である人々の手紙や日記、あるいは彼らとの直接のインタヴューをもとにしてまとめあげた。私の願いは、彼らの行動を理解し記録することにあった。多くの場合、私は主要な出来事の記述を、その当事者のなかでも鍵になる人々に読んでもらい、修正し確認してもらう機会に恵まれた。したがって、この著作の大部分は正確であるだけでなく、細部にも間違いはないと確信している。

この信念のもとに、彼は六冊の戦記を書き続けるのである。それは遠い戦争ではなかった。それは次々に近親者を彼から奪いとってしまう戦争でもあった。

6

結局のところ、コナン・ドイルにとって、第一次世界大戦とは何であったのか。私はこの答えようのない問いに対して、あえて答えようとは思わない。すっきりとした整理をするかわりに、『回想と冒険』から三つの部分を抜粋するにとどめる。

われわれの前方の草むらの中にドイツ兵の死体がいくつかあった。そこにそれがあることが、何となく分かるのだ。端のところに負傷した兵士がひとり、すわり込んで、足の手当てをしていた。あちこちの塹壕や立坑から兎のようにとび出してくる者もいた。塹壕の中の発射台にすわる者も、粘土の壁にもたれて煙草をくわえる者もいた。彼らの勇敢そうな、くったくのない顔を目にして、ここは前線だ、いつ何時灰色の波が彼らを飲み込んでしまうかもしれないのだと思う者がいただろうか。しかし、そのくったくのない態度とは裏腹に、誰もがガス・マスクとライフル銃をすぐ手の届くところにおいているのが、私の注意をひいた。

戦闘の場においてすらフェア・プレイを求めたドイルにとって、ドイツ軍の使用した毒ガスは言葉を失わせるものであった。一九一二年の末にはすでに『毒ガス帯』を書きあげていた彼にとって、この現実は何と映ったのだろうか。

戦争は私人としてのドイルにも容赦なく襲いかかった。

私の家庭も戦争によって大きな傷をうけた。最初に倒れたのは妻の弟のマルカム・レッキーで、陸軍の医務班にいた彼は、そのきわだった勇敢さのゆえに、死後、特別武勲章を授与された。彼は弾丸の破片を胸にうけて息をひきとる寸前まで、負傷兵をベッドのそばに呼んで包帯をしてやっていたという。その次が、私たちと一緒に暮らし、家族の一員にも等しかったミス・ロウダー・シモンズの死。彼女の兄弟のうち三人は戦死、四人目は負傷。そして、彼女が最後に世を去ることになったのである。まさしく最悪の日であった。その次に、勇敢な甥アレック・フォーブズとオスカーが頭に銃弾をうけて、倒れた。恐れを知らぬ義弟オルダム少佐は、塹壕戦の初めに敵の狙撃兵にやられて死亡。そして最後に、すべてが終わったかにみえたときになって、私は二重の打撃をうけることになった。その最初がキングズレーであった。キングズレーは最初の結婚でできた唯一の息子で、体も心もこれだけ立派な子供に恵まれることは滅多にない。彼は一兵卒としてスタートしたあと、ハンプシャ第一連隊の大尉の代理までつとめるようになり、ソムの激戦で重傷を負った。ロンドンに戻ったのちに彼にとどめをさしたのは、肺炎である。この同じいまわしい病気が、私の実弟イネスの命も奪った。何年も前、サウスシーで開業した頃の苦労をともにした弟の命を。四五歳にして、すでにある部隊の高級副官の地位につき、レジョン・ド・ヌール勲章をもらい、抜群の軍務成績を誇っていた彼には、将来が約束されていたのに。しかし彼は神に召されたのだ。彼は英雄らしくそれに従った。「泣きごとひとつおっしゃいませんね」と従卒が話しかけると、死の床にある副官はこう答えたという、「俺は軍人だから」。

スピリチュアリズムの力によってこれらの死者との交信が可能になると信じた彼に対して、ひとは一体何を言いうるのだろうか。彼の周囲には、同じような体験をもつ人々が数えきれないほどいた。その人々のためにも彼は福音を語ったのである。晩年のエネルギーの大半を彼がそのために費やしたとしても、何の不思議があるだろうか。スピリチュアリズムは、彼にとって、最後の楽観主義であった。彼を決定的にその方向に向かわせた第一次世界大戦を、彼は次のように総括している。

ヨーロッパの構造全体が、その崩壊のあとに何が来るかをまったくつかめぬまま、深淵の縁まで漂っていくのを目にしたとき、人々の精神がどんなに異様な影響をうけるものか、私は決して忘れることができない。後世の人々はそれを想像することすらできないだろう。驚くべき軍事行動、飢餓、革命、破産——このような空前絶後の出来事が何をもたらすのか、誰にも分からなかった。すべてが明らかにくい止められたはずなのに、それをくいとめるのは絶対に不可能だった。プロシアがこの巨大なメカニズムに自在スパナを突っ込んでしまい、機能停止が起こってしまったからだ。普通ひとは、たとえ狂おしい夢を見ても、さめれば正気に戻るのだが、このときは、私は朝目覚めたときに正気を離れ、悪夢のただ中に立ちすくんでいたのである。

ドイル、再登場

1

スピリチュアリストの立場に立っていた週刊紙『光』の一八八七年七月二日号に――同じ年のクリスマスには『緋色の研究』が発表される――掲載された一つの投書を読むことから始めよう。著者は数ヶ月前にエドモンズ判事の『回想録』を読み、その後もアルフレッド・ラッセル・ウォレスやドレイソン陸軍少将らの著作に目を通して、「知性は肉体を離れても存在しうるということは絶対に正しい」との説を認めるにいたったと告白する。

それからは私は六人からなる集まりを作って、わが家で九回か一〇回会合を開いた。われわれはテーブルの傾きによってメッセージを伝える現象とか、支配霊の力による筆記などを体験したけれども、絶対に決定的と言えるようなことは起こらなかった。……先週になって私は、霊媒として大きな力をもつという評判のある老紳士の来る交霊会に出てみないかと、二人の友人から誘いをうけた。

この老紳士はいかにも霊媒らしく失神したままメッセージを伝え、さらに透視術もやってみせ、そしてこの著者の読もうとしていた本を（正確には作者の名前を）言いあててみせたのである。本人以外には知っているはずのないこの情報を正しく指摘されたことによって、この著者はスピリチュアリズムの力を堅く信ずるようになる。この投書の最後には、「サウスシー在住、医学博士A・コナン・ドイル」とある。ドイルとスピリチュアリズムの決定的な出会いを示す資料と言うことができるだろう。

この問題に対する彼の関心はそれ以降も決してゆらぐことがなかった。『回想と冒険』の最後の章は「心霊探求」と題されていて、それこそが「私の人生でとりわけ重要なこと」と断言されているし、同年に完成した二巻本の『スピリチュアリズムの歴史』の中には、「スピリチュアリズムはいかなる宗教ともうまく接合のできる思考の知識の体系である。その基本となる考え方は、死後も、人格は存続し、交信する力があるという二つの点である」という自信に満ちた言葉がみつかる。そして翌一九二五年一月二四日の『光』には、ドイル本人の手になる次のような広告文まで掲載されているのだ。

われわれの心霊運動の弱点のひとつは、われわれのすぐれた文献と一般の人との間に完全な断絶があることではないかと、前々から考えていました。一般の人はそういうものが存在することをまったく知らないのが普通。そこでこの難点を克服するために、私はロンドンの一番の中心地の一画に心霊関係の書店とライブラリーを開設する仕事に取り組んでいます。……売るのは心霊関係の本のみとし、在庫を豊富にしておくとともに、顧客の希望に答えるためにすべての努力をするつもりです。

ドイルは、いや、正確にはドイル夫婦は真剣であった。言葉の最も深い意味において、誠実に、スピリチュアリズムの普及のために献身的な努力をしたのである。一九二一年から二三年にかけてオーストラリアとアメリカに一度講演旅行に出かけ「五五、〇〇〇マイルを旅行し、二五万人に話をした」(『回想と冒険』)のもまさしくその証明であった。

コナン・ドイルにおけるスピリチュアリズムは正面から扱われてしかるべき問題なのだ。この問題に対する関心の持続した期間ひとつをとってみても、合理的な推理者ホームズの生みの親が晩年にオカルトにのめり込んだというような要約ができないことは歴然としている。むしろスピリチュアリストが名探偵を生んだのだという言い方すらできるだろう。その事実を隠蔽してしまったのは、この場合にもやはりホームズ神話であったことは間違いない。考えてみなくてはならないのは、ひとりの人間の中に経験的な合理主義とスピリチュアリズムの共存することが、それほど異様な否認されるべき事態なのかどうかということである。それを両立不能と考えるのがドイルの考え方ではなくて、われわれの側の思考法にすぎないとしたら、どうなるのか。すでに見たように、アニー・ベザントは自然の法則性の探究と神智学への関心が併存しうると信じて、それをみずからの社会活動の中心の軸としていた。まず最初に考えておくべき問題は、ドイルの姿勢が今のわれわれから見て異様かどうかということではなくて、ヴィクトリア時代の思想とその余波の中でいかなる位置を占めていたのかということである。端的に言えば、彼にとってのスピリチュアリズムとは、交霊会や霊媒写真や空中浮遊に象徴されるようなオカルト的な部分への趣味としてあったのではなく、まさしく一個の宗教問題としてあったのである。

ヴィクトリア時代を特徴づけるのは、資本主義の拡大成長とそのひずみを修正しようとする諸々の社会改革と宗教意識の新たなる目覚めであるとされる。合理主義者であり、帝国の支持者であり、スピリチュアリストであったドイルもまたその枠の中で思考し、行動したのである。

2

一八八七年の『光』に問題の投稿が掲載される前後の事情は、『回想と冒険』でもある程度説明されている。もともとカトリックの環境の中で育った彼が、それから離れてしまうのは二〇歳前のことであったと思われるが、その頃の彼の「パイロット役をつとめたのはハックスレー、ミル、スペンサー等々」であり、彼の信じていたのは「医学的な唯物論」であった。「私の考え方からすると、精神というのは……脳から流出してくる何かであって、その性質はまったく物理的なものであった」。

ここでドイルが踏まえているのは、一九世紀の後半に広く普及することになった生理学の知識である。G・H・ルイスやアレグザンダー・ベインやヘンリー・モーズレーらによって強く支持されたこの考え方をみずからの批評理論を構築するための足場としたのは、言うまでもなく、『ルネサンス』の結論部におけるペイターであった。彼によれば、血の循環から脳の組織の変化にいたるまで、「われわれの物理的生命は〔自然の要素の〕絶えざる運動によってできている」のであり、「誕生も、身振りも、死も、墓から咲き出すスミレも、その何万という組み合わせのうちの幾つかというにすぎない」。彼の有名なというか、有名になりすぎた印象についての論議はこの生理学的な知識を踏まえてでてくるのである。彼の崇拝した印象とは、個々の精神のうちに現出しては消えさる、生理学的な分析の手の届かない何かであって、「絶えず逃走し続ける(in perpetual flight)」何かなのだ――この表現に力点を置くならば、世紀末の審美主義はそのままドゥルーズのポスト構造主義に直結することになるだろう。

生理学的な自然の要素への還元論をつきつめることによって、それでは捉えきれない〈瞬間〉と〈印象〉を発見していくペイターに対して、ドイルの方はそれとは別のかたちの対処をすることになる。ドイルの時代の生理学は、肉体と脳と精神をひとつのものとして捉える心身一元論を大きな特徴としていた。彼が医学的な唯物論と呼んでいるものの実体はこれである。そして一九世紀における医学の進歩なるものがかなりのところまでこの発想に依拠していたことは事実である。しかしこの発想は、宗教にとっては、ダーウィニズム以上に危険なものであった。なぜなら肉体と魂の分離を前提として活動しているキリスト教の諸派にとって、魂を肉体と同じ要素にまで還元してしまうというのは、諸派の全面否定にも近い部分をはらんでいたからである。特に一八世紀に始まり、一九世紀には国教会と非国教会の双方をとり込む大きな力となった福音主義の運動は、個人の魂の救済ということを最大の責務としていただけに、この福音主義と生理学的な心身一元論の対決は避けようのないものであった。ドイルがみずからの学んだハックスレー、ミル、スペンサー等の思想や医学的な唯物論を回想録の中で位置づけするにあたって採用したのが、実はこの枠組みなのである。

私は精神の最も柔軟な時期に医学的な唯物論の学派の教育を受け、しかも私の偉大な教師たちが例外なくとる否定的な見解にひたりきっていたので、自分の作りあげてしまった固定した結論とくい違うような理論を受け入れる余地が頭の中にまったくなかった。私は間違っていたし、私の偉大な教師たちも間違っていたけれども、それでも彼らは良きことをなしたと思うし、彼らのヴィクトリア時代的な不可知論は人類の役に立ったと思う。なぜなら、彼らが登場する以前に広く普及していた頑迷固陋な、非理性的な福音主義の立場をゆさぶってくれたからである。何かを再構築するためには、そのための場所をきれいにしなくてはならない。ヴィクトリア時代には変化をめざす二つの別個の運動があったが、そのひとつは古い建物を改良して何とかもたせようとするものであり——オックスフォード高教会の展開がそれである——もうひとつは廃墟を叩き壊して、最後に新しい何かが出現するのを待つものであった。

ここでドイルが試みているのは、ヴィクトリア時代の不可知論と唯物論を批判する一方で、福音主義的なキリスト教をも批判するという両面作戦なのだ。同じ場所に出てしまったベザントが神智学にのめり込んでゆくのに対して、ドイルは、この場所に、世界のすべての宗教の軸としてのスピリチュアリズムという考え方を接ぎ木してゆくのである。当然ながら、彼の唱える宗教は科学の検証にたえる合理性と超自然性を、つまり反唯物論とをかね備えるものでなければならなかった。

『回想と冒険』からの引用について、もうひとつ補足しておきたいことがある。それはオックスフォード運動についてのドイルの微妙な評価のしかたについてであるが、イギリス国教会の聖職者を養成する機関としてのオックスフォード大学の内部で改革運動の口火が切られたのは一八三三年のことである。キーブル、ニューマン、ピュージィらを中心とするこの高教会派の改革運動が福音主義のインパクトに答えようとするものであることはよく知られているが——個人の信仰のありようを重視する福音主義に対して、オックスフォード運動の方は教会という制度のもつ意味を強調した――その一方で、「ニューマンとピュージィはこの運動の中に、福音主義の感受性と用語をひとつの強い要素としてもち込んだ」のである（オーウェン・チャドウィック『オックスフォード運動の精神』、一九九〇）。具体的にはそれは、観察できる事実のみを信奉する理性の偏重への反発、ベンサムやジェイムズ・ミルに代表される功利主義の唯物論への反撥として結実する。そしてそれらのものに対抗するために、オックスフォード運動は神秘性や超自然の存在することを強く主張したのである。だとすれば、ドイルはかなりの部分においてこの運動の枠組みを共有していたと言うことすらできると思われる。一方の側に理性、科学、功利主義、唯物論、不可知論あるいは無神論があるのに対して、他方の側には神秘、超自然、オックスフォード運動、スピリチュアリズム、神智学があるという図式を想定してみるならば、彼は確かにこの図式の中で活動した人物ということになるだろう。彼はあくまでも平凡さの典型であったと言うべきだろうか。

3

それでは彼は、アニー・ベザントの帰属した神智学をどのように評価していたのだろうか。常識的に考えれば、この二人には時代から言っても、問題関心のありようからしても、直接の接触があってもおかしくないのだが、実際にはそれがない。私の知る限り、ベザントがドイルの活動に言及したことはないし、逆に『スピリチュアリズムの歴史』の中にはベザントへの言及がわずかに一度あるのみなのである。要するに、この二つの運動は正面切っての対立こそ浮上してこないものの、実質的には相手を無視するという態度をとってしまうのだ。ドイルの姿勢は当時としては別に異様なものではなかった。フランク・ポドモアの『近代スピリチュアリズム』（全二巻、一九〇二）の姿勢にしても基本的には同じであって、神智学には一頁ほどしか言及していないのである。しかし、その短い言及には興味深い問題が含まれている。

一八七六年にオルコット大佐とブラヴァツキー夫人がニューヨークに神智学協会を設立したとき、彼らの言うことに耳を傾けようとした人々がこの国にもたくさんいたのである。この新しい福音は仏教の秘教的伝統を広めるのだと称した。……その主張の根本は輪廻説にあった。しかし、わが国における新仏教の中心的な提唱者であるA・P・シネット氏の本をみると〔『秘教的仏教』一八八三年刊のこと〕、死と生のサイクルははるかに大きなもののように見えるし、科学的な正確さもおおいにあると説明されている。

決定的な違いは、スピリチュアリズムが人格の存続、死者との交信というとき、そこには輪廻転生説は前提とされていないということである。しかもそれは世紀半ばのアメリカで発祥したものであるのに対して、そしてその意味ではキリスト教を基盤としているのに対して、神智学は西欧の精神の危機を救うためのオリエンタリズムのひとつの変種であったとみることができる。唯物論への反措定として成立するこの二つの運動の決定的な差異はおそらくそのあたりに求めることができるであろう。

もっとも『回想と冒険』によれば、ドイルが神智学を否定した理由はそれとは別のところにあることになる。

私は一、二年の間神智学に深い関心をもち、かつそれに惹かれた。当時スピリチュアリズムの方は、とくにその哲学は混沌としていたのに対して、神智学の方は、きわめてよく考え抜かれた合理的な枠組みをもっていて、その一部、とりわけ輪廻とカルマの考え方は生の変則性の幾つかを説明してくれるように思えたからだ。私はまずシネットの『隠秘の世界』を読み、そのあと、きわめて注目すべき本である『秘教的仏教』における神智学のみごとな説明を読むにいたって、さらに一層感心した。この人はドレイソン少将の旧友ということであったので、実際に会ってみる機会があったが、その話にも感銘をうけた。しかしその少しあとで、インドのアジャールにおけるブラヴァツキー夫人のやり方についてホジソン博士の報告書が出され、私の信頼はひどくゆさぶられてしまった。その後ベザント夫人が、ホジソンは誤解していたかもしれないと示唆する強力な弁護論を出したけれども、そのあとの本『イシスの巫女』は……不快な印象しか残さないし、シネットの没後の本をみると、彼も信頼を失ったように見える。その一方でオルコット大佐は、この女性が、出所はともかく、確かに霊的な力を持っていたと証言している。スピリチュアリズムとの関係で言えば、彼女が興味を抱いたのはその低級な現象面のみであったようである。

ドイルが神智学にくみしえなかったのは、その教理のためというよりも、むしろその主宰者であるブラヴァツキー夫人のいかさま行為のためであったことを、この文章は示唆している。確かに彼のフェア・プレイの精神からすれば、それは許しがたい欠陥であったかもしれない。ただそれにしても皮肉なのは、スピリチュアリズムの運動そのものの中でもいかさまの霊媒たちが数多く暗躍したということである。いや、それどころか、ルース・ブランドンが『スピリチュアリストたち』（一九八三）で当事者の証言を確認しながら論じているように、一八四八年にニューヨーク近郊のハイズヴィルで発生し、近代のスピリチュアリズムの出発点となった霊の出現そのものがいかさまであったと考えられるのである。

ドイル本人もいかさまとしか思えないような事件に巻き込まれて、人々の嘲笑の的になっている。ひとつの例を挙げるならば、オスカー・ワイルドからの交信文なるものを本物と信じた事件。その文が色彩表現に富み、逆説的なユーモアをもっているので、ワイルドからの交信だと彼は信じたのである。そして『ニューヨーク・タイムズ』紙の一九二三年九月二日号と、『オカルト評論』の一九二四年四月号に彼はその考えを投書したのである。もっとも、そこに引用されている文章、「死んでいるというのは人生で一番退屈な経験だ、つまり、結婚と学校の先生との食事を別にすれば」くらいのことならば、そこいらのパロディ作家にでも書けるのではないかという気がしないでもない。しかもドイルが人々の嘲笑の的になったのはこの機会のみには限らなかった。いわゆる心霊写真なるものをめぐってのいくつもの応酬があるし、一九一七年にヨークシャのある村で撮られたという少女と妖精の写真を本物と信じ込んだという事件もある。要するにドイルとスピリチュアリズムの関係は、推理作家の人生の陰の面にかかわる挿話として切り捨てられるものでもないし、逆に純宗教的な英断として持ち上げてみせればすむ性格のものでもないのである。それはまさしく境界線上にある曖昧な胡散臭い関係であったと言うべきだろうか。

4

ドイルの提唱するスピリチュアリズムの骨子は二つのパンフレット『新たなる啓示』（一九一八）と『重大なるメッセージ』（一九一九）に述べられている他に、この時期の関連する著作のいたるところに登場してくるが、そのシステムは決して複雑なものではない。肉体の死後にも生命は霊として存続しうるし、この世にあるものと交信しうるということである。そしてその場合の仲介者となるのがいわゆる霊媒であり、たとえば霊媒写真はその交信が成立したことの科学的な証拠になりうるというのである。彼は教義も神学も求めはしなかった。その意味では彼の求めていたのはひとつの新しい宗教というよりも、ひとつの宗教的な心性であったと指摘するに止めるべきかもしれない。はっきりしているのはその宗教的心性が敵対するものであった。「スピリチュアリストの使命は、自分は不可知論者であると公言してはばからない人々、あるいは、何らかの信条をもつと表明しながらその実何も考えていないか、不可知論に傾いているもっと危険な人々にたち向かうことである」（『スピリチュアリズムの歴史』）。それとは対照的に、すでに味方としての枠の内にある人々に対してはきわめて寛容な姿勢がとられる。

大ブリテンおよび他の諸国のスピリチュアリストたちは、それぞれの教会にとどまる人々と、自分たちで別の教会をつくった人々に大別できるだろう。大ブリテンの場合、後者は全国スピリチュアリスト・ユニオンの指揮下にあって、およそ四〇〇の集会場を持っている。その教義はきわめて柔軟性のあるものになっていて、既成の教会組織によるものの大半はユニテリアンであるのだが、国教会の組織による少数の重要な人々もいる。彼らをゆるやかにつないでいるのは次の七つの原理である。（1）神の父性（2）人間の同胞性（3）聖者との霊的交感、天使による助け（4）人間は肉体の死後も生きのびること（5）個人の人格に対する責任（6）善行と悪行に対する酬い（7）すべての魂に可能な永遠の前進。

この七つの原理の中でドイルが最も強調したのは、言うまでもなく、第四番目の原理であり、それを確証するためのものとして、是が非でも霊媒の存在を肯定せざるを得なかったのである。そしてキリスト教にかかわる事実もその立場から再解釈される。「われわれが現代のスピリチュアリズムと呼んでいるもののすべてをキリスト周辺の人々はよく知っていたようで、聖パウロのたたえる霊の力とは、まさしく現代の霊媒が示す力に他ならない」。ドイルはこのスピリチュアリズムこそ世界の諸々の宗教をつなぐ基本と信じたのである。彼の晩年をつき動かしたのはひとつの宗教的な使命感であったと言っても過言ではない。

よく知られているように、その使命感の背景に個人的な事情があったにしても——つまり第一次大戦で戦死した息子や親しい人々との霊的交信を彼が強く望んだという動機があったにしても——その強烈さをその理由のみに還元するのは不可能である。むしろ、愛国主義者として国に奉仕する姿勢を守り通したドイルが、ボーア戦争と第一次大戦を経験したのちに、スピリチュアリズムなるものを通して、狭義のイギリスよりも大きな世界に必死に貢献しようとしていたのだと考える方が筋が通る。ボーア戦争におけるイギリス弁護からスピリチュアリズムのための講演旅行にいたるまで、われわれの目の前には、みずからの設定した目標に常に〈誠実〉であろうとするコナン・ドイルの姿がある。誠実さはつねに人を感動させる特質かもしれない。しかしわれわれの時代は、それが必然的に視野狭窄を伴う透明色のイデオロギーであることも教えている。

『スピリチュアリストの旅』(一九二一)は、一九二〇年八月一三日金曜日に始まるオーストラリアおよびニュージーランドへの講演旅行の記録である。「スピリチュアリズムのすぐれた文献が人々の手に届いていない。ジャーナリズムは茶化したり、わけも分からずに難解なことを書き散らしたりするので、一般の人々はまったく誤解してしまうのだ。残された道はただひとつ、人々に直接語りかけることのみであった」。ドイルはまず基本の考え方を講演し、そして心霊写真や霊界との交信を人々に呈示する――どよめく人々のかたわらに、どれほど彼を軽蔑する人々がいようと。

5

もっともドイルの講演活動は荒野に呼ばわる孤独な声というものではなかった。彼が一八八〇年代の半ばにスピリチュアリズムに本格的に接する前に、それはすでにひとつの精神のファッションとして流布していたし、第一次大戦後は著名な電気学者オリヴァー・ロッジや犯罪学者ロンブローゾなども巻き込んで文字通り社会のファッションと化していたのであって、その意味では著名な大衆作家の声に耳を傾ける層も十分に存在していたのである。最終的な真偽のほどは別にして、それが人々の欲望に応える何かであったことは否定できない。

一八四八年、ニューヨーク近郊のハイズヴィルの村に住むフォックス家の女の子供たちの始めたいいた

▲ドイルが本物と信じた妖精の写真

ずらは、不思議なノックの音、テーブル傾け、霊媒による文字記述、御告げ、死者との交信といった仕掛けを伴いながら、またたくうちに英米の各地に波及していった。一八五〇〜六〇年代のイギリスで最も有名な霊媒と言えば、間違いなくD・D・ヒューム（一八三三年、エディンバラ近くの生まれ）であろうが、霊媒として並外れたトリック力をもっていたとされる彼の所業の中で最も悪名高いのは、一八六八年、空中浮遊して建物の窓から外に出、また室内に戻って来たとされる一件である。「ヒュームの力は多くの有名人によって観察され、証言されているし、きわめてオープンな条件のもとで示されているので、ちゃんとした判断力のある人ならばそれを疑えるはずがない」（『スピリチュアリズムの歴史』）と、ドイルは断言している。

ヒュームの参加した一八八五年の交霊会において、彼の力を信じてしまった「判断力のある人」のひとりはエリザベス・ブラウニングであった。同席しながらも彼の力を信じなかった夫の詩人ロバートはのちに長編詩『霊媒スラッジ氏』（一八六四）を残すことになる。いかさまを見抜かれた霊媒氏が、今回だけは見逃してほしいと懇願するところから始まる滑稽な劇的モノローグの詩。ほかにもこの霊媒の力を信じなかった人々の名前を幾つか挙げておくならば、批評家ラスキン、小説家サッカレー、政治家ジョン・ブライト。ディケンズは彼の力を認めようとしなかったが、小説家ブルワー・リットンは信じてしまった。こうした事実は、ことの是非は別として、スピリチュアリズムなるものがすでに一九世紀後半のイギリスにおいてひとつの大きな社会文化的言説に成長していたことを如実に物語っている。そして一八八五年頃、その言説がひとりの新米の開業医の言葉をもコントロールし始めたのである。ドイルは、皮肉にも、その時ひとつの伝統の中に身を置いたのだ。

このような文化の歴史の中に改めて置き直してみると、スピリチュアリストとしての彼の活動は決して突然変異的な奇妙なものとは見えなくなってくる。確かにそれはイギリスの表向きの文化の中にあってはマージナルな位置にあるものだとしても、それは十分に許容されるエクセントリックなものという枠に属しているのだ。ただそのような彼の位置は、ことの性質上、ときおり滑稽さと手をつないでしまうことがある。

その最も有名な例が妖精の写真の事件である。一九一七年、ヨークシャの寒村コティングレーで、二人の少女が妖精と一緒に写真におさまる。神智学の集まりを経由してこの写真を見たドイルは、それを本物と信じ、『ストランド・マガジン』の一九二〇年一二月号に文章をつけて発表し、一九二二年には『妖精の到来』として本にまとめた。この写真については当時からいかさま説が強かったが、一九八三年に問題の少女というか老女が、あの妖精は本からの切り抜きであったと告白するに及んですっかり決着がついてしまった。今となっては、この事件のことは苦笑すれば足りるであろうが、それと同時に私が想うのは、母が好んで語り、父が描き、伯父も描いた妖精の伝説にいかにも〈誠実〉であったコナン・ドイルのことである。

チャレンジャー教授の霧

ドイルがスピリチュアリズムにのめり込んでゆく時代の雰囲気を、アメリカの歴史学者ジャネット・オッペンハイムは次のように要約している。

1

スピリチュアリズムや心理研究はイギリス社会のいずれかひとつの階級のみに独占されていたわけではなかった。貴族たちがD・D・ヒュームをもてはやす一方で、イングランド北部の工場労働者たちは、地方巡業にまわってくる霊媒の話を聞きにつめかけた。交霊会に加わったり、私的なサークルを作ったり、霊を見たり、そのメッセージを受け取ったりするにあたって、社会的な制約というものは存在しなかった。織物工場で働く者が、もちろん同じ交霊会の場でというわけではないにしても、公爵夫人と同じくらいに深い心霊経験をするということがあり得たのである。

(『もうひとつの世界、英国におけるスピリチュアリズムと心理研究、一八五〇—一九一四』、一九八五)

ドイルの空想科学小説、というよりも、心霊小説『霧の国』(一九二六)の中に、これに対応する箇所がある。「スピリチュアリズムほど階級の壁を崩してしまうものはない。ただの洗濯女であっても、心霊の力を持っていれば、それを欠く百万長者よりも上ということになるのだ。霊媒のボルサヴァ夫婦と貴族たちはすぐに仲間になってしまうし、オウグルヴィ夫人が来訪ということになると、公爵夫人でさえ雑貨屋のサークルに入れてほしいと頼んでくる」。彼はスピリチュアリズムのために、すでに見たような活動をしただけでなく、その普及のための小説も書き、自分にとって重要な科学者チャレンジャー教授をスピリチュアリストに転向させてしまうのである。この科学者が、名探偵ホームズとならんで、ドイルの重要な創造物であったことを考え合わせると、彼の覚悟のほどが感じとれるだろうか。晩年のドイルがスピリチュアリズムに情熱を傾けたというのは、彼が創作のほうを忘れてそのための講演旅行他に打ち込んだということではなくて、創作もそれ以外の活動もすべてこのスピリチュアリズムの運動を中心として行なわれたということなのである。

2

しかしこの運動にひきつけられたのは、なにも暇をもて余し気味の貴族や中流の婦人たち、そこに慰めと希望を見出した下層の人々に限られるものではなかった。ドイル本人にしてもそうであるが、いわゆる中流の知識人にあたる人々も数多く含まれていたのである。ドイルの生き方を孤立させないためには、そうした人々の何人かの活動も見ておく必要があるだろう。

最初の例はルイス・キャロル。彼の場合は、この運動に直接関与したというわけではないものの、ドイルに大きな影響を与えた神智学者A・P・シネット『秘教的仏教』と〈妖精〉という言葉が二人を強く結びつけている。『シルヴィーとブルーノ』後篇（一八九三）の序文の中に作品を支える理論を説明するところがあるが、そこに登場する〈妖精〉という言葉を〈心霊〉と置き換えてみるならば、この二人の思考法がいかに近似しているか理解できるはずである。

この物語の土台になっている理論について知りたいという読者があるかもしれない。この物語は、もし妖精が実在するとして、ときどきその姿がわれわれの目に触れ、またその逆もあるということを、それから、妖精がときどき人間の姿をとることができるとしたら、それからまた妖精の国で起こっていることを人間が——『秘教的仏教』にでてくるような、非物質的本質の転移によって——ときどき意識できるとしたら、一体なにが起こりうるのか、それを明らかにしようとする試みなのである。……そして私は、妖精が妖精の国から現実の世界に移ってきて、好きなように人間の姿をとりうると考えた。

残念ながら、私の手元にはドイルがこの部分を読んでいたのかどうか確認するための資料がない。しかし、それはそれとして、ここでキャロルの提示している理論こそ、スピリチュアリストとしてのドイルにコティングレーの妖精写真を信じさせたものであったのではないかという推定はできるのである。それはまた、父や伯父から継承した伝説としての妖精への関心こそが、ドイルをたんに合理的な唯物論から救い出し、彼の晩年を下準備したのではないかと想像させるのである。妖精、探偵、戦争、スポーツ、心霊――ドイルの頭の中にはそうした鍵となる概念が混在してネットワークをなしていたように、私には思える。

『シルヴィーとブルーノ』については、もうひとつ述べておきたいことがある。『秘教的仏教』にわざわざ言及してみせたこの物語の前篇（一八八九）の最後のところに、ある登場人物の次のような言葉が置かれているのだ。「西洋は過去のすべての哀しみと嘆きを、すべての過ちと愚行を葬るのにふさわしい墓地です。しぼんだ希望と埋れた愛のすべてを葬る墓地です！　新しい力、新しい野心、新しい希望、新しい生命、新しい愛、そのすべてが東洋から来るのです！　東へ、そう東へ目を向けましょう！」。神智学を経由して、東洋へ――それこそはまさしくアニー・ベザントの人生の軌跡ではなかったろうか。意外なことかもしれないが、この登場人物の叫びに人生のすべてをかけて応えたのは、ベザントその人なのだ。

神智学から東洋へ。神智学から妖精を介してスピリチュアリズムへ。その二つの経路がひとつの物語の中で交差し、あたかも二人の人物に分有されていくような世界。キャロルとベザントとドイルをひとつに織り上げてゆく世界。それこそが私にとっての世紀末というテクストなのである。いや、ことは世紀末に限らない。歴史と文化の中に組み込まれたテクストというのは、いたるところでこのような性格を帯びているのだ。

第二の例は、詩人W・B・イエイツ。彼の場合、ブラヴァツキー夫人との交友、黄金の曙団との接触をはじめとして、オカルト的なもの一般に対してつよい関心を示したことは周知の事実であるが、スピリチュアリズムもその例外ではなかった。彼が交霊会に通いだすのは、アメリカへの講演旅行から戻った一九一一年以降のこと。彼が大きな印象を受けたのは、トランス状態において多くの言語を話す霊媒として有名であったアメリカのエタ・リートの交霊会であった（彼女をアメリカから呼ぼうとしたのは、「ペル・メル・ガゼット」紙の元編集長として有名なW・T・ステッドであるが、彼はタイタニック号の難破の際に世を去った）。詩人の草稿メモを調べたある研究者は、一九一二年五月九日の交霊会における彼の体験を分析して、

レオ・アフリカヌスの支配霊がはじめて出現したのは、イエイツのノートが残っているリート夫人の交霊会においてであった。この交霊会についての「メモ」によると、「部屋の中央部に開口部を下にして立ててあった」長いトランペットを通して、「とても大きな声」が聞こえたという。その声が何であるのか彼には理解できなかったが、リート夫人の説明では、「〈ゲイツ氏〉のために来たと言っている」ということであった。イエイツによれば、「それは明らかに私のことであった。続いてその声は、私でも分かるもっとはっきりした声で、しかもとても大きく、子供の頃から私についてきた、と言った」。

と述べ、こうした関心は祖先についての関心と重なりあっていたと指摘している（アーノルド・ゴルドマン「イエイツ、スピリチュアリズム、心理研究」、一九七六）。

この詩人の例などは、彼の趣味の傾向からして、少しも驚くには値しないのだが、これがチェーザ

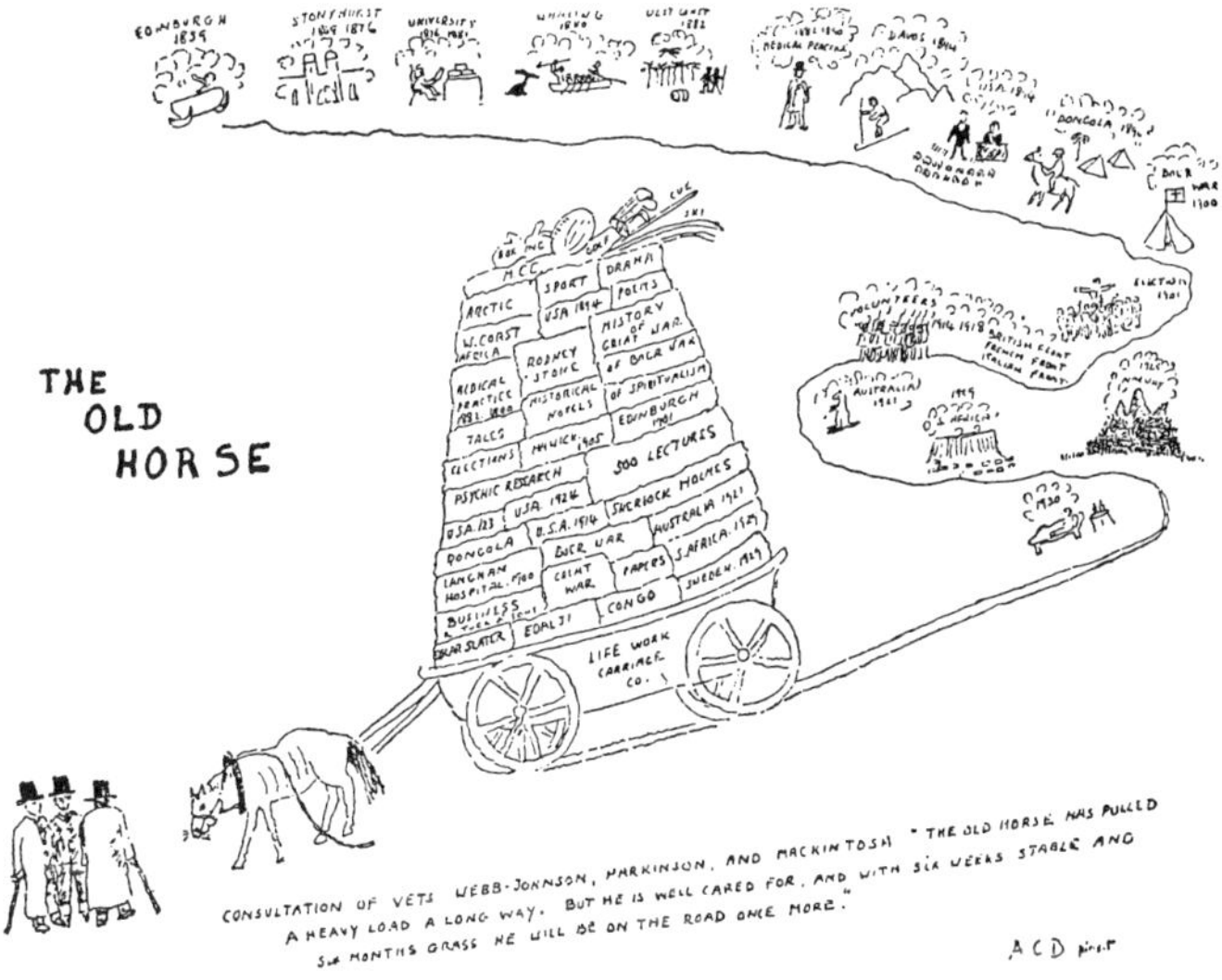

▲コナン・ドイルの生涯における
多岐の活動を示す戯画

レ・ロンブローゾとなると話はまったく別である。その犯罪人類学によって、犯罪者類型という考え方によって世紀末を風靡した彼の転向は、ある意味ではチャレンジャー教授の転向にも似た意味合いをもっているだろう。ハヴェロック・エリスによって世紀末のイギリスに紹介され、ジョゼフ・コンラッドの小説に援用され、優生学運動にかつがれたロンブローゾが、今度はスピリチュアリストにかつがれるというわけである。問題の本は一九〇九年に英訳された『死のあとに、何が？』である。ここでは翌年出版されたマーソン夫人の手になるその二〇頁の要約パンフレット『チェーザレ・ロンブローゾの偉大な作品、死のあとに、何が？』を使うことにしよう。

それによると、「一八九〇年にいたるまでは、私以上に激しくかつ頑固なスピリチュアリズムの敵対者はいなかったであろう」が、一八九二年に彼自身のみた症例によって、それまでの考え方を改めざるをえなくなったという。「心理＝生理学の法則をまったくすり抜けてしまう心理現象がきわめて数多く存在するのであるが、それらに共通する唯一の特徴は、ヒステリーにかかりやすい者や神経症の者に起こりやすいということのみである」。ロンブローゾは霊媒にかかわりのある最近のデータや人類学的な事実を検討した結果、「霊媒の力と結びつくもうひとつの力があって、それは、たとえ短時間のことにすぎないにしても、生きている者には与えられていない才能を持つことがある」と結論するにいたる。『霧の国』その他の著作において、ドイルが誇らしげに彼に言及するのは、まさしくこのためなのだ。たしかに犯罪学の分野では、二〇世紀になると、ロンブローゾの説は重視されなくなるにしても、一般の世界での国際的知名度というのはそれとはまた別であって、ドイルが繰り返し言及するだけの価値はあったのである。

もうひとつ注目に値するのは、死者の出現を論ずるにあたって、イギリスの著名な電気学者オリヴァー・ロッジの言葉が引用されている点であろう。「われわれの心の世界と絶えず関係をもっているにもかかわらず、普通にはわれわれの感覚には現われてこない生命体が、そうした感覚の上に現われ出るための一種の物質的な体を得ようとして、それを取り囲んでいる地上の分子を、一時的に利用することがある」。このロッジの説に登場する〈生命体〉を〈妖精〉と置き換えてみるならば、ほぼたちどころにキャロルの妖精論に変わるであろう。ここはこの物理学者の考え方を全面的に検討している場ではないので、それは他の機会にゆずることにして、さしあたり関係のある事実を拾っておくならば、彼には、第一次大戦で失った息子との霊的交信の記録である『レイモンド』(一九一六)という本があり、この本は発表後二ヶ月で六刷までいくほどよく読まれた。ドイル本人も、「サー・オリヴァー・ロッジはきわめて有名な科学者であり、また深い思想家であったので、その大胆で率直な主張は人々に大きな印象を与えた」(『スピリチュアリズムの歴史』)と述べている。『私の哲学』(一九三三)の中にある次の一節は、彼の思想の簡潔な要約とみていいだろう。

われわれはつねに、自分のよく知っている肉体に併行して存在するもうひとつの体を持っている——それは確とした実体であり、時間と空間に結びついていて、形而上的なものではないのだが、しかしわれわれの現在の感覚には決して訴えかけてこないのである。触わることも、感覚で捉えることもできないが、なおかつ存在するもの。しかも、もし存在するならば、分離できるはずだし、個別に存在することもできるはずなのである。それはわれわれの現にある肉体のエーテル的な面あるいはその対応体と言うこともできるだろうが、永続性はそれよりも大きいのである。エーテルには老化や摩滅につながるような特性はない。

これはそのままドイルのスピリチュアリズム論でもあった。

3

それでは、ひとはどのようにすれば、どのようなきっかけがあれば、心霊の世界の存在を信ずることができるようになるのだろうか。たとえばコナン・ドイルの場合。

彼の中にすでに一八八五年の頃からスピリチュアリズムへの関心があったということと、それを信じ始めたというのは明らかに別のことである。この問題について立ち入って論じているのはチャールズ・ハイアムによる評伝『コナン・ドイルの冒険』(一九七六)くらいのものであろう。彼の研究によれば、決定的な事件が起こるのは一九一六年の秋のことである。ドイルの二番目の妻ジーンの親友で、ドイル家に同居していたリリー・ロウダー・シモンズなる人物が、第一次大戦で戦死した彼女の兄弟たちからのメッセージを伝え始めたのである。しかもそれが、やはり大戦の犠牲となった妻ジーンの弟マルカム・レッキーに及びだした。ハイアムによる説明を引用してみるならば、

ある日彼がリリーと一緒にいると、マルカム・レッキーにそっくりの筆跡で何やら書き始めた。コナン・ドイルは彼女のペンが紙の上を走るのを見て、質問をし始めた。彼としては、数年前にマルカム

と交したきわめて私的な会話について細かな点を訊いてみたかった。返事は彼を仰天させた。まさしく彼とマルカムの論じあったことをきちんと答えたからである。その瞬間に彼は、スピリチュアリズムは本物だと判断し、世界の人々に、この前例のない慰めをもたらすために、残された人生のすべてを、すべての精力を捧げようと決意した。

ということになる。ハイアムの調査によると、ドイルがこの件に言及したのは一九二〇年のオーストラリア講演の旅行中のことで、シドニーの『モーニング・ヘラルド』紙にその記事があるという。とすれば、重要な二つのパンフレットである『新たなる啓示』と『重大なるメッセージ』はこの現実の改宗のあとに書かれたことになるし、当然ながらその改宗は弟イニスならびに息子キングズレーの死よりも前ということになる。ちなみに、妻のジーンが霊媒としての能力を発揮して、死者との交信を始めるのは、この問題の女性リリーの死後のことである。そしてそれ以降、ドイルは霊媒を招いて自宅で交霊会を開いたり、他でのそれに参加したりということを繰り返すにいたるのだ。

ハイアムの『コナン・ドイルの冒険』が数多い研究の中でも異色の偶像破壊力をもっているのは、スピリチュアリズムの運動家となったあとのドイルが、異界との交信や心霊写真やエクトプラズムをめぐっていかに多くのいかさまに巻き込まれ、かつての友人であったジェローム・K・ジェロームをはじめとする友人から批判を浴び、またジャーナリズムの標的にされたかを詳細に跡づけているからである。とりわけ、一九二二年のアメリカ講演旅行のさいに、親友でもあった奇術師フーディーニを相手にして、妻のジーンがこの稀代の奇術師の母の霊と交信したとしてミスを犯してしまう例は悲惨としか言いようがない。しかし、それでもドイルは誠実に信じ、その信念に基づいて行動した。彼にしても心霊現象にまつわるすべてを信じたわけではなく、虚偽の混入してくる可能性は十分に承知していたものの、それでも基本の信念はゆるがなかった。そのような頑迷さと誠実さがひとつになった彼の晩年の行動を前にしては、共感も軽蔑も無用と言うしかない。

私がドイルの行動のもつこうした側面にもこだわり続けるのは、スピリチュアリストとしての彼の対社会関係を見ておくことをしないで、その思想の脈絡のみを追いかけてみても、心霊小説『霧の国』は読みとれないからである。この作品において、唯物主義の科学者であるチャレンジャー教授が決定的な改宗を遂げるのは、娘が霊媒となって、彼しか知らないはずの事実に言及するのがきっかけとなってのことである。

4

すでに『失われた世界』(一九一二)や『毒ガス帯』(一九一三)にも登場していた独創的な科学者チャレンジャー教授のモデルが、エジンバラ大学医学部のウイリアム・ラザフォードであったことは、すでに幾つもの評伝が指摘している通りである。『霧の国』では、この教授の性格は「彼の友人になるためには、彼にすがる姿勢をみせなくてはならなかった。彼は対等な人間なるものを認めなかった。……その一方で、相手にもいくつかの資質を要求した。愚かしいものを嫌悪し、身体的な醜さをしりぞけ、勝手な独立をうとましく思った。世界中の人から讃美されながら、自分よりは上に立つ超人を讃美するような人物、彼はそういう人物にあこがれた」と描写されている。もちろん、彼本人がそうした超人という認識である。時代が時代だけに、彼のこの超人願望、つまり知的にも身体的にも美しい人間を求めるという姿勢は、単純にそれだけのものとしては読みすごせないかもしれない。大英帝国の没落と人種の退化を重ねあわせて、そこから脱出すべく人種の再生をめざす優生学の運動が力をふるっていた時代であることを考えあわせると、ドイルがそれに正面から参加したことはないにしても、その言説が彼の作品の内部に浸透していたとしても不思議ではない。現に、この引用の少し前のところで、チャレンジャー教授は娘の結婚について、「優生学のことを考えただけでも、そういう下地のある結婚には賛成するわけにはいかん」と言い切っているのである。

ドイルは、そのような部分を持つ教授に、「ヴィクトリア時代の不可知論を信用のおけるものとみなし、ときおり『リテラリー・ガゼット』や『フリーシンカー』を読んではみずからの信仰を新たにする頑迷固陋な合理主義者たち」を代表させる。そしてもう一方の側にはスピリチュアリズムの運動の推進者たちや（その一人は、「私もかつてはブラッドローの追従者でした」と言う）、それに惹かれる人々が配置されることになる。「このタイプの人々は決して目立つところはないし、殊に知的というわけでもないのだが、間違いなく健康で、正直で、正気であった。小規模の商人、男女の店員、職人階級の上の部分、家事に疲れた中流の下層の女たち、それからちらほらと刺激を求める若者たち」。『霧の国』の主要な目的は教養の宣伝にはない。それならば、ドイルは小冊子の執筆や講演旅行によってすでに十分すぎるくらいに達成しているのである。彼の狙いはむしろこの運動がどのような社会環境の中で展開し、いかなる偏見に包まれているかを示すことにあったと思われる。その意味では、この作品はれっきとした社会小説なのである。この点を強調しておく必要があるのは、チャレンジャー教授が登場するという一事をもって、これをドイルのSFのひとつとみなしてしまう傾向が強くあるからだ。

作品は、教授の娘とジャーナリストのマローンがある新聞のためにイギリスの宗教事情のルポをしている話から始まる。


「もう七つ調べましたわ。国教会の中でも一番ピクチャレスクなかたちのものとしてはウエストミンスター寺院がありますし、聖アガサ教会は高教会、チャーダー・プレイス教会は低教会。それからウエストミンスター・カテドラルはカトリック、エンデル・ストリートの教会は長老教会、グロスター・スクウェアの教会はユニテリアン派。でも今夜は少し変化のあるのを調べてみます。スピリチュアリストのグループを回ってみるんです」。

チャレンジャーは怒れる野牛のごとき鼻息になった。

「それで、来週は気違い病院でも回るわけか。マローン君、まさかあの心霊憑きどもが自分たちの教会を持っとるなどと言うんじゃあるまいね」。

「その点はきちんと調べてみました」と、マローン。「仕事に手をつける前には必ず客観的な事実と数字をチェックしてみますから。イギリス全体では、彼らの教会として登録されているものの数が四〇〇を超えていますよ」(四一四頁の記述と比較してみてほしい)。


基本的なことは、イギリスの宗教組織は国教会(高教会と低教会に分かれ、前にも取りあげたオックスフォード運動は前者に属する)と非国教会(メソジスト派他の諸派)に分かれ、この区別が日常生活のさまざまのレベルをも左右しているということである。チャールズ・ブースの試みた世紀末のロンドンのイースト・エンドの貧民の調査記録全一七巻のあとの半分は、実は宗教調査に割かれているのであって、この引用にみられる記述が誇張でも何でもないことを裏書きしてくれる。スピリチュアリストのための礼拝場どころか、無神論者のための礼拝場すら存在したのである。それは〈聖書と英文字〉とか〈キリスト教と西欧思想〉といった間の抜けた枠組みでは決して捉えることのできない日常の宗教の生態と言うべきものである。しかもドイルは、スピリチュアリズムをそういう場においても捉えようとしているのである。

『霧の国』に描かれている幾つかの交霊会の場面は、文字通りの効果をあげるための単なるショウではなくして、明らかに宗教実践の場、つまり新宗教の実践の場として描かれているのだ。そして、そこにいかさまが混入しうることを、作者ははっきりと自覚している。元ボクサーといういかさまの霊媒の行動が描き込まれているのはそのことを示すためであるし、その妻がミュージック・ホールの堕落した女とされているのも象徴的である。「健康で、正直で、正気」の人々の対極に位置する彼女は、当時の人種退化阻止論者が標的にしたアル中の売春婦の類型である。「彼女は徐々に大きなミュージック・ホールから小さなものへ、そこからさらにパブへと、物言わぬ人生の恐るべき泥沼へ深く深く引きずり込まれていった」と、作品は語る。われわれはアルコール中毒がドイルにとっていかに大きな恐怖の的であったかを、ここで改めて思い出してみてもいいだろう。

しかし、この小説で大きな力点が置かれているのは、何と言っても、スピリチュアリズムに対する偏見と批判への攻撃であろう。そこには、一九一〇年代の末から二〇年代の彼の活動に対して向けられた揶揄と嘲笑に反撃を加えようとしているような趣きすらある。たとえば警察側のおとり捜査による取り締まりに対する批判。警察側は変装した二人の女性警官を霊媒のところに行かせ、相談の報酬を支払わせておき、相手がそれを受け取ると、それを理由に逮捕してしまうのである。このやり口を、ドイルは弁護士の口をかりて次のように批判している。

それに加えて、一八二四念の浮浪法というのがあるんですよ。もともとは街道をうろつき回るジプシーの一党を取り締まろうとしたもので、もちろんこういう使い方を考えていたわけではないんですが。……これがそのおぞましい条文です。「臣民を欺き物を強要する目的をもちて占いをなす者、もしくは巧妙な手管、手段、用具を使う者は、詐欺と浮浪をなす者とみなす」云々というわけです。……私の依頼人は放浪者ではなくて、自分の家に住み、税金もきちんと払っている立派な社会の一員であって、他の市民と同じ立場にいるんですよ。その彼が、一八二四年にできた浮浪法「秩序を乱す無為の人物、詐欺師、浮浪者を罰する法」の第四節に該当するとして訴追されているのです。この法は、言葉からも分かるでしょうが、当時全国をうろつき回っていた無法のジプシー等を規制するためのものだったのです。

ドイルの批判はさらに判事のもつ偏見にまで及んでいて、スピリチュアリズムを宗教運動と認めようとしない司法制度を告発してゆくのである。すでにジョージ・エダルジとオスカー・スレイターをめぐる二つの現実の誤審事件で司法制度と戦ったことのある彼にしてみれば、ここにもあからさまな社会的不正があると映ったのであろう。

またドイル本人の実践活動からして容易に推測のできることであるが、スピリチュアリズムを無視したり、嘲笑したりするジャーナリズムに対する批判も激越である。一連の宗教ルポの中でこの運動を好意的に扱ったために新聞社を退社するしかなくなったマローン記者の怒りは、作者自身の気持ちを代弁していると思われる。

恥ずべきことですよ！　この問題の扱い方はジャーナリズムにとっての汚点です。イギリスだけの話じゃない。アメリカはもっとひどい。新聞に巣喰った最低の、心のかけらもない連中じゃないですか――気はよくても、最後の一人まで唯物的で。しかもその連中が人々のリーダーを気取っている！おぞましい！

この言葉を書きつけたのち、コナン・ドイルに残されていたのはわずかに四年の歳月であった。『スピリチュアリズムの歴史』と『霧の国』は同じ一九二六年の出版である。彼の四〇年余にわたる著作活動のほとんど最後の到達点がここなのではないかと、私は考えている。『霧の国』においてチャレンジャー教授をスピリチュアリストに改宗させた作者は、最後のところにこんな台詞をおいている。「いや、世界の再生だと思う――真の世界の、神の意図した世界の」。これはドイルの最後の言葉でもあったろう。それは平凡な言葉かもしれない、ただし、偉大なほどに。

南米の恐竜を求めて

1

話は少し戻ることになるが、アマゾン奥地でのゴム採集をめぐる原住民虐待を告発するロジャー・ケイスメントの公式報告書が公刊されたのは一九一二年のことであった。これと同じ年に出版されて評判になったのがドイルの空想科学小説『失われた世界』である。翼手竜が空を飛び、その他のジュラ紀の恐竜たちがのし歩く太古の世界を出現させたこの小説と、問題の政治的事件の間には何のつながりもないように思えるかもしれないが、実はそうではない。すでに『コンゴの犯罪』の中でケイスメントを英雄扱いしていたドイルにとって、このプトゥマヨの事件はそのアウラをいっそう鮮烈なものにする方向に働いたはずである。その性格からして、そういう場合にこの作者のとりうる行動を予測するのは比較的やさしいことである。『失われた世界』にはチャレンジャー教授という個性の豊かな人物が初登場するために、読者の目はどうしてもそこに引き留められやすいが、この作品の重要な霊感源はむしろ探検家ジョン・ロクストン卿の背後にひそんでいるように思われる。「ハンターとしての、そしてもちろん旅行家としての彼の名声は世界的なもの」であるとされる彼が次のように描写されるとき、その手本となったのがケイスメントの活動であることは歴然としているだろう。彼はハンターとしての力量を付与されたケイスメントであると言ってもいいくらいだ。

数年前のこと、ロクストン卿はペルーとブラジルとコロンビアに挟まれた国境線のはっきりしない奥地にいた。この巨大な地域は野生のゴムの宝庫で、そのために原住民にとっては、遠い昔ダリエンの銀山でスペイン人に強制された労働しか較べるものがないほどの重労働をもたらす呪いとなっていた。まさしくコンゴの二の舞いである。一握りの混血の悪党たちがその地域を支配し、味方につくインディオには武器を持たせて、そうでない者を奴隷化し、およそ非人間的な拷問で彼らを震えあがらせてゴム集めをさせ、それをアマゾン河経由で河口のパラまで運ばせていたのだ。ジョン・ロクストン卿はみじめな犠牲者たちのためにあれこれと論じたが、返ってきたのは脅しと侮辱だけであった。そこで彼は、奴隷の虐待者のボスであるペドロ・ロペスに正面切って宣戦布告し、逃亡した奴隷の一団をかき集めて武器を持たせ、戦いを挑んで、この悪名高い混血をみずからの手で殺し、彼の体現していた組織を潰したのである。

ドイルの書き得たもうひとつの歴史冒険小説の粗筋と言ってもいいくらいであるが、いずれにしても、彼が体験的な事実をフィクション化してゆく手続きがはっきりと見てとれる興味深い箇処である。

彼のこの空想科学小説は、みずからの知悉している事実を想像力の核として、太古の世界を再構成してみせる。彼はダーウィンの進化論を素朴に信じていたにもかかわらず、彼の科学的な想像力はつねに過去に向かってしまう。『失われた世界』の恐竜と猿人、『マラコット海溝』の海底のアトランティス、『バスカヴィル家の犬』の石器時代の住居址——いや、人間の知識の進化によってその存在が確証されるはずのスピリチュアリズムの世界においても、そこに出現するのは死者という名の過去なのだ。名探偵ホームズさえ、微妙なかたちで過去に呪縛されている。彼が解決してみせる事件はつねにすでに起こってしまった何かであって、言ってみれば、彼は生きている過去の痕跡と戯れる達人なのだ。たしかに彼は何度も犯罪をあらかじめ防いでいるが、それは過去の反復を脱構築するという意味においてである。ライヘンバッハの滝で死んだはずの探偵をもう一度蘇らせたとき、その直接の原因は母や読者の希望であったにしても、結果的にはドイルはみずからの想像力の掟に忠実に従っていたことになる。それとも、無意識のうちにスピリチュアリズムの予行演習をしていたとでも言えばいいのだろうか。

過去という時間。進歩もしくは進化という観念のやむをえない尾骶骨のように考えられている過去の強烈な威圧感と魅力を発見し、それをファッションと化したのがヴィクトリア時代の文化というものであった。それはドイルの著作のすみずみまでに浸透している。父の想い出からスピリチュアリズムの活動にいたるまでのすべての部分で、彼は過去と戯れている。彼が作家としての自分の最大の仕事を歴史小説のうちにおいていたというのは、ここまでくると、きわめて正当なことであったと判断せざるをえない。過去という、時代の主導的なパラダイムを細分化し、ずらしてゆくのがドイルの言説の宿命なのである。

H・G・ウェルズはまったく違っていた。彼の科学的な想像力は『タイム・マシーン』の死の世界にせよ、火星人にせよ、未来のユートピアにせよ、ともかく形式的には未知なる未来に関わってゆこうとする。たとえその未来のうちに、外挿された現在の影がつよく認められるにしても、彼にとっての時間はつねに前進するそれである。彼の描く未来の世界は、『モロー博士の島』に典型的にみてとれるように、進化のために要する時間を縮約したところに成立する。過去が現在にひき寄せられ、そこで反復されるドイルとは対照的に、ウェルズは未来を現在にひき寄せてみせるのである。太古、海底、沼、夜といった隠喩にこだわり続け、〈不気味なるもの〉の回帰を脱力化するために探偵という合理性のシステ

▲ダーウィンとその息子

ムを発明せざるを得なかったドイルは、たしかにフロイトの同時代人であった。しかし、ウェルズとフロイトを同時代人と呼ぶことはできない。この二人は現在という仕切り線を真ん中にして、互いに背を向けあっているのである。

2

ケイスメントの活動を核にした『失われた世界』は、しかしながら、なぜコンゴの奥地ではなくて、アマゾンの奥地をその舞台として選んだのだろうか。常識的に考えれば、ケイスメントの国際的名声を確立することになったコンゴの奥地でもよかったはずなのに、なぜドイルは直接には知らない場所を選んだのであろうか。その理由はおそらく、冒険小説を書こうとするときの作家ドイルの文学的判断のうちにあるだろう。この小説が書かれる一九一〇年代の初め、つまり第一次世界大戦の前夜には、アフリカはすでに西欧の列強による分割合戦の犠牲になっていて、純粋な冒険の背景にはなり得なくなっていたということが、まず第一に考えられる。さらに、文学マーケットにおける伝統ということもあったろう。「ともかく私はジェントルマンとして生まれたが、これまでずっとただの旅の交易者兼ハンターでしかなかった」と自己紹介するアラン・クウォーターメインの活躍するライダー・ハガードの『ソロモン王の洞窟』（一八八五）以下の作品が、冒険の場としてのアフリカを存分に利用していたという事実がある。それに較べると、アマゾンの奥地は依然として未知の秘境の面影を十分に保っていた。加えて、アマゾンの奥地にはイギリスの植民地活動の手が、あまり及んでいなかったこともあって、イギリスの一般の読者には典型的な秘境であったと考えられる。たとえば『地理学評論』ひとつをとってみても、世界の各地からの地理と探検にまつわる情報が集められているにもかかわらず、この地域に関するものは少ない。一九一七年七月号の「ブラジルの東部パラにおける自然と人」や一九二五年一〇月号の「アマゾン峡谷の地誌」などといった論文が目につくくらいである。

もちろん、ヴィクトリア時代に育ったイギリス人は、世界中のどこにでも首をつっこむのを自分たちの権利とみなしていたので、この周辺地域への旅行記が存在しないわけではない。たとえばロンドン大学で哲学の教育を受けたジェラルダイン・ギネスの『ペルー、その歴史と人と宗教』（一九〇九）などは、すでに取り上げた女性の旅行記というジャンルに属するものであるが、キリスト教の布教活動を念頭においてまとめられた記録である。この本に序文を寄せたケンブリッジ大学のある教授は、世界の他の地域で「白人の責務」を果たすのに忙しかったイギリスは、この南米地域への関与が遅れたことを認めたあと、この本は、「ペルー他の南米の各地にみられる宗教事情に、福音主義的なキリスト教世界の注意を向けさせ、純粋なキリスト教を促進するのに役立つだろう」と述べている。皮肉なことに、この本の刊行された一九〇九年というのは、プトゥマヨ地域における虐待の告発がロンドンで始まったのと同年である。

さらに必要な場合には翻訳も試みられた。ロンドンのT・フィッシャー・アンウィン社の刊行していたラテン・アメリカ・シリーズの一冊として一九一三年に英訳されたF・ガルシア・カルデロンの『ラテン・アメリカ、その台頭と進歩』がそれである。彼はこの本の中で南米諸国の歴史と現状を論じつつ、ドイツ、北米、日本の脅威について触れている。「すでに日本人のスパイがエクアドルとメキシコで逮捕されている。……日本がアメリカに対して野心を持っていることは否定できない。将来の戦争は二つの主義の、二つの帝国主義の、大隅の理念とモンロー・ドクトリンの衝突から生まれるだろう。日本人はそれに勝てばアメリカ西岸を侵略し、太平洋をひとつの巨大な閉じられた海に変え、外国の野望に耳をかさず、日本人の植民地に囲まれた〈我等が海〉にしてしまうだろう」。この予言の直接の成否は今はどうでもいいことであるが、南アメリカ側からは、一九一〇年前後の情勢がこのように解釈できたのである。ここからはプトゥマヨの事件の処理をうやむやにしてしまう当時の政治の力学がいくらかなり

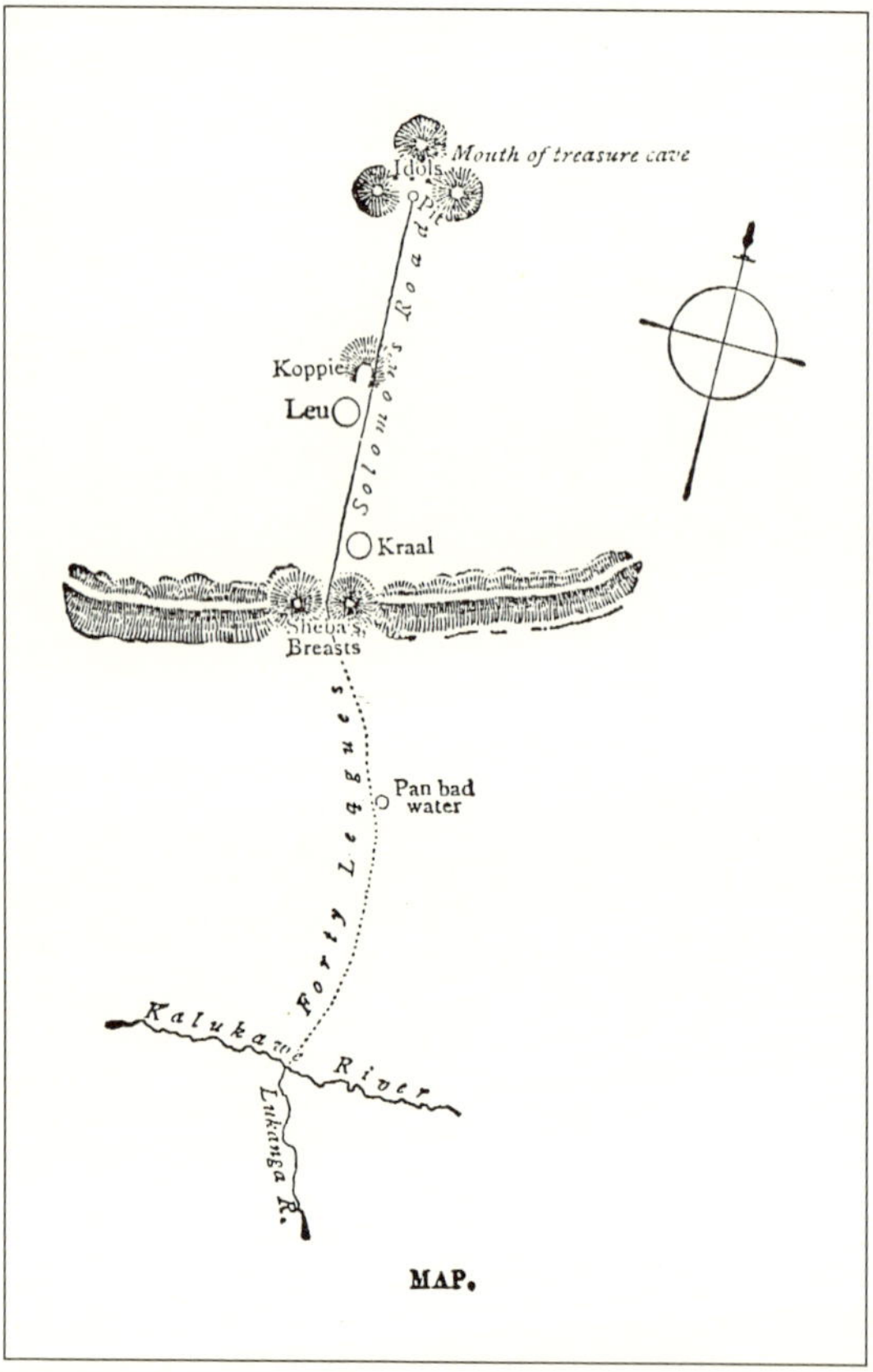

▲ライダー・ハガード『ソロモン王の洞窟』(1885)の挿入地図

◀H・W・ベイツ『アマゾン河の博物学者』(1863)の挿入地図

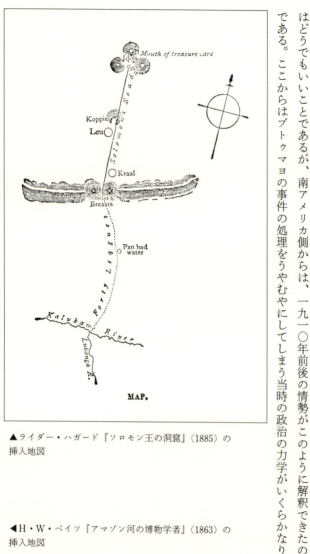

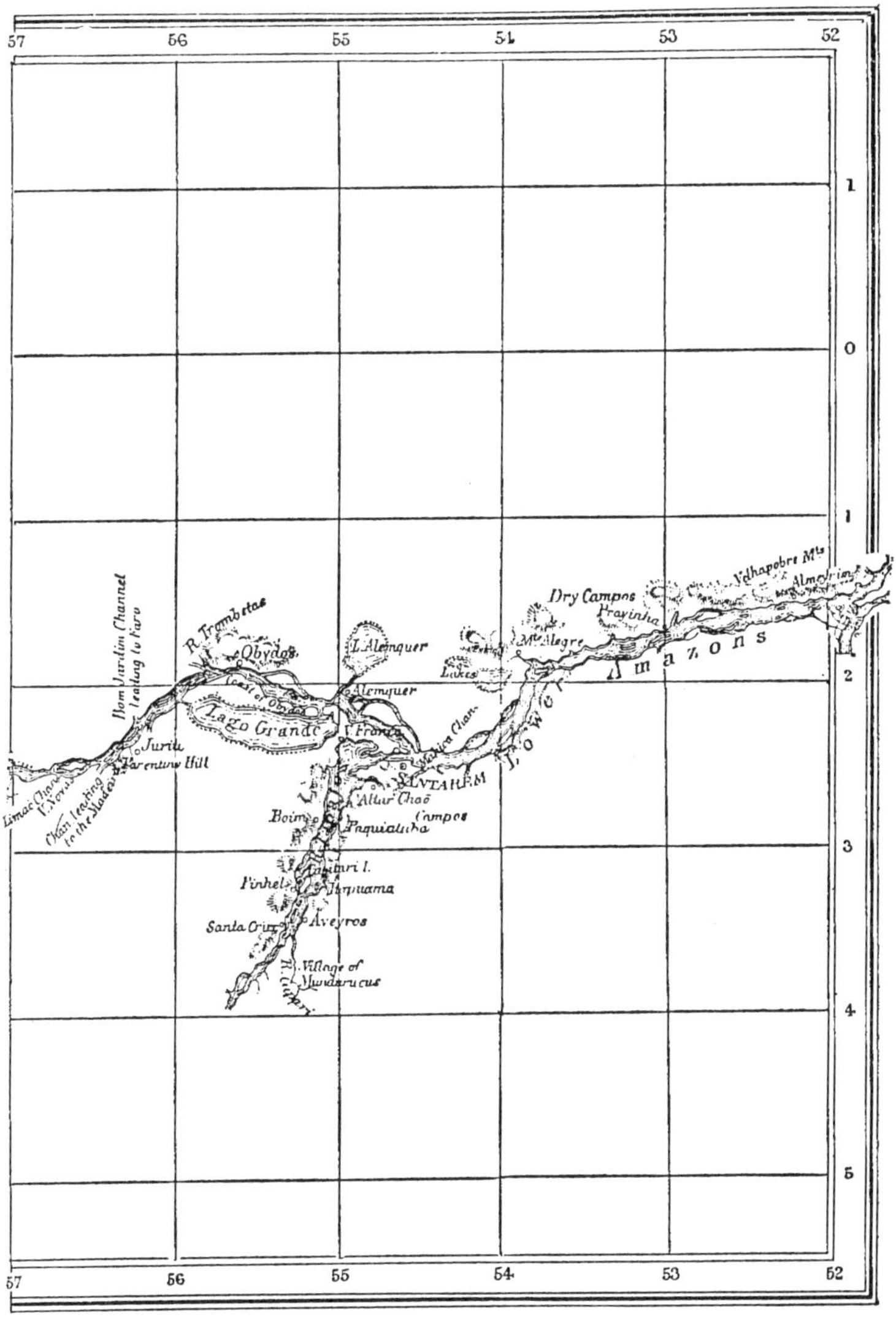
57
56
55
54
53
52
1
0
1
2
3
4
5
R. Trombetas
Obydos
L. Alemquer
Alemquer
Lago Grande
Bom Jardim Channel leading to Faro
Juriti
Parentins Hill
Dry Campos
Prayinha
Mt. Alegre
Lakes
Almeyrim
Amazons
Lower
SANTAREM
Altar Chaõ
Campos
Boim
Paquiatuba
Pinhel
Jaguarari I.
Itapuama
Santa Cruz
Aveyros
Village of Mundurucus
R. Cupari

とも見えてくるだろう。古代の恐竜の生き残る失われた世界は、いずれにしても、イギリス国内におけるそうした情報不足の中で、アマゾンの奥地に想像されてゆくことになるのである。

3

核となるケイスメントの活躍のまわりにテクストを織り上げるさいの手がかりとなったのは、間違いなくヘンリー・ウォルター・ベイツの『アマゾン河の博物学者』（一八六三）であろうと、私は考えている。作者本人が、チャレンジャー教授にこう言わせているのだ。

まず第一に、おそらくきみも知っているだろうが、私は二年前に南アメリカに旅行した——世界の科学の歴史の中でもあれはひとつ古典になるだろう。私の旅行の目的はウォレスとベイツの出した結論のいくつかを確かめてみることだったが、それには二人が見たのと同じ条件のもとで、報告されている事実を観察してみる以外に手がかりがないだろう。

ここで名前を挙げられているウォレスとは、ダーウィンとともに進化のしくみを解明したアルフレッド・ラッセル・ウォレスのこと。というよりも、『奇蹟と現代のスピリチュアリズム』（一八七五）の著者として、ドイルが『霧の国』や『スピリチュアリズムの歴史』の中で再三再四言及することになる人物である。ダーウィンの『ビーグル号航海記』（一八三九）、ウォレスの『マレー群島』（一八六九）とならんで一九世紀の博物学的旅行記の名著とされる『アマゾン河の博物学者』は、次のように書き始められている。「一八四八年四月二六日、私はウォレス氏と一緒にリヴァプールで小型の商船に乗り込み、アイルランド海峡から赤道を経て、五月二六日、サリナスの沖に到着した」。この簡潔きわまりない書き出しの一文で言及されているウォレスとベイツは博物学者仲間であった。チャレンジャー教授はこの関係に言及しているのである。

さらにつけ加えるならば、昆虫とくに蝶の専門家であったベイツの本の出版をすすめ、出版社を斡旋したのは他ならぬダーウィンであった。まことに奇妙な人のつながりと言うべきかもしれないが、そうした人間関係のネットワークの持つ力を抜きにしてはまったく語りえないのがヴィクトリア時代の文化の特質なのである。逆にそのことを承知しているならば、チャレンジャー教授とサマリー教授という二人の生物学者をアマゾンの奥地探検に向かわせるという着想自体が、少なくとも形式的には、このベイツとウォレスの二人の関係に依拠しているらしいことが了解できるのである。しかし、そうなると、ダーウィンは一体どこへ行ってしまうのか。

その疑問に答える前に、ベイツの周辺に少し目を向けてみることにしよう。彼が生まれたのは一八二五年、イングランド中部のレスタシャのメリヤス商人の息子であるから、中流階級の下層の所属ということになる。故郷の町の織工学校で勉強し、昆虫採集に熱中しているうちに、同じ町で教師をしていたウォレスと一八四四年に知り合いになり、大アマゾンの探検旅行などとはおよそ言いがたい装備のまま、一八四八年の五月の末に、二人してアマゾン河の河口の町パラに到着した。そのあと二人は一八五〇年まで博物学の旅をともにするが、それからあと一八五九年の五月まで、つまり『種の起源』の刊行される半年ほど前まで、ベイツはアマゾン河の流域にとどまることになるのである。その間に彼の発見した新種は、昆虫を中心にして八〇〇〇〇種にのぼるとされている。彼がその標本を祖国に送って得た総収入八〇〇ポンドは、中流の下層の働き手の十年分の年収に等しいくらいの額である。『バスカヴィル家の犬』のロジャー・バスカヴィルのように南アメリカで財をなしたわけではもちろんないが、それなりに生計の辻褄は合っていたということである。

帰国してからは、生涯でただ一冊の本を出版し、一八六四年から亡くなる一八九二年まで王立地理学協会の副書記をつとめた。ということは、その間『王立地理学協会会報』の編集をしたということでもある。一八六九年と一八七八年には昆虫学協会の会長にも選ばれている。この協会の『会報』の一八九二年四月号は、彼の多方面にわたる貢献に敬意を表して、一三頁にわたる追悼記事を載せている。それは追悼記事の形式に則ってまず略伝をおき、そのあとに関係者の言葉を並べたものであるが、そのひとりとして短い文章を寄せているのがフランシス・ゴルトンである。考えてみれば、何の不思議もない、彼はもともとアフリカ旅行記を書いた地理学者、人類学者として出発したのだから。彼がその中で触れていることのひとつは、ベイツが協会の副書記として採用されるにいたった経緯についてである。「私はベイツ氏が任命される何年も前からこの協会の仕事にあれこれと関わっていて、きちんと仕事のできる有能な書記を持つことがいかに大切になっていたか、しかし望み通りの人物を見つけるのがいかに困難であったか、よく覚えている。ちょうどこのときに出版者のマレー氏から強力な推薦があり、委員会の大半の者は大胆な旅行家、著名な博物学者、魅力的な文章の人としてしか知らなかったベイツ氏を選ぶことが決定した」。リンネ的整理と分類の達人ベイツの就職の経緯とは、このようなものであった。文中にマレー氏とあるのはヴィクトリア時代の有名な出版者ジョン・マレーのことであるが、『アマゾン河の博物学者』の版元が彼のところであるし、王立地理学協会の前身であったロンドン王立地理学協会の『ジャーナル』の版元も彼のところであったという事情が、この推薦の背後にはあったろうと思われる。

ベイツが編集していた時期の『王立地理学協会会報』やその前の『ロンドン王立地理学協会ジャーナル』、あるいは『地理学評論』、さらには『人類学研究所ジャーナル』などを今めくり返してまず驚かされるのは、世界の地理にかかわる情報量のあまりの多さである。殊にきわ立った発見の旅については論文として、そうでないものは手紙や報告としてそこに登録される。われわれはそこでビーグル号の艦長フィッツロイの報告の抜粋や探検家リヴィングストンの手紙を読むことができる。報告しているのは、植民地の行政官、海軍の軍人、宣教師、交易商人、私人の探検家など。ほとんどの場合、国籍の区別はない。そこに現出しているのは、地理学的情熱にとり憑かれた人々の奇妙にユートピア的な空間である。

一九世紀の地理雑誌のひとつの特徴は、重大な発見旅行の報告があった場合には、それに関係する色刷りの地図が折り込まれていることである。それを拡げてみるのは実に楽しい。ひとつの例を挙げてみるならば、『ロンドン王立地理学協会ジャーナル』の一八三六年の号の第二論文は「最近の観察によるアマゾン河とネグロ河についての報告」という標題である。著者はスミス海軍大尉で、アマゾン河のおおまかな河筋は分かっているけれども、「その上流にある町の位置は正確さを欠く」と指摘して、みずからの調査結果を報告したものである。その終わりには、九つに折りたたまれた二色刷りの地図が付されている。文字と数字による報告とその地図化。これこそが大英帝国なるものを肉付けしていった行為であろう。大英帝国というとてつもない権力の装置を実際に肉化していったのは、こうした文字と数字と地図の無限の積み重ねであったろう。そうした面を見ることなしに振り回される〈大英帝国〉という言葉はいかにも白々しい。

ヴィクトリア時代の冒険小説の背景にはこうした地理的な想像力の共有ということがあったことは、十分に記憶しておくに値する。『ソロモン王の洞窟』にでてくる地図の奇妙なほどの貧相さにしても、当時のこうした探検地図のシンプルさに対応していると考えるべきだろう。ホームズ物語のいくつかの地図のあまりのシンプルさにしても、陸地測量部地図の複雑さと比較して云々すべきものではなく、この未知の土地の探検とひとつになっていた地理的想像力の問題として見るべきかもしれない。

しかしドイルはそうした地理関係の雑誌を見ていただろうか。見ていたと断定するための資料はないものの、反対にその存在をまったく知らなかったと断定するのは、それよりもはるかに困難であるし、地理的想像力は一般の雑誌にも流布していたのである。ドイルが『人類学研究所ジャーナル』を知っていた証拠は、ホームズ物語のひとつ「ボール箱事件」の探偵の科白の中にある。「耳というのは大体がひとつひとつの個性があって、他のどれとも違う。去年の『人類学ジャーナル』を見てくれれば、この問題について僕の書いた二つのモノグラフが見つかると思うよ」。ごく常識的な想像をするならば、この雑誌の性格からして、そのモノグラフのまわりには地理上の新事実についての報告や考古学、人類学に関する記事が雑然とならんでいたことだろう。頭蓋骨の測定についての記事もたくさんあったはずである。もしホームズが耳の形状と犯罪の関係を論じていたとするならば、それはロンブローゾ学派の犯罪人類学の立場に立つものとして採用されたのかもしれない。現にこの雑誌の一八九四年の号の第七論文は「ナジャールで発見された二つの頭蓋骨について」というものであるし、第一三論文は「犯罪人類学の進化的側面について」というものである。要するに作者はホームズにきわめて適格な論文発表の場を選ばせていることになるだろう。ベイツの編集していた雑誌をドイルが手にした可能性にしても大いにあると、私は想像している。

4

『失われた世界』に消えてしまったダーウィンの影を探さなくてはならない。その手がかりは、一八七一年三月二二日号の『ホーネット』誌に掲載されたあまりにも有名なダーウィンの戯画にあるのではな

▲『ホーネット』(一八七一年三月二二日号)のダーウィンの戯画

いかと、私は考えている。この戯画を目の前においてチャレンジャー教授の描写を読むとき、そこにある類似を果たして偶然の一致という言い方でかたづけてしまえるものだろうか。

彼の頭は巨大であった。人間のものとしては、私が見たなかでは最大だ。かりにも彼の山高帽を私がかぶるようなことがあるとしたら、完全に頭から滑り落ちて肩のところで止まるに違いない。その顔と髭はまるでアッシリアの牛であった。顔は赤味をおびてつやつやし、髭は黒光りのするスコップ型で、胸のあたりまで波打っている。髪がまた独特で、その巨大な額にひと握り長く曲線を描いてへばりついている。大きな黒い眉の下の目はブルー、鋭く貫き通すように澄んでいて、実に迫力がある。

私の推定が間違っていないとすれば、作者のドイルは痛快な笑いとともにこの文章を書いたのかもしれない。これが太古の大地での場面になると、いささかブラック・ユーモアの気配さえおびてしまう。

たったの一日で、現代文明の最高の作品が南アフリカの獰猛きわまりない蛮人に変貌してしまったかのごとくであった。彼のそばには今や主となった猿人の王が立っていた。ロクストン卿の言う通り、この猿人は色が赤銅色であることを除けば、我らの教授と瓜二つであった。同じようにずんぐりとした体型、同じように重そうな眉、同じように前にだらりと突きだした腕、同じように毛むくじゃらの胸にうもれてゆく剛毛の髭。きわだった違いが唯一目につくところがあるとすれば、猿人の頭蓋骨の前面が低い傾斜をしているのに対して、ヨーロッパ人のほうは額が広く、立派な頭蓋をしていることだろう。他のすべての点では、王様は教授の滑稽なパロディとなっていた。

チャレンジャー教授は三人の偉大な博物学者ダーウィン、ウォレス、ベイツの複合体であると同時に、ダーウィンの戯画を転写したものでもあるのだ。彼のモデルがエジンバラ大学医学部のある教授であったとする通説を否定する必要はないだろうが、そこにのみ還元すればすむ話でもないだろう。ホームズのモデルと名ざしされた当人は喜ぶとしても、このチャレンジャー教授のモデルとなることがそれほど名誉なことであるとは思えない。

『失われた世界』の構成は単純である。二人の教授とロクストン卿、それに語り手の新聞記者マローンが——作者は彼のアイルランド人気質をしきりと力説している——アマゾンの奥地で、ジュラ紀の恐竜の生き残る大地に辿り着き、そこで猿人とインディオの対立にまき込まれ、結局猿人を絶滅させるという話である。ロクストン卿はそこで貴重な宝石を発見してイギリスに持ち帰り、四人で分ける。一方のチャレンジャー教授は、科学者や一般の人々にこの失われた世界の実在を認めさせるために翼手竜を連れて戻るが、この異臭を放つ悪の権化はロンドンの夜の闇の中に消えてしまう。そして四人の手には名声と富が残るというしくみである。

イギリスで改めて三年暮してみると、感情や趣味や知性が十分に栄養を補給できる文明生活のほうが、たとえエデンの園で過ごすにしても、精神の不毛化する半ば野生の生活よりもずっとすぐれていることがよく分かる。私が強い印象を受けたのは、三つの異なる人種が共存する赤道南アフリカよりも、ひとつの文明国の人間の性格と社会状況のほうがはるかに大きな多様性と面白さを持っているという点である。

『アマゾン河の博物学者』にあるこの言葉は、そのままマローン記者の感想でもあったろう。

5

『失われた世界』では笑ってすませたものが、ホームズ物語のひとつ「這う男」(一九二三年三月発表)では恐怖の対象に変わってしまう。問題は猿人と教授という関係の背後にひそんでいた退化と知性という図式である。進化を遂げたはずの人間という種が元の獣的レベルに退化することがあるのではないかという不安――時代の中に蔓延していた人種退化の不安がドイルの中にも鎌首をもたげてくる。この作品に登場するプレスベリー教授は今六一歳でもあるにもかかわらず、性の能力を取り戻そうとして類人猿の血をみずからの体内に入れる。その結果、教授は類人猿化してしまうのだ。その論理のおかしさはさしあたり問わないとして、この物語から探偵がいかなる結論を引き出すのかが問題である。

自然の上に出ようとすると、えてしてそれ以下のものになりやすい。最高のタイプの人間であっても、まっすぐな運命の道からそれると、動物に逆戻りしかねないんだ。……ワトソン、物におぼれ、官能におぼれ、世俗におぼれた者たちがみんなその価値のない人生を引きのばすことを考えてみたまえ。立派な精神をもつ人たちには、より高いものに向かう使命を避けないでほしいね。そうでないと、最も不適な者が生き残ることになる。このあわれな世界は一体どんな汚水溜めになってしまうんだろう。

かつてのホームズにはまったく考えられない警世の発言である。なによりも不気味なのは、ここにある口吻が、社会的な不適者の排除を叫び続けた優生学運動のそれに近づいてしまっていることである。進化論、社会進化論、優生学、人種衛生学とつながる系列にドイルが引きこまれずにすんだのは、言うまでもなく、スピリチュアリズムへののめり込みがあったからである。健康であること、強靭であることを愛し、スポーツと戦争と愛国主義に肩入れした彼をなおかつ弱者の排除という方向から救ったのは、他でもない、スピリチュアリズムへの〈誠実な盲従〉であった。

犯罪とフェア・プレイ

1

名探偵ホームズは合わせ長短六〇の作品の中でつねにあざやかに事件を解決し、犯人をつきとめてみせる。六〇もの数の作品に登場するうちには彼の性格も徐々に変化し、ヴィクトリア女王の肖像を拳銃の標的にして平然としているコカイン中毒のデカダンから、いかにも英国紳士然とした愛国主義者に変わっていくのは事実であるが、それでも彼が謎解きの達人として行動するという構図は微動だにしない。しかしそのことは、裏返してみれば、作者ドイルが六〇にも及ぶ犯罪事件を構想しえたということでもあるだろう。どこから、どのような手続きによってそうした犯罪のヒントを彼が引き出したのか、それはそれ自体として大変興味深い問題であるけれども、今ここで取り上げてみたいのは、それらの犯罪事件そのものに見られる共通性についてである。ホームズの側から犯罪がどう見えるかということではない。それについては、周知の通り、探偵本人がいくつもの名言を残している。見たところ平凡に見える事件こそ実は奥の深いものである、云々と。

そうではなくて、極論するならば、探偵とその相棒を抜き去ってしまったときに残る犯罪そのものの共通性は何かということである。ホームズ物語で扱われる犯罪は、たわいのない盗みから、誘拐、殺人といった大きな犯罪にまで及んでいるが、その動機として金銭あるいはそれに相当する宝物が大きな位置を占めていることは明白である。逆に言えば、何らかの純粋に心理的な動機（愛や嫉妬）などが中心におかれていることは比較的少ないということだ。もちろん最初の作品『緋色の研究』のように愛と復讐が中心の動機となっている例があることはあるにしても、これはむしろ例外としていいだろう。ドイルにとって推理の物語と愛と復讐の物語を融和させることはむずかしかったようで、この長編ではその二つの部分がかなりはっきりと分かれている。ドイルは近代心理学が形をなしてくる時代の精神を吸収していながら、さらに言えば、ジョージ・エリオットからヴァージニア・ウルフと続く心理小説の時代に生きながら、心理をみずからの小説の枠の外に押し出してしまうのである。彼の扱いうる心理、内的欲望というのは、それが金銭問題というシニフィエのかたちをとった場合がほとんどであるように思われる。ホームズの合理主義的な推理は物的証拠という外的な形象を絶えず必要とするのであって、心理的なシニフィエの終わりのない連鎖というのは、彼の手におえない世界のものであった。

「ワトソン、きみも知っている通り、ぼくは心の底から女性を讃美する気にはなれないよ」（『恐怖の谷』）。これもまたホームズの女嫌いの証拠としてよく持ちだされる科白であるが、果たしてここから探偵の女嫌いという性向を引き出せばすむものだろうか。もちろん、そこからさらに進んで、ホームズは同性愛者であったとか、ワトソン博士は女性であったという類の議論になると、面白いという域を越えてグロテスクというしかない。ホームズ物語を楽しみ、名探偵の推理に魅了されたはずの読者がそのような浅ましい〈推理〉をしてしまうというのが、グロテスクなのである。女性を遠ざけようとするホームズ——それは、むしろ心理一般を遠ざけようとする身振りであるだろう。「人生というのはその全体が大いなる連鎖をなしていて、その環のひとつでも分かりさえすれば、その性格が分かる」(『緋色の研究』)。連鎖という隠喩によって示唆されている因果関係は、明らかに心理の次元のものではない。かりに心理の次元における因果が念頭にあるとするならば、ホームズのこの有名な宣言は決して口にされることはなかったであろう。ホームズ物語において夢が活用されないという事実は、このことと表裏一体をなしている。そこからは女と心理と夢が排除されている。ワトソン博士の報告を少し注意して読めば分かることであるが、彼は「詩的で瞑想的な気分」にひたったり、「音楽にひたったりする」ことはあっても(「赤髪連盟」)、決して夢をみることはないのである。

2

ホームズ物語を構成する犯罪のもうひとつの大きな特徴として挙げられるのは、その多くが単独犯だということである。多くの短編についてこのことがあてはまるし、長編の場合には『バスカヴィル家の犬』がその典型であるし、『四つの署名』にしても、その点では大差がない。スコットランド・ヤードという巨大な組織はただひたすら探偵の独立を浮彫りにするためにのみ作品中に導入され、組織化された失敗という印象しか残さない。しかも、よく見てみると、レストレイド警部他の人物にしても決してこの巨大な組織の隠喩になっているとは思えないのだ。警部やパトロールの警官は登場するものの、本来この巨大組織の隠喩として最も効果的に働くはずの彼らの上司はまったく顔を見せないのである。この組織の内部でのネットワーク関係も、合同捜査の様子もいっさい言及されない。要するに、探偵ホームズと接触するのは、彼の絶大なる名声にもかかわらず、組織の中枢部にいる責任者ではなくて、つねに末端にいる個人としての捜査官なのだ。日本人の大衆的な想像力の常識からするならば、ホームズのように周縁部に位置する異能者は何らかのかたちで――血筋とか、秘密の命令とかを媒介にして――中央の権力者とつながっているのが普通である。そのつながりによって、アウトロー的な異能性の暴走を抑えるというのが、日本的想像力の常識というものであろう。いや、話は日本のみには限らないのであって、007シリーズにおいてすら中心と周縁の密通構造は生きている。

ホームズは徹底的に孤立している。ジェイムズ・ボンドですら一度は結婚するのに対して、彼は生涯にわたって独身である。六〇編の作品の中から彼の家柄や両親のことを推定しようとするのは、まったく無意味と言うしかない。書かれていないのだ。「ギリシャ語通訳」の中に兄のマイクロフトが登場してくるときに重要なのは、兄という血縁者との関係すらきわめて希薄であるという点だ。さらに言えば、この作品に登場するマイクロフトなる人物が彼の兄でなくてはならない必然性が果たしてあるのだろうか。もしこの兄の存在が血縁性の記号であり、作者がその点を強調したかったのだとするならば、この兄はもっと頻繁に出演して、そこのところをはっきりとさせることもできたろう。確かにホームズには兄がある。しかしその兄との距離感は、彼の孤立をひときわきわ立たせるばかりである。

ワトソン博士との関係にしても、ある意味では、奇妙なほどに希薄である。二人は決して意気投合してベイカー街221Bでの生活をスタートさせたわけではない。それは家賃という経済的な理由も絡んだ妥協の産物であり、偶然の結果であった。想像してみるといい――シャーロック・ホームズは探偵としてての仕事をしてゆくために、他の誰かではなく、まさしくワトソン博士その人のみを必要としていたのであろうか。博士が適切な人物であったことは認めるにしても、彼のみが適切であったとはおそらく言いきれない。結婚してベイカー街を出てゆく博士を前にしても、探偵はただ泰然と孤立している。彼が博士の係累について興味を示すことはないし、その点については博士の側からの反応もほぼ同じと言っていいだろう。探偵も博士もともに家系のネットワークから解放され、本人同士も互いに最低限の干渉しかしないのである。今日の価値観からするならば、これは都会風のさめた大人の関係ということになるのかもしれないが、ホームズ物語が発表されたのはあくまでもヴィクトリア時代の後期であって、その時代のものの考え方がまだ色濃く残っている時代に最初の人気を博したのである。そのヴィクトリア時代の小説の基本の枠組みというのは、まず第一に〈家系〉の中における親子関係であり――フランシス・バーネットの『小公子』(一八八六)をはじめとする孤児の物語は実はその逆立像であって、つまるところは〈家系〉の探求と回復の物語なのである――、そして第二に、その家系を中心とする人のネットワークの中で〈共感〉と〈反感〉を互いに交換しあうことである。そしてそこに〈過去〉という主題の系列が加わる。端的に言うならば、家系と過去とが交差する空間において、つまり〈社会〉という場において、金銭と愛憎と罪とが登場人物たちによって交換され、そのときに生ずる共感と反感の質と量とによって彼らの価値が判定されるというのが、ヴィクトリア時代の小説の典型的な枠組みなのだ。この典型的な枠組みと比較してみると、少なくとも作品の構造の上では、ホームズ物語はそこから大きく脱線してしまっているのである。

シャーロック・ホームズは実質的には孤児に近い。しかしこの孤児は『ジェイン・エア』の主人公とも、『嵐ヶ丘』のヒースクリフとも、『大いなる遺産』のピップとも違って、家系のネットワークを希求する気配を見せない。そして共感という心理の次元に関与してくるテーマを極力遠ざける。彼にとっての過去は、過去の犯罪に関わるデータというかたちでしか存在しない。ワトソン博士から「推理する器械」と呼ばれるこの探偵は、そのような特異な条件のもとに存在している特異な記号なのである。

3

孤立した存在としてのホームズが相手にするのは、多くの場合、単独で行動する犯罪者である。この特徴は、例えば現代のスパイ小説と較べてみるとよく分かるだろう。スパイ小説においては主人公の位置にくる人物が、敵方のエージェントを相手にすることによって、そのエージェントを換喩的な部分としてもつ背後の組織と戦うのである。それに対して、単独者としてのホームズは、もちろんワトソン博士やベーカー街不正規隊の乞食少年たち（彼らも孤児のはずである）の手助けをかりるにしても、そして警官たちの助けをかりるにしても、基本のところではひとりで、やはりひとりで行動する犯人と闘う。最大の傑作である『バスカヴィル家の犬』の入り組んだ展開でさえ、実は探偵ホームズと犯人ステイプルトンの対決という単純な構図をもっているのだ。ドイルという作者はこの一対一の対決にいたるところまで、作品の筋の展開を絞り込んでゆく。作品のクライマックスにおいてはあくまでも探偵と犯人の一対一の対決があるのであって、たまたまそこに居合わせる人々はその対決のためのリングを構成するにすぎない。ドイルの創作心理を規定しているのはおそらくボクシングの隠喩であるだろう。その意味ではワトソン博士は傑出したチャンピオンであるホームズのセコンド役であり、記録係であることになる。この隠喩の舞台にあっては、探偵の側が複数で犯人に襲いかかることも、その逆の場合も（「赤髪連盟」のような例外はあるにしても）、原則としては排除されている。

作品の結末における一対一の対決の原則は、断わるまでもなく、作者が讃美してやまなかったフェア・プレイの精神がはっきりと具体化してくるのを助ける。そこに認められるのは、「フェア・プレイは多くの賞讃を受けるイギリス的常識の源泉ともなる。……それこそが隣人との関係のありようを左右する」（ルドルフ・キルヒャー『フェア・プレイ』、一九二八）と言われる精神である。ホームズ物語の魅力はその謎解きの面白さにあると同時に、探偵本人の独特の性格も読者をひきつけてやまないとされるのだが、そうした魅力のエッセンスとも言えるのがこのフェア・プレイの精神ではないかと、私は考えている。

このようにみてくると、悪の権化としてのモリアティ教授と探偵との対決が、スイスのライヘンバッハの滝という崇高な風景の中で、まさしく一対一で行なわれるというのは（「最後の事件」、『ストランド・マガジン』一八九三年一二月号発表）、この作者の想像力の生理が要求する必然的な結末なのである。「空家の冒険」（『ストランド・マガジン』一九〇三年一〇月号発表）でその最後の対決の様子を語るホームズの口調が、もちろん彼の性格ということもあるだろうが、きわめて静かなものになっていることの背景には、それが必要にして十分な結末であるという作者の意識が働いているように思われる。

今は故きモリアティ教授のいささか不気味な姿が、安全に通ずる細い道に立ちふさがっているのに気づいたときには、これで自分の人生も結末に辿り着いたのかと思ったよ。教授の目には容赦のない決意が読みとれた。それで彼と二言、三言、言葉をかわして、きみが後で受け取った例のメモを書きたいというと、慇懃にそれを認めてくれた。そのメモとシガレット・ボックスと杖をその場に残して細い道をゆくと、モリアティもすぐ後ろからついてきた。そして道の途切れるところまできたところで、私はもう動きがとれなくなった。彼は武器を使ったりはせずに、私に襲いかかって、その長い腕を私の体に巻きつけてきた。彼のほうもゲームは終わったことを承知していて、私に復讐したかった

▲ライヘンバッハの滝でのホームズとモリアティ

のだ。二人は崖のふちのところでよろめいた。

この場面にモリアティ教授の冷酷非情さのみを読みとるのは間違っている。ここにあるのは正邪の立場こそ異なるものの、ほぼ対等の力をもつ者同士のフェア・プレイの闘いなのだ。対照的に、教授の有力な部下でありながら探偵を銃で狙撃しようとするモランには、その精神が決定的に欠けている。「空家の冒険」はホームズの復活が実現するというだけの物語ではない。そこではフェア・プレイの精神に支えられた闘いとそうでない闘いとが対比されているのである。

4

モリアティ教授と探偵との闘いは、最後には一対一の対決のかたちをとる。しかし、もともと教授は悪の組織の中心人物として、構想されていたのではなかったか。つまりこの場合、ホームズはたんなる個人ではなくて、悪の組織を相手にしているのではないか。


しかしね、モリアティを一個の犯罪者と呼ぶのは、法の立場からすると名誉毀損だね。それが法というものの摩訶不思議なところだよ。歴史上最大の策略家、すべての悪行の組織家、暗黒世界を支配する頭脳――民族の運命をまとめることも、潰すこともできる頭脳。それがあの男だ。それなのに人から疑われることもなく――批評など寄せつけず――実にあざやかに取りしきり、自分を消してしまう……。

（『恐怖の谷』）

ヨーロッパ全体に広がる犯罪組織の中心に位置する超越論的な悪のシニフィエとでも形容すべきだろうか。またそのように規定してみると、この犯罪組織がキリスト教の教会組織の遠い影であることが推測できるようになるだろう。

問題はホームズがこの組織と対決してゆくなかで、それがいかなるものとして想像されてゆくのかということである。探偵でさえある種の畏怖の念を抱かざるをえないこの組織は、ホームズ物語のなかでどのように描かれ、さらに悪そのものはどのように規定されているのだろうか。だが、この問いをたてたとき、われわれはホームズ物語の限界点に直面してしまうことになる。なぜなのか。その理由は、この犯罪組織の実体がホームズ物語の言説の彼方にあって、決してその内部に書き込まれることがないからである。この犯罪組織は繰り返し言及されはするものの、言説の中に具体化されないのだ。探偵本人についてもそうであったように、ここでもネットワーク状の組織を具体化する想像力の働きが欠如しているのだ。

しかし、話はそこで終わるわけではない。作者ドイルがモリアティ教授の組織とは別に犯罪組織を想像することを試みた作品が二つある——それが長編の『緋色の研究』と『恐怖の谷』である。前者の場合には、それはアメリカのユタ州に本拠をおくモルモン教の教団であり（ヴィクトリア時代にはこの偏見が普通にみられた）、後者の場合には、アメリカのある鉱山地区に根を張る秘密結社ということになる（モデルとして悪用されているのはフリーメイソンであろう）。しかも、最終的には、その秘密結社がモリアティ教授の犯罪組織と手を組むという設定になっているのである。

まず、恐怖の谷と呼ばれる鉱山地区を牛耳っている組織に目を向けてみるならば、それはもともとは「フリーマン会」と呼ばれる大きな組織の地方支部にすぎなかった。「ロッジのない町というのは存在しないし、ロッジがあれば必ずそこに友人が見つかる」とされるこの組織の元来の目的は、「慈善と友愛」であったのだが、それが今は「殺人結社」に変貌してしまっている。その中心にいすわる人物は酒場を経営する一方で、町の議員他の公職についていて、人々の動向に関するすべての情報を集め、この町に一種の恐怖政治をしいている。警察でさえ下手にこの組織には手を出せないし、裁判も彼らに自由にあやつられ、必要とあれば証人を脅し、殺すことさえする。『恐怖の谷』の後半部分、つまりイギリスにおけるホームズの事件解決の前提となる事件を描いた部分では、アメリカの有名なピンカートン探偵社の辣腕の捜査官がこの組織にのり込んで、それを壊滅させる経緯に的が絞られている。この部分は明らかに独立した冒険物語としても読める仕掛けになっているのだが、この話にはモデルとなった本が存在することが判明している。アラン・J・ピンカートンの『モリ・マックガイア団と探偵たち』(一八七七)がそれで、この本はピンカートン探偵社のジェイムズ・マクファーランという実在の人物がペンシルヴァニア州の鉱山町で取り組んだ事件の詳細を語ったもの。

おそらくそうした具体的な資料に基づいているということもあるだろうが、『恐怖の谷』では犯罪組織のネットワークとその活動のありさまが、いつになく具体的に書かれている。ことに第一〇章の、この結社へのイニシエーションの儀礼を扱った部分などはその典型としていいだろう。さらにこの組織の命令系統、犯罪の実行のさま、内部対立、そして最後の一網打尽の逮捕劇にいたるまで、ホームズ物語の唯一の例外といってよいスタイルで書かれているのである。だとすれば、例外性云々の問題は残るにしても、この作品の後半ではともかくひとつの犯罪組織が、あるいは組織犯罪が想像されていると考えていいのかもしれない。このように曖昧な言い方にとどめたいと思う理由は、作品そのものの構造にある。このようにして想像された組織犯罪自体には、探偵ホームズは関与していないからである。今問題にしている〈恐怖の谷の物語〉は、ホームズ物語の長編小説である『恐怖の谷』に挿入された部分にすぎないのである。要するに、ホームズの活躍する物語からすると、一つの外部として存在するのであって、その外部において組織犯罪が想像されているのである。彼の関与しないところでならば、それが可能になるのだ。さらに言えば、モリアティ教授の組織の外でならば可能になるということだ。

この事実は一体何を意味しているのだろうか。単純な問題として、まず第一にこの二つのタイプの犯罪組織が考えられているということである。そして、その一方はただ言及されるものとして存在するのみで具体化しないのに対して、他方は生きている組織として描かれる。決定的な違いは、前者においてはどこかフェア・プレイの精神をふまえた一対一の対決があるのに対して、後者では秘密捜査と情報の横取りと裏切りが事件の展開の契機になっているということだ。そこで問題になるのは、いかに美しく勝つかということではないし、ましてや敵方をも最終的には隣人として扱おうとする姿勢ではない。ともかく相手を倒せばいいのだ。〈恐怖の谷〉では犯罪組織もピンカートン探偵社の側も、手段などは選ばずに闘うのであって、フェア・プレイの精神は不在である。そして、そのような闘い方をしてきたピンカートン探偵社の人物であるからこそ、のちにイギリスに偽名で潜伏し、やむを得ずではあるにしても殺人者となってゆくのである。『恐怖の谷』の前半では、イギリスの探偵ホームズとアメリカの元探偵が、〈探偵〉対〈犯人〉として向かいあう。意味はそこに、いや、そこにもあるのだ。アメリカの元探偵がイギリスでは、結果的には正当防衛になるにしても、殺人者としての行動をとってしまうことになるとき、『恐怖の谷』という作品はひとつの英米比較精神論になってゆくのである。

『緋色の研究』でもよく似た事態が発生している。この作品で犯罪組織の役割を与えられているのは、ブリガム・ヤングを教祖として成立したモルモン教団である。ヴィクトリア時代のイギリスではこの教団は鉄の規律と一夫多妻制に支えられた組織と思われており、作者ドイルも明らかにそのイメージに便乗して、話を作り上げている。

この組織は目に見えず、しかも謎めいたところがあるために、二重の恐怖の的となった。それはいたるところに存在し万能であるようにみえるにもかかわらず、目でも耳でも捉えることができない。教団に背いたものは姿を消してしまうが、どこへいってしまったのか、何が起こったのかは誰にも分からなかった。家庭でその妻や子供が待っていても、その者が戻ってきて、秘密の審問官の手でいかなる目にあわされたのか語って聞かせることはなかった。うかつな言葉や軽はずみな行動には死がついてくるのに、この重苦しくのしかかる恐るべき力の性格は誰も知らなかった。……この「復讐の天使という」非情の結社に属している者の名前を誰も知らなかった。宗教の名のもとに流血の暴力に加わったものの名前は深い秘密であった。

ここにあるのが、恐怖の谷の秘密結社と同類のものであることは疑いえない。作者ドイルはその二つをアメリカに帰属するものとしてならば想像することができたのである。『緋色の研究』に挿入された物語は、この教団に属する女と娘がその恋人の助けをかりて脱出しようとする物語である。そして父は惨殺され、娘は無理やり結婚させられて、その一ヶ月後には死ぬ。残された恋人は犯人をイギリスまで追いつめて、ついに復讐をし、そのときに〈殺人犯〉として〈探偵〉ホームズと向きあうのである。この場合には、アメリカでは追われる立場にあった男がイギリスでは追う男に代わり、ついには探偵に追われる男になる。

ここでもまたアメリカにおける物語には、フェア・プレイの精神の介在する余地がまったくないことは明らかだろう。犯罪組織もしくは組織犯罪を作者ドイルが何らかのかたちで具体化しえた二つの作品の舞台がいずれもアメリカに設定されているのは、決して偶然であるとは思えない。しかもその組織はいずれも独裁的な権力のメカニズムとして描かれている。それらとモリアティ教授の組織はどことなく似ているようでありながら、その実大きな隔たりをもっているのである。その隔たりを生みだしたのは、作者がホームズに付与した個人主義とフェア・プレイの精神であると、私は考えている。しかしそれでは、ホームズは典型的な英国人だということに、神話的な英国人だということになるのだろうか。

そうではない。彼の個人主義はいかなる人的ネットワークにも帰属しきれない孤絶性を持つがゆえに、定義上、典型とはなりえないのである。彼にとってのフェア・プレイとは、彼と他者をつなぐ関係のありようではなくして、他者との関係を安定させながら、なおかつ他者との間に距離をとるためのイデオロギーの装置なのである。

消された作品

1

ホームズ物語は長編四、短編五六の合計六〇からなる。これがシャーロキアンにとってのいわゆる〈正典〉を構成することになるのだが、ただこの探偵が、あるいはこの探偵らしき人物が活躍する作品が他にもあることは前々から知られていた。たとえばドイルの評伝を書いているヘスキス・ピアスンが発見し、一九四八年の八月にアメリカの雑誌『コスモポリタン』の誌上で初めて公開された「指名手配の男」などもそのひとつである。一九一四年頃に書き上げられたとされるこの作品のアイディアについては、作者ドイルが他の人物から買い取ったとする説があり、たしかにその通りかもしれないが、最終の仕上げは彼の手によると考えていいだろう。大西洋を股にかけての小切手詐欺事件のトリックは、〈正典〉と称される作品群のそれと較べてみても、決して見劣りするものではない。(この作品にドイルの想像力のパターンとは異なる部分を求めるならば、レストレイド警部が犯人を逮捕するために大西洋を渡るという設定であろう)。

恐怖小説の名アンソロジストとして知られるピーター・ヘイニングの編集した『シャーロック・ホームズ最後の冒険』（一九八一）は、そうした作品ばかりを一二篇集めたものである。その内容は「シャーロック・ホームズの真実」（一九二三）のような裏話風のエッセイから、ホームズの登場する短編、詩、戯曲など、いくつものジャンルにまたがっている。ホームズ物語の形成史との関係で大いに注目に値する「ジェレミー叔父の屋敷の謎」に目を向けてみるならば――因みに、『回想と冒険』にはこの作品への言及はない――『緋色の研究』の発表される一年ほど前に『ボーイズ・オウン・ペイパー』という雑誌に発表されたこの短編には、のちのホームズ物語で活用されることになる要素のいくつかがすでに出揃っているのである。まず第一に語り手のヒュー・ロレンスは医学の勉強をしていて、ベイカー街に住んでいる。その友人のジョン・H・サーストンは化学の実験マニアである。さらにこのロレンスには一種の探偵癖があること、のちのワトソン博士の正式の名前がジョン・H・ワトソンであることなどを考えあわせると、すでにここにある特徴を組み合わせれば名探偵とワトソン博士のペアの原像ができあがることは容易に見てとれるだろう。もちろん、エディンバラ大学の恩師であるジョゼフ・ベル博士を下敷きにして探偵の人間像をかためるという手続きが不可欠のものとしてあったにしても、この短編で開発された要素も絡んできているはずである。

この作品はヨークシャにある屋敷の遺産相続をめぐって展開するしくみになっていて、サーストンがその相続人になる。屋敷のあるあたりは「イングランドじゅうを探してもこれほど荒涼としたもの悲しい土地はないだろう」と説明されている。少し手を加えれば、それが『バスカヴィル家の犬』の舞台に変身したとしてもおかしくはないだろう。さらにこの長編に登場する訴訟マニア、天文学マニアの老人の遠い原型を、奇妙な服装をして長編詩の制作にのめり込んでいるジェレミー叔父の内に認めることもできるだろう。作品は、この叔父の秘書が彼を殺して家庭教師の女性と結婚しようとたくらむものの、最後にはこの女の配下の者によって殺されるという筋立てになっている。そしてロレンスはこの犯罪の進行を探偵するというよりも、そばからのぞくのである。しかし、それにしてもこの家庭教師はいったい何者なのか。

彼女は本をかなりよく読んでいたし、いくつかの言語を、表面的にではあるにしても、知っていて、音楽は生まれつき大好きとのことであった。しかし、教養の仮面の下には、野蛮といってよいほどの性格が隠されていた。話をしているうちに、彼女がときおり口にする台詞がプリミティブな理屈と文明の約束事を意にも介しないところをもっているために、私は何度も愕然としたことがあった。しかし、これも驚くようなことではないのかもしれない。彼女の父の支配する野生の部族のもとを離れるまえに、すでに一人前の女になっていたことを思えば。

彼女はサッグと呼ばれる北インドの殺人集団の長の娘という設定になっているのである。強盗と殺人によってその名をとどろかせたこの集団は、歴史上実在した組織であるが、一八三〇年代の中頃までにはイギリス軍の手で壊滅させられてしまった。作者ドイルは、イギリス軍との闘いに破れて父が死んだあと、みずからも殺人をやってのけるこの女性がドイツ経由でイギリスに渡り、今はヨークシャの屋敷で家庭教師をつとめるという筋立てにした。樹の上にひそんで殺人の機会を待つ彼女の配下の姿は、次のように描かれている。

じっと見つめているうちに、この月光に輝く枝を何かが這い降りてくるのに気がついた――ときおりキラリと光るその正体不明の何かは、ほとんど枝自体と区別はつかないものの、ゆっくりと着実に降りてくる。見ているうちに、私の目はしだいに月明りに慣れてきたのだろう、この得体の知れないものが確かな形をなしてきた。人間だ――男だ――村で見かけたインド人だ。巨大な幹に両手両足をからませながら、まるで祖国インドの蛇のように音もなくすうっと降りてくるのだ。

この場面を読んでホームズ物語の読者がまず思い出すのは、殺人のために毒蛇を使うインド帰りのロイロット博士であろうか（「まだらの紐」）。月明り、大木、蛇、野蛮人というのは、とりわけ最後のものは『四つの署名』に典型的に見られるように、ホームズ物語では強い悪の象徴である。さらに犯罪が、しかも組織犯罪がインドから来るという発想は、『緋色の研究』や『恐怖の谷』において組織犯罪はアメリカのものとされたのに対応しているだろう。サッグと呼ばれるインドの犯罪組織は一度はイギリスに侵入しても、やがてそこから出てゆくのである。作者はおそらく意識しなかったかもしれないが、こうした展開にはどこか彼の愛国主義が刻印されているように思えるのである。だとすれば、それを体現するのが名探偵の少なくともひとつの役割であったことになる。

このように見てくると、六〇篇のホームズ物語のあとに読む短編「ジェレミー叔父の屋敷の謎」は、のちに来る作品群に対して大きな可能性を秘めていたことが判ってくるだろう。逆に言えば、ホームズ物語の外周をいわゆる六〇の正典に限定して、その中で戯れるという作品の読み方は空しいものでしかないということだ。ポスト構造主義の遺産であるインターテクスト論を考えに入れるならば、この結論はもちろん自明のことであるだろうが。

2

ホームズ物語を解体せよ——かりにこのような指示を受けたとすれば、どうすればいいだろうか。探偵ならばどうしただろうか。作者ドイルはどうしただろうか。ヘイニングの編集した作品集には、あたかもこのあり得ない指示に対する解答とも思える作品が二つ収録されている。そのひとつは一九〇五年にロンドンで上演された『シャーロック・ホームズの苦境』という小さな戯曲である。主役をつとめたのは、一八九九年にニューヨークの舞台で探偵を演じて大好評を博したウィリアム・ジレット。幕が上がると、依頼人の女性がとび込んできて、ホームズを相手に一方的にしゃべりまくる。彼女は文字通り一方的にしゃべるのであって、実はこの戯曲には、彼の科白はひとつもないのである。

あなたにアドヴァイスをいただきたいことがあって来ましたのよ！　もちろんです、ここにうかがったのは単なる好奇心のためではありませんわ——私、恐ろしい苦境に立たされていますの——それって、あなた、お好きでしょう？　——大、大苦境ですのよ！　……また、私たちの意見が一致しましたわ。あなたって、なんて親切な方！　しびれっちゃう！　［陶然として彼を見つめる］　それに、こうしてあなたを目の前に見られるなんて、もうカ・ン・ペ・キ！　でも、煙草をお吸いにならないのね。

吸ってくださいな、お願い。それがいつものあなたのイメージですもの！　調子が狂っちゃいますよ！　吸って！

［ホームズ、パイプに火をつける］

煙草はどこですの？　［マントルピースに目をやり、瓶を手にとる］　これね！　［かぐ］　例のひどい煙草を本当に吸っていらっしゃるの？　どんな味？　［瓶をおとす］　あら、やだ！　［あとずさりして、ヴァイオリンを壊す］　やだ、もう！

断わっておくけれども、この戯曲を書いたのはドイルの評判をやっかんだどこかのパロディストではない。まさしくドイル本人である。ホームズ物語がいかに高額の原稿料をもたらしてくれるにしても、作家としての自分の本領は他にあると信じ、ホームズ・ファンに辟易としていた彼の心理をここに感じとることもできるだろう。しかし、ここにはもっと重要な問題がある。

最後の場面で、実はこの女性が精神病院から抜けだしてきたホームズ・ファンであることが判明する。というか、彼がそのことを示す。その限りでは彼の推理はちゃんと成立していることになるのだが、しかし、この狂気の依頼人は狂気であることによって、依頼人としては機能していないのであって、この作品は本来の推理の作業に入る可能性をみずから閉ざしてしまっているのである。彼は狂気の内にもありうる事実（「恐ろしい苦境」）に目を向けることなく、外面的にその言説が狂気の刻印をおびているならば、すべてを排除してしまうのである。狂気——それこそはホームズ物語のひとつの境界面なのだ。すべてはその内側でしか成立しない。そしてそれこそがドイルの信じた科学的合理主義の帰結なのである。

しかし、その内側にも解体に向かう力が、つまりホームズ物語の存立そのものをあやうくするような可能性がひそんでいる。それは探偵による推理のミスといったなまやさしいものではない。探偵の〈通常の〉推理方法そのものが基本的に誤りであることを示すならば、そもそも彼の私立諮問探偵業なるものが成り立ちえなくなるであろう。作者ドイル自身がそのことをついてみせたのが、晩年の作品「ワトソンは如何にしてトリックを学んだか」であるが、短いものなので、以下にその全文を訳出してみることにしよう。

朝食のテーブルについてから、ワトソンはしきりと相手の観察を続けていた。ホームズが顔をあげると二人の視線が合った。

「で、ワトソン、何を考えているんだい?」

「きみのこと」

「ぼくの?」

「そう、ホームズ、きみの得意なトリックというのがいかに表面的なものかをね。あんなに大勢の人間がそれに興味を持ち続けるなんて、本当に不思議だよ」

「同意する」とホームズ。「確か、ぼくもそれと似たようなことを言った覚えがある」

「きみの方法は実は簡単に身につけられる」と、ワトソンの口調がとげとげしくなった。ホームズはにっこり笑って、

「確かに。その推理方法というのをひとつ実演してみてくれないか」

「喜んで。まず第一に、今朝起きたとき、きみには何やら考え事があったと思う」

「お見事。一体どうしてそんなことが分かったんだい？」

「だって、きみはいつもはとてもきちんとした人間なのに、今朝は髭を剃るのも忘れている」

「うまい！　さすがだ。きみがこんなに腕を上げているとは思いもよらなかった。他に、きみの鋭い目が探りあてたことは？」

「あるよ、ホームズ！　きみは今バーロウという名前の依頼人を抱えて、その捜査がうまくいっていない」

「すごいね。どうして分かったんだろうか？」

「封筒の外側にその名前が見えるもの。きみはそれを開いてウーンとうめいたあと、顔をしかめてそれをポケットにつっこんだ」

「やるねえ！　まったくすごい洞察力だ。他には？」

「ホームズ、きみは……株か何かを始めたんじゃないか」

「一体どうして、そんなことを……？」

「きみは新聞を開いて、株のページに目をやり、おおっと声を上げたじゃないか」

「うん、実に鋭いよ、ワトソン君。他には？」

「いつものガウンじゃなくて黒い服を着ているところからすると、じきに誰か重要な訪問客があるようだ」

「他には?」

「もちろんこれ以外の点も指摘できるけどね、ホームズ、世の中にはきみと同じくらいに切れる人間が他にもいることを示すのには、今くらいので充分じゃないかなあ」

「それに、ぼくほどには切れない人間もね、いくらか。確かにそういう人間の数は少ないかもしれないが、何だね、ワトソン君、きみもその仲間のひとりらしい」

「何だって?」

「まあ、まあ。きみの推理はぼくが望んだほどには鮮やかではなかったようだ」

「じゃあ、ぼくが間違っていた、と?」

「少しばかりね。ひとつひとつ順番に考えてみようか。まず最初に、ぼくが髭を剃っていないのは剃刀を磨きに出しているから。次にこの服を着ているのは、いやだけどね、朝のうちに歯医者に行かなきゃならないからさ。その歯医者の名前がバーロウで、この手紙は予約の返事なんだよ。株のページの反対側はクリケットのページでね、サリーのチームがケントを相手に善戦したかどうか確かめたかったんだ。しかし、まあ、ワトソン君、続けることだよ! こういうのは実に表面的なトリックでね、きみもすぐに身につけられるよ」


これだけの話である。表面的には、名探偵がいつもの調子でワトソン博士をからかっているだけのことで、しいて言えば、ワトソン博士に近い立場にいる読者、あるいは何かというとホームズの模倣をしたがる読者を間接的に揶揄している話とも読めるくらいのところかもしれない。しかし、一九二四年に、ホームズ物語がほぼ出尽くした時点で書かれたこのコントには、何かしらそれに尽きない後味の悪いところがありはしないだろうか。

表面を字義通りに読んでみると、ここでワトソン博士が開陳しているのは探偵の方がいつも使っている推理法であることに間違いない。彼はたしかに探偵の推理法を正確に身につけて実践しているのだが、

▲モーター・バイクに乗るコナン・ドイル（1905年）

それが成功していないのである。彼の推理には蓋然性はあるのだが、ここではそれが正しく的を射ていないだけの話である。問題は、彼による模倣が成功し、なおかつその推理が事実を言い当てていないとすれば、その模倣のオリジナルとなった探偵の推理法そのものに欠陥があるのではないかということだ。その欠陥は、博士が探偵の方法に外側からつけ足したものではなくて、もともとの探偵の推理法の中に内在していたのではないか。名探偵ホームズの方法に内在する欠陥が排除され、外在化され、代表者として投影されたもの、それがワトソン博士ではないのか。この作品では、その博士がみずからの本性を主張し、探偵の内部にたち返り、それによって探偵の存立の条件そのものをゆるがしているのである。フロイトの表現を借りるならば、これもまた抑圧された無気味なものの還帰のひとつの例ではあるだろう。

3

つまるところ、コナン・ドイルとは何者であったのか。言うまでもなく、彼はまず第一にシャーロック・ホームズ物語の作者であった。そして歴史小説、社会小説、空想科学小説の作者であり、一〇〇篇近い短編小説を書き残した。『コナン・ドイル短編集』（一九二九）はそれらをボクシング物語、兵隊物語、海賊物語、海洋物語、恐怖物語、謎の物語、神秘物語、冒険物語、医学物語、歴史物語に区別している。この分類を見るだけでも、彼の関心がいかに多くの分野に広がっていたかがすぐに分かるだろう。その他にも彼は自作を戯曲化していて、『ウォータールー物語』（一八九四）は当時の名優サー・ヘンリー・アーヴィングを主役に得て大成功していたし、『まだらの紐』（一九一二）も評判になった――思い出してみるならば、ロジャー・ケイスメントはドイルと一緒にこの芝居を見たことを日記に書き記していた。
さまざまの問題をめぐって新聞や雑誌に投稿された文章も数多いし、一八八〇年代の前半に発表された写真についての文章は、現在では『写真についてのエッセイ』（一九八二）として一冊の本にまとめられている。さらにスピリチュアリズム関係の著作がある。それから詩がある、というか、作者本人が詩と呼んでいるのでひとまず詩と分類するしかないものが三冊あり、それらをまとめた『コナン・ドイル全詩集』（一九二二）がある。ためしに「前進の旗」という詩の後半を訳してみるならば、

闘い、もみ合うとき
人生に疲れたとき
旗手はよろめくかもしれない
戦いにひるむかもしれない。
しかし、たとえ勇気がくじけ、つまずいても
他の手がつかむ
前進、たえず前進だ
闘いから光へ。

ともかく、これがドイルの詩である。他の小説やパンフレットの中で主張されたことが、詩の中で改めて表現されているのである。同時代の人気小説家キップリングが数多くの詩を書いている以上、彼は自

分にもそれが書けないはずはないと考えたのだろうか。

彼は考えられるかぎりのジャンルに手をつけ、考えられるかぎりの題材を扱った。しかしそれは彼が自分の文学的天分を信じていたから、文学的実験を試みたからということではないだろう。彼が作家として生きたのは、ジョイスの、T・S・エリオットの、エズラ・パウンドの、ウルフの、ロレンスの、つまりモダニズムの時代である。『ユリシーズ』と『荒地』の時代である。むしろドイルは書くことが楽しかったのだ。彼にとって書くということは楽しく生きるということに他ならなかった。文学的な悩みを抱えて文学者らしく生きるということではなく、市民としての義務を果たしつつ生活するということであった。〈情念から逃走〉し、〈個性から逃走〉し、文学として自立する文学をめざすといったエリオット流の考え方からは、ドイルはまったく無縁であった。彼にとっての文学とは昔の定義そのままのもの、つまり教えかつ楽しませるものであった。しかし、彼はそのことをよくわきまえていたという言い方は、おそらくあてはまらない。そのような窮屈なことではなくて、彼は何のわだかまりもなく素直にそう信じていたのだ。この大衆作家はいわゆる純文学とは無縁のところで、それに対するいかなるコンプレックスも抱くことなく、書き続けたのだ。

ドイルはエリオットを必要としなかったし、彼への関心も抱かなかった。あまりにも世界の違いすぎるこの二人を比較するのは突拍子もないことのように見えるかもしれないし、同時代人であるというだけで比較するというのは滑稽な暴力以上のものには見えないかもしれない。しかし、そうではないのだ。ドイルの側からの関心はなかったにしても、エリオットの側からの関心は厳然として存在した。詩人本人が編集していた文芸雑誌『クライテリオン』の一九二九年春の号には、彼の手になる書評「シャーロック・ホームズとその時代」が掲載されていて、ホームズ物語が彼の子供時代からの愛読書であったことが明らかにされている。しかも興味深い符合がある。ロバート・クロフォードは『T・S・エリオットの作品における未開なるものと都市』（一九八七）というすぐれた研究の中で、「シャーロック・ホームズは生涯にわたってエリオットの愛する存在となった」と指摘したうえで、ホームズ物語のひとつ「樵の木屋敷」に出てくる探偵の言葉を引用してみせる。「ぼくのやり方（＝芸術）を正しく評価してほしいと言うのは、それが個人とは縁のない（＝個性を脱却した）ものだからだ――ぼくを越えたものなんだ」。この言葉を目にした詩人がほくそ笑まないはずがない。ここでのホームズの姿勢は、詩における個性からの脱却を主張したエリオットの考え方とものの見事に一致しているのだから。

ドイル晩年のスピリチュアリズムへののめり込みにしても、詩人の側にはそれを蔑笑する理由はなかった。「エリオットはたしかに〈心霊〉現象を批判したけれども、この問題は彼にとってある種の魅力をもっていた。たとえば彼は幽霊の物語をしたり聞いたりするのが好きであった。そして、その前年、一九二〇年には、レディ・ロザミアの組織した交霊術の会にも顔を出しているが、その中心となっていたのは〈神秘家〉のP・D・ウスペンスキーであった」（ピーター・アクロイド『T・S・エリオット』、一九八四）。エリオットを詩人、批評家として崇拝したい人々には、これははなはだ迷惑な事実かもしれない。『クライテリオン』の編集に発揮された彼の文学の趣味をそのまま信じ込んで文人を気取ってきた人々には、不愉快なことかもしれないが、事実は事実である。この季刊誌の最初の二年間を例にとるならば、そこにはパウンド、ヴァレリー・ラルボー、E・R・クルティウス、ピランデッロ、ジュリアン・バンダ、ウルフ、ヴァレリー、イエイツ、ジャック・リヴィエール、ホフマンスタール、ウインダム

・ルイスなどの名前がずらりと並んでいる――それは、とりもなおさず、この何十年か、われわれに現代の西洋文学の精華として押しつけられてきた人々のリストである。滑稽な話である。エリオットとその周辺の人々の趣味の受け売りが、わが国では文人趣味の名のもとに横行していたのだ。趣味の良さとはエリオットの詩のリズムの中にストラヴィンスキーを聴きとることであった。そのような趣味を自慢してきた人々には、アクロイドの次のような指摘のもつ意味など分かるまい。「彼はその生涯を通じて、ミュージック・ホールの唄を歌うのが好きで、いくらでもそれを暗誦することができた。さらにエリオットは、ウインダム・ルイスと一緒にボクシングの試合にもでかけた――ハーヴァード大学の時代にはその練習もしていたくらいで、このはっきりとしたスタイルをもつ攻撃的なスポーツに、本人は臆病であるにもかかわらず、関心を持ち続けた」。俗なるひと、エリオット。

『荒地』は一九二二年一〇月、『クライテリオン』に発表された。それからしばらく彼は毎号、のちに彼の代表的な文芸批評となる文章を発表し続ける。問題は翌年一月の第二号に発表された文章である。この「回想のマリー・ロイド」と題されたわずか四頁の文章は、のちに彼の『批評選集』(一九三二)にも収められていることからも分かるように、彼にとっては重要な意味をもつものであった。評論「伝統と個人の才能」の他、シェイクスピア、ダンテ、ブレイク、ボードレール、ペイターをめぐる批評と同じ本の中に並んでいるこの文章は、実はミュージック・ホールの歌手への熱いオマージュなのだ。『荒地』のあとに、ミュージック・ホールの歌手――それがエリオットの技法であり、思想であった。詩人は、次のように述べて、マリー・ロイドを讃えている。

私がいちばん強調したいのは、彼女が他の同業者よりもすぐれていたのは、ある意味では、よりすぐれたモラルをもっていた点であるということだ。死後、彼女があれだけの地位に押し上げられたのは、彼女が人々を理解して共感するとともに、自分たちが生活の中で本当にいちばん大切にしている価値観を彼女が体現してくれたという事実に、人々が気づいていたからでもある。彼女の死は、それ自体が、イギリスの歴史における重要な瞬間であった。

私はこのオマージュの中の〈彼女〉を〈彼〉に入れ換えて読む。彼とは、もちろん、私の語りついできた物語の主人公コナン・ドイルその人のことである。

増補　ハドソン夫人の読んだ雑誌

1

別にこれといった理由はないのだが、シャーロック・ホームズとか、コナン・ドイルという名前のついた本を書店の棚で眼にすると、迷うことなく手にすることになっている。ジョージ・マン編の『シャーロック・ホームズの出会い』（二〇一三年）を手にしたときも、その理由というのはいつもと同じ単純明快なものであった。今の時代の一四人の作家の手になる新しいホームズ物語を一四篇集めたもので、初めからあまり大きな期待はしないものの、無理矢理多少の期待を抱いて、ともかく読み始めることにした。

最初はマーク・ボダー作の「失われた第二一章」——語り手は勿論ワトソン博士で、すぐにマイクロフトやハドソン夫人の名前も出てくるのはいいのだが、ベイカー街221Bに飛び込んで来た男と探偵との最初の会話はこう始まってしまう。

「うーん」と、ホームズも繰り返した。「まず御名前をうかがいましょうか」

「何だって?」と、その客人は声を荒げた。「何? 何? 何だって? 私の名前? 事態の逼迫加減が分からんのかい? 私の名前だって? スウィンバーンだよ。オルジャーノン・スウィンバーン。殺人だよ、ホームズ! 殺人!」

私は愕然としてしまったが、ホームズはこれ、誰なの、と言いたげに私を見つめていた。

「スウィンバーンさんは一番評価の高い、ハイ・レヴェルの詩人さんですよ」と、私は説明した。

要するに、アラビア語から訳された本の男色をめぐる第二一章が紛失したことをめぐる事件ということになるのだが、それを構成するために世紀末の実在の詩人スウィンバーンを導入したということである。私としては、この段階で、この作品が上出来のホームズ物語にはならないことを直感してしまうことになる(勿論読み通しはしたのだが、自分の直感がはずれていなかったので、余計にムッとしてしまった)。

ニック・カイムの「ポスト・モダンのプロメテウス」にしても、大なり小なり似たようなものである。まず第一に、このタイトルで新しいホームズ物語を、という疑問がこみあげてくるし、その書き出しにしても――「ブリック路地の角でわが友人はかがみ込んで、その鼻を死体のすぐそばまで近づけている」――とてもホームズ物語と呼べるような代物ではない。この作品で扱われるのは『フランケンシュタイン』と『ジキル博士とハイド氏』であるのだが、この二つの小説を多少なりともきちんと読んでいる者からすれば、それを名探偵の仕事と結びつけようとする設定そのものが疑問をかきたてるというしかないだろう。読み方は個人の自由などと言っていられる時代はもう過去のものになっている。

ともかくムカムカしながら一二篇を読み通して、第一三番目の作品まで来ると、その作品のタイトルは「女の仕事」——どう見ても、この短篇集の中で一番つまらない作品であるように思えてしまう。デイヴィッド・バーネットの手になるこの作品の書き出しはどうなっているかと言えば、

マーサ・ハドソン夫人はとがったハサミで『ストランド・マガジン』の最新号の頁を注意深く切り取って、同じような切り取りの記事でふくらんでいる保存帳に貼りつけをしていたが、ちょうどそのとき、ひんやりとした静かな台所に鈴の音が三回響いて、ベイカー街221Bの扉のところに誰かが来たことを知らせた。

この書き出しには歴史上の有名人らしき人物の姿はなく、そのあとも一九世紀末のロンドンの日常らしきものの記述が続くことになる。そして、「彼女にはホームズ氏も、その薬物中毒のことも理解できないだろう」という文章。更に続けて、「ハドソン氏はずっと前に亡くなっていて、ハドソン夫人は自分で何とかやりくりをするしかなく、そのために建物の半分を（その半分を郵便局のために221A、もう半分を221Bと命名して）ホームズ氏のような人物に貸し、その彼とワトソン博士のために家を切りもりしていくしかないとしたら、それはやむを得ないことであった。この二人の借間人を引き受ける以前はこれほど面白いことはなかった、ハドソン氏の没後にはなかった、と告白せざるを得なかった」という展開。しかも、彼女がベイカー街イレギュラーズの少年を活用するという話まで出てくる。

この作品では、ロンドンの街をあちこち歩いて、パリとロンドンをつなぐ犯罪の謎解きをするのはハ

ドソン夫人ということになっているのだ。歴史の中に実在した人物や文学作品をホームズ物語に接続するという気取り丸出しの容易な方法はとられず、ともかく多少なりとも、一九世紀末の歴史の中に戻すという手法が使われているのである。私にはこの方がずっと面白い。この一四篇のホームズ物語の中で、少なくとも私にとって読むに値すると思えるのは、これひとつである。

2

そう勝手に判断したあとで、ホームズ物語をあれやこれやと掲載した『ストランド・マガジン』とは一体どんな月刊雑誌だったのだろうかと改めて考えだしてしまうことになる。そこにはワトソン博士の文章が掲載されたことがあると、ハドソン夫人がさきほどの短篇の中で言っていたわけだから、この雑誌をめくってみることにも意味がなくはないはずである——せめて、一八九一年から最初の三〜四年

▲▼図1　顔クシャおじさん
『ストランド・マガジン』より

分でも。

そう思って、書庫の棚から出してきた本を適当に開いた瞬間に、私は絶句してしまった——何、コレ？　顔クシャおじさんじゃん——しかも日本人の（図1）。確かにサヴォイ・オペラの『ミカド』（一八八五年）が大成功して、日本人の着物姿がロンドンでも評判にはなっていたけれども、そして『パンチ』誌にもいろいろと奇妙なかたちで紹介されてはいたけれども、『ストランド・マガジン』に、顔クシャおじさん？

「ストリート・ミュージシャン」という九頁の記事には、スコットランドのバグパイプ吹き、イタリアのバグパイプ吹き、猿をつれたオルガン奏者、ずらりとならべたグラスに水を入れて、それを手で叩いてみせる男、女性四人組の「ペティコート・クワルテット」、あれこれの楽器を身につけた「一人楽団」、そして黒人のグループ楽団など、合計一九枚の挿絵がつけられている。しかも、そのロンドンの路上で演奏する黒人グループの反対頁から始まる短篇小説の書き出しに眼をやると、「クリスマスから二日目の朝、季節の挨拶をしようと思って、私は友人のシャーロック・ホームズを訪ねた」となっているのだ。また別の号に眼をやると、「結婚式の贈り物」という短篇小説が、気球の絵四枚と一緒に掲載されていて、その次の随筆は「手」というタイトル。「手というのは、顔と同じことで、性格を示差する、もしくは代弁する」というのが、その書き出しである。しかも、その同じ頁に「ヴィクトリア女王の手」と題された女王の左右の手首の写真が掲載されているのだ。

別の号の短篇「デリーの偶像の剣の柄」には、「我々はデリーの近くの神殿にとらわれていた」という文が始めの方にあり、その神殿から宝物を盗みだす英国人の軍人二人組の話へと展開していくことになる。啞然としてしまうのは、この物語の最初の頁の反対側に掲載されている図の大きさである――「デリーの偶像」の図が丸々一頁を独占しているのだ（図2）。終わりの方で二人の軍人の脱出を助けてくれる現地の女性の顔と手の色は黒くなっている。

多少なりともショックを受ける方がいいかもしれないのは、「空から見るロンドン」という記事には、（恐らく気球から撮ったはずの）写真が何枚も掲載されているということである。これは別に驚くようなことではない。『ストランド・マガジン』の一八九二年のある号に掲載された「コナン・ドイル博士との一日」という記事の始めのところには、三輪車に乗るドイル夫妻のよく知られた写真が使われていたのだから（図3）。この記事を書いたハリー・ハウによれば、「彼はアマチュアの、腕ききの写真家である」とのこと。結びのところには、エジンバラ大学時代の恩師であるジョゼフ・ベル博士の写真と、一八九二年六月一六日付けの手紙も引用されている。この記事は早い時期における短い評伝的なものと考

▲図2　デリーの偶像
『ストランド・マガジン』より

▲図3　三輪車に乗るドイル夫妻
『ストランド・マガジン』より

えていいだろうが、『パンチ』の挿絵画家として超有名人であった伯父のディッキー・ドイルの話も出てくるし、父のジョン・ドイルの描いたヴィクトリア女王のスケッチの話も出てくる。そして、馬車でハイド・パークに出かけて来たという、まだ六歳の子（のちのヴィクトリア女王）のスケッチが載せられているのだ。この記事は全体で七ページ、使われている図版は合計九枚――決定的に重要なのは、このような文章と図版の形成する文化の場こそがシャーロック・ホームズ物語を生みだし、それを育てた場であるということだ。ハドソン夫人に『ストランド・マガジン』の切り抜き帳を作らせるというのは、そのような歴史的文脈を感じとっているということなのだ。

単行本や雑誌に挿絵（イラスト）があふれかえるようになるのは、おおむねヴィクトリア時代以降のことである。とりわけ『パンチ』（一八四一年発刊）以降の時代になると、挿絵を黙殺して文学を論ずることは不可能になってくる。勿論、挿絵を使うまでにいたらない作家もたくさんいたけれども、ディケンズには一〇人を軽く超える挿絵画家がついていたし、サッカレーは自分で挿絵を画いた。ジョン・テニエルの挿絵抜きの『不思議の国のアリス』を想像できるだろうか。

それにもかかわらず、日本におけるディケンズの翻訳の多くは――たとえそこにジョージ・クルックシャンクの挿絵が含まれていても――それを黙殺してきた。正直な話、犯罪以外のなにものでもない。その犯罪は英語版でも大手を振ってまかり通っている。そして、同じ犯罪の犠牲となった代表的な作品というのがシャーロック・ホームズ物語なのである。勿論、そうした物語群の周辺にあったアレコレの事実をさぐりまくることなどウザい、今の読み方でも存分に楽しめる、自分流に楽しんでいるのだから、それでいいじゃないかという声がすぐに戻って来ることは、充分に分かっている。それでもこんな理屈をならべてしまう理由というのは、別にたいしたことではない。私もホームズ物語が、そしてドイルの他の歴史小説が好きなので、それを自分の好きなように読んでみたいということである。私は自分の読み方を他の誰かと共有したいなどとは思わない。

そんなことを考えながら、『ストランド・マガジン』を手に取って、「ボルネオの野人」という文章を読み始める。全体で四頁半、図版は八枚。すぐに次のような文章に出くわしてしまうことになる。

私としては……何時の日か地震が来て、上層階に住む人々に、生まれてこなければよかったと思わせるようになるまでは、シカゴが自慢しつづけるような一五階や二〇階のビルをじっと見つめて、感心していた。ところが、たまたま雪で、除雪機が大陸横断鉄道の雪かきに成功するまでは立往生することになってしまった。

おそらく一九世紀末のイギリスの一般の読者にとっては、ある種SF的な世界を想像するしかなかったかもしれないが、この語り手の泊っていたホテルの門番は安っぽい見世物博物館の所有主でもあった。

アメリカの見世物小屋は大英博物館とは似ても似つかない。それは生来の、あるいは人工的な怪物を展示しているだけである。……どの見世物小屋も世界で最大の巨人を、最小の小人を、最大肥満の肥満女を、最も美しいコーカサス女を所有していると言いつのる。合衆国では、路上にならぶ小屋は勿論のこと、どの町にも三つか四つかの見世物小屋がある。

このエッセイには実在したアメリカ人のサーカス興行師バーナムの名前も出てくるし、「ボルネオの野人」も出てくる。「いつだったか、中国人の剣飲みもやとったよ。そいつはフランス人だったがね」と説明される人物も出てくる。今ではあきれかえってしまうしかないこうした人種差別的な言い回しが、世紀末のイギリスでは、『ストランド・マガジン』では、平然と通用したことを忘れるわけにはいかない。これは世紀末の雑誌にのる戯画の定番であった。それだけではない。ジャン・マーシュ編『黒いヴィクトリア時代人、一八〇〇～一九〇〇年の英国美術における黒人』（二〇〇五年）のような本をめくってみれば、かつての単純な美術史の通念など振り回すわけにはいかないことが分かるはずである。

こうした脱線を繰り返したあとで、私は『ストランド・マガジン』のホームズ物語「黄色い顔」をめぐる。もっとも、これまでに何度もこの作品を読んでいるので、この作品には黄色い顔をした人物など登場しないことは分かっているのだ。『オックスフォード英語辞典』を引いてみればいいだろう。ここで使われている「イエロー」が黄色という意味ではなく、黒色であることがすぐに分かるはずである。しかも現代アメリカの小説家ジョン・バースの作品における使用例も挙げてあるのだ。

この作品の中心にいる少女の顔の色がこのイエローという言葉で形容されているのである――そして、その子の顔が窓からのぞいて、トラブルにつながるという設定なのである。問題はそこにいたるまでの経緯だ。探偵はまずそこにいたるまでのことを確認しようとする。

「マンローさん、まず事実からお話しいただけますか」と、ホームズは少し苛立って聞き糺した。

「エフィーのこれまでのことで、知っておりますことはお話し致します。初めて会ったときは彼女はとても若くて――まだ二五歳でしたが――未亡人になっていました。名前はヘブロン夫人です。まだ若い頃にアメリカに渡って、アトランタの町で暮らして、そこでこのヘブロンという人物と結婚したそうです。彼は法律家で、仕事もよくできたそうで。子どもがひとりできたそうですが、その地域でひどい黄熱病が発生して、旦那さんと子どもさんが亡くなったとか。……それでアメリカに嫌気がさして、国に戻って、ミドルセックスのピナーで、一人者の伯母さんと一緒に暮しだしたのだとか……」

"HE LIFTED THE LITTLE CHILD."

▲図4　片手を差しのべるマンロー氏。『ストランド・マガジン』より

重要なのは、このヘブロンなる人物がアフリカ系の血を引く黒人であったことだろう。そして、今ではマンローの妻となっているエフィーはこう語ることになる。

「……あの人と結婚するために、私は自分の人種を離れました。でも、あの人の存命中にそれを後悔したことはありません。不運だったのは、たったひとりの子供が、私の方ではなくて、彼の方の人たちに似てしまったことです。ああいう結婚ではよくあることですけれど、ルーシーはお父さんよりもずっと黒いんです。でも黒くても白くても、あの子は私の大事な娘です。お母さんのペットです」

挿絵画家シドニー・パジェットが最後の場面に描いたのは、この黒人の子を片手で抱きあげて、もう片方の手を妻に差しのべるマンロー氏の姿であった（図4）。こんな作品も『ストランド・マガジン』に掲載されたのである。勿論、この作品と挿し絵の掲載によって何かが変わったという研究を眼にしたことはないけれども、逆に、だからと言って、黙っている義務もないだろう。

あとがき

あとがきなるものを書かねばならないのだが、『現代思想』に一九九一年から二年間連載したエッセイに必要最少限の手直しを加え、それに「第一次世界大戦、二人の女、二つの裁判」の章を書き足してこの一冊にまとめたという以外には、これといって書くことがない。

資料について。コナン・ドイルの作品については *The Crowborough Edition of The Works of Sir Arthur Conan Doyle*（New York, Doubleday, Doran and Company Inc., 1930）, 24 vols. を利用し、この七六〇部限定版に収録されていない著作については、本文中で簡単に説明しておいた。絶えず参照したのは Pierre Nordon, *Conan Doyle*（1964; London, John Murray, 1966）と Jack Tracy, *The Encyclopedia of Sherlockiana*（1977; New York, Avenell Books, 1987）の二冊。William Baring-Gould ed., *The Annotated Sherlock Holmes*（London, John Murray, 1968）, 2 vols. は、なるたけ見ないようにした。利用した文献のリストと索引をつけようかと考えたが、

あれこれ思案して、結局このかたちにした。引用文はなるたけ原文から自分で訳出したが、やむをえず他の研究文献から孫引きしたところもある。少し慣れたひとならば、その見分けはつくと思う。以下の本については日本語訳を借用した。グラハム・ノウン『シャーロック・ホームズの光と影』（小池滋他訳、東京図書、一九八八年。原著は一九八六年）、リチャード・オルティック『ヴィクトリア朝の緋色の研究』（村田靖子訳、国書刊行会、一九八八年。原書は一九七〇年）、コナン・ドイル『シャーロック・ホームズの読書談義』（佐藤佐智子訳、大修館書店、一九八九年。『魔法の扉を抜けて』のこと）。感謝。

＊

私にこの仕事ができると信じて、この執筆につきあって下さった西田裕一さん、喜入冬子さん、石井真理さん、池上善彦さん、歌田明弘さん、それから最後の仕上げをして下さった西館一郎さん、あなたがたの一人ひとりにお礼を申しあげます。それから天野泰明さん、あなたにもお礼を。この本は実現しなかったわれわれの計画の副産物です。

一九九三年九月五日

富山太佳夫

増補新版に寄せて

『現代思想』に二年間連載したエッセイをまとめて一冊の本として出版したのが一九九三年のこと。もう二〇年以上も前のことである。ただ私は今でもシャーロック・ホームズ物語を愛読しているし、作家コナン・ドイルの他の作品も読んでいるし、伝記や研究書も読んでいる。一九～二〇世紀のイギリスの歴史や文化・文学を研究するのが職業なので、どうにも致し方ないことではあるが。

オックスフォード版の注釈付き『シャーロック・ホームズ』九巻（一九九三年）もすぐ脇の本棚に並んでいるし、「知られざるコナン・ドイル」という奇妙な作者名のついた『写真論集』（一九八二年）も並んでいる。それに、『ストランド・マガジン』からのあれこれのコピーも……やめておこう、止まらなくなる。

要するに、『ユリイカ』の二〇一四年八月臨時増刊号がホームズの特集号で、そこに私もエッセイを書いたので、それを加えて、この増補版を出すことになったのである。こうした手続きのすべてを推し進めて下さった水木康文さんに、心から御礼を申し上げたい。

それから、ここに到るまでに出会うことのできた他の編集者の皆さんにも、御礼を。

二〇一四年一〇月三〇日

富山太佳夫

富山太佳夫（とみやま　たかお）
1947年生まれ。東京大学文学部英文科修士課程修了。現在、青山学院大学文学部英米文学科教授。専攻：イギリス文学。主な著書：『テキストの記号論』（南雲堂 1982年）『方法としての断片』（南雲堂 1985年）『空から女が降ってくる』（岩波書店 1993年）『ダーウィンの世紀末』（青土社 1995年）『書物の未来へ』（青土社 2003年）『笑う大英帝国 - 文化としてのユーモア』（岩波新書 2006年）『英文学への挑戦』（岩波書店 2008年）『おサルの系譜学——歴史と人種』（みすず書房 2009年）他多数。主な訳書：スーザン・ソンタグ 『隠喩としての病い』、ジョナサン・カラー『ディコンストラクション』、イーヴリン・ウォー『大転落』、ピーター・ゲイ『快楽戦争——ブルジョワジーの経験』、スウィフト『『ガリヴァー旅行記』徹底注釈 本文篇』、ヴァン・デル・ポスト『影の獄にて』（共訳）他多数。

シャーロック・ホームズの世紀末 **増補新版**

2014年12月25日　第1刷印刷
2015年 1 月10日　第1刷発行

著者——富山太佳夫

発行人——清水一人
発行所——青土社
東京都千代田区神田神保町1－29市瀬ビル〒101-0051
［電話］03-3291-9831（編集）　03-3294-7829（営業）
［振替］00190-7-192955
印刷所——ディグ（本文）
方英社（カバー・扉・表紙）
製本所——小泉製本

装幀——高麗隆彦

ISBN978-4-7917-6837-0　Printed in Japan